Buch

Als D. H. Lawrence starb, hinterließ er drei Fassungen seiner »Lady Chatterley«. Die hier vorliegende ist die erste, spontanste und somit wohl am unmittelbarsten seinem inneren Wesen entsprungene Variante dieses Romans, der bei seinem Erscheinen (1928) ungeheures Aufsehen erregte: Er war auf eine ungewohnte Weise aufrichtig in der Darstellung der erotischen Beziehungen zwischen den Geschlechtern. Diese Geschichte einer starken und unbedingten Liebe, die zwei nach Herkunft, Rang und Bildung grundverschiedene Naturen schicksalhaft zueinander treibt und für immer verbindet, ist ein unbestrittenes Stück Literatur geworden.

Autor

David Herbert Lawrence wurde am 11. September 1885 als Sohn eines Bergarbeiters und einer Lehrerin in Eastwood (Nottinghamshire) geboren. Zunächst Lehrer, mußte er diesen Beruf wegen eines Lungenleidens aufgeben, dem er 1930 erliegen sollte. Von 1912 an lebte er als freier Schriftsteller. In diesem Jahr lernte er Frieda Weekley, geborene Freiin von Richthofen, eine Deutsche, kennen. Sie bereisten Deutschland und Italien und heirateten 1914 in England. Nach dem Krieg unternahmen sie Reisen in Australien, Neuseeland, Tahiti, Ceylon und Mexiko. 1926 kehrte das Ehepaar nach Italien zurück, und hier schloß Lawrence Freundschaft mit Aldous Huxley. In den letzten Jahren lebte er im ständigen Bewußtsein seines nahen Todes. Der zeitlebens Ruhelose starb am 2. März 1930 in Bandol, Südfrankreich.

D. H.
LAWRENCE

Lady Chatterley

ROMAN

Erste Fassung

Wilhelm Goldmann Verlag

Titel der Originalausgabe:
The first Lady Chatterley
Übersetzung aus dem Englischen von
Ursula von Wiese

Made in Germany · 5/82 · 1. Auflage · 1.–20. Tsd.

Umschlaggestaltung: Atelier Adolf & Angelika Bachmann, München
Satz: IBV Lichtsatz KG, Berlin
Druck: Mohndruck Graphische Betriebe GmbH, Gütersloh
Verlagsnummer: 6377
Lektorat: Elga Knackfuß
Herstellung: Sebastian Strohmaier
ISBN 3-442-06377-9

I

Unser Zeitalter ist im wesentlichen tragisch, aber wir weigern uns nachdrücklich, es tragisch zu nehmen. So verhielt es sich auch mit Constance Chatterley. Der Krieg hatte sie in eine schreckliche Lage gebracht, und sie war entschlossen, keine Tragödie daraus zu machen.

Sie hatte Clifford Chatterley im Jahre 1917 geheiratet, als er einen Monat auf Urlaub daheim war. Sie lebten einen Monat miteinander, dann ging er nach Frankreich zurück. Im Jahre 1918 wurde er schwerverwundet als ein Wrack nach Hause gebracht. Sie war dreiundzwanzig Jahre alt.

Zwei Jahre später hatte sich seine Gesundheit soweit gebessert. Aber die untere Hälfte seines Körpers war für immer gelähmt. Er konnte sich in einem Rollstuhl selber herumfahren, und er hatte einen Krankensessel mit einem kleinen Motor, so daß er sogar imstande war, auf seinem Gut Ausflüge zu unternehmen.

Clifford hatte so viel gelitten, daß die Leidensfähigkeit ihn bis zu einem gewissen Grade verlassen hatte. Er blieb ungewöhnlich und heiter und fröhlich mit seinem frischen, recht schönen Gesicht und den hellen, geisterhaft blauen Augen. Er war so nahe daran gewesen, sein Leben zu verlieren, daß ihn der Rest kostbar dünkte. Und er war so sehr verwundet worden, daß etwas in seinem Innern sich verhärtet hatte und nichts mehr zu empfinden vermochte.

Constance, seine Frau, war ein frisches, ländlich aussehendes Geschöpf mit weichem braunem Haar, kräftigem Körper und ziemlich ausgeprägter Vitalität von etwas schwerfälliger Art. Sie hatte große, staunende blaue Augen und eine leise, sanfte Stimme; sie machte einen wahrhaft ruhigen, mädchenhaften Eindruck.

In Wirklichkeit gehörte sie zu jenen sehr modernen, grüblerischen Frauen, die fortwährend hartnäckig und angestrengt nachdenken. Teilweise war sie in Deutschland, und zwar in München, aufgewachsen und bei Kriegsausbruch überstürzt in die Heimat zurückgekehrt. Und wenn es sie jetzt auch mit bitterer, schwerer Ironie erfüllte, daß Deutschland, zumindest die deutschen Waffen ihr Leben zugrunde gerichtet hatten, so war sie doch in München am glücklichsten gewesen. Oder vielleicht weniger glücklich als angeregt. Das Leben, die Musik, die deutsche Art, Gespräche zu führen, gewissermaßen zu philosophieren, hatten sie zutiefst angeregt. Die endlosen Gespräche über alle möglichen Dinge hatten ihre Seele aufgerührt. Die Philosophie- und Volkswirtschaftsstudenten, die jungen Professoren der Literatur und Ethnologie, der Sprach- und Naturwissenschaften, wie hatten sie geredet, und sie war ihnen die Antwort nicht schuldig geblieben! Und wie sie zugehört hatten! Und wie sie selber ihnen zugehört hatte, weil sie ihr zuhörten!

Dann kam der Krieg, und sie empfand das alles bitter. Clifford jedoch, ein alter Freund und ein Intellektueller von Cambridge, war keineswegs ein engstirniger Patriot. Er kämpfte für sein Vaterland, fühlte aber durchaus freundschaftlich für die jungen geistigen Deutschen, die gleich ihm in der ihnen verhaßten Maschine gefangen waren. Clifford las Constance immer noch Hauptmann oder Rainer Maria Rilke vor, wenn er auf Urlaub heimkam. Das gefiel ihr sehr. Sie hegte das Verlangen, »über« dem Kriege zu stehen, wenigstens über dem Kriegspatriotismus, der sie so sehr erbitterte.

Doch als dann »Der Untergang des Abendlandes« erschien, war Clifford ein zertrümmerter Mann, und ihr Leben war zertrümmert. Sie war jung und unbarmherzig, von geradezu roher Gesundheit. Der Schlag machte sie nur still. Und sie blieb still, grübelte und grübelte mit endlos ungelöster Unbestimmtheit.

Im Jahre 1920 zogen sie nach Wragby. Hier stand Cliffords Elternhaus, Schloß Wragby. Sein Vater hatte das Zeitliche gesegnet, und Clifford war jetzt Baronet. Schloß Wragby war ein niedriges, langgestrecktes, altes, ziemlich düsteres Gebäude, in einem sehr schönen Park inmitten eines erst kürzlich erschlossenen Kohlengebietes gelegen. Man hörte hier das Knirschen der Fördermaschinen und das Rasseln der rätternden Siebe, und man konnte den Schwefelgeruch der brennenden Abfallhaufen wahrnehmen, wenn der Wind in einer bestimmten Richtung über den Park blies.

Constance war jetzt Lady Chatterley, mit einem verkrüppelten Ehegatten, einem trübseligen, alten Hause in einer verunstalteten Gegend und einem eher geringen Vermögen. Sie beschloß, den möglichsten Vorteil aus ihrer Lage zu ziehen. Sie konnte arbeiten, lesen und nachdenken, und sie war die einzige, uneingeschränkte Herrin des Besitzes. Es bereitete ihr Vergnügen, sorgsam hauszuhalten und mit den zur Verfügung stehenden Mitteln auszukommen. Es bereitete ihr Vergnügen, jemand zu bewirten, irgend jemand, an dem Clifford Gefallen fand. Aber er wollte lieber allein sein. Sie machte weiter von Tag zu Tag, von Tag zu Tag, auf seltsam angestrengte Weise. Und sie hatte eine besondere anmutige Schönheit, gesund und ruhig und scheinbar scheu, doch in Wirklichkeit zurückgehalten. Und merkwürdig einsam im Innersten als unbestrittene Herrin in ihrer eigenen Umgebung!

Clifford belastete sie nicht. Er beschäftigte sich mit Lesen, Schreiben, Malen, fuhr in seinem Krankenstuhl durch den schönen alten Garten oder rollte in seinem Motorstuhl langsam, leise durch den Park in den Wald. Er gab den Gärtnern, den Holzhauern und dem Wildhüter Anordnungen. Er wachte über seinen kleinen Besitz. Im Herbst begab er sich bisweilen in seinem Stuhle sehr langsam in den Wald und wartete, bis ihm ein Fasan vor den Schuß kam. Und manchmal, wenn er großen Mut hatte, nahm er seine Farben und malte ein kleines Bild. Früher hatte er eine Leidenschaft fürs Malen gehabt, jetzt malte er nur noch wenig. Aber er schien beinahe glücklich, glücklicher als vor der Katastrophe.

Nur gelegentlich machte er sich um Constance Gedanken. Sie war sehr gut zu ihm, sie liebte ihn auf ihre besondere Art. Und er meinte natürlich, daß er ohne sie nicht leben könne. Sie waren wieder echte Kameraden, wie in der alten Zeit vor ihrer Heirat.

Aber natürlich gab es da die Tragödie, die über sie gekommen war! Er konnte ihr niemals ein Gatte sein. Sie lebte mit ihm gleich einer beringten Nonne, einer Braut Christi. Und doch war es mehr als das. Denn sie hatten ja einen Monat in wirklicher Ehe verbracht. Und Clifford wußte, daß ihre Natur ein starkes körperliches Verlangen barg. Er wußte es.

Er selber konnte nicht grübeln. Der Selbsterhaltungstrieb war zu stark in ihm; er konnte nur die Spannung und Freude des Lebens ins Auge fassen oder aber in Apathie fallen. Er hatte Tage der Apathie, die alles verschluckte, was sonst Bitterkeit und Schmerz gewesen wäre. Dann kehrte die Lebensfreude zurück. Dann fuhr er in seinem Motorstuhl in den Wald und sah, sich still verhaltend, den Eichhörnchen zu, die Nüsse sammelten, oder einem Igel, der unter toten Blättern herumschnüffelte. Jedesmal schien es ihm, als hätte er den Zähnen des Schicksals etwas entrissen. Er fühlte sich als besonderer Sieger über Schicksal und Leben, sogar über den Tod. Nur bewegte er sich nie außerhalb der Parktore. Er vermochte es nicht zu ertragen, wenn die Grubenarbeiter ihn mitleidig anglotzten. Seine eigenen Leute, die Gärtner, Holzhauer und der Wildhüter, machten ihm nichts aus, denn er bezahlte sie.

Manchmal ging Constance neben seinem Rollstuhl her mit ihm in den Park oder in den Wald. Dann setzte sie sich unter einen Baum, und die sonderbare frohlockende Spannung, die er fühlte, weil er lebte und mitten im Leben war, bedeutete für sie eine Nervenbefriedigung. Er las wieder Plato und sprach mit ihr über die Dialoge; oft hielt er ihre Hand, während er so saß.

»Es ist ganz sonderbar – kommt mir jetzt sonderbar vor«, sagte er, »die Erregung, die sie aus Gegenrede, Verstand und Denken gewannen. Sie sind durchaus wie kleine Buben, die soeben entdeckt haben, daß sie denken können, und darüber außer sich geraten. Sie sind so begeistert, daß nichts anderes eine Rolle spielt, nur Denken und Wissen. Ich nehme an, daß ganz, ganz früher der Mensch auf dieselbe Weise seine Geschlechtlichkeit entdeckt und sich darüber ebenso begeistert hat. Wissen, nichts als geistiges Wissen! Die Entdeckung Amerikas durch Kolumbus war nichts im Vergleich zur Entdeckung jener alten Griechen, die feststellten, daß sie einen logisch denkenden Verstand hatten.

Es macht mir ja sogar jetzt noch Eindruck! Denn natürlich scheint mir meine Hand, die deine hält, ebenso wirklich wie der Gedanke, dir nicht auch? Sie ist ebenso wichtig wie ein Stück Wissen, meinst du nicht auch? Meine Hand, die deine Hand hält! Schließlich ist auch das Leben! Und es ist etwas, das man nach dem Tode nicht mehr tun kann. Wenn man tot ist, denkt der Geist vielleicht noch. Dann denke ich vielleicht noch, und ich glaube mit Sokrates, daß ich dann sogar noch mehr weiß. Aber ich könnte deine Hand nicht halten, nicht wahr? Wenigstens nicht wirklich körperlich. Obwohl es dann vielleicht noch irgendeine Verbindung gibt, eine Art Festhalten, das möglicherweise in Wahrheit viel lebendiger ist. Vielleicht könnte ich deine Hand auch noch halten, wenn ich tot wäre. Was meinst du?«

Seine großen, hellen, harten blauen Augen waren sehr fremd, als sie auf ihr Gesicht blickten. Seine kräftige Hand hielt die ihre beschwörend umfaßt. Sie erkannte in ihm die frohlockende Begeisterung des Siegers. Er hatte etwas Schicksalsmäßiges besiegt!

Aber sie fror bei seiner frohlockenden Begeisterung, als ob die Kälte seines Egoismus sie erstarren ließe. War er so siegreich? Wie stand es um sie, um *ihr* Leben: *ihr* körperliches Leben? Was war mit ihrer eigenen Hand, die er packte, als wäre sie eine Trophäe, welche er auf die andere Seite des Grabes mitnehmen wollte? Sie fror, fühlte sich niedergedrückt, und Trübsal wallte in ihr auf. Schließlich hatte sie nicht viel Grund, sich als Siegerin zu fühlen – außer wegen seiner erstaunlichen Genesung. Aber wenn er verstümmelt war, was dann mit ihr? Ihr Leib war nie zerbrochen worden. Sie hatte sich nicht aus dem Grabe hinausgearbeitet. Im Gegenteil, es dünkte sie, als wäre sie soeben bis zu den Hüften beerdigt worden, um ihm Gesellschaft zu leisten. Sie verhielt sich gewichtig still und antwortete nicht.

Ein Zucken, ein Schatten gleich einem ärgerlichen Groll ging über sein Gesicht.

»Ich weiß, Liebes«, sagte er, »daß du in gewissem Sinne das schlechtere Los gezogen hast. Ich weiß, wie ich von dir abhänge, von dir lebe in gewissem Sinne.«

»Du weißt ja, daß ich das möchte«, murmelte sie.

»Ich weiß es! Doch läßt sich nicht bestreiten, daß dir ein sehr schwerwiegender Teil des Lebens versagt ist. Und die Tatsache, daß er dir versagt ist, macht dir vielleicht innerlich zu schaffen, ohne daß es dir bewußt ist, und schadet dir sehr. – Ich möchte jetzt mit dir darüber sprechen, damit du es dir klarmachst. – Ich will nicht, daß du das Gefühl hast, mir ein Opfer zu bringen. Ich will nicht, daß du so empfindest, weil ich nicht glaube, daß du eine Frau bist, die diesen Teil ihres Seins opfern kann. Wirklich, ich habe dich geheiratet, weil du... ein Vollweib warst. Du begehrtest mich doch, bevor dies geschah, nicht wahr?« Sie murmelte eine Zustimmung. »Oh, ich weiß Bescheid und es ist bitter. Und ich weiß, daß du weiterhin begehren wirst, obwohl ich in dieser Beziehung aus deinem Leben ausgelöscht bin. Es ist ziemlich schrecklich, aber wir müssen uns damit abfinden. Ich möchte dir folgendes sagen: Wenn jemals ein anderer Mann da ist, den du körperlich begehrst, so laß dich durch den Gedanken an mich nicht zurückhalten. Geh geradeaus und lebe dein eigenes Leben. Meine Gefahr ist die, daß ich für dich ein mißgünstiger, neidischer Mensch sein könnte. Das will ich nicht sein. Deshalb spreche ich jetzt mit dir. Ich weiß, was den Frauen widerfährt, die ihre Geschlechtlichkeit unterdrücken, solange sie jung sind: Sie haben es später mit einer Hölle zu bezahlen. Darum möchte ich nicht, daß du das tust. Es wäre mir nicht lieb, wenn du dich billig hergeben würdest; und ich weiß, daß du es mir nicht schwerer als notwendig machen wirst. Aber wenn du einem Manne begegnest, den du körperlich unbedingt begehrst, dann nimm ihn. Hab einen Liebhaber, wenn du mußt!«

Er sprach unerschrocken und ganz fließend. Offenbar hatte er sich alles überlegt. Und offenbar war es für ihn nur hypothetisch: ein abstrakter Mann, eine abstrakte Liebesaffäre – in seinem Kopf war das leicht abgetan.

Sie ließ, während sie auf einem Baumstamm saß und Cliffords Hand hielt, den Kopf sinken und sagte nichts. Seltsame Gefühle bedrängten sie.

Und als ob die gespannte Bewegung in der Luft rings um die beiden Menschen noch anderes Leben anzöge, kam plötzlich ein Spaniel aus einem Pfade auf sie zugelaufen, berührte Constances Hand mit seiner weichen Nase und hob eifrig den Kopf. Gleichzeitig vernahmen sie Schritte. Der Wildhüter, Parkin, bog von dem Nebenpfad in die Schneise ein.

Constance machte sich von der Hand ihres Mannes frei. Clifford blickte um sich und schüttelte die Apathie ab, in die er versunken war. Der Wildhüter führte die Hand an die Kappe und überquerte die Schneise, um auf der anderen Seite den Kreuzpfad weiterzuverfolgen, wobei er seinen Hund mit einem leisen Laut rief.

»Ach, hören Sie, Parkin!« Clifford zog sich in seinem Rollstuhl ein wenig in die Höhe.

»Ja, Sir Clifford?« sagte der Mann und blieb stehen.

»Drehen Sie den Stuhl herum und schieben Sie ihn in die Radspur. Dann habe ich weniger Mühe.«

Der Mann schritt wortlos herbei. Er war beweglich, klein für einen Wildhüter und sehr ruhig. Constance wußte, daß seine Frau vor einiger Zeit mit einem benachbarten Grubenarbeiter durchgegangen war und ihn mit seinem fünfjährigen Töchterchen in seinem Hause zurückgelassen hatte. Seither lebte er allein und zurückgezogen; das Kind hatte er seiner Mutter, die im Dorfe wohnte, in Obhut gegeben.

Das Gewehr über die Schulter gehängt, ergriff er schweigend die hintere Stange von Sir Cliffords Rollstuhl. Nur einen schnellen Blick warf er auf das Antlitz der jungen Frau, die neben dem Rollstuhl stand. Ihrer beider Augen begegneten sich sekundenlang, aber Constance, innerlich seltsam verwirrt, bemerkte ihn kaum. Der Mann hingegen, stumm und abgeschlossen, wie er war, empfand die Bläue und die ungelöste Kümmernis in den Augen der jungen Frau. Aber sein Gesicht verschloß sich wie gewöhnlich, nahm eine ausdruckslose Miene an, und die Lippen preßten sich unter dem ziemlich großen, struppigen Schnurrbart zusammen.

Sorgsam wendete er den Rollstuhl und schob ihn in die Radspur, wo er sich am leichtesten bewegen ließ.

»Soll ich Sie weiterschieben, oder wollen Sie lieber allein fahren?« fragte er mit breitem ländlichem Tonfall, aber freundlich.

»Sie können mich schieben, wenn Sie mögen«, antwortete Sir Clifford.

»Freilich!« sagte der Mann.

Sie machten sich schweigend auf den Weg, und jeder blickte abgesondert vor sich hin. Der braune Hund lief leise schnüffelnd voraus. Die letzten gelben Blätter flatterten hernieder.

Sie kamen zum Waldrand und sahen den offenen Park mit den großen Buchen, wo auf den Hängen Schafe weideten. An dem grauen Tage machte das alte Haus auf dem Gipfel des Hanges unter alten Bäumen einen zeitlosen und gänzlich verlassenen Eindruck.

Der Wildhüter starrte beständig vor sich hin, steuerte sorgfältig den Rollstuhl und blieb unaufdringlich. Sein brauner Schnurrbart schien ungestüm vor ihm dahinzugehen. Aber er dachte unbestimmt an die blauen Augen der Herrin mit ihrem unbeschreiblichen Kummer. Sie war schließlich noch ein Mädchen. Ach, der Krieg hatte die Herrschaft hart getroffen! Da Sir Clifford ein Krüppel war, gab es für sie weder die Wonne, die eine junge Frau mit ihrem Manne erlebte, noch konnte sie sich jemals auf Kinder freuen. Meiner Treu, es stand Kummer in ihren jungen Augen – das arme Ding! Und alle sprachen so gut von ihr.

Er dachte an seine eigene Frau, die sich davongemacht hatte, während er an der Front war. Sie brauchte sich nicht wie dieses junge Ding in etwas Schlimmes zu schicken. Nein! Wenn sie mehr zu leiden gehabt hätte, dann wäre sie vielleicht nicht wie eine liederliche Dirne mit einem Bergmann, der trank, durchgegangen. Aber mochte sie abschwimmen. Es war gut, sie los zu sein. Es gab nette Weiber auf der Welt – man sehe sich nur dieses junge Ding an, verheiratet mit Sir Clifford, und ruhig und sanft! Ha! Er war nicht der einzige, den Sorgen plagten. Dieses arme Geschöpf hatte es schlimmer getroffen als er! Und sie war so ruhig und sanft, sie war eigentlich nicht wie eine Dame; sie war die Art Frau, die ein Mann heutzutage lange suchen konnte. – Nun, jeder mußte sein Päcklein tragen und seine eigene Suppe auslöffeln.

Constance kam schließlich aus der Wolke ihrer blinden Erregung hinaus und wurde des Wildhüters gewahr, der den schweren Rollstuhl schweigend schob. In seiner Ferne hatte er eine besondere, klargeschnittene Gegenwärtigkeit; sie erinnerte sich, daß er sich immer sehr deutlich von seinem Hintergrund abhob, so oft sie ihn gesehen. Diese Deutlichkeit, diese Klarheit in seiner Gegenwärtigkeit vermittelten ihr einen gewissen Eindruck von Schönheit, von einer Schönheit, die Männer selten haben. Er war nicht hübsch mit seinem ziemlich großen Schnauzbart. Doch hatte er eine gewisse Deutlichkeit, wie wilde Tiere und Vögel sie haben. Sie fragte sich, ob er sich wohl aus seiner Frau etwas gemacht habe, einem blühenden, gewöhnlichen Weibe. Er mußte unter ihrer Gewöhnlichkeit gelitten haben, ohne es zu wissen. Jetzt lebte er ganz für sich und allein in dem Steinhaus am Ende des Waldes. Sie wußte nichts von ihm; sie hatte in ihm einfach nur einen der Angestellten von Wragby gesehen. Sie wußte, daß er ein sehr tüchtiger Wildhüter war.

Sir Clifford ließ sich willenlos schieben. Und so kamen sie heim, und Clifford legte sich vor dem Tee hin.

Die Herbsttage folgten einander dem Winter zu. Constance achtete so wenig wie möglich darauf. Wenn die Tage unbemerkt verstreichen wollten, so war sie bereit, es dabei zu belassen. Sie hatte ihre Pflichten im Hause, gewisse Verantwortlichkeiten dem Dorf gegenüber. Und da war immer Clifford. Er beanspruchte ihre Aufmerksamkeit und beschäftigte ihre Gefühle, fast wie es kleine Kinder getan hätten.

Das einzige, was sie verwirrte, waren sonderbare heftige Störungen in ihrem Innern, die sie nicht einzuschätzen vermochte. Sie hatte immerwiederkehrende wilde Träume, von Pferden, von einer Stute, die friedlich weidete und plötzlich verrückt wurde. Und am Morgen stand sie in entsetzlich schlechter Laune auf, so daß sie, wenn sie sich nicht beherrscht hätte, die Dienerschaft angeschrien und mit Clifford in höhnischem Tone gesprochen hätte. Es lagen ihr greuliche, quälende Bemerkungen auf der Zunge, die sie Clifford am liebsten entgegengeschleudert hätte, wenn er so munter und kühl im Bett aufsaß oder so apathisch dalag.

Sie äußerte die Bemerkungen nie. Aber sie war immer näher daran, sie auszusprechen, und schließlich bekam sie solche Angst, wenn sie am Morgen in dieser teuflischen Stimmung aufstand, daß sie in den Park hinauseilte, um sich durch einen Spaziergang zu beruhigen. In solchen Stunden war ihr Gesicht blaß von häßlicher Leidenschaft und ihre Augen aufgerissen von der Furcht vor sich selber. ›Ich bin wahnsinnig, ich weiß, daß ich wahnsinnig bin‹, sagte sie dann nachdrücklich zu sich und rannte dahin, getrieben von einer wilden Gewalt in ihrer Brust. Sie hätte etwas oder jemand umbringen können. Eine starke Grausamkeit schwoll in ihr auf.

Und im Park, am Waldrand kam ihr jählings eine Erinnerung. Hier, gerade hier war etwas, irgend etwas geschehen. Sie blickte um sich, spähte in die Abgeschiedenheit des Ortes. Und da fiel er ihr ein, ihr Traum von den Pferden. Bestimmt waren hier Pferde und eine Stute, die verrückt wurde, nach den andern ausschlug und sie biß!

Sie stand erstarrt vor Angst. Aber es waren keine Pferde da.

Im Walde hörte sie einen Gewehrschuß, gleich einem Widerhall ihrer eigenen Gefühle. Sie ging den feuchten Weg entlang, über die feuchten, verwesenden Blätter. Und als sie so dahinging, vernahm sie den Laut einer Stimme und das Weinen eines Kindes. Sogleich horchte sie angespannt. Das Kind schluchzte, und jemand murmelte Trostesworte. Sie eilte vorwärts; all ihr zusammenhangloser Zorn verankerte sich in der Annahme, daß jemand einem Kinde etwas zuleide tat. Sie lief dahin, mit heißem Gesicht, blitzenden Augen, den ganzen Körper erfüllt von Hast.

Auf einem schmalen Pfade sah Constance sie, ein kleines weinendes Mädchen in rotem Mantel und Mütze aus Maulwurfsfell und Parkin, den Wildhüter, der sich über das Kind beugte. »Du willst doch wohl nicht, daß er die lieben kleinen Kaninchen beißt und auffrißt? Du willst doch wohl nicht, daß er die Fasanenhühner anspringt, wenn sie in ihrem Nest sitzen, und ihnen die Kehle durchbeißt, was? Er war schlecht. Schau ihn dir an, und dann heul um ihn. Schau ihn dir an!«

Die Stimme des Mannes klang seltsam zärtlich und doch gereizt; und das Kind ließ sich nicht trösten. Constance trat hinzu, immer noch mit glühendem Gesicht und flammenden Augen, überzeugt, daß dem Kinde ein Unrecht widerfahren sei.

»Was ist los?« fragte sie schroff.

Der Mann richtete sich auf und lüftete hastig seine Kappe.

»Na, ich hab' da den alten Kater niedergeknallt, weil er seit ein oder zwei Monaten hier herumstreunt«, sagte er mit harter Stimme und wies auf den toten Körper eines großen, gesprenkelten Katers, der auf dem Pfade lag. »Und meine Kleine meint, sie müßt' um ihn jammern.« Zu dem Kinde sagte er: »Los, los nun! Die gnädige Frau sieht dich. Hör auf!«

Er verfuhr mit dem Kinde soweit recht milde, aber die gereizte Ungeduld sammelte sich in seiner Stimme, und seine Augen begannen hart zu werden. Es war offensichtlich, daß das Kind sich vor ihm fürchtete.

Constance bückte sich zu dem kleinen Mädchen.

»Was ist denn? Was ist denn, Kleines? Weine nicht! Es war ein böses, schlechtes Kätzchen, das die lieben kleinen Kaninchen kratzte und tötete. Da! Weine nicht!« Und sie wischte das Gesicht des mutterlosen Kindes mit ihrem Taschentuch sanft ab. Es lag klar zutage, daß das kleine Ding vor dem Manne, seinem Vater, Angst hatte. Constance empfand Groll gegen ihn. Kein Wunder, daß seine Frau ihn verlassen hatte. Constance fühlte, daß er sein Töchterchen nicht wirklich liebte.

»Soll sie den ganzen Tag bei Ihnen bleiben?« fragte sie ihn.

»Meine Mutter ist bei mir«, antwortete er und wies mit dem Kopf in die Richtung seines Hauses. »Sie kommt meistens am Samstag, um ein bißchen sauberzumachen.«

Constance spürte, daß er sich zur Höflichkeit zwang. Sie spürte, daß er sie nicht mochte, weil sie eine Frau war.

»Ich könnte sie zu ihrer Großmama bringen. Wie heißt du, Kleine?«

Das Kind blickte sie aus dunklen, eigensinnigen, vorwurfsvollen Augen an.

»Connie Parkin«, erwiderte es.

»Komm also«, sagte Constance mit einem leichten Lächeln. »Ich bringe dich heim, während Parkin... während dein Vater seiner Arbeit nachgeht.«

»Sie müssen das nicht tun, gnädige Frau«, wandte der Mann ein.

»Doch, ich möchte es gern«, entgegnete Constance und nahm das Kind bei der Hand.

Sie fühlte, daß der Mann dastand und ihr mit Widerwillen nachsah. Er mochte Frauen nicht und verachtete sie. Er war einfach dumm.

Im Hause war die kleine, alte, tatkräftige Frau, die Schmutzflecken an der Nase hatte, gerade dabei, den Herd zu putzen. Sie hielt inne, als das Kind auf sie zulief, und wie sie sich umdrehte, gewahrte sie die Herrin.

»Nein, so was...!« rief sie.

»Guten Morgen«, sagte Constance. »Ich habe die Kleine heimgebracht. Sie hat sich aufgeregt, als ihr Vater eine wildernde Katze geschossen hat.«

»Nein, wirklich! Das ist wahrhaftig sehr freundlich von Ihnen, gnädige Frau. Was sagst du denn zu der Dame, weil sie dich heimgebracht hat, Connie?«

»Danke!« sagte Connie und schaute Constance mit dreistem Blick an, aber sie steckte den Finger verlegen in den Mund.

»Danke, gnädige Frau!« sprach die Alte dem Kinde vor.

Doch das Kind wand sich und wollte es nicht sagen. Die Bergleute wollten nie »gnädige Frau« sagen, wenn sie es verhindern konnten. Das Kind war sogar störrisch gegen die »gnädige Frau«! Das geschah gewissermaßen aus ungeschickter Verlegenheit.

»Ich wußte schon, daß es Geschichten geben würde, als er sie mit in den Wald nahm. Es ist nicht immer leicht, mit ihm auszukommen. Na, ich danke Ihnen wirklich sehr, daß Sie sie heimgebracht haben.«

Die Alte war überwältigt von der Gefälligkeit, und gleichzeitig nahm sie es übel, daß sie beim Herdputzen und in schmutzigem Zustand überrascht worden war.

Constance kehrte nach Hause zurück; wieder einmal wurde sie sich der kalten Entfernung zwischen ihr und den Leuten bewußt. Sie waren nicht feindlich. Aber sie fühlten sich erleichtert, wenn sie ging.

Sie war recht froh, zu Clifford und in ihre eigene Umgebung zurückzukehren. Das gewöhnliche Volk stimmte sie irgendwie ärgerlich. Einen dreisten Blick hatte das Kind, diese Tochter des Wildhüters Parkin!

An diesem Abend war es sehr angenehm, in Cliffords Arbeitszimmer zu sitzen, während er ihr vorlas. Wenigstens war man in seinem Stolz besänftigt.

2

Am folgenden Samstag wollte Clifford mit Parkin sprechen. Aber es hatte so heftig geregnet, daß eine Ausfahrt mit dem Rollstuhl nicht möglich war. Am Nachmittag ging Constance mit der Botschaft hinüber. Sie liebte es, beim Spazierengehen ein Ziel zu haben.

Die Vordertür des Hauses war geschlossen, und niemand kam. Constance ging um das Haus herum, und plötzlich stieß sie im Hof auf Parkin, der sich hier wusch. Er hatte sein Hemd ausgezogen, wie die Bergleute das zu tun pflegen, und die Hosen bis zu den Hüften aufgekrempelt, und er tauchte gerade den Kopf in die Waschschüssel. Constance zog sich sogleich zurück und begab sich wieder in den Wald, um eine Zeitlang herumzuschlendern.

Aber in der tropfenden Düsterheit des Waldes begann sie plötzlich unbeherrschbar zu zittern. Der weiße Torso des Mannes, der das Dunkel durchbrach, war ihr so schön erschienen. Der weiße, feste, herrliche Körper mit der seidigen, festen Haut! Gleichgültig das Gesicht des Mannes mit dem wilden Schnauzbart und den grollenden, harten Augen! Gleichgültig seine dumme Persönlichkeit! Sein Leib an sich war herrlich, wie er da die Düsterheit gleich einer Offenbarung zerriß! – Sogar in seiner besten Zeit hatte Clifford nicht diese seidige, kräuselnde Festigkeit, diese übermenschliche Schönheit gehabt.

Nur mit großer Mühe brachte sie es über sich, zu dem Hause zurückzugehen und an die Türe zu klopfen. Sie stand auf der Schwelle und zitterte innerlich. Vorher hatte sie in ihm nie etwas anderes gesehen als ein Werkzeug, einen Wildhüter. Es dünkte sie beinahe verkehrt, daß er diesen reinen Körper haben sollte.

Sie hörte ihn herunterkommen. Er war für die Stadt angezogen. Sie stammelte, als er in seinem sauberen Anzug, mit der neuen Krawatte und den Sonntagshosen vor ihr stand. Sie stammelte, während sie ihre Botschaft ausrichtete, und er hörte ihr zu, indem er sie mit den harten Augen musterte.

Sie mochte sein Gesicht nicht. Es wurde ihr klar, daß sie der Gesichter der Leute, ihrer maschinenmäßigen Persönlichkeiten und der stets gleichbleibenden, frechen Dinge, die sie dachten, müde war. Konnte es möglich sein, daß sich unter dem lächerlichen sauberen Hemd und der Krawatte der sternenhafte, einsame Leib verbarg?

»Gut, gnädige Frau! Ich weiß, was Sir Clifford wünscht. Ich werd's erledigen.«

Sie wandte sich ab. Und wie sie in die Düsterheit hineinging, fühlte sie, daß er ihr nachsah. Er dachte sicher etwas Dummes und Gemeines! Mochte er es denken. Er war nichts. Sogar trotz der verborgenen Schönheit seines Körpers war er nichts. Sie hatte das gewöhnliche, dumme Volk ganz und gar über.

Doch abends in ihrem Schlafzimmer betrachtete sie ihren eigenen nackten Leib, und sie fragte sich, ob irgend jemand wohl darin jene eingebildete Schönheit sehen würde, die sie einen Augenblick lang in dem des Mannes gesehen hatte. Würde ein Mann diese Lieblichkeit in ihr sehen?

Niedergeschlagen schlüpfte sie in ihr Nachthemd. Was für einen Zweck hatte das! Was für einen Zweck hatte irgend etwas? Clifford, ein netter Mann, war für sie körperlos. Und Männer, denen ein schöner Körper eignete, hatten gewöhnliche, dumme Gesichter, die ihr nichts bedeuteten, und gewöhnliche, dumme Stimmen, die sie überhaupt nicht hören mochte.

Clifford las ihr fast jeden Abend vor. Manchmal war er müde. Seine Lähmung führte bisweilen eine Müdigkeit herbei, die in sich ein Betäubungsmittel war. Aber es bereitete ihm großes Vergnügen, ihr alle möglichen Bücher vorzulesen. Humoristische Bücher liebte er jetzt am meisten. Er las »Hajji Baba«. Und Constance hörte mit gesenktem Haupt zu, während sie nähte oder stickte. Sie trug das Haar nicht kurz geschnitten. Der weiche braune Haarknoten lag seidig in ihrem Nacken. Und er wußte nie, was für Gedanken durch diesen bescheiden scheinenden, mädchenhaften Kopf gingen. Er war so beschäftigt und auch so erfreut über ihre Anwesenheit, und er wollte keine Unzufriedenheit aufkommen lassen.

Er lachte sehr über Hajji Baba, als der Held des Buches sich maßlos über den Anblick der nackten Gesichter englischer Frauen entsetzte. Oh, wenn die Frauen nur ihr Gesicht bedeckt hätten, welch ein Feuer der Leidenschaft wäre durch Hajjis Körper gegangen! Aber der Anblick all der nackten Unanständigkeit ihrer Gesichter erstickte sein Feuer.

Dies belustigte Clifford ungemein. Constance hob den Kopf und betrachtete ihn mit ihren großen blauen Augen, die so sinnend und rührend waren.

»Findest du es eigentlich nicht schade, daß wir von den Menschen nichts anderes sehen als ihr Gesicht?« sagte sie. »Meinst du nicht auch, daß das Gesicht bei den meisten Leuten wahrscheinlich der häßlichste Teil ist?«

»Sie sollen wohl das Gesicht bedecken und mit nacktem Körper herumlaufen?« lachte er. »Das ist ein Gedanke! Wie Renoir! Er sagte, er habe immer versucht, das Gesicht unwichtig erscheinen zu lassen, nur als einen Teil des Körpers.«

»Ja!« stimmte sie zu. »Warum sollen wir von einem Menschen nie etwas anderes als das Gesicht sehen? Das ist sicher verkehrt.«

»Vielleicht«, antwortete er. »Aber meiner Meinung nach enthüllt das Gesicht doch die Persönlichkeit.«

»Ob es nicht noch etwas anderes außer der Persönlichkeit gibt? Etwas, das nie zum Vorschein kommt?«

Er überlegte dies: etwas anderes außer der Persönlichkeit? Der Gedanke war ihm unbehaglich. Er schaute seine Frau scharf an. Aber sie nähte ganz ruhig.

»Was gäbe es denn noch außer der Persönlichkeit?« fragte er.

Sie blickte mit ihren grübelnden, unbarmherzigen blauen Augen zu ihm auf.

»Könnte nicht der Körper sein eigenes Leben haben – vielleicht wahrer als die Persönlichkeit?«

»Der Körper – Magen, Herz und Lungen?« gab er zurück.

Aber sie dachte an etwas anderes.

»Warum ist ein Torso als Skulptur oft so wunderschön – ohne Kopf? Er hat sein eigenes Leben.«

»Vielleicht stimmt das«, gab er zu. Doch er war nicht dabei. Es war gefährlicher Boden für ihn, und der schlaue Selbsterhaltungstrieb hielt ihn davon zurück. Er begann wieder zu lesen.

Sie aber hatte einen neuen unbestimmten Gedanken zu erwägen: der Körper, der sein eigenes reines, unberührtes Leben führte, getrennt vom Gesicht mit all seinen Zusammengesetztheiten, Vereitelungen und seiner Gewöhnlichkeit! Gesichter waren fast immer gewöhnlich. Auch ihr Gesicht hatte in sich eine Unzulänglichkeit, die sie selber erkennen konnte.

Sie legte einen dichten Schleier, der nur die Augen frei ließ, über ihr Gesicht, wie eine Mohammedanerin. Und so stand sie nackt vor ihrem Spiegel und betrachtete ihren untätigen, goldhäutigen, stillen Leib. Er war auch schön und von einem stillen, traurigen, reinen Reiz. Ihre Brüste waren ebenfalls Augen, und ihr Nabel war wie traurige, geschlossene, wartende Lippen. Alles redete eine andere, stille Sprache, ohne die Billigkeit der Worte.

Aber dann verging diese Stimmung wieder, und sie vergaß ihren Körper ganz. Es war Weihnachten, und sie war äußerst tätig. Äußerst vernünftig und verständig und tätig. Sie konnte es nicht zulassen, auch nur mit dem Rande ihrer Gedanken die verrückten Vorstellungen vom Körper zu berühren. Gottlob hatte sie diesen Unsinn überwunden. Sie hatte tausend Dinge zu tun.

Über Weihnachten und Neujahr kamen einige Besucher, größtenteils Cliffords Freunde und Verwandte. Jeder war sehr nett, und Clifford war in guter Form. Es schien alles recht aufregend und spannend, fast wie in der Vorkriegszeit. Cliffords Tante, Lady Eva Rolleston, blieb ein paar Tage. Als Tochter einer der wirklich großen Familien hatte sie etwas von den Überresten der *grande dame* an sich. Aber sie war etwas in Verruf gekommen, weil sie Spiel und Kognak liebte. Immerhin, da war sie, jetzt verwitwet, groß und schlank und unaufdringlich, ein bißchen *distraite* mit ihren etwas nichtssagenden blauen Augen und der leicht geröteten feinen Nase. Und doch wirkte sie immer noch als *grande dame*. Sie gab sich erstens einmal ganz einfach, und dann lag in ihrer ziemlich ausdruckslosen Unaufdringlichkeit noch immer eine Kraft, die Ehrerbietung heischte. Sie trank ihren Kognak mit nobler Kaltblütigkeit, gleichgültig gegen all das Gerede in der Welt.

Constance hatte sie gern, und zugleich fühlte sie sich durch sie bedrückt. Lady Eva war irgendwie gleich einem Gespenst in ihrem schwarzen Kleide und mit ihrer wunderlichen Naivität, die beinahe mädchenhaft und gewinnend schien. Doch die sonderbare, geradsinnige Mädchenhaftigkeit beruhte auf einer harten Entschlossenheit, im wesentlichen niemals irgendeinem Menschen auf Erden einen einzigen Zentimeter nachzugeben. Eine harte Undurchdringlichkeit und Abgesondertheit war, wie beim Matterhorn, der öde Mittelpunkt Lady Evas.

Und sie verachtete ihre Nichte Constance ein wenig. Die unbestimmten blauen Augen richteten sich mit eigenartiger Fremdheit auf die hübsche junge Nichte. Constance zeigte ihrer Tante, Lady Eva, gegenüber immer warme, beinahe zärtliche Ehrerbietung. Und ihre Tante verachtete sie ein bißchen, war jedoch gleichgültig. Die Tochter des alten R. A. gehörte nicht der herrschenden Klasse an. Es war ihr nicht gegeben, zu herrschen. Constance konnte ein Haus sehr gut führen. Es war ihr gegeben, Gehorsam zu verlangen. Aber sie konnte nicht herrschen, sie hatte keine Herrschernatur. Clifford war in dieser Beziehung besser.

Constance wußte, daß die *grande dame* in ihrer Tante sie verachtete. Doch schließlich war die *grande dame* in Tante Eva, wie die Dinge lagen, nur ihr letzter Kniff, ihr Trumpf. Sie war nur bis zu einem gewissen Punkte ein Meistertrumpf. Falls man nicht etwas Mitleid für die fein geschaffene Dame, die leicht in Verruf geraten war, fühlte, war die *»grande-damerie«*, wie Clifford sich ausdrückte, überhaupt kein Trumpf. Sie war Frechheit.

»Ich finde dich wirklich ganz wundervoll«, sagte Lady Eva, als sie in Constances Boudoir saß.

»Weshalb?« fragte Constance halb ehrlich, halb einen Fallstrick erwartend.

»Wegen deiner Art mit Clifford. Ich finde das wirklich wundervoll. Du mußt eine wundervolle Natur haben.«

»Weshalb?« fragte Constance abermals.

»Der arme Kerl, ein Krüppel! – nicht mehr als ein halber Mann, könnte man sagen. Natürlich ist es für Menschen wie mich die richtige Hälfte. Er ist so geistreich und unterhaltend. Aber für eine Gattin – da bin ich nicht so sicher.«

»Oh, aber Clifford ist ganz recht, glaube mir«, erwiderte Constance. »Er ist als Ehemann fast vollkommen.«

»O ja, das sehe ich. Er gibt sich viel Mühe, dich anzuregen. Oh, er ist ein gescheiter Kerl. Zweifellos wäre er ohne dieses Kriegsunglück ein vollkommener Ehemann. Aber wie die Dinge liegen, mußt du unter der Entbehrung entsetzlich leiden; du bist ja der einen Seite des Lebens beraubt.«

»Aber nein!« entgegnete Constance. »Mir fehlt nichts, das ich mir wünsche. Ich bin wirklich nicht beraubt.«

Lady Eva bedachte sie mit einem unbestimmten Blick.

»Es freut mich riesig, wenn du es nicht bist!« sagte sie. »Es wäre sonst so schrecklich. Nichts ist schlimmer, als wenn man in der Jugend etwas versäumt, so daß man darauf verfällt, wenn man zu alt dafür ist. Nichts ist schlimmer für eine Frau, als wenn sie das Gefühl hat, vom Leben um etwas betrogen worden zu sein: vielleicht um das Wichtigste.«

»Was ist denn das Wichtigste?« erkundigte sich Constance.

»Das weiß ich nicht. Aber es ist etwas, das mit Männern zusammenhängt. Ich war meinem Mann treu. Ich will nicht sagen, daß ich wünschte, ich wäre es nicht gewesen. Doch habe ich mir immer sehnlichst gewünscht, ich hätte noch etwas anderes gehabt. Es ist entsetzlich, das Gefühl zu hegen, daß man sterben wird, ohne das gehabt zu haben, wofür man in gewisser Weise geboren ist.«

»Aber wofür sind wir denn geboren?« gab Constance nachdrücklich zurück. »Es scheint mir, daß wir für vieles geboren sind. Oder vielleicht sind wir für gar nichts geboren. Das ist eine Frage der Auffassung.«

»Ich weiß wirklich nicht«, sagte Lady Eva. »Als ich jung war, glaubte ich, mir Reformen, Politik und all diese Dinge zu wünschen. Nun, das hatte ich. Wir machten in Politik, mein Mann und ich, bis wir kaum mehr etwas anderes kannten als Politik. Und natürlich haben wir uns aus Liebe geheiratet – und da sind die drei Kinder. Doch gegen das Ende zu, als ich ungefähr sechsundvierzig war, hatte ich das Gefühl, für gar nichts gelebt zu haben. Das eine, was ich mir wirklich gewünscht hatte, das hatte ich überhaupt nicht bekommen. Und dann war es zu spät. Es ist das elendeste Gefühl, das eine Frau haben kann. – Ich glaube, Frauen sollten mehr Erfahrungen sammeln. Wir setzen uns etwas Bestimmtes in den Kopf, und das schließt uns von allem andern ab. Wenn die Frauen vorurteilsloser wären und mehr Erfahrungen sammeln würden, um herauszufinden, was sie eigentlich wollen, dann würden sie sicher etwas finden.«

»Aber was? Was gibt es denn zu finden?« fragte die verwirrte Constance.

»Ich weiß nicht. Aber wir setzen uns bestimmte Dinge in den Kopf. Ich setzte mir in den Kopf, daß ich romantische Liebe und Politik ersehnte, etwas, das in George Merediths Linie liegt. Nun, das bekam ich. Und es war gar nicht das, was ich mir im Grunde wünschte. Die Frauen sollten sich sehr sorgfältig klarmachen, was für Dinge sie eigentlich ersehnen. Sie irren sich fast immer; es sind taube Nüsse, wenn sie sie bekommen haben.«

»Aber was meinst du denn, was dich befriedigt haben könnte?«

»Ich weiß es nicht genau. Ich glaube jedoch, daß mir besser zumute wäre, wenn ich eine Zeitlang einen gut aussehenden, frischen Polizisten geliebt hätte. Jedenfalls denke ich jetzt, daß ich mir das gewünscht habe.«

Constance lachte leise. »Das scheint so ungemein einfach«, sagte sie.

»Nicht wahr? Aber als ich jung war, hätte ich das ebensowenig tun können wie fliegen. Ich hätte mich niemals mit einem frischen jungen Polizisten einlassen können – das heißt, wenn ich nicht etwas aus ihm gemacht hätte, das kein frischer junger Polizist mehr war. Ich hätte es nicht gekonnt. Und jetzt wünschte ich, daß ich es gekonnt hätte. Findest du es nicht absurd, daß eine alte Frau so etwas sagt?«

Lady Eva war keine alte Frau. Sie war weit unter sechzig. Sie hatte sich jedoch damit abgefunden, daß ihre Jugend vorbei war.

»Es kommt mir ein bißchen sonderbar vor«, sagte Constance.

»Darum möchte ich dich warnen. Versuche deine Wünsche in der Jugend zu erfüllen. Eine alte Frau, die von vergeblicher Reue besessen ist, ist schlimmer daran, als wenn sie von Teufeln besessen ist.«

Constance blickte ihre Tante forschend an.

»Ich danke dir, daß du mich gewarnt hast«, antwortete sie. »Aber ich glaube wirklich, daß ich alles habe, was ich mir wünsche. – Und Frauen sind eine Plage, meinst du nicht auch?– sogar für sich selbst. Ich denke, daß es im Grunde nicht die Frage ist, ob ein Polizist mehr oder weniger da war. Wir werden unzufrieden sein, wenn wir erst einmal fünfzig sind, was wir auch gehabt haben. Ich bin überzeugt, daß die Polizistengattinnen im Alter noch viel unzufriedener sind als wir.«

»Ich weiß nicht«, sagte Lady Eva. »Ich glaube das nicht. – Aber du bist ja viel gescheiter als ich.«

»Ich bin nicht gescheit«, entgegnete Constance. »Nur glaube ich, daß ich bekommen habe, was ich mir wünsche...« Ziemlich unbestimmt brach sie ab, und Lady Eva sah sie mit fernen Augen an, wohl wissend, daß ihre Nichte log und etwas verbarg. Es gab also etwas zu verbergen! Sie dachte, daß es etwas geben müsse.

Constance war sich ihrer eigenen Lüge bewußt. Warum war sie so offen? Ihre Tante würde nun alles mögliche denken.

3

Die Gäste reisten ab, die Vertraulichkeit verdunstete, und das Gefühl, daß alles Täuschung gewesen sei, kam über das einsame junge Paar. Sie hatten angefangen in einer abseitigen, eigenen Welt zu leben. Dann hatten sie plötzlich die andere Welt, die Außenwelt gelten lassen. Jetzt fühlten sie sich niedergeschlagen und ausgepumpt. Sie fielen gereizter Erschöpfung anheim.

Clifford hatte wieder ziemlich starke Schmerzen und litt in aschgrauem Schweigen. Constance tat für ihn, was sie vermochte. Nichts wäre ihr zuviel gewesen, hätte sie ihm das Leben erleichtern können. Aber was zerbrochen war, das war zerbrochen. Und eine Empfindung der Nutzlosigkeit begann ihre Seele zu töten.

Ihre eigene Kraft und Blüte begannen sie zu verlassen. Sie

dachte an die Lüge, die sie ihrer Tante gegenüber geäußert hatte: »Ich habe bekommen, was ich mir wünsche.« Was hatte sie bekommen? Elend und Kummer, und vor ihr lag ein entsetzlich leeres Leben.

Ihr Mut und ihre Kraft ließen allmählich nach. Sie behielt ihre frischen Farben, die unverwüstlich zu sein schienen. Aber sie magerte immer mehr ab. Der Puls an ihrem dünnen Halse zeigte, daß sie verfiel.

Als ihre Schwester Hilda sie im März besuchte, gab es einen unvermittelten Aufschrei.

»Connie! Aber was ist denn mit dir los? Du bist so dünn wie eine Bohnenstange, deine Kleider hängen an dir wie Lumpen! Du bist krank! Was ist los?«

Hilda hatte nur eine Schwester auf der Welt und keinen Bruder. Sogleich wurde sie ungestüm. Sie ging zu Clifford.

»Was ist mit Connie los?« fragte sie. »Warum hat sie so abgenommen?«

»Ja, sie ist dünner geworden«, antwortete er. »Ich wünschte, du könntest etwas für sie tun.«

Der sonderbare Egoismus bei einem Manne wie ihm entsetzte Hilda. Er war ein so anständiger Mensch! Er hatte so gute Umgangsformen und war so ungemein rücksichtsvoll. Er bemühte sich nach Kräften, seiner jungen Frau keinen Kummer zu bereiten. Er ertrug seine Schmerzen schweigend und durchlitt seine langen Elendsstunden allein. Er ließ es nicht zu, daß sie gerufen wurde, trachtete sie nie zu stören, versuchte immer fröhlich zu sein und sie wissen zu lassen, was er ihr verdankte. Er war die Seele eines anständigen Menschen.

Doch er empfand Constance nie als ein anderes fließendes Leben, das in seinem eigenen Lauf dahinströmte. Er idealisierte sie vielleicht; sie war ein schönes Leben, das neben dem seinigen blühte. Aber er erfüllte sie nie in Wärme, keinen Augenblick lang. Die alte wilde Wärme, die Hilda für Connie empfand und Connie für Hilda, war etwas außerhalb seiner Sphäre: etwas, das unterdrückt werden mußte.

Mit Hilda kam ein neuer Atem der Empörung und Leidenschaft ins Haus. Hilda war ihres »treuergebenen« Gatten müde geworden, eines Gatten, der sie bepatschte und hätschelte, aber niemals aus seiner liebenswürdigen und scheinbar männlichen Schale nackt vor sie hintrat. Deshalb hatte sie ihn verlassen, war mit Sack und Pack und ihren zwei Kindern abgereist und lebte nun in Schottland. Sie war gekommen, um eine Woche bei Connie zu verbringen.

Constance wurde von einem Arzt untersucht: Es fehlte ihr nichts Organisches. Constance wurde nach London zu einem Spezialisten gebracht, denn sie klagte über Herzschmerzen. Es fehlte ihr nichts Organisches: eine Herzneurose, die wie die meisten Herzneurosen von allgemeiner Erschöpfung herrührte, weil sie unter dem Druck des Willens ihre Nerven abnutzte. Sie brauchte Erholung von dem Spannungszustand, dem sie verfallen war.

»Du mußt mit mir nach Schottland kommen, Connie.«

Aber Connie weigerte sich. Schon hatte Hilda eine Pflegerin für Clifford beschafft, eine ruhige, wohlerzogene, ältere Frau. Clifford hatte sich darein geschickt, mit ein wenig Bitterkeit in seiner Bereitschaft, für Constance das Beste zu tun. Und deshalb wollte Constance ihn nicht verlassen.

Da nun aber eine Pflegerin im Hause war, beschäftigte Constance sich weniger mit ihm. Sie hörte nicht auf, für ihn zu sorgen. Sie wollte immer für ihn sorgen. Aber die Anspannung um seinetwillen war geringer.

Es war eine seltsame Beziehung zwischen Mann und Frau. In mancher Hinsicht waren sie außerordentlich vertraut und einander sehr nahe. Wenn er manchmal in der Stille des Abends ihre Hand hielt, schienen zwischen ihnen ein großer Friede und ein wunderbares Zusammenschwingen zu bestehen. Sie waren fast wie zwei vom Körper und all seiner Müdigkeit befreite Seelen, zwei Seelen, die Hand in Hand gingen über die obere Straße, die den Himmel der Vollkommenheit säumt.

Dann sprachen sie in aller Ruhe über die Seele und die Unsterblichkeit. Clifford nahm an der Frage der Unsterblichkeit tiefen Anteil. Er vertrat den altmodischen platonischen Standpunkt: Die Seele des ernsten Wahrheitssuchers, desjenigen, der nach dem Wesentlichen, Reinen und Dauernden strebt, erreicht die oberen Bereiche, wo absolute Wahrheit, absolute Gerechtigkeit in dem großen ewigen Glanze schimmern, der endlich das verwundete Herz des Menschen befriedigt.

Die beiden Pferde, die den Streitwagen der Seele ziehen, der wilde, rauhe, unlenkbare Rappe und der zarte, schöne Schimmel, sie beschäftigten Cliffords Vorstellungskraft. »Es scheint mir«, sagte er zu ihr, »daß mein struppiges wildes Pferd im Krieg den Todesstoß bekommen hat, und wenn ich mich zu den schimmernden Bereichen des Himmels hinaufkämpfe, dann nur einspännig.«

»Ich glaube nicht, daß du recht hast, Lieber«, antwortete sie, nachdem sie seine Worte überlegt hatte. »Denk doch, was für wilde Stimmungen du immer noch durchmachst, wenn du sie auch beherrschst.«

»Vielleicht hast du recht. Ja! Ich nehme an, daß du ungefähr recht hast, Con. Es ist der Rappe, ganz sicher. Ja, ich nehme an, daß er es ist. Sehr wahrscheinlich ist er ein bißchen bösartig geworden.«

Er versank in Sinnen. Er sehnte sich sehr nach Unsterblichkeit, erstrebte sehr das Gefühl, daß er sich endlich zu dem breiten Pfade, der die Schutzwehr des Himmels bildet, durchschlagen würde, dorthin, von wo man noch einmal auf die Erde niederblicken kann, ehe man sich der vollen Glut des innersten Himmels zuwendet. Für ihn galt die bildliche Darstellung der Fabeln des Römers Phädrus. Und es ängstigte ihn, daß er nur mit dem Schimmel reinen Strebens, nachdem der Rappe der Wollust in ihm tot war, niemals zu den Höhen gelangen würde. Ein Roß allein konnte den steilen Hang nicht bewältigen.

›Bloß einspännig‹, dachte er immer wieder voll Bitterkeit.

Aber vielleicht hatte Constance recht. Der Rappe war schließlich doch noch da, möglicherweise weniger sichtbar und wild, doch vielleicht bösartiger. Er rief sich die schrecklichen Stimmungen zurück, die über ihn kamen, Stimmungen, in denen er am liebsten die Welt zerstört und die Menschheit zermalmt hätte. Ja, das war Wollust! Das war durchaus der Rappe.

Er fühlte sich erleichtert. Er hatte solche Angst gehabt, daß sein struppiges Pferd tot sei.

Und er wunderte sich. Liebte er denn das schwarze Scheusal der Seele, daß er beim Gedanken, das Scheusal sei tot in ihm, bereit war, wie eine verlorene Seele zu jammern?

»Ich würde meinen Rappen vermissen, wenn ich denken müßte, er sei tot in mir, Con«, sagte er und blickte sie mit harten, glänzenden Augen an, die sie erschreckten.

»Du brauchst dich nur zu erinnern, was für Gefühle dein Onkel Everett in dir wachruft«, erwiderte Constance ruhig.

Onkel Everett war einer von der altmodischen hochmütigen Sorte, mit all der zähen Anmaßung seiner gesellschaftlichen Überlegenheit. Clifford konnte ihn nicht ausstehen.

»Du bist leider ein ausgemachter Mystiker, mein Junge. Na ja, vielleicht ist das ebenso gut! Du hast eine vernünftige kleine Frau bekommen.«

Solche Bemerkungen weckten Schlangen und Tiger in Cliffords Seele, und er mußte sich still verhalten, denn er wußte, daß es zwecklos war.

»Ich bin froh, daß mein Pferd mit den blutunterlaufenen Augen doch nicht tot ist«, sagte er nachdenklich zu ihr. »Wahrhaftig, ich glaube, ich könnte Onkel Everett mit einem Biß den Kopf abreißen! – Ich bin froh, daß es nicht tot ist.«

»Die Götter haben immer noch einen Rappen und einen Schimmel vor ihrem Wagen, wenn sie rund um den Himmel fahren, nicht wahr?« fragte sie.

»Allerdings! Und sie lenken sie in vollkommener Ordnung! Nur wir armen Sterblichen werden mit dem Rappen nicht fertig«, sagte er fröhlich.

»Findest du es nicht etwas grausam, wie Sokrates seinen Rappen lenkt – reißt ihn zurück, bis Maul und Zunge bluten, und verwundet ihm die Flanken? Meinst du nicht, man könnte ein Pferd besser lenken?«

Clifford sah sie scharf an. Sogar in Sokrates hatte sie den Makel des Herrschsüchtigen gefunden. Sogar Sokrates war ein Herrschsüchtiger! Und im Grunde ihres Herzens war Constance ganz entschieden gegen jegliche Herrschsucht eingestellt.

»Vielleicht ein bösartiges Pferd nicht«, versetzte er.

»Aber vielleicht ist der Rappe gar nicht so bösartig. Wenn ihn jemand fragen würde, was er sich wirklich wünscht – meinst du nicht, daß er dann ebenso schuldlos ist wie der Schimmel oder der Rosselenker? Nur Sokrates denkt, er sei hartmäulig und müsse bezwungen werden.«

Clifford überlegte dies. Constance hatte eine ziemliche Begabung, in Symbolen zu denken. Die Symbole des Platonschen Mythus waren ihr durchaus vertraut. Sie und Clifford benutzten sie als gewöhnliches Verständigungsmittel. Aber Constance dachte nie im Sokratesschen Sinne, sondern schlug stets eine andere Richtung ein.

»Was verstehst du, genau genommen, in diesem Falle unter dem Rappen?« fragte er.

»Bedeutet er nicht die körperliche Befriedigung?« gab sie zurück. »Bedeutet er nicht den Körper, der nach der eigenen Befriedigung strebt? Ob es sich nun darum handelt, Onkel Everett den Kopf abzubeißen, oder um etwas anderes?«

»Ich glaube, ja«, sagte er. »Aber du kannst doch nicht behaupten, daß es richtig wäre, Onkel Everett den Kopf abzubeißen, wie es ein bösartiges Pferd tun würde, nicht wahr?«

Sie ließ ihre Näharbeit sinken und schaute ihn an.

»Wohl!« entgegnete sie langsam. »Wenn ich du wäre, würde ich eines Tages Onkel Everett wirklich den Kopf abbeißen. Ich meine, laß ihn einmal sehen, was für ein dummer Narr er ist. Ich würde es absichtlich tun. Ich würde denken, daß mein Rappe das Recht dazu hat.«

Sie nahm ihre Näharbeit wieder auf, und er sann voller Erregung über die neue Stellungnahme zu dem Rappen nach. »Du würdest sagen, der Rappe habe das Recht, all seinen Wünschen nachzugeben?« fragte er dann.

»Nun, du nicht? Nur zur richtigen Zeit und in der richtigen Ordnung. Sollten der Schimmel und der Rosselenker, anstatt beide den Rappen zu bekämpfen, nicht lieber zu ihm sagen: Ruhig! Ruhig! Geh ruhig, und wir wollen mit dir gehen! Geh ruhig, ohne den Wagen umzuwerfen, und wir wollen hinfahren, wohin du möchtest.«

Pfiffig sah er sie an.

»Glaubst du, daß er reagieren würde?« gab er zurück.

»Warum denn nicht?« sagte sie. »Entweder hat der Rappe ein volles Anrecht auf sein Vorhandensein und seine eigenen Wünsche und Befriedigungen, oder er sollte überhaupt nicht bestehen. Und du sagst ja selber, daß du einspännig nicht durchzukommen glaubst. Du erschrickst, wenn du meinst, dein Rappe sei tot. Doch du willst nur, daß er lebt, damit du ihn bekämpfen kannst.«

Seine Lebensgeister, die sich gehoben hatten, sanken wieder. Er hatte das Gefühl, daß diese Behauptung etwas für ihn Feindliches enthielte.

»Bekämpfst du deinen Rappen nicht, Con?« fragte er.

»Ich will es gar nicht«, antwortete sie und hielt den Kopf über ihre Näharbeit gesenkt. »Ich habe nicht die Absicht. Ich will ihn zu seinem Ziele laufen lassen, wenn er einmal den Weg gefunden hat.«

Er empfand in seinem Innern eine Feindschaft gegen ihre Worte. Doch sagte er: »Ich glaube, du hast vollkommen recht, Liebes.«

Sie trieben wieder auseinander. Es bestand zwischen ihnen eine sonderbare Bindung, eine seltsame Vertrautheit. Es war eine zarte Vertrautheit, deren reine Berührung in der Rede, in Worten lag. Es war eine Vertrautheit des Wortkampfes. Es schien, als kröche eine prächtige, geschlagene Schlange aus ihrer Seele hervor, um sich mit den eifernden Hunden seines Geistes zu balgen, jedesmal wenn die Vertrautheit zwischen ihnen angezapft wurde. Am Ende eines jeden Gesprächs zogen sie sich wie von einem Wortkampf zurück.

Und lange Zeit hatte sie verloren. Sie hatte gefühlt, wie der Kampfesmut in ihr erstarb und die Kraft sie verließ. Schwäche und Abspannung überkamen sie, und sie wanderte ziellos umher. Tante Eva hatte alles billig erscheinen lassen. In sich hatte Constance eine tiefe Gleichgültigkeit empfunden gegen Cliffords Unsterblichkeit und gegen seinen Himmel der reinen Abstraktion, wie schimmernd er auch für ihn sein mochte. Sein Himmel erweckte nur zweitrangige Anteilnahme in ihr. Und in der letzten Zeit dünkte er sie ein Gefängnis: wie die weißglühenden Stahlwände in einer Erzählung von Poe. Sie haßte ihn, seinen

Himmel der reinen Gerechtigkeit und reinen Wahrheit. Sie kam sich betrogen vor, unerträglich überschrien von ihm im Namen seines reinen Himmels der Gerechtigkeit. Er hatte das Gefühl, daß Plato den Himmel der reinen Gerechtigkeit erhöhte, indem er die ganze Zeit eine einzige Ungerechtigkeit beging. Er war ungerecht zu dem Rappen und ungerecht zu der prächtigen, geschlagenen Schlange, war von erbarmungslos grausamer Ungerechtigkeit.

O ja! es war wieder nur ein Himmel, der sich Herrschsucht gründete. Auf ein negatives Überschreien! Clifford überschrie sie, nicht nur durch offensichtliches Bezwingen, sondern durch heimtückische Negation. Einen Teil ihrer Seele übersah er einfach völlig; er tötete ihn, indem er sein Vorhandensein nicht gelten ließ. Wie man einen Menschen töten kann, indem man ihm die Luft entzieht. So tötete Clifford sie. Er tötete den Teil ihrer Seele, der ihr wahrhafter Körper war.

Er hätte es genauso gemacht, wenn er nicht im Kriege verwundet worden wäre. Nur hätte sie es dann nicht so klar erkannt. Die schreckliche Katastrophe hatte sie hellsehend werden lassen.

Der arme Rappe ihres Körpers! Er hatte jetzt monatelang wie tot dagelegen, mit seitwärts verdrehtem Halse, als ob er durch eine besonders bösartige Verschlingung der Zügel gebrochen worden wäre. Sie hatte ihn als tot empfunden, eine Leiche in ihrem Innern.

Jetzt kämpfte sich das arme Tier wieder auf die Füße. Und jetzt war ihr zumute, als müßte sie es verteidigen, verteidigen gegen Clifford und gegen alle Welt. Sie mußte darüber schweigen und alles geheimhalten. Sie mußte es verstecken, sie mußte es verborgen halten.

Immerhin hatte sie eine Verbündete, und das war die Pflegerin, Mrs. Bolton. Mrs. Bolton war Witwe. Ihr Mann, ein Grubenarbeiter, war vor zwanzig Jahren im Bergwerk umgekommen und hatte sie mit zwei kleinen Kindern zurückgelassen. Sie hatte angestrengt gearbeitet, war Krankenpflegerin geworden und hatte viele Jahre lang den Posten einer Bezirksschwester innegehabt. Nun hatte sie diese Arbeit, die allzu anstrengend war, aufgegeben.

Sie hatte ihren Mann geliebt. Er zählte erst achtundzwanzig Jahre, als er unter Tage bei einer Grubenexplosion sein Leben einbüßte. Der Obersteiger weiter vorne hatte den andern Männern zugerufen, sie sollten sich hinwerfen, und das hatten sie getan. Ted Bolton aber befand sich in einem Seitenstollen und hörte ihn nicht. Die andern Männer überlebten die Explosion, und er kam dabei um.

Bei der Untersuchung erklärte der Obersteiger, Bolton habe Angst bekommen und sei davongelaufen, anstatt sich flach hinzulegen. Dies sei die Ursache seines Todes: seine eigene Feigheit. Deshalb sei die Entschädigung keine wirkliche Verpflichtung, sondern bedeute eher ein wohltätiges Geschenk an die Witwe.

Die Entschädigung betrug dreihundert Pfund. Aber Ivy Bolton, die Witwe, erhielt das Geld nicht bar ausgezahlt. Nein, sie würde es vertrinken oder sonstwie vergeuden. Jeden Montagvormittag mußte sie ungefähr eine Stunde lang in einer Menge warten, um sich eine Wochenrate von dreißig Shilling zu holen.

Am meisten erbitterte es sie jedoch, daß sie gesagt hatten, Ted sei ein Feigling gewesen und in seiner Angst davongelaufen. Wo sie doch selber wußte, daß Ted allzu sorglos, allzu leichtsinnig gewesen war.

Im tiefsten Innern empfand sie es so, daß sie ihren Mann getötet und dann verunglimpft hatten. Sie verzieh ihnen nie. Aber sie verbarg es in ihrem Herzen und wurde eine sehr ruhige Frau, merkwürdig still und würdevoll, merkwürdig damenhaft. Sie war im Bezirk sehr geachtet; alle Häuser der Bergleute standen ihr offen. Man hielt sie für eine Dame.

Doch auf ihre stille Weise haßte sie alle Herren. Die ganze großartige Schicht der Besitzenden und Arbeitgeber haßte sie im geheimen. Sie hatten sie so sehr beleidigt, sie und ihren verstorbenen Mann so bitterlich beleidigt mit ihren dreihundert Pfund, die in wöchentlichen Raten von dreißig Shilling ausbezahlt wurden. Dreißig Shilling in der Woche! Dreißig Shilling wöchentlich für nicht ganz vier Jahre! – Aber laß nur, sie konnte selber für sich sorgen.

Sir Clifford tat ihr leid mit seinem großen Unglück; und in ihrer Eigenschaft als Pflegerin war sie sehr freundlich zu ihm, wie sie es auch zu ihrem verstorbenen Manne gewesen wäre. Doch zutiefst in den fernen, unwandelbaren Winkeln ihrer Seele hegte sie eine Abneigung gegen ihn. Sie hegte eine Abneigung gegen seine oberflächliche Liebenswürdigkeit, mit der er sich ihr gegenüber so höflich und rücksichtsvoll zeigte, und die von ihrem Standpunkt aus gesehen so unmenschlich war. Gerade in dieser wohlerzogenen, höflichen, rücksichtsvollen Behandlung, die er ihr angedeihen ließ, hatte sie die kalte Unmenschlichkeit, den Mangel an Herzenswärme, die schiere Neugier und die innere Überheblichkeit der Oberschicht erkennen gelernt. Sie hatte sich so gut geschult, daß sie selber die kühlen, selbstsicheren, zuvorkommenden, verbindlichen Umgangsformen angenommen hatte. Aber dahinter brannte ihr Herz.

Etwas in dem verwirrten, verlorenen Ausdruck von Constances Augen hatte unmittelbar an ihre Seele gerührt. Das arme Kind! Das arme Kind, sie hatte nie erfahren, wie es war, wenn ein Mann sie warm, wirklich warm an seine Brust nahm und sie mit dem Herzen erquickte und labte! Wie sie, Ivy Bolton, es erfahren! Daß Sir Clifford kein *wirkliches* Herz hatte, stand fest. Er verfügte nur über lauter Reden und lauter Gefühle, die für niemand etwas taugten.

»Sie müssen an die Luft! Sie müssen aus dem Hause, gnädige Frau!« drängte sie.

Alles, um Constance von Sir Clifford fortzubekommen! Mrs. Bolton bot ihren ganzen Einfluß als Pflegerin auf und warf das »gnädige Frau« als Linderungsmittel ein. Und sie sagte zu sich selbst: ›Sie schwindet dahin, zehrt sich einfach auf! Ich wünschte, es wäre ein netter junger Mann da, der mit ihr liebeln würde.‹

Aber wenigstens überredete sie Constance, im windigen Märzwetter wieder spazierenzugehen und aus dem Hause zu kommen.

»Laufen Sie nur hinüber und schauen Sie sich mal die Narzissen im Garten des Wildhüters an. Sie sind es wirklich wert, Sie sollten sie sehen!«

Der Garten des Wildhüters! Etwas rührte sich in Constances Seele. Längst hatte sie sich allen Unsinn ausgeredet. Er war nur ein ganz gewöhnlicher Mann unter Millionen anderen. Ein

Nichts! Bloß ein Teil der öden Nichtigkeit!

Aber jetzt rührte sich etwas in ihr. Sogar das Haus – sogar das Haus – wäre nett anzusehen. Es hatte so etwas Märchenhaftes an sich.

Langsam ging sie durch den Park zum Walde. Es war ein windiger Tag mit zeitweisem Sonnenschein. Die Bäume im Park standen kahl; im Walde rauschte der Wind, und blasse wilde Blumenbüschel beugten sich und schnellten auf. Längs den kleinen Pfaden zeigten die Schlüsselblumen ihre helle, frohe Farbe. Und Constance fühlte sich angeregt und glücklich im Walde beim Rauschen des Windes. Sie pflückte ein paar Veilchen und hielt sie auf der Handfläche, um den Duft einzuatmen. Ah! Zu entrinnen, dem gleichförmigen Einerlei des Schicksals zu entrinnen, wieder einmal ins Wunderbare auszubrechen! Ins Leben der Wälder überzugehen!

Langsam legte sie die anderthalb Kilometer bis zum Wildhüterhaus durch den Wald zurück. Der kleine Obstgarten hinten glitzerte und zitterte über und über in einem sonnigen Aufflammen mit all den wilden Narzissen, die am Hange wuchsen. Dies war der letzte Fleck, wo sie zurückgeblieben waren. Sie ließ sich nieder und lehnte sich an eine junge Tanne, die sich ihr sachte zubog wie ein lebendiges Geschöpf; sie betrachtete die Narzissen und nahm ihren leicht teerigen Geruch wahr. Und sie dachte wieder an Cliffords Ausspruch: »Die Natur nimmt mit ihren rohen alten Gesetzen ihren gewohnheitsmäßigen Gang. Man muß über die Natur hinausgehen, sie durchbrechen. Und das ist unsere Bestimmung – die festgelegten, willkürlichen Gesetze der Natur zu durchbrechen.« Sie selber sah es anders an. Die Gesetze der Natur konnte sie nicht als willkürlich empfinden, sondern die Gesetze der Menschen machten ihr zu schaffen. An den schwankenden Narzissen, die jetzt in den Schatten tauchten, konnte sie nichts sehr Willkürliches finden. Wenn man nur einfacher und natürlicher zu sein vermöchte! Wenn man nur wirklich einfach sein könnte! Die Menschen waren so verwickelt und voller Gesetze.

Das Haus unter ihr war geschlossen und still. Aus dem Schornstein stieg eine leichte Rauchfahne. Aber es regte sich nichts im Hause. Es war ein kleines Steingebäude mit grauem Schieferdach; es stand am Fuße des Hanges, auf dem die Narzissen wuchsen. Constance schaute es gern an. Aber sie spürte kein Verlangen, hineinzugehen und mit ihm vertraut zu werden. Das Haus, in dem die Frau des Wildhüters gelebt hatte, sie, die mit einem Grubenarbeiter davongelaufen war, weil sie die Einsamkeit und Schweigsamkeit ihres Mannes haßte! Die Hütte, wo Wasserkessel und Teetopf immer im Kamineinsatz standen! Nein, Constance hatte gar kein Verlangen, die Einfachheit und feste Vertraulichkeit des Hauses zu fühlen. Sie wollte draußen bleiben.

4

Sie wandte sich ab, um heimzugehen. Der Nachmittag verblaßte. Es mußte vier Uhr vorbei sein, und es wäre schlecht von ihr, zur Teezeit nicht zurück zu sein, um mit Clifford eine Tasse Tee zu trinken.

Sie ging über den Quellenweg, den breiten grünen Weg, der an der kleinen kalten Quelle vorbeiführte, wo Robin Hood zu trinken pflegte. Vergißmeinnicht und frischgemähtes Gras schäumten hier im Mai. Aber noch waren sie nicht da. Nur einige Schlüsselblumen und immer noch tote Blätter, und ein Wind, der oben in den Ästen der Eichen heulte.

Sie hörte ein leises Klopfen zu ihrer Rechten, und es nahm sie wunder, ob es wohl von einem Specht herrührte. Nein, es war ein Hammer. Sie erinnerte sich der kleinen Hütte auf der kleinen Lichtung, wo der Wildhüter einen strohgedeckten Unterschlupf für die Fasane errichtet hatte. Hier holten sich die Vögel bei schlechtem Wetter ihr Futter. Ein Fasan lief vor ihr mit schrillem Gocken über den Weg; das Hämmern hörte auf. Der Wildhüter lauschte.

Sie bog in den schmalen Pfad ein, der zu dem verborgenen Plätzchen führte, wo die Hütte stand. Der braune Hund kam auf sie zugerannt. Sie sah, wie der Wildhüter sich aufrichtete und argwöhnisch durch die Baumstämme spähte. Er war stets auf der

Hut, witterte dauernd Wilddiebe, unbefugte Eindringlinge, Feinde. Sein Leben war ein einziger Kampf mit den Grubenarbeitern, die sich Übergriffe erlaubten – und er selbst immer allein.

Er war in Hemdsärmeln und hatte einen Kükenkorb gezimmert. Er bereitete alles für die Aufzucht der jungen Fasane vor. Er führte die Hand an die Kappe und wartete auf ihr Näherkommen.

»Ich wunderte mich über das Gehämmer und wollte wissen, was es zu bedeuten hat«, sagte sie. »Wollen Sie dieses Jahr die Hennen auf Eier setzen?«

»Jawohl, gnädige Frau. Im vorigen Jahr haben wir mit den Fasanen Glück gehabt, vielleicht erreichen wir dieses Jahr noch mehr.«

Clifford verkaufte seine Fasane auf dem Markt und verdiente damit eine anständige Summe.

Constance ging in die kleine Hütte. Darin befanden sich eine Werkbank und Werkzeuge, verschiedenerlei Fallen, ein Futterkasten, Teer und Teerquasten sowie einige aufgespannte Felle. Der Mann kniete wieder bei seiner Arbeit, als hätte er Constance vergessen. Sie betrachtete ihn, wie er da kniete und hämmerte.

Er war so fern wie je, mit dem argwöhnischen, feindlichen Ausdruck in seinem ganzen Gehaben. Sein Gesicht sah nicht böse aus, wenn es nicht die feindliche Miene getragen hätte. Der Schnauzbart stak unter einer ziemlich kurzen Nase wild hervor. Er war ein Mann von nahezu vierzig Jahren. Und er hatte mit keinem Menschen etwas zu tun, außer daß er grimmig und rachsüchtig Wilddieben auflauerte.

Zweimal war er von wildernden Grubenarbeitern überfallen und erheblich verwundet worden, so daß er wegen seiner Verletzungen das Bett hüten mußte. Aber er hatte sich gerächt und drei Mann ins Gefängnis gebracht. Er war in der Gegend unbeliebt und gefürchtet, eine Art schwarzer Waldmann für die Kinder. Wenn sie sich ein paar Meter in die Haselbüsche vorwagten, um Schlüsselblumen oder Nüsse zu holen, so hatten sie Herzklopfen. Und nie gingen sie so weit, daß Parkin zwischen sie und die Hecke geriet. Denn wenn er sie in die Enge trieb und ergriff, erschreckte er sie unsagbar; er schrieb ihre und ihres Vaters Namen auf, so daß sie wochenlang, sowie sie einen Polizisten in ihrer Straße sahen, blaß wurden, weil sie meinten, er sei mit einer Vorladung gekommen.

Constance wußte, was er war: der Schrecken der Kinder, der Gegenstand des Hasses für die wildernden Grubenarbeiter, deren verprügelte Köter er erschoß und in hämischer Heimlichkeit begrub, wenn er sie im Walde fing; und für die Frau, die ihn verlassen hatte, eine beständige Quelle des Ärgers. Und doch sagte er ihr, Constance, zu. Er sagte ihr körperlich zu, sie fand Gefallen an der Art, wie er sich über seine Zimmerei-Arbeit bückte und hämmerte, sie mochte seine stille, sogar seine rachsüchtige innere Einsamkeit. Sie mochte ihn, weil er mit jedermann auf dem Kriegsfuß stand.

In Wirklichkeit stand er mit Clifford und mit ihr ebenso sehr auf dem Kriegsfuß wie mit der Welt der Wilddiebe. Es kostete ihn Überwindung, höflich zu sein. Und er sprach, sowohl mit ihr als auch mit Clifford, im breitesten Mundart-Tonfall. Er tat es absichtlich, wie es heutzutage viele Leute aus dem Volk taten; das war eine ungreifbare Beleidigung den gepflegt sprechenden Vornehmen gegenüber, eine trotzige Herausforderung, gewissermaßen eine Mißachtung. Er war ein ungemein tüchtiger Wildhüter, weil er den Wald als sein eigenes Reich betrachtete, und weil ihm praktisch hier niemand ins Gehege kam. Er nahm es sogar übel, wenn Constance während der Brutzeit der Vögel im Walde herumstreifte, und er haßte Cliffords Motorstuhl. Zum Glück konnte der Motorstuhl nur über die große Schneise rollen.

Während sie jetzt auf einem Klotz vor der Türe der Hütte saß und zusah, wie er den Brutkorb zimmerte, spürte sie, daß er sie forthaben wollte. Er wünschte allein zu sein. Er konnte nur mit einem gewissen Abstand ringsum und mit den Bäumen leben. Die Anwesenheit eines anderen Menschen bedeutete ihm eine Fessel, reizte ihn und machte ihn böse.

Aber Constance mochte nicht weggehen. Aus einem unerklärlichen Grunde wirkte allein seine körperliche Gegenwart angenehm auf sie. Sie hatte keine Lust, mit ihm zu reden, im Gegenteil, sie wußte recht gut, daß sie das, was er zu sagen gehabt hätte, nicht hören wollte. Falls er überhaupt etwas zu sagen hatte! Aber es gefiel ihr, hier zu sein. Es gefiel ihr, ihm zuzuschauen, wie er sich bückte und die rohe Zimmerei betrieb. Das vermittelte ihr ein Gefühl, als arbeitete auch sie.

Schließlich blickte er sich nach ihr um, verstohlen, schnell; dann sah er wieder fort. Sie achtete nicht darauf. Sie sprach nicht einmal. Sie saß nur still auf dem Holzklotz, die Arme auf die Knie gestützt, mit sinnendem Antlitz. Und er fuhr mit seiner Arbeit weiter, bis sie fertig war.

Dann setzte er den Brutkorb neben die andern, kehrte zurück und nahm die Werkzeuge vom Boden auf. Er zögerte. Er hatte sie kein einziges Mal richtig angesehen, seit sie sich niedergelassen, hatte sich immer mit halb abgewendetem Kopf bewegt. Jetzt aber kam er auf die Hütte zu und sah sie immer noch nicht an. Er ging an ihr vorbei und trat ein. Er hatte sie nicht angeblickt.

Sie erhob sich und stellte sich ihm gegenüber in die Türöffnung.

»Es ist sehr hübsch hier«, sagte sie.

Rasch, mißtrauisch schaute er zu ihr auf.

»Finden Sie?«

»Ja! Wann wollen Sie die Hennen setzen?«

»Wenn ich die Eier gesammelt habe.«

Er drehte sich um und ergriff seine Joppe. Sie sah zu, wie er sie über der Brust zuknöpfte. Aber er blickte sie überhaupt nicht an; er verübelte es ihr nur, daß sie ihm mit ihren blauen, unbestimmten, staunenden Augen zuschaute.

»Ich werde manchmal kommen und mich hier hinsetzen«, sagte sie. »Mir gefällt dieser Ort, und ich möchte, daß die Hennen sich an mich gewöhnen.«

»Ach!« sagte er. Und er stülpte seine Mütze auf den Kopf und nahm zwei Maulwurfsfallen, um zu gehen. Sie rückte etwas zur Seite, als er aus der Hütte trat, und er streifte sie. Aber er sagte nichts. Sie stand da, während er die Türe zuschloß.

»Sie gehen jetzt wohl Tee trinken?« fragte sie.

»Allerdings! Wenn ich diese Fallen aufgestellt hab'.«

Er sprach kalt, fast verächtlich zu ihr, wie zu einem belästigenden Kinde, das er gerne los sein wollte. Sie war ziemlich belustigt. Sie blieb bei der verschlossenen Türe stehen und machte keine Miene zu gehen.

Er zögerte. Dann führte er schnell die Hand an die Kappe und murmelte: »Also, ich geh' jetzt.«

Er strebte vorwärts, auf den Pfad zu.

»Guten Abend!« sagte sie. »Ich gehe auch.«

Hinter ihm ging sie auf den Pfad zu. Er drehte sich rasch um und führte abermals die Hand an die Mütze, als sie an ihm vorbeikam. Dann folgte er ihr in einiger Entfernung den Pfad entlang und weiter zum Quellenweg, wo er die entgegengesetzte Richtung einschlug.

Aber als er in einen anderen Seitenweg einbiegen mußte, blickte er ihr nach. Sie, die ihm nachschaute, sah es. Er verschwand zwischen den Bäumen, und sie begab sich langsam nach Hause, vor sich hin lächelnd.

›Er ist doch komisch!‹ sagte sie zu sich selbst.

Sie kam verspätet zum Tee heim.

»Entschuldige«, sagte sie, »es war so schön im Wald. Ich habe Parkin zugesehen, wie er die Brutkörbe für die Fasane zurechtmachte. Es ist wirklich Frühling.«

Sie legte ihren kleinen Narzissenstrauß hin, einige Schlüsselblumen und Veilchen und ein paar silbergesprenkelte Kätzchenzweige.

»Ich muß morgen hinaus. Der Boden wird für den Rollstuhl trocken genug sein.«

»Tu das!« rief sie. »Du wirst begeistert sein.«

Am nächsten Nachmittag gingen sie miteinander in den Wald, und sie war anscheinend recht glücklich, während sie ihm verschiedene Blumen und knospendes Grün brachte.

»›Du Braut der Ruhe, die noch nicht geschändet‹«, sagte er und blickte bewegt auf die Buschröschen und Veilchen in seiner Hand. »Frühlingsblumen lassen mich immer an diese Ode denken«, fuhr er fort, »viel mehr als eine griechische Urne. Dich nicht auch?«

»Ja«, antwortete sie unbestimmt. Dann fügte sie hinzu: »Aber warum noch nicht geschändet? Das ist solch ein starker Ausdruck! Wenn Bienen oder kleine Insekten zu ihnen kommen, fühlen sie sich doch sicher nicht geschändet. Ich meine die Blumen.«

»Vielleicht nicht«, versetzte er. »Sie sind wunderlich, nicht wahr? – Das Veilchen, das im Verborgenen blüht! – Weißt du, ich glaube, wir würden uns nur halb so viel aus Blumen machen, wenn die Dichter nicht so schöne Dinge über sie gesagt hätten.«

Sie stand plötzlich still da. Stimmte das? Es stimmte nur halb. Was die Dichter gesagt, das hatte in der Tat Türen geöffnet, sonderbare kleine Türen zu den Blumen, durch die man gehen konnte. Aber war man erst einmal durch das Tor des Dichters geschritten, so blieben die Blumen als Blumen unbekannter denn je.

Sie war nicht in der Stimmung für literarische Anspielungen, und Cliffords Art, in Worten und Andeutungen ihr abstrakt den Hof zu machen, fand sie heute lästig. ›Nicht das! Nicht das!‹ sagte sie zu sich selbst, ohne es selber recht zu wissen.

Sie blieben eine Stunde unter den Bäumen. Der Himmel war grau und kalt. Es schien alles ein bißchen ungemütlich, und die Zeit schleppte sich hin. Sie waren beide froh, heimzugehen und eine Zeitlang sich selbst überlassen zu sein. Sie fühlte, daß sie bisweilen allein sein mußte.

Am nächsten Tag regnete es in Schauern, so daß sie allein in den Wald gehen konnte. Sie trat sehr leise auf und hielt nach den Fasanen Ausschau. Und schließlich, als es wieder zu regnen anfing, begab sie sich zur Hütte. Alles war verschlossen und verlassen. Sie saß auf dem Klotz unter dem kleinen Vordach, sah dem Regen zu und horchte auf das Pfeifen des Windes. Es war so schön, ganz allein zu sein, ganz still im Walde zu sein, dem Regen zuzusehen, den Lauten des Windes und der Bäume zu lauschen, im ewigen Schatten des Haines zu weilen.

Als der Regen nachließ, kam der braune Hund stumm zu ihr gelaufen und legte ihr die Pfote aufs Knie. Der Wildhüter schritt hinterher und führte die Hand an die Kappe.

»Es ist so schön, draußen und allein im Walde zu sein«, sagte sie zu ihm, indem sie aufstand und ihm Platz machte, damit er die Hütte aufschließen konnte.

»Ach!« gab er zurück, als hätte sie unverständig gesprochen.

Sie ließ sich wieder schweigend nieder, ziemlich betrübt, daß er gekommen war und sie störte. Heute wollte sie ihn nicht. Sie war so glücklich gewesen, dem Regen zuzusehen, wie er in der Fülle der Einsamkeit unter den Eichen Geister entstehen ließ.

Gleichwohl hatte sie nichts gegen den Mann. Er beschäftigte sich ruhig im Schuppen. Wenigstens sprach er nicht mit ihr und machte keine literarischen Anspielungen.

»Gibt es zwei Schlüssel zu dieser Hütte?« fragte sie. »Könnte ich einen haben? Ich würde gern herkommen, wenn es regnet, und dem Regen zusehen.«

Der Wildhüter blickte ihr neugierig in die Augen, um herauszufinden, was sie im Sinn hatte. Er hatte rötlichbraune Augen mit einer kleinen, harten Pupillenperle.

»Es ist nur ein Schlüssel da«, erwiderte er.

»Könnten Sie nicht noch einen machen lassen?«

Er antwortete nicht, sondern beugte sich über einige Holzstücke, um ein passendes auszulesen. Und immer noch antwortete er nicht. Das war offensichtliche Auflehnung. Aber Constance ließ sich nicht beirren.

»Könnten Sie nicht noch einen machen lassen?« wiederholte sie, und jetzt schwang eine Drohung in ihrer Stimme. Sie wollte nicht, daß man ihr Trotz bot.

Der Mann drehte sich zu ihr herum und seufzte ärgerlich, indem er sagte: »Ja, das könnten wir!« Dann blickte er ihr wieder in die Augen, während er hinzufügte: »Vielleicht läßt Sir Clifford Ihnen eine ähnliche Hütte bauen, eine Art Sommerhäuschen für Sie. Früher gab es so etwas, glaub' ich, in der Nähe der Quelle.«

»Nein!« entgegnete sie kurz. »Ich möchte hierher kommen und den Fasanenküken zusehen, wenn sie ausschlüpfen.«

Unablässig maß er ein Stück Holz ab und antwortete nicht, schien sie nicht einmal zu hören. Das ärgerte sie.

»Sie werden also einen zweiten Schlüssel machen lassen, ja?« sagte sie.

Er wandte sich ab, bückte sich wieder über das Holz und erwiderte, ihr den Rücken zukehrend: »Ich muß jetzt selber öfters hier sein, wenn die Vögel zu brüten anfangen.«

»Na und?« gab sie scharf zurück. »Ich werde Sie wohl nicht stören.«

Er drehte ihr immer noch den Rücken.

»Die Vögel haben Fremde nicht gern in der Nähe.«

»Ich betrachte mich nicht als Fremde«, entgegnete sie. »Sagen Sie nichts mehr. Aber ich wünsche einen Schlüssel, so daß ich herkommen und hier sitzen kann, wann ich will. Wann kann ich ihn haben?«

Er hielt sein Gesicht abgewendet und antwortete keine Silbe. Doch konnte sie sehen, daß er blaß vor Zorn war. Es mußte nach seinem Kopfe gehen, oder er geriet in eine verheerende Laune.

»Wann, glauben Sie, können Sie mir den Schlüssel geben?« beharrte sie ruhig.

Er drehte sich langsam um und sagte mit einer Stimme voller Haß: »Wie viele Vorgesetzte soll ich hier eigentlich haben?«

»Meine Güte!« rief sie. »Das ist ja lächerlich!« Dann beherrschte sie ihren eigenen raschen Zorn. »Aber ärgern Sie sich nicht«, fuhr sie fort. »Die Pflegerin sagt, daß ich an die Luft gehen muß, weil ich mich im Hause aufreibe. Und wenn ich hier bin und spüre, daß Sie irgendwo in der Nähe sind, fühle ich mich sicher. Das ist alles! Sie müssen wissen, auch für mich ist nicht alles leicht.«

Was durchaus stimmte. Die Tränen traten ihr in die Augen, und sie wandte sich hastig ab und ging von der Hütte fort den Pfad entlang, plötzlich wegen der Spannung im Herzen bitterlich in ihren Schal schluchzend. Sie eilte hinweg, aus dem Walde hinaus und in den Park.

Und es verstrichen mehrere Tage, bis sie sich wieder in den Wald begab. Ihr war seltsam und still zumute, und sie wünschte jegliche Berührung zu vermeiden. Zu Clifford war sie sehr freundlich, aber sie fühlte ihn nicht wirklich, war sich seiner nicht eigentlich bewußt.

Sie wanderte eines Abends nach dem Tee in den Wald, als die Amseln in dem gelben Lichte sangen. Immerhin ging sie nicht zu der Hütte. Ihr Ziel war die Quelle, die in einem kleinen Brunnen gluckste, klar wie Kristall und sehr kalt. Es stimmte, oben am Rande hatte einst eine Hütte oder ein Schuppen gestanden. Sie ließ sich in der Stille nieder; und hörte den Ruf der Fasane, die zur Futterkrippe des Wildhüters flogen, ehe sie die Schlafbäume aufsuchten.

Aber dieser Platz bei der Quelle schien kalt und traurig, als ob hier Gespenster wären. Den Hang hinauf erstreckte sich ein Lärchenhain, und auch dort herrschte Düsternis. Und an den grasbewachsenen Ufern war Schweigen und jenes Weh der Orte, die vor langer Zeit gelebt und ihr Leben verloren haben. So viele Menschen mußten in der freien Vergangenheit des Forstes hier gerastet und getrunken haben, denn die Quelle war berühmt. – Nein, es war traurig.

Sie erhob sich und wandte sich betrübt heimwärts, während die Amseln ihre letzten wilden Lieder sangen. Es raschelte allenthalben von Vögeln am Abend. Wie schön und traurig war es! Sie ging langsam in die Ebbe des Lebens.

Der braune Hund kam hinter ihr hergelaufen. Sie drehte sich um. Parkin folgte ihr und grüßte.

»Ich bring' Ihnen hier den Schlüssel, gnädige Frau!« sagte er.

»Oh, danke!« erwiderte sie matt. Dann, als sie ihn nahm: »Hatten Sie viel Mühe deswegen?«

»Was, Mühe! Es war gar keine Mühe.«

Auf seltsame, aufbrausende Art platzte er mit den Worten heraus. Er wollte sie jetzt beruhigen. Aber es war wie ein Ausbruch.

»Haben Sie vielen Dank!« sagte sie.

Danach ging sie öfters nach dem Tee fort, als die Abende länger wurden, wanderte in den Wald und setzte sich manchmal in die Hütte. Auf der kleinen Lichtung, wo die Hütte stand, waren die Brutkörbe im Kreise aufgestellt, und die Fasanenhennen saßen auf ihren Eiern. Gegen Sonnenuntergang liefen die Fasane verstohlen zu den Körnern, die der Wildhüter hingestreut hatte, und die Hähne steuerten waagrecht in all ihrem glänzenden Gefieder.

Und Constance saß sehr still als Zuschauerin. Und der Wildhüter erschien und ging ruhig dahin, fast wohlwollend. Er ließ ihre Anwesenheit gelten und betrachtete sich als ihr Waldschutzengel. Er kam ihr nie in die Quere und sprach selten mit ihr. Aber als sie beinahe eine Woche wegblieb, betrachtete er sie forschend, sowie sie auftauchte. Und es dauerte eine Zeitlang, bis er es über sich brachte, zu sagen: »Sie waren doch nicht etwa krank?«

»Nein. Die Pflegerin war eine Woche fort; deshalb blieb ich bei Sir Clifford.«

»Ach so!«

Sie war entzückt, als die Küken ausschlüpften und im Gras herumzulaufen begannen. Sie waren so winzig und sonderbar. Sie mußte beim Füttern helfen. Sie standen mit ihrem zitternden kleinen Leben in ihrer Hand und pickten von ihrer Handfläche. Sie blickte zu dem Wildhüter auf, und ihre blauen Augen waren hell und feucht und voll Staunen.

»Sind junge Wesen nicht schön!« sagte sie atemlos. »Neue junge Wesen!«

»Freilich! Die kleinen Vogeljungen!«

Er sprach fast herablassend, aber verständnisvoll. Und seine rotbraunen Augen hatten sich geweitet und schauten seltsam in die ihren.

Sie blieb unter die emsigen, winzigen Vögelchen gekauert, und sie weinte. Sie fühlte eine große Verlassenheit. Und er, der von ihr wegzugehen versuchte, war festgebannt. Er konnte von der weichen kauernden Frauengestalt nicht weggehen. Gegen seinen Willen stand er neben ihr und sah auf sie nieder.

»Sie weinen doch nicht?« fragte er in verwirrtem Tone.

Sie nickte blind, immer noch zusammengekauert, und das Haar fiel ihr herunter. Er blickte nieder auf die kauernde Gestalt, und fast ohne zu wissen, was er tat, kauerte er neben ihr nieder, die Knie weitgespreizt, und legte sanft die Hand auf ihren Rükken. Sie fuhr fort zu weinen, mühsam atmend. Und die Berührung ihres weichen, gebeugten Rückens, den das hemmungslose Weinen erschütterte, erfüllte ihn mit solch grenzenlosem Verlangen nach ihr, daß er aufstand, sich über sie beugte und sie in den Armen hochhob. Alles, was für ihn jemals begehrenswert sein konnte, das war sie jetzt. Und sie, in die Höhe gehoben, gewahrte eine Sekunde lang die glänzende, blinde Ausweitung seiner Augen. Dann riß er ihren Leib an sich. Und sie dachte im stillen: ›Ja! Ich will mich ihm geben! Ja! Ich will mich ihm hingeben.‹

Nachher war er düster und sprach kein Wort. Er mied sie. Sogar beim Abschied, als sie leise »Gute Nacht!« sagte und ihn anblickte, um seinen Augen zu begegnen, schaute er sie nicht an. Und das war das einzige Wort, das zwischen ihnen fiel.

Aber am nächsten Tag kam sie wieder. Er war nicht da. Er erschien so spät wie möglich, um die Brutkörbe einzuschließen. Die Dunkelheit senkte sich herab, die Küken waren alle unter den Hennen verborgen, sie schliefen, der Wald fiel in Schweigen. Wie ein Geist kam er, sehr spät, durch den nieselnden Regen. Und gleich einem Geist sah er sie wartend unter dem Vordach der Hütte sitzen. Und er schauderte vor Verlangen. Aber er schloß ruhig die Brutkörbe ein und tat mit keinem Zeichen kund, daß er sie wahrgenommen hatte.

Sie wartete weiter. Vielleicht ging er fort, ohne sie anzuschauen, tat so, als hätte er sie überhaupt nicht gesehen!

Aber nein! Er lungerte eine ganze Weile bei den Brutkörben herum, indes die Dunkelheit sich zusammenballte. Dann kam er endlich langsam auf sie zu.

»Du bist spät«, hauchte sie.

»Ja, absichtlich!«

Sie rührte sich nicht.

»Möchtest du mich nicht hier haben?« flüsterte sie fast.

Er blickte sie an, und das Aufblitzen in seinen geweiteten Augen strafte sein gesammeltes Gesicht Lüge. Er war jetzt in der Qual der Leidenschaft beinahe brutal. Sie ging allein heim in der Dunkelheit und fühlte sich ein wenig verwundet.

Aber am folgenden Abend begab sie sich wieder hin. Und er war da. Er kam auf sie zu und sah sie fast bösartig an.

»Findest du nicht, daß du dich mit einem, wie ich es bin, erniedrigt hast?« fragte er brutal.

Sie schaute ihm, verletzt und staunend, in die Augen. Und sogleich geschah mit seinen Augen das Seltsame, das sie nie bei einem anderen Menschen wahrgenommen: sie wurden dunkel und weiteten sich und schienen zitternde Lichter zu versprühen, sehr schön. Und sie hob die Hand und berührte sein Gesicht.

»Nicht, wenn ich dich anfasse«, sagte sie. »Wenn ich dich anfasse, bist du für mich nur schön. – Aber man weiß nie, was ein Mann nachher denken wird.«

»Faßt du mich denn gerne an?« fragte er in sanftem, zweifelndem Tone.

»Du bist schön anzufassen! Du bist schön anzufassen!« stöhnte sie.

»Bin ich das für dich? Wie du für mich?« sagte er mit den vollen, gedehnten Lauten der Mundart in sanftem, warmem Fluten der Wahrheit. Er hatte vorübergehend ihre Verschiedenheit vergessen.

Sie begann zu weinen und schluchzte unbeherrscht. Er schien verblüfft vor Schrecken.

»Laß nur«, flüsterte sie bebend, indes die Tränen ihr in den Mund rannen. »Es ist wirklich das Glück.«

Und diesmal, zum erstenmal in ihrem Leben, wurde die Leidenschaft in ihr wach. Jählings brachen wundervolle kräuselnde Schauer in der Tiefe ihres Körpers auf, wo zuvor das Nichts gewesen; und ein neues Getöse, das sich, gleich einem von selber in ihrem Körper läutenden Glockenspiel, immer stürmischer erhob, erfüllte sie, und sie hörte und hörte doch nicht ihre eigenen kurzen wilden Schreie, als das Dahinrollen der herrlichen Schauer immer ungeheurer wurde, dann in einem Reichtum wie das Nachsummen großer Glocken zu verebben begann.

Und dann lag sie in einem neuen Schoße, rings um sich neues klopfendes Leben. Und sie liebte den Mann, liebte ihn mit der ganzen Tiefe ihres Leibes und der strahlenden Seele ihres Leibes. Während er sie, mit feuchtem Munde weich umherirrend, unbewußt küßte. Und plötzlich haftete sie wieder an seinem Körper mit der letzten Sturzsee der Dankbarkeit, die sie wie eine Welle zu ihm emporhob.

Sie wollte ihn nie mehr verlassen, nie, nie.

Und als sie ihn verließ, um heimzugehen, ging sie nicht wirklich von ihm fort. Seine Wärme war bei ihr und blieb in ihr. Und er ging in dem wundersamen Halbbewußtsein oder Überbewußtsein der Leidenschaft durch den Wald, und sie war bei ihm, wie die Nachtluft bei ihm war.

5

Sie kam zum Abendbrot beizeiten nach Hause. Sie merkte nicht, daß Clifford sie beobachtete. Ihr Gesicht war sanft und glühend, und ihre blauen Augen waren geöffnet gleich der Nacht. Aber ihm waren sie nicht geöffnet.

Nach dem Essen bat sie ihn, ihr vorzulesen, und er wählte Racine. Sie hörte seine Stimme, die das Französisch großartig aussprach, fort und fort. Und wenn er Bemerkungen zu ihr machte oder sie nach ihrer Meinung fragte, blickte sie mit den glühenden Augen zu ihm auf und sagte: »Ja, es ist wunderbar, gerade die richtige Betonung.« Er, seinerseits angeregt, las weiter. Und Constance senkte den Kopf über ihre Näharbeit, vernahm die kehlige Aussprache des Französischen, als ob es der Wind in den Essen wäre. Sie hörte keine Silbe vom eigentlichen Racine.

Sie selber war erfüllt von einer unsäglichen Wonne, einer Wonne, die mit der Rede keine Berührung hat. Sie fühlte sich mit neuem Blut erfüllt, als wäre das Blut des Mannes wie ein starker, frischer, ansteigender Wind in ihre Adern geströmt, ihr ganzes Wesen verwandelnd. Ihr ganzes Wesen fühlte sich lebendig und in Bewegung, wie die Wälder im Frühling. Sie empfand nichts anderes, als daß ein neuer Odem von dem Körper des Mannes in sie geblasen war, und daß sie war wie ein Wald, durch den ein neuer, sanfter Wind fährt, und der Knospen treibt. Ihr ganzer Leib fühlte sich wie die dunkle Verschlingung der Äste eines Eichenwaldes, leise im Winde rauschend und anhörbar rauschend mit den Myriaden und Myriaden aufbrechender Knospen. Indessen hatten die Vögel den Kopf ins Gefieder gesteckt und schliefen voll Entzücken in der unermeßlichen Verschlungenheit ihres Waldleibes.

Von dem Manne, von dem Körper des Mannes war der reine Wind in sie gefahren. ›Weil ich bereit war‹, sagte sie sinnend zu sich. Und gleich dem Rufe des letzten wachen Vogels in dem unendlichen Rauschen und zitternden Summen ihres Leibes wiederholte sich der Ruf von selbst: ›Weil ich bereit war!‹

Sie dachte einen Augenblick lang an den Mann. Wo war er? Aber ihr Sinn konnte nicht umherstreifen. Der beste Teil von ihm war ganz entschieden in ihr, mit ihr verschmolzen. Sie brauchte nichts mehr. Allein zu sein, gewiegt von dem Winde, der von ihm in sie geblasen war, das wünschte sie sich. Keine andere, keine weniger wesentliche Berührung ertragen zu müssen.

Und inzwischen ertönte die Stimme des anderen Mannes, Sir Cliffords, immer weiter, klatschte und gluckste in fremden Lauten. Keine Sekunde hörte sie wirklich, was er sagte. Aber es klang ihr wie das wunderliche Schreien und Heulen roher, zusammenhangloser Wilder, die irgendwo außerhalb des Waldes um ein Feuer tanzten. Clifford war ein beschmierter und bemalter Wilder, der irgendwo am Rande ihres Bewußtseins in ganz unverständlichem Kauderwelsch heulte. Sie, tief innen im heiligen und empfindlichen Walde, war erfüllt von der reinen Verbindung mit dem andern Manne, einer Verbindung so zart wie die göttliche Eingebung.

Als die Vorlesung beendet war, betrachtete sie Clifford, und sein besonders nacktes Gesicht mit den raubgierigen Augen der Männer unserer Zivilisation ließ sie schaudern. Es war das Gesicht eines höchst gefährlichen Tieres, gezähmt, doch ungemein roh, im Innern gefühllos.

Und mit dem schnell einsetzenden Selbsterhaltungstrieb, dem tiefsten aller automatischen Instinkte, lächelte sie diesen kultivierten Herrn, der ihrem sanft klopfenden Blute ein gefährlicher, gezähmter Wilder war, an und sagte zu ihm: »Hab vielen Dank, Lieber! Du liest Racine wunderschön.«

»Er hat etwas, weißt du«, gab er zurück. »Das Gefühl mag ein bißchen stereotyp sein, aber das sind unsere Gefühle im Grunde wohl alle. Sie wiederholen sich fortlaufend im gleichen Muster. Nur haben wir versucht, neue Schnörkel und Verzierungen hineinzutun, wie bei der neuzeitlichen Kunst meist mit schlechtem Geschmack. Ich kann mir nicht helfen, ich finde, daß Hamlet geschmacklos ist. Die Orestie und Phädrus stoßen viel tiefer zur Grundlage der gleichartigen Gefühle vor, ohne so viele Verrenkungen.«

»Ja«, sagte sie langsam, »du hast sicher recht. Das stimmt sicher.«

Sie wußte nicht, ob sie etwas meinte, oder ob er etwas meinte.

Nur ihr Instinkt riet ihr, ihm nicht zu widersprechen und ihn nicht zu erschrecken, sondern ihm Selbstsicherheit zu geben. Er war eine andere Art Geschöpf, gezähmt und gefährlich.

So half sie ihm wie gewöhnlich und küßte ihn beim Gutenachtsagen, als wäre er ein fremdartiges Idol, das sie günstig stimmen müßte. ›Mein Abgott!‹ sagte sie zu sich, als sie sich selbst ihn küssen sah. ›Mein Idol! Mein Abgott!‹ murmelte sie zu sich, als er sie freundlich in den Armen hielt, ehe sie sich zurückzog.

Und es waren Tiger in ihrem Herzen, Geschöpfe des alten Urwalds der Seele, bereit, ihm ins Gesicht zu springen. Aber sie beschwichtigte sich. Sie wollte nicht böse mit ihm sein. Er war der Gott, der gestürzt und ein Idol geworden war. Dem Idol konnte sie in Anbetracht seiner alten Gottheit immer noch Opfer darbringen. Sie konnte gut und sogar dankbar zu ihm sein. Er war ein Abbild ihres alten Hausgottes.

Dann ging sie hinauf. Die Pflegerin schlief unten im Zimmer neben ihm. Darauf hatte Mrs. Bolton bestanden. Denn er lag nachts oft wach, und es beruhigte ihn, wenn jemand hereinkam und mit ihm sprach.

Er war sonderbar: so bedachtsam auf alles, so rücksichtsvoll gegen jedermann, war er im Grunde doch ganz auf sich selbst beschränkt. Kein Atemzug drang von irgendeinem andern Menschenwesen oder Geschöpf zu ihm. Wie abgeschnitten von der atmenden Berührung mit dem lebendigen Weltall war er. Er liebte eine schöne Landschaft, eine schöne Blume. Vor allem liebte er Kunst, Bilder, Bücher. Weil hier sein Geist und seine kritische Wertschätzung frei spielen konnten. Aus Büchern und Bildern konnte er wirklichen ästhetischen Genuß gewinnen, etwas, das seine Nerven erregte und ihm ein Gefühl des Stolzes, des Sieges, der Anmaßung vermittelte. Aber dadurch wurde er nur noch weiter fortgetragen von jeglichem körperlichem Austausch und blieb erhaben und trocken, war wie ein Mensch, der bereits gestorben war für alles außer für nervöse Wertschätzung oder Erregung.

Es war, als hätte er schon seinen Körper verloren und wäre nichts als ein Netzwerk von Nerven. Nur daß er seit seiner verhängnisvollen Verwundung, die sein Leben beinahe zerstört hätte, einen geheimen, rohen Lebenswillen hatte. Der Lebenswille war das Tiefste in ihm, und was er jetzt hegte, das waren jene Dinge, die ihn am Leben, am tatsächlich körperlichen Leben erhielten.

Aus diesem Grunde ging ihm seine Gesundheit über alles, und das Essen bedeutete ihm viel, weil die Nahrung ihn am Leben erhielt. Wie ein Luchs achtete er darauf, daß er gut ernährt wurde, und er aß eher zu viel. Er fuhr in seinem Rollstuhl, der sich durch Hebel bewegen ließ, im Garten herum, und unermüdlich machte er genügend Körperübungen, um bei Kräften zu bleiben. Er wußte, daß Constance ihn beschützte und sein Leben in Fluß hielt. Er durfte sich auf sie verlassen. Und so klammerte er sich mit seinem Willen an sie und achtete darauf, sie nicht zu überschätzen.

Er war wirklich bemerkenswert wohlauf, eine neue Menschenart. Sein Oberkörper schien breiter zu werden und sich auszudehnen, wurde geradezu massiv und plump. Auch sein einstmals schmales, blasses Gesicht füllte sich und wurde breit, bekam eine frische Farbe und war durchpulst von einem neuen Willen, dem Lebenswillen. Die Züge waren immer noch empfindsam und durchgebildet, die hellblauen englischen Augen licht und überintelligent. Aber in allem war etwas Verborgenes und Bejahendes, die besondere Bejahung des Lebenswillens, der Daseinsberechtigung des Krüppels, die ihn verriet und ihm einen harten, fast unverschämten Ausdruck verlieh.

Er war, wenn man die Umstände in Betracht zog, auffallend gesund. Einzig bekümmerte es ihn, daß er nicht gut schlafen konnte; er lag nachts oft wach. Und das erfüllte ihn mit neurotischer Angst, weil er seinen Untergang befürchtete.

Dann weckte er Mrs. Bolton, und sie brachte ihm etwas zu essen und spielte Karten, Dame oder sogar Schach mit ihm. Er lehrte sie das Schachspiel, und sie war stolz darauf, es als wendige, gescheite Frau zu lernen. Sie wollte imstande sein, alles zu tun, was die Vornehmen taten, so daß sie für sie kein Geheimnis mehr bargen. So konnte sie mit ihnen fertig werden.

Auf diese Weise fand Clifford etwas Neues, das seine Anteilnahme erregte; er lehrte die ältliche Frau Schach spielen und brachte ihr sogar zu seiner eigenen bösartigen Belustigung Französisch bei. Sie lernte langsam, aber sicher.

Dadurch hatte Constance mehr Freiheit. Mrs. Bolton fand Freude daran, gut zu Sir Clifford zu sein und von ihm anzunehmen, was er ihr nur von den Errungenschaften der Oberschicht beizubringen vermochte. Aber nie ließ sie sich mit ihm in ein Gespräch über die Grubenarbeiter ein. Er hatte sich zu einem eifrigen Geschäftsmann entwickelt. Da er viele Bergwerksaktien besaß, nahm er großen Anteil an den Gruben. Und er überlegte, plante, erwog und hielt lange Besprechungen mit dem Bergwerksleiter, dem Grubeningenieur und dem Vorstand der Gesellschaft ab. Und ein großer Teil seiner Willenskraft und Intelligenz befaßte sich mit dem Betrieb der beiden Gruben, aus denen er hauptsächlich sein Einkommen bezog. Er brachte Geldopfer, um den Grubenbetrieb zu modernisieren. Und jetzt begann er das Brot, das er übers Wasser geschickt hatte, wiederzufinden. Er verfolgte den Umsatz der Gruben mit nie nachlassender Anteilnahme und Gespanntheit, als ob er die Gruben zwingen wollte, Zahlungen zu leisten, und zwar gute Zahlungen.

Über all dies wußte Ivy Bolton Bescheid. Aber in dieser Beziehung war sie vollkommen stumm. Sie pflegte Sir Clifford treuergeben und gab ihm etwas von ihrem Leben. Doch vergaß sie nie, daß sie im feindlichen Lager stand. Und sie war ganz unbarmherzig bei ihren Versuchen, Constance von dem Zugriff ihres Mannes zu befreien, ganz ruhig, ganz kühl, ganz gewissenlos. Sie wollte beinahe, daß die junge Frau einen andern Mann als Liebhaber finden würde.

Darum beobachtete sie nach Frauenart Constances Gesicht, und instinktiv witterte sie etwas. An diesem Abend hatte sie sich besonders gewundert, als sie Constance mit dem frischen, neuen Gesicht heimkommen sah, so schön! Das Herz der Witwe sehnte sich mit der alten Liebesleidenschaft, die in ihr so grausam abgeschnitten worden war. Sie sehnte sich jetzt danach, darüber etwas zu erfahren, Gewißheit zu erlangen.

Sie fragte sich, wo Constance Liebe finden könnte. Nirgends war jemand, der in Betracht käme. Constance ging abends so oft in den Wald. Dort war der Wildhüter, Parkin. Unmöglich! Ein unangenehmer, roher Kerl. Keine Frau würde auf ihn verfallen.

Und doch! Als Weib wußte sie, daß er ein von Natur leidenschaftlicher Mann war. Sie erkannte es allein an der Biegung seiner Nase und an seinen feurigen, bösen, kleinen Pupillen. Daß er haßerfüllt geworden war, wußte sie ebenfalls. Aber als Frau wußte sie auch, daß leidenschaftliche Männer höchst haßerfüllt und höchst liebesfähig sein können.

Trotzdem hielt sie es für unmöglich.

Sir Clifford schlief schlecht in dieser Nacht. Parkin aber, der zu der Hütte zurückgekehrt war, wo sie gewesen, und dort still gesessen, die Hände zwischen den Knien gefaltet, und in die Nacht hinaus zu den Sternen geblickt hatte, die zwischen den Ästen der Eichen schlüpfrig und irgendwie der Körper der Frau zu sein schienen, Parkin, der lange Zeit reglos und gedankenlos in die Nacht geblickt hatte, als ob die ganze Nacht für ihn die Frau wäre, legte sich schließlich auf das Stroh in der Hütte, hüllte sich in eine Soldatendecke und schlief, ohne sich zu rühren.

Es war immer noch dunkle Nacht, als er erwachte. Er schaute zu den Sternen auf. Es mochte vier Uhr sein. Er seufzte um die Frau, strich sich den Manchesteranzug glatt, ergriff sein Gewehr und ging in seiner schweifenden Ruhe, vollwach jetzt, leise in den Wald hinaus.

Er schritt leise, verstohlen, vollwach dahin; seine Pupillen vergrößerten sich in der Dunkelheit. Aber immer noch war die Nacht ganz Frau für ihn. Er machte seine stille, wendige Runde durch den Wald in der mondlosen Nacht, die müde und kalt war.

Und dann schließlich, als die erste blasse Unruhe im Osten erschien, zögerte er. Er sollte nun heimgehen, das Feuer schüren und essen. Aber die andere grenzenlose Sehnsucht war in ihm, und er drehte um und ging langsam wieder durch den Wald, langsam in den Park, während Morgendämmerung und graue Wolken mitsammen aufstiegen, um einen grauen Tag zu schaffen.

Die Welt lag grau in der regungslosen Dämmerung, als er langsam den Park durchquerte. Er strebte auf das Schloß zu. Er stand auf einer Anhöhe, ganz unverdeckt dem Park zugekehrt.

Alle Gärten lagen nach hinten hinaus. Nur der Zufahrtsweg führte in einem Bogen zu den Stufen zwischen einigen alten Bäumen hinauf. Aber zu seiten des Weges war bloß das rauhe Gras des Parkes.

Mrs. Bolton hatte um die Dämmerung gebetet. Sir Clifford war so lange wach gewesen. Bei Tagesgrauen würde er wieder einschlafen. Sie zog in seinem Schlafzimmer die Vorhänge auf und schaltete die Lichter aus. Dann ging sie durch die Verbindungstür zu den Fenstern seines Studierzimmers, das auf der Vorderseite des Hauses lag. Wenn sie alles Tageslicht hereinließ und er sicher war, daß der Tag nahte, würde er schlafen. Und sie konnte vor dem Neun-Uhr-Frühstück noch ein paar Stunden Schlaf erhaschen.

Als sie leise die Vorhänge aufzog, sah sie in einiger Entfernung mitten auf dem Zufahrtsweg einen Mann stehen, der, ohne sich zu rühren, zum Haus hinaufstarrte. In der Gräue der Morgendämmerung, des bewölkten Tageslichts konnte sie erkennen, daß es der Wildhüter war, der sein Gewehr in der Hand trug. Es war nichts Auffallendes daran, daß er dort Wache stand.

Aber sie beobachtete ihn, wie er so regungslos dastand. Und da webte etwas in der Stille, ja Knabenhaftigkeit seiner Gestalt mit der langen Joppe, das einen von Liebe leicht benommenen Mann verriet. Es war auch ein bißchen lächerlich, wie ein liebeskranker Hund ewig vor dem Hause seiner Geliebten zu stehen.

Sie lächelte grimmig ein wenig vor sich hin und sagte zu sich: ›Das hätte ich niemals gedacht! So etwas!‹ Und sie machte mit der Zunge ein kleines Geräusch spöttischer Bekümmernis, indem sie daran dachte, daß Sir Cliffords junge Frau, Lady Chatterley, sich mit dem Wildhüter ihres Mannes eingelassen hatte. ›Man hätte meinen sollen, daß sie ein weinig höher gegangen wäre.‹

Nichtsdestoweniger frohlockte Mrs. Bolton. Warum sie frohlockte, wußte sie nicht, aber sie frohlockte. Außerdem war sie entschlossen, das Geheimnis zu wahren; ja, niemand durfte etwas erfahren. Sie wollte Constance Sicherheit geben. Nie, nie wollte sie es zulassen, daß ein Wort zu Sir Clifford drang, wenn sie es verhindern konnte. Ein Wildhüter! Soweit nicht sehr verschieden von ihrem eigenen Manne, der ewig jung war, erst achtundzwanzig Jahre alt. Nun, die gnädige Frau unterschied sich nicht sehr von Ivy Bolton, wenn es ums Ganze ging! Und sie hoffte, daß dieser Parkin anständig sein würde. Das war die Hauptgefahr! Wenn dieser Parkin nur anständig sein würde. – Jedenfalls schien er ein guter Liebhaber zu sein!

Die Pflegerin blickte in das andere Zimmer hinüber, wo Sir Cliffords breite Schulter sich zum Schlafen unter den Bettüchern wölbte. ›Du sollst niemals etwas erfahren, solange ich es verhindern kann‹, sagte sie im stillen. Und sie ging leise in ihr Zimmer.

Und wenn die Frauen im Dorfe Lady Chatterley als nonnenhaftes Weib bedauerten, entgegnete Schwester Bolton: »Oh, da irrt ihr euch. Ich habe selber so gedacht und mußte es zurücknehmen. Sir Clifford ist noch ein ganzer Mann, das kann ich euch sagen, wenn ihr es mir auch nicht glauben mögt. Ihr werdet es mir wohl nicht glauben. Aber sie hoffen auf ein Kind! O ja! Und ich wäre gar nicht verwundert.«

Sie genoß es, dies zu sagen. Sie fühlte wiederum Frohlocken.

6

Der Tag war regnerisch. Constance hatte immer noch das Verlangen, allein zu sein. Sie beschäftigte sich den ganzen Vormittag im Hause, und nachmittags ließ sie sich in dem Auto, das Clifford gekauft hatte, in die kleine Stadt fahren. Die Landschaft sah äußerst trübselig im Regen aus, denn der Lenz war noch nicht durchgebrochen. Der Wagen fuhr hügelan durch das Dorf Tevershall, dessen niedrige Häuser mit glänzenden schwarzen Schieferdächern, die wie Lider waren, in dunkelroten Sprenkeln verstreut lagen; dazu gehörten dürftige Läden mit Seifen-, Kartoffeln- und Rhabarberhaufen oder unordentlichen Stoffballen, eine Methodistenkapelle, eine Independentenkapelle und wie sie alle hießen, aber alle gleich trübselig und bis zu einem gewissen Grade häßlich. Und auf der Spitze des Hügels die alte Kirche und die alten Steinhäuser des ehemaligen Dorfes, dessen Bewohner vor dem Aufkommen des Bergwerks Bauern gewesen waren.

Tevershall war das zu Schloß Wragby gehörende Dorf, aber Clifford und Constance mieden es beide gänzlich. Dieses Dorf lebte ausschließlich für die Grubenarbeiter und bestand aus Grubenarbeitern; und es liebte die Chatterleys nicht. Man konnte nichts anderes tun, als es in Ruhe lassen. So ließen die Bewohner von Schloß Wragby es in Ruhe und setzten sehr selten den Fuß auf die drei verstreuten Kilometer Häßlichkeit. Und doch, dachte Constance, war er in einem dieser Häuser aufgewachsen, und seine alte Mutter lebte in einem mit seinem Kind! Und er gehörte dorthin.

Sie seufzte. Die hoffnungslose, trübe Häßlichkeit bedrückte sie. Sie war an Sussex und an ein schönes altes Haus in einem Tale gewöhnt gewesen. Sie konnte sich diesem gräßlichen Grubengebiet im nördlichen Mittelland nicht anpassen. Und doch hatte sie es auch gern; es machte den Eindruck schwerverständlicher Männlichkeit, einer gewissen schwerverständlichen, nachdrücklichen Lebenskraft. Wenn es sich nur bewußt werden würde, wie häßlich es war, und sich ein wenig ändern wollte.

Der Wagen erkletterte den Hügel und fuhr weiter nach Stacks Gate. In der Ferne zur Linken gewahrte sie, über dem gewellten Lande hängend, den Schatten von Schloß Bolsover, das mächtig aussah. Aber dahinter und darunter waren rötliche Flecken neuer Wohnhäuser, und aus dem Bergwerk stiegen schwarze Rauchfahnen und weiße Dampffahnen in die feuchte Aprilluft empor.

Ein großes neues Hotel, rotgolden und prächtig, das Hotel Coningsby, stand an der Straßenkreuzung. Einige Meter weiter kam Stacks Gate selber, vierzehn Reihen neuer, tipptopper rosafarbener Wohnhäuser, die wie zufällig auf die erschrockenen Felder gesetzt schienen. Und dahinter das große neue Bergwerk, das riesige Dampffahnen ausstieß, ein reiches Bergwerk mit allen modernen Erfindungen für Nebenprodukte. Hier gab es wahrhaftig keine Kapelle, keine Kirche, nicht einmal einen richtigen Laden. Nur das stolze große Bergwerk wie eine vornehme Betätigung des Teufels am einen Ende und das mächtige Hotel am andern. Das Hotel war im Grunde bloß ein Arbeiterwirtshaus, aber es verfügte, genau wie das Bergwerk, über alle Einrichtungen für Nebenprodukte.

Und zahlreiche Menschen bevölkerten den Ort; Stacks Gate war erst entstanden, seit Constance auf Wragby lebte, und das menschliche Element war von nirgendwoher hereingeströmt, sogar während ihrer wenigen Ehejahre.

Das Auto fuhr wieder bergauf, und in der Ferne sah Constance das große Elisabethanische Gutshaus Hardwick vornehm über seinem ausgedehnten Park thronen. Doch schon bog der Wagen ab, tauchte zwischen alte, schwärzlichrote Arbeiterhäuser, welche die Straße säumten und zu der alten Stadt Uthwaite führten, deren Kirchturm hinter großen Fabriken, Bergwerken und Gießereien im Tale auftauchte.

Uthwaite war ein kleiner Knotenpunkt, eine uralte Landstadt, die sich in einem Tale unter dem weiten, offenen, leicht gewellten Lande duckte, wo die Schlösser und Gutshäuser einst wie Löwen geherrscht hatten. Jetzt lief allerdings ein Gewirr von Eisenbahnlinien nackt in die Stadt, und allenthalben dampften und rauchten Bergwerke, Gießereien und Fabriken, die das Städtchen verdunkelten. Rings um seine krummen Gassen scharrten sich Horden von älteren, schwärzlichroten Arbeiterhäusern, die auch die großen neuen Landstraßen säumten. Und in dem weiten Gebiet, wo die Schlösser und stattlichen Gutshäuser schliefen, wehte Rauch gegen Dampf, und ein Fleck nach dem andern zeigte auf den Hängen des offenen Landes die neuen Gruben-Niederlassungen an. Eine Absicht löschte die andere aus, und wenn die großen Gutshäuser, die vornehmen Heimstätten Englands, auch immer noch sichtbar emporragten, so waren sie doch zumeist leer, waren nur Schalen. Das schöne, alte Georgianische Gutshaus Fritchley wurde soeben abgerissen. Es war allzu groß, wie ein großes, schönes Wrack.

Constance fühlte, daß die alte Welt zum Untergang verurteilt war. Sogar Wragby war, wie sie fühlte, zum Untergang verurteilt. Wenn die großen Landbesitzer die Bergwerke eröffneten, verurteilten sie ihre eigenen Erbgüter zum Untergang. Ein Ding stößt das andere fort.

Lange Zeit hatte Constance sich gegen dieses schreckliche, häßliche Mittelengland und gegen die nördliche Welt aufgelehnt. Sie war unerträglich. Doch sogar während ihres kurzen Aufenthalts hatte Constance sie wachsen sehen. Jetzt wurde das Gutshaus Fritchley abgerissen, und im nächsten Jahr sollte Shipley daran glauben – Shipley, ein so hübsches Stuckhaus aus dem Jahre 1760 mit seinen anmutigen runden Fensternischen und seinen schönen getäfelten und geschmackvoll ausgemalten Räumen! Sogar König Edward hatte es bewundert, hatte gerne dort gewohnt, weil es so viel Atmosphäre hatte. Und Junker Manby, wie die Leute ihn nannten, wie sehr hatte er sein Heim und die ringsum stehenden großen, stolzen Buchen geliebt!

Der Junker starb; seine Nachkommen erbten den Reichtum, der aus den Gruben stammte. Aber das Bergwerk lag fast vor der Schwelle. Vom Park aus gelangte man geradewegs dorthin, und die Grubenarbeiter lungerten in der Essenspause am Teich herum. Dem alten stolzen Junker machte das nichts. »Die Arbeiter haben mir mein Vermögen zusammengetragen«, sagte er. »Sie schmücken den Park wie Rotwild.« Dies sagte er zu König Edward.

»Ich bin ganz Ihrer Meinung«, antwortete der König. »Wenn unter dem Rasen von Sandringham ein Flöz wäre, würde ich dort eine Grube eröffnen und sie als eine schöne Gartenanlage betrachten.«

Aber das war die vorige Generation gewesen, sogar die vorvorige.

Jetzt waren die großen Buchen auf Shipley bereits fort, und der Park sah sonderbar und kahl aus. Das Schloß sollte abgerissen werden. Eine Häuserkolonne sollte gebaut werden. Die jetzigen Eigentümer besaßen ein Stadthaus, ein Sommerhaus in Schottland und eine Villa bei Nizza. Sie verabscheuten Shipley.

Constance wußte das alles. Sie kannte die Manbys, sie kannte die ganze Gegend. Jedermann hatte sie aufmerksam Besuch gemacht, hatte ihr freundlich und warm – was angeboten? Nicht eigentlich Freundschaft. Bekanntschaft! Der Herzog und die Herzogin von Coningsby, die führende Familie der Gegend, waren wirklich sehr zuvorkommend. Der arme Clifford! Das war's! »Der arme junge Sir Clifford Chatterley!« Oh, die Leute waren freundlich, wenn man ihnen leid tat.

Freundlich! Was ist Freundlichkeit? Sie dachte an Parkin und an die sanfte Pupillenvergrößerung der Leidenschaft in seinen Augen, in denen schnelle Lichter zitterten. Diese besondere nackte Sanftheit der Leidenschaft, die solch seltsame Blitze zündete. Freundlichkeit? Sie begann zu fühlen, daß viele der großen alten Worte ihre Bedeutung verloren hatten, gleich Blumen, die verwelkt und deren Hülsen zurückgeblieben sind. Freundlichkeit? – »O ja, die Leute lassen es sich angelegen sein, mir und Constance Freundlichkeit zu zeigen.« Das hatte Clifford zu Lady Eva gesagt. Aber was bedeutete das? – es sich angelegen sein lassen, freundlich zu sein?

Constance schob ihre Gedanken beiseite, denn der Wagen hatte hinter der alten Kirche von Uthwaite in der krummen, schmalen Gasse haltgemacht. Sie stieg aus. Der Polizist grüßte und hielt ihretwegen den Verkehr an. Hier im Kern dieser alten Stadt war sie wenigstens die große Dame! Sie überquerte die Straße und trat bei dem alten Drogisten ein.

Mit Einkaufen und Plaudern verbrachte sie einige Zeit. Sie trank sogar in der sauberen, geschmacklosen kleinen Konditorei eine Tasse Tee. Es war nett, wieder einmal sich selbst überlassen zu sein, wenn auch nur für eine Stunde. Als wäre man wieder in London, besuchte die Kunstakademie und verkehrte in Kaffeehäusern und Restaurants.

Als sie heimfuhr, fing es erneut zu regnen an. Sie blickte zu den Fenstern hinaus. Nein! Sie wollte heute abend nicht zu Parkin gehen. Heute abend nicht! – Aber indem sie an ihn dachte und an die Schönheit, die sie in ihm gesehen, in seinem Körper, in seiner nackten, pupillenvergrößernden Leidenschaft, eine innere Schönheit, die, abgesondert von seiner Wunderlichkeit und Gewöhnlichkeit etwas Zartes und Zerbrechliches hatte, doch wirklich er war, lieblich wie eine geöffnete Krokusblüte, als sie daran dachte, überkamen sie Zärtlichkeit und Sehnsucht nach dieser verunstalteten Landschaft und der verunstalteten, fremdartigen, fast gespensterhaften Bevölkerung. Vielleicht war in vielen Menschen eine wilde, zarte innere Leidenschaft, etwas Großzügiges und Unverhülltes. Doch gleichzeitig waren sie so roh, so begrenzt, so unbeugsam häßlich.

›Wenn man bei ihnen ein Gefühl der Lebensschönheit haben

könnte‹, sagte sie zu sich, indes sie an Parkin dachte. ›Die Schönheit des Lebendigen! Wenn man sie dazu wecken könnte! Nicht Kunst und Ästhetik, die irgendwie immer Snobismus sind! Sieh! Er ist schön. Sogar sein Gesicht, wenn es plötzlich weich und frisch wie eine Blume wird! Das werde ich ihm sagen. Ich werde es ihm sagen. Sie sind von ihrer eigenen Schönheit so schrecklich abgeschnitten, diese Leute. – Und doch fühle ich, daß sie sie haben, irgendwo, auch wenn sie ganz häßlich aussehen. Aber in ihnen ist etwas Zärtliches, das in Generationen zu einem schönen Leben erblühen könnte. Es muß sich nur entwickeln. – Oh, wie verkehrt ist unsere Erziehung! Wie böse wir wahrhaftig zu ihnen sind!«

»Ich habe in Uthwaite Tee getrunken«, sagte sie zu Clifford.

»Ach? In Miß Bentleys Konditorei? Und wie war die emsige Miß Bentley?«

»Wie immer«, antwortete sie.

Miß Bentley war eine alte Jungfer mit langer Nase und dunklem Haar, die den Gästen den Tee mit einer behutsamen Gespanntheit reichte, als ob sie ein Sakrament darböte.

»Es ist sehr fein«, sagte Clifford, »so viel Seele in den Tee zu gießen, wie die liebe Miß Bentley es zu tun pflegt. Aber der Ceylontee ist das kaum wert. Sie hätte Priesterin in einem Tempel der Jungfräulichkeit werden sollen. Hat sie nach mir gefragt?«

»O ja!« Und Constance ahmte Miß Bentleys gedämpftes Gemurmel nach: »Darf ich mich erkundigen, wie es Sir Clifford geht, gnädige Frau?«

Clifford lachte. »Hast du ihr gesagt, daß ich blühe und gedeihe?«

»Ja. Ich sagte, es gehe dir glänzend. Und wenn sie nach Tevershall käme, sollte sie nach Wragby heraufkommen und dich besuchen.«

»Zum Teufel, daß du das getan hast! Wie blödsinnig sähe das aus, wenn Miß Bentley mir beinahe die Hand küßt! Ich weiß, daß sie das täte, falls sie sich trauen würde. – Nun, und was hat sie darauf gesagt?«

»Sie errötete. Ja, sie errötete und schlug die Augen nieder. Da sah sie ganz jung aus. Sie muß früher recht hübsch gewesen sein.

Und dann sagte sie, sie glaube nicht, daß sie sich diese Kühnheit herausnehmen würde.«

»Kühnheit herausnehmen!« lachte er. »Sie ist ein lächerliches altes Geschöpf. Glaubst du, daß sie etwas Besonderes für mich übrig hat?«

»Ich glaube, ja. Du bist der *preux chevalier* ihrer Phantasie.«

»Auf diese Weise wurden wohl *preux chevaliers* geschaffen.«

»Natürlich! Die Männer lebten diesem Bilde nach.«

»Das möchte ich doch bezweifeln. Zumindest war es ein hübscher Bluff.«

Sie verbrachten einen ruhigen, glücklichen Abend miteinander. Draußen regnete es, und es herrschte Dunkelheit. Sie dachte an den andern Mann. Als dann die Lampen angezündet waren, dachte sie nicht mehr an ihn.

»Hör mal, Con«, sagte Clifford, als er nach dem Kaffee seine Pfeife stopfte. »Kümmert es dich eigentlich, ob du unsterblich bist oder nicht?«

Sie schaute zu ihm auf. Er war in guter Form und sah wohl aus.

»Diese Frage beschäftigt mich wohl weniger.«

»Ha!« machte er. »Ja, das scheint mir auch. Ich denke, daß es mein Problem ist. Meinst du, daß es dir wirklich gleichgültig ist, ob du unsterblich bist oder nicht?«

»Ich weiß nicht recht, welche Art Unsterblichkeit du dir vorstellst.«

»O doch! – Ob deine Seele oder dein eigentliches Wesen, nenn es, wie du willst, einen Zustand erreichen wird, in dem die Seele... nun ja, sagen wir, vollkommen ist. Und ob sie, wenn sie vollkommen ist, ihr eigenes ewiges Leben hat.«

Sie legte ihre Näharbeit hin und betrachtete ihn ernst.

»Also...« Sie zögerte. »Ich muß gestehen, daß mich eine langdauernde Unsterblichkeit nicht sehr interessiert.«

»Aber wenn du sterben wirst? – Und wir müssen alle sterben.«

»Ich weiß. Aber wenn ich sterben muß...« Sie runzelte die Brauen. »Ich glaube, ich werde genug Vertrauen haben, daß... daß ich froh bin... und es einfach Gott überlasse.«

»Ah! Es ist dir also wirklich gleichgültig, was nachher mit dir sein wird?«

»Ziemlich. Was mich erschaffen hat, das wird mich auch dann wieder in seine Arme nehmen. Ein Kind weiß vor der Geburt, daß es geboren werden wird, und beläßt es dabei. Aber es weiß nicht einmal, was Geborenwerden ist oder woraus das besteht, und auch sonst nichts. Und genauso ergeht es mir mit dem Tode. Ich weiß, daß ich sterben und fortgetragen werden werde. Wohin, wie, wann, warum, das ahne ich nicht, und ich weiß auch nicht, wie ich mir das vorstellen soll. So belasse ich es dabei, wie ein ungeborenes Kind es dabei beläßt.«

»Platos Gedanken und Himmel und diese Dinge bedeuten dir nichts?«

»Bilder! Sie schaffen Bilder. Aber sie sind wie eine Bilderausstellung. Ich bin ein Betrachter, ich bin nicht in dem Bilde. Wenn ich mich in das Bild zu stellen versuche, verrenke ich mich nur. – Nein! Mit dem Himmel und mit Platos Gedanken und all diesen Gedanken fühle ich mich wie in der Nationalgalerie oder in den Uffizien. Ich sehe etwas recht Schönes oder sehr Schönes an, aber die Welt ist draußen, und ich lebe in der Welt.«

Er paffte.

»Willst du damit sagen«, rief er, »daß nichts dir mehr bedeutet als irgend etwas anderes? Als Miß Bentley zum Beispiel?«

»Miß Bentley, die wegen eines Buttermessers, das bei der Butter fehlt, ein Aufhebens macht, interessiert mich nicht. Aber als sie errötete und minutenlang wie ein schüchterner Backfisch aussah – das interessiert mich ebensosehr wie Plato oder wie Tizian.«

»Wirklich?« gab er verwundert zurück. »Weshalb?«

Es entstand ein Schweigen. Sie wußte nicht, was sie sagen sollte. Aber sie fühlte, daß sie mit Clifford etwas ausfechten mußte: vielleicht ihren eigenen Begriff von der Unsterblichkeit festsetzen, sich nicht immer den seinigen aufzwingen lassen.

»Wir können von der Unsterblichkeit nichts wissen«, sagte sie. »Wir können sie nur fühlen.«

»Und wir können sie nicht fühlen, weil wir sie nicht erleben, solange wir nicht tot sind!« entgegnete er.

»Wieso...?« Verwirrt hielt sie inne. Hierauf sagte sie: »Das finde ich dumm. Wenn ich jetzt nicht fühle, daß ich unsterblich bin, was für einen Zweck hat es dann, über das Später ein Geschrei zu erheben? Als ich zum erstenmal ein Tizianbild wirklich erfühlte – früher fand ich seine nackten Weiber dumm und langweilig –, aber als ich eines Tages in meinem ganzen Körper die weiche, glühende Schönheit fühlte, die Schönheit des Fleisches, da sagte ich zu mir allein ganz deutlich: ›Das ist die Unsterblichkeit des Fleisches.‹«

»Der Kunst Tizians, meinst du.«

»Nein, das meine ich nicht! Tizians Kunst enthüllte mir nur, was ich seither immer im Menschen zu sehen vermag: die Unsterblichkeit des Fleisches. Ich sah sie in Miß Bentley, als sie errötete.«

»Aber nicht, als sie dir ein Buttermesser brachte!«

»Nein.«

»Warum da nicht?«

»Weil sie um nichts Lärm schlug.«

»Ja aber...!« Er lachte. »Ihr Fleisch war dasselbe.«

»Nein!« versetzte sie. »Es wechselt.«

»Siehst du in mir jemals die Unsterblichkeit des Fleisches?«

»Manchmal.«

»Wann zum Beispiel? Jetzt?«

»Nein, jetzt nicht.«

»Weshalb nicht?«

»Du siehst derb aus.«

»Also nur, wenn ich zart aussehe? – Nicht, wenn ich derb aussehe?« neckte er.

»Wenn du eine gewisse Zärtlichkeit hast, und wenn du aussiehst, als ob du den Wind nicht ändern würdest, falls du weißt, was ich meine.«

»Und wann sehe ich so aus?«

»Manchmal. Manchmal, wenn du ein bißchen traurig bist und nicht nachdenkst. Oder wenn dir ziemlich froh zumute ist, weil du weißt, daß es dir besser geht. Und wenn du plötzlich wirklich zornig bist.«

Er schwieg eine Zeitlang. Dann sagte er bitter: »Wenn ich meine toten Beine betrachte, sehe ich nicht viel Unsterblichkeit des Fleisches, das versichere ich dir.«

Sein Ton klang beinahe zynisch; es schwang etwas darin, was sie erschreckte. Und eine Stimme in ihrem Innern warnte sie: ›Geh nicht weiter!‹ Sie fürchtete sich mit einem Male vor ihm wie vor etwas Feindlichem.

»Clifford«, begann sie unvermittelt und sah zu ihm auf. »Du weißt, daß ich dich liebhabe. Und ich möchte dich immer liebhaben. Es spielt keine Rolle, was mit deinen Beinen geschehen ist. Du bist du.«

»Ich bin ich!« wiederholte er. »Ich bin ich! Und wenn ich von meinem Körper losgelöst bin, werde ich vielleicht etwas Wirkliches sein. Bis dahin bin ich es nicht.«

»Doch, du bist es! Denk nur, welch großen Teil des Lebens du für mich bedeutest!«

»Und welchen nicht«, gab er zurück.

»Mach dir deswegen keine Gedanken«, sagte sie.

»Ich mache mir aber deswegen Gedanken. Tizians Frauen! Die Unsterblichkeit des Fleisches! Glaubst du, ich wüßte nicht, was du meinst, auch wenn du es selber nicht weißt? – Ich hoffe, daß du einen Mann finden wirst, der dich liebt und dir Kinder schenkt – diejenige Unsterblichkeit des Fleisches, auf die du aus bist.«

»Wäre es dir unangenehm, wenn ich ein Kind bekäme, Clifford?«

Er sah sie plötzlich an.

»Wenn du *wessen* Kind bekämst?« versetzte er.

»Ich weiß nicht. Wäre es dir unangenehm, wenn ich von einem Manne ein Kind hätte?«

»Könntest du nicht versprechen, daß es vom Heiligen Geist wäre?« bemerkte er spöttisch.

»Vielleicht«, murmelte sie. »Der Heilige Geist!«

Es entstand eine Pause.

»Warum?« hob er an. »Glaubst du, daß du ein Kind bekommen wirst?«

»Nein«, murmelte sie. »Noch nicht.«

»Noch nicht! Wieso noch nicht?«

»Wäre es dir unangenehm, wenn ich ein Kind bekäme?« wiederholte sie.

»Wessen Kind, frage ich.«

»Aber mußt du das fragen? Ist es nicht der Heilige Geist, wenn man es so ansieht?«

»Es ist für mich zwecklos, es so anzusehen. Ich sehe nichts anderes als irgendeinen Mann, der vermutlich nie im Krieg war und deshalb...«

Es gab wieder eine Pause.

»Aber warum mußt du nach dem Mann fragen?« sagte sie sanft.

»Habe ich nicht das Recht?«

»Wirklich?«

Abermals entstand eine öde Pause.

»Nein, bei Gott!« sagte er unvermittelt. »Wahrscheinlich habe ich es nicht. Wahrscheinlich habe ich überhaupt kein Recht auf eine Frau, auf eine Frau, die nur dem Namen nach und nach außen hin mein Weib ist. Nein, ich habe kein Recht. Ich habe kein Recht auf dich. Du kannst dir den Mann nehmen, den du willst.«

»Nein, aber hör mich an, Clifford! Ich liebe dich. Du hast mich so viel gelehrt...«

(Im Manuskript des Autors fehlten hier vier Seiten.)

7

»Ich fahre heute nachmittag nach Nottingham zum Zahnarzt«, sagte sie. »Mein einer Zahn ist mir verdächtig.«

»So?« erwiderte er in einem besonderen Tone.

Ein dummes Rot stieg ihr in die Wangen. Er wollte sie durch seinen Ton wissen lassen, daß hinter diesem Besuch beim Zahnarzt alle möglichen Dinge stecken konnten.

»Ich habe mich für drei Uhr angemeldet«, sagte sie. »Ich muß also gehen.«

»Bist du zum Abendessen daheim?«

»O ja!«

»Ach, wirklich!«

Sein geheucheltes Erstaunen war eine Beleidigung. Wieder

stieg ihr das Rot in die Wangen. Aber sie ging.

Sie wurde ärgerlich auf sich selbst. Sie hatte versucht, einfach mit ihm zu sein und ihn beim Wort zu nehmen. Und es schien, als hätte sie gerade ein Vipernnest aufgerührt. Sie saß im Auto, ziemlich steif und auf nichts achtend. Sie erschrak beinahe, als der Chauffeur den Schlag öffnete und sie fragte, wohin sie zu gehen wünschte. Sie war in der Stadt, auf dem Marktplatz. Die anderthalb Stunden waren vergangen, ohne daß sie es gemerkt hatte; sie war so angespannt und versponnen gewesen.

Sie suchte ihren Zahnarzt auf, trank Tee, machte einige Besorgungen und fuhr heimwärts. Sie wunderte sich über den harten, kalten Zorn, der sie beim Gedanken an Clifford erfüllte. Was für eine hinterlistige, grausame Tyrannei hatte er die ganze Zeit über sie ausgeübt! Er hatte ihr Leben aufgesaugt und danach getrachtet, ihren Willen aufzusaugen; sogar ihre Gedanken sollten nie von ihm frei sein. Wie kalt er war, wirklich! Welch kalte Entschlossenheit in ihm war, sie kaltblütig zu unterjochen! Ja, eine heimtückische, kalte Entschlossenheit, sie zu unterjochen. Vielleicht war er sich dessen selber nicht bewußt. Vielleicht beruhte es auf kaltem, schlangengleichem Trieb: sie hinterlistig zu beherrschen.

Es wurde ihr jetzt klar, warum ihre Schwester Hilda eine solche Abneigung gegen ihn hegte. Constance hatte gesagt: »Hilda, du scheinst Clifford zu hassen.« Worauf ihre Schwester erwidert hatte: »Nein, ich hasse ihn nicht. Aber ich mag ihn nicht, er verletzt meinen Stolz.« Das hatte sie eine wunderliche Bemerkung gedünkt. Und in Hildas Stimme war ein Unterton kalter Geringschätzung gewesen, der Constance verwirrt hatte. Sie hatte sich nicht vorstellen können, daß jemand Clifford mit kalter Geringschätzung begegnete. Er war fein und nobel.

Aber plötzlich sah sie den kalten, begrenzten Egoismus in ihm: seinen kalten Willen, der unter all seiner anständigen, vornehmen Duldsamkeit wie der Wille eines unmenschlichen Dinges handelte. Plötzlich sah sie die kalten Windungen der Schlange, die sie eingeschlossen hatten, und sie schauderte in jähem Umschlag zurück. »Nein!« sagte sie laut. »Du darfst das nicht tun.« – Und ein neuer, schmerzvoller, verwundeter Ausdruck kam in ihr Antlitz.

Der andere Mann? Würde er auch so sein? – Ein heimtückischer, hinterlistiger Herrscher? Sie wußte, daß seine Frau gesagt hatte, er sei herrschsüchtig. War er auch so einer?

Sie dachte an Parkin, an sein starres, angriffiges Gesicht. Ja, wahrscheinlich war er ebenfalls herrschsüchtig, aber viel offener. Bei ihm gab es wohl ein Aufeinandertreffen der entgegengesetzten Willensrichtungen und vielleicht eine gewisse Brutalität. Heftig, häßlich, bösartig war er wohl, wenn man sich ihm widersetzte, wie ein in die Enge getriebenes Tier.

Aber er würde niemals kalt sein. Er würde knurren und beißen und viehisch sein, aber nicht wie Clifford diese reine, geradezu geistige Kälte haben, die sich gleich einer Schlange langsam zu ihrem eigenen Ende vorschob und langsam die Windungen ihres eigenen Willens rings um den andern zusammenrollte. Sie war so hinterlistig, so boshaft und irgendwie ganz rein. Sie schien immer rein und weiß und unsträflich. Das war so schrecklich! Die weiße, unsträfliche Reinheit des Willens, der sie endgültig ins Nichts zu unterjochen trachtete. – Ja, mit der Zeit wäre sie nur ein halblebendiger Automat geworden, der gänzlich von Cliffords Willen abhing, kam, wie er wollte, ging, wie er wollte, bloß die Gedanken dachte, die er ihrem Geist eingab, bloß die Gefühle empfand, die er erlaubte. Und immer hätte er ganz selbstlos, ganz rücksichtsvoll, so gänzlich ruhig und anspruchslos geschienen. Scheinbar hätte er ihr völlige Freiheit gelassen. Niemals wäre ein Befehl von ihm gekommen, nie würde er sagen: ›Du mußt! Du darfst nicht! Ich gestatte es nicht!‹ Niemals! Scheinbar wäre sie ganz Herrin nach eigener Wahl gewesen. Und immerwährend hätte er ihr hinterlistig alle freie Wahl gestohlen; sie hätte nur wählen können, was er wollte.

Denn er selbst war absolut in seinem ganzen Universum, und sie war nur ein Gebrauchsgegenstand. Seine Unsterblichkeit, sein Himmel der reinen Wahrheit, das reine Ideal, das reine Licht, das alles war nur er selbst in seiner eigenen zu einem Absoluten erhobenen Einheit, und alles außer ihm schmolz weg. Kein Raum für sie, kein Raum für irgend etwas. Wenn sie dort im letzten weißen Glanze seines Himmels wäre, müßte sie so zusammenschmelzen, daß sie weg sein würde, gänzlich weg, nichts mehr als ein reiner Teil von ihm in seiner letzten Umgestaltung.

Sie schauderte in schierer Empörung. »Niemals!« sagte sie. Und noch einmal: »Niemals!«

Sie fühlte, daß dies sündhaft und unheilig war. Sie verstand Hilda jetzt besser, Hildas Auflehnung und Hildas offensichtlichen Frieden, nun da sie allein war. – Denn Hildas Mann war auf plumpe Weise genau so gewesen. Hilda mußte *seiner* Unsterblichkeit dienen. Sie mußte ihre bloße Sterblichkeit in seine Unsterblichkeit verschmelzen.

Hu! Wie schauerlich! Wie abstoßend, diese unbefleckte Gemeinheit der Tyrannei! In dieser Beziehung wenigstens war der Wildhüter besser. Er hatte keine ausgeklügelte Unsterblichkeit, kein Gefühl seiner eigenen Absolutheit. Er ließ sich von einer Frau vielleicht das Essen kochen und die Kleider flicken, aber er würde ihr nicht gleich einem weißen Hermelin an der Kehle fortwährend die Seele wegsaugen. Nein! Er mochte sichtbar herrschen und sogar sein Weib ins Gesicht schlagen. Aber schließlich war das nicht so schlimm. Es war offener Kampf. Offener Kampf, offener Kampf, wenn Krieg sein mußte!

Und natürlich würde es nur zeitweise Kampf geben. Wenn die Augen des Wildhüters sich vergrößerten und von sanften blitzendem Licht erfüllt wurden, fühlte sie sich so wirklich, so wirklich. Sie hatte ihm etwas unterworfen. Das stimmte. Aber nicht seiner Herrschsucht. Bloß seinem jähen, wirklichen Verlangen. Und in der Unterwerfung war sie viel lebendiger, viel mehr sie selbst geworden.

Herrschen war böse. Herrschen in jeder Art war böse. Das entschied sie unbedingt im stillen. Aber schlimmer noch als körperliches Herrschen, das zu einem Faustschlag führen konnte, war dieses schweigende, anständige, reine Herrschen des Geistes. Das nicht, nie! Man verlor dadurch die Seele.

Eine Weile trieb es sie, Clifford zu verlassen und mit dem Wildhüter fortzugehen, in Schottland einen kleinen Hof zu kaufen und dort mit ihm zu leben. Sie hatte genug eigenes Geld. Und Hilda würde helfen. Sie konnten sogar alle zusammenleben.

Doch dann sagte etwas in ihr: Nein! Nein, sie durfte ihn nicht aus seiner Umgebung reißen. Sie durfte nicht versuchen, auch in der mildesten Form nicht, einen Herrn aus ihm zu machen. Das gäbe nur Verwirrung. Nein! Sie durfte nicht einmal dahin zu wirken versuchen, daß er sich in dieser Richtung entwickelte, in der Richtung der Bewußtseinsbildung. Sie mußte ihn seinen eigenen Weg gehen lassen. Sein Instinkt richtete sich gegen Bildung. Sein Instinkt ließ ihn sogar sich weigern, mit ihr ein gepflegtes Englisch zu sprechen. Er blieb mit trotziger Verbissenheit bei der plumpen Mundart.

Sie seufzte müde. Anscheinend war es unmöglich, in einem Manne einen ganzen Mann zu haben. Ihre beiden Männer waren zwei halbe. Und sie mochte keine Hälfte aufgeben, mochte auf keinen der beiden Männer verzichten. Doch ebensowenig wollte sie sich von einem der beiden in seiner Halbheit beherrschen lassen.

Nein! Wenn Clifford sie dazu zwang, wollte sie ihn verlassen. Aber das bedeutete, den andern Mann ebenfalls zu verlassen. Sie konnte und wollte ihn nicht mitnehmen. Das wäre zu demütigend für beide. Sie wollte allein zu Hilda gehen. Es würde am besten sein, allein zu sein, wie Hilda erkannt hatte.

Müde, matt und beinahe ganz und gar gefühllos kam sie daheim an. Sie hatte nicht genügend Kraft, um darauf zu achten, ob Clifford liebenswürdig oder unliebenswürdig war, oder wenn sie es beachtete, so war sie nicht imstande, mit irgendeiner Empfindung darauf zu antworten.

Tatsächlich schien er fern zu sein und die Schneefelder des Everest nachzuahmen. Was nur sein Gutes hatte. Mochte er in seiner Ferne die Schneefelder des Everest immerdar tragen, wenn er dadurch nur abgesondert blieb und ihre Rechte nicht schmälerte.

Sie verbrachten einen kurzen, schweigenden Abend, indem sie lasen. Sie gab sich bloß den Anschein, als ob sie läse. Es war ihr, als bestünde ihr Hirn aus Kork. Und sie hatte überhaupt kein Gefühl, außer der bodenlosen Lethargie der Nichtigkeit, die korkähnlich und ohne Wahrnehmungsvermögen war. Weshalb sie sich so bald wie möglich erhob, um zu Bett zu gehen.

»Gute Nacht, Clifford.«

»Gute Nacht, Con. Schlaf gut.«

Seine Stimme war so vollkommen heiter und freundlich wie stets. Am liebsten hätte sie zu ihm gesagt: ›Laß das sein. Ich falle nicht darauf herein.‹ – Aber natürlich tat sie nichts so Gewöhnliches. Mit aufmerksamer Wohlerzogenheit schloß sie leise die Türe.

Am folgenden Morgen war er genau so, aber ein wenig blaß; in seinem feierlichen Ernst hatte er etwas von einem kleinen Jungen. Constance fühlte nicht viel – was für einen Zweck hatte es, irgend etwas zu fühlen? Nur haßte sie diese Nichtigkeit, die über ihre Empfindungen kam, wenn sie allzu straff angezogen worden waren. Es wurde ihr ganz übel bei dem Gedanken an noch mehr Willenskämpfe zwischen ihr und Clifford oder zwischen ihr und sonst einem Menschen. Ach! einfach allein zu sein und nicht zur Spannung gezwungen zu werden! – Warum konnte Clifford nicht sein Wort halten? Hatte er gesagt, er wolle nicht, daß sie ihm ein Opfer bringe, nur um abermals einen kalten Ring seiner Macht über sie zu werfen? Nun, sie hatte ihn beim Wort genommen; jetzt konnte er sich also entweder aufrollen oder sich allein zusammenwickeln.

Es regnete wieder, und kein Entrinnen aus dem Haus. Als sie im Laufe des Vormittags an Cliffords Arbeitszimmer vorbeiging, vernahm sie drinnen Männerstimmen und trat ein. Es war der Wildhüter, der um bestimmte Anweisungen bat, und Clifford erteilte sie ihm sehr wendig und verständnisvoll.

Parkin drehte sich um und begegnete ihren Augen, als sie eintrat. In seinen rotbraunen Augen mit den kleinen Pupillen standen eine Frage und eine gewisse Furcht, eine tierische Furcht. Er konnte in ihren großen blauen Augen nichts lesen.

»Guten Morgen«, sagte sie ruhig.

»Guten Morgen, gnädige Frau«, gab er zurück und nahm hastig Haltung an.

»Wie geht es den jungen Fasanen?« fragte sie.

»Oh, sie machen sich, gnädige Frau«, antwortete er.

»Ich möchte bald wieder einmal kommen und sie wieder ansehen.«

»Freilich, kommen Sie nur!« Er zögerte, dann wandte er sich

wieder Clifford zu: »Alsdann, ich werde die beiden also anzeigen, das meinen Sie doch?«

»Ja, das meine ich«, sagte Sir Clifford.

»Gut! Dann geh' ich deswegen nach Clipstone.«

»Wen willst du anzeigen?« erkundigte sich Constance.

»Zwei Grubenarbeiter von Stacks Gates – sind zum drittenmal geschnappt worden und fangen die Kaninchen während der Schonzeit«, erklärte Sir Clifford. Es schien ihn aufzumuntern, gegen jemanden einzuschreiten.

»Wo haben sie gewildert?« fragte sie und drehte sich zu dem Wildhüter herum.

Er machte eine Bewegung mit dem Arm.

»Auf der Südseite – im Park. Ich erwischte sie mit sechs Schlingen und zwei Kaninchen.«

»Wann?« fragte sie.

»Heut morgen bei Tagesanbruch. Ich lauerte ihnen auf und hatte deshalb meinen Neffen Joe mitgenommen«, sagte er laut. Auch er schien auf dem Kriegspfad gewesen zu sein. Er starrte Constance mit seinen kleinpupilligen Augen an wie ein Tier, das Jagd macht. Und in ihm konnte sie jetzt keinen Ausdruck erkennen, denn die besondere tierische Angst war verschwunden. Bloß seine kleinen Augen suchten etwas in ihr, wie ein Tier, wenn es alle menschliche Berührung vermißt, das Menschengesicht erforschen mochte.

»Ist es nicht ein Jammer, jemand anzuzeigen?« sagte sie langsam, sich wieder Clifford zuwendend. Nicht daß es ihr wirklich zu schaffen machte.

»Ist es nicht ein Jammer, während der Schonzeit Kaninchen oder sonst etwas zu jagen?« gab er zurück.

»Schrecklich! Und ich mag diese Schlingen nicht«, sagte sie.

»Wir hätten den ganzen Wald voller Wilderer, wenn wir ihnen nicht das Handwerk legen, sowie wir sie erwischen«, sagte Parkin mit einer gewissen harten Befriedigung.

»Sie haben ganz recht, Parkin! Gehen Sie nur nach Clipstone«, nickte Sir Clifford.

»Jawohl!« Parkin stand stramm und ging mit schwerem Stiefelschritt hinaus.

»Dieser Mann liebt es, seinen Mitmenschen ein Bein zu stellen«, bemerkte Clifford lächelnd.

»Schrecklich!« sagte sie.

»Sehr nützlich bei einem Wildhüter«, entgegnete er zufrieden.

»Mir scheint, alle Männer sind auf irgendeine Weise Wildhüter – sie machen auf etwas Jagd«, sagte sie bitter. Und sie verließ das Zimmer.

Vom vorderen Fenster aus konnte sie Parkin sehen, wie er den Zufahrtsweg hinunterstapfte, entschlossen, Menschen bis aufs Blut zu schröpfen. Seine lange Joppe wippte; sein brauner Hund folgte ihm auf den Fersen. Wieder einmal war er im Begriff, die Welt an der Nase zu packen. Er würde sich dadurch noch unbeliebter machen; die gesamte Arbeiterbevölkerung vermerkte es sehr übel, wenn Wilderer angezeigt wurden. Aber ihm schien das Befriedigung zu bereiten. Er schritt kräftig aus, und seine beutlige Joppe wippte. Der Menschensohn zieht in den Krieg! Sie lächelte grimmig vor sich hin.

Trotzdem gefiel ihr die kühle Art und Weise, mit der er ihr in Cliffords Anwesenheit begegnet war. Er hätte keinen Verdacht erregt, und wenn ganz Scotland Yard zugegen gewesen wäre. Doch hatte er befürchtet, daß etwas nicht stimmte. Sie hatte es an seinen Augen erkannt. Vielleicht hatte er Angst gehabt, daß sie ihn verraten würde. Dann war er sogleich beruhigt und nicht besorgter als sein kleiner brauner Hund. Auch belustigend, wie er hergekommen war, geradewegs in die Höhle des Löwen, um sich zu vergewissern.

Beim Mittagessen schien Clifford recht guter Laune. Nachmittags begab er sich in seinem Rollstuhl hinaus, da das Wetter sich aufgeklärt hatte, und sie ging durch den Park und über die Felder, um allein zu sein. Sie war immer noch ziemlich ärgerlich. Und natürlich bewegten sie bange Erwartungen, weil sie nicht wußte, was Clifford letztlich sagen würde.

Seit zwei Tagen wartete sie nun auf seine Antwort. An diesem Abend wollte sie sich ihm wieder nähern. Und wenn er versuchte, irgendeinen Zwang auf sie auszuüben, wollte sie am nächsten Tag nach Schottland zu Hilda fahren.

Nachdem sie am Bauernhof Marehay vorbeigekommen war,

bog sie in den Fußweg ein, der hügelan durch einen Teil des Waldes führte, durch einen dichten Tannenhain, der Gehege genannt wurde. Es war wirklich unwahrscheinlich, daß Parkin sich hier in der Nähe befand, auch wenn er schon von seinem Ausflug ins Dorf zurückgekehrt war.

Nachdem sie den Zaun überklettert hatte, der den Wald abtrennte, hastete sie über den unbenutzten Pfad zwischen den dichtstehenden Tannen. Sie hegte von jeher eine Abneigung gegen diese Abgeschlossenheit des dichten Tannenbestandes. Sie lief immer schnell hindurch, um rasch zum offenen Park zu gelangen. Der Ort hatte etwas Finsteres und sehr Einsames.

Ein Vogel flatterte auf, und sie schrak zusammen. Als sie fast am Ende dieses abgelegenen Ortes um die Biegung kam, trat ein Mann aus der dichten Tannenmauer. Ihr Herz stand still; aber es war bloß Parkin.

Welch wilden Instinkt der Mann hatte! Sie hatte gehofft, ihm zu entrinnen!

Er stand regungslos, indes sie langsam auf ihn zuging. Dann führte er die Hand an die Mütze, immer noch wartend, bis sie ganz nahe war. Sie murmelte einen Gruß.

»Es nahm mich wunder, ob was nicht stimmte«, sagte er mit gepreßter Stimme, die Augen auf ihr blutübergossenes, verwirrtes, müdes Antlitz geheftet.

»Nichts Besonderes«, erwiderte sie und schob gereizt ihr Haar zurück. »Ich habe Sir Clifford mitgeteilt, daß ich einen Mann gern habe, und daß ich vielleicht ein Kind von ihm bekomme.«

Er starrte mit dem eifrig forschenden Tierblick in ihr Gesicht. Sie begegnete sekundenlang seinen Augen, und sekundenlang schmolz sie ganz hin, verlor sich.

»Hast du ihm nicht gesagt, wer es ist?« fragte er.

»Nein.«

»Hat er dich nicht gefragt?«

»Doch.«

»Aber du hast es ihm nicht gesagt?«

Seine schnellen, kleinen, glänzenden Augen glitten über ihr Gesicht, daß es sie blendete.

»Nein!«

Er wartete. Und sie spürte, daß er sich mit großer Mühe davon zurückhielt, dicht an sie heranzutreten. Da war eine mächtige Kraft, dic seine Brust wie durch starken Magnetismus zu der ihren zog. Sie konnte es fühlen.

»Was nun?« fragte er kurz.

Sie sah ihn hilflos an. Und augenblicks war er bei ihr und hatte die Arme um sie gelegt, und sie lag an seiner Brust, wo sie sein *mußte*.

»Du wolltest doch nicht etwa an mir vorbeischlüpfen, wie?« sagte er mit leiser, klagender, gequälter Stimme, in der auch Frohlocken schwang.

Sie antwortete nicht. Sie schmolz wieder hin, in starken Wellen, als ob sie, Sturzsee um Sturzsee, ihre Festigkeit und ihr Bewußtsein verlöre und ein reiner geschmolzener Fluß würde. Sie schaute zu seinem Gesicht auf, als das Bewußtsein ihrem Geist entglitt, und sie nahm bloß das sonderbare gesammelte Blenden in seinen Augen wahr.

Er führte sie abseits unter die dichten Bäume, und im Dickicht ertönten ihre kurzen, fast wimmernden Schreie der Leidenschaft in seiner Seele wie in einer Ekstase des Triumphes.

Aber als sie wieder zu sich kam, wollte sie nicht mehr bei ihm bleiben. »Ich muß gehen«, flüsterte sie. »Ich muß gehen.« Aber doch nicht gleich. Dann wurde ihre Stimme mehr ihre eigene. »Ich muß gehen«, sagte sie gedämpften Tones. Und er erhob sich und half ihr mit einfachem Anstand.

Sogar als sie stand und sich sammelte, dachte sie an die Verschmitztheit des Mannes. Auf dem Boden waren Tannenzweige aufgehäuft, und er hatte seine Joppe darüber gebreitet.

Er hatte es also erwartet! Und sie hatte sich völlig überrumpeln lassen!

Schweigend, mit gesenktem Kopf zog er sich die Joppe an.

»Bin ich ordentlich?« fragte sie.

Er musterte sie und klopfte trockene Tannennadeln hinten von ihrem Mantel und nahm sie ihr aus dem Haar.

»Ja«, sagte er.

»Ich muß mich beeilen«, bemerkte sie.

Es gab eine Pause.

»Was hast du ihm eigentlich gesagt?« fragte er leise.

»Oh!« Sie war jetzt zu all dem sehr unbestimmt eingestellt und hatte keine große Teilnahme daran. »Was ich ihm gesagt habe? – Nun, ich sagte... ich sagte, ich würde ihm den Namen niemals nennen. Und ich sagte, er müsse mir versprechen, mich nicht zu fragen oder zu belästigen, sonst würde ich fortgehen.«

»Wohin?«

»Nach Schottland zu meiner Schwester.«

»Allein?«

»Ja!«

Ihrer beiden Augen begegneten sich sekundenlang. Er blickte weg in die Bäume.

»Warum hast du es ihm überhaupt gesagt?« fragte er.

»Es kam eben so. Und wenn ich ein Kind bekomme... gesetzlich wäre es seins... das wäre nicht anständig.«

Er antwortete eine Weile nicht. Dann sah er sie an.

»Meinst du, daß du ein Kind bekommen wirst?«

»Ja. Glaubst du nicht?«

Ihre Augen trafen die seinen, und sie gewahrte die Leidenschaft immer noch in dem rötlichbraunen Glanz.

»Wär' es dir unangenehm?« fragte er ein wenig unbeholfen.

»Mir? – Ich würde mich freuen... für mich. – Aber ich muß wirklich gehen. – Wenn er nur den geringsten Verdacht auf dich hat, reise ich auf der Stelle ab.«

»Weshalb?«

»Mit dir kann ich nicht leben. Und ich könnte mit ihm nicht mehr leben, wenn er auf dich verfallen würde.«

Er schwieg, und sein Schweigen schien lange Zeit zu währen.

»Dann würden wir wohl am besten Schluß machen, falls wir das fertigbringen?« sagte er ziemlich traurig und bestürzt.

»Nun ja!« erwiderte sie ein wenig ungeduldig.

Er traf Anstalten, sie zu begleiten.

»Komm nicht mit mir«, sagte sie kurz.

»Es ist niemand draußen«, entgegnete er verletzt.

Sie bahnten sich den Weg durch die toten Zweige, ohne zu sprechen, bis sie zu dem Pfade gelangten.

»Es würde dir wohl nichts ausmachen, fortzugehen und mich

nie mehr zu sehn?« fragte er.

Sie blickte zu ihm auf und gewahrte das Sinnen in seinen Augen. »Doch«, antwortete sie. »Aber was könnte ich sonst tun?«

Er sah sie lange an.

»Würde es dir etwas ausmachen?« fragte sie ihn.

»Mir, ja!« Er schien nachzudenken. »Ja«, sagte er abermals wie aus weitreichenden Gedanken heraus.

»Nun denn«, sagte sie leicht ungeduldig. »Du bist verheiratet, und ich bin verheiratet – da müssen wir uns mit dem begnügen, was wir bekommen können... und... und möglichst unsern Vorteil suchen.«

»Ja«, erwiderte er langsam. »Ja. – Aber...« Er zögerte. »Ich hätt' dich gern eine ganze Nacht bei mir liegen... das möcht' ich!«

»Leb wohl«, sagte sie, um von dem besonderen bannenden Zauber seiner fuchsroten Augen fortzugelangen. »Ich komme zur Hütte.«

»Ich bin nicht dort«, versetzte er. »Du kannst ja ein bißchen Holz hacken, damit ich dich hör', weißt du. Ich hör' dich dann.«

Sie ging weiter, und er wandte sich den Bäumen zu, von wo sie gekommen waren.

8

Sie rannte in den Park, lief mit Ungeduld, als ob sie vor etwas flüchtete. Sie erkannte die Gewalt, die die Leidenschaft über sie gewonnen hatte. Sie kam sich selber fremd und andersartig vor. Es war ja gut und schön, diese Reise in ein neues und leidenschaftliches Erlebnis anzutreten, aber man wurde dabei von sich selber weggetragen. Man blieb nicht, wo man war, noch was man war. Nein, sie bemerkte eine fremde Frau in sich, eine erwachte und gebieterische Frau. Sie rannte jetzt, um zum Tee heimzugelangen, aber sie rannte auch, um vor diesem Neuen, das über sie gekommen war, davonzulaufen. Sie lief, um der Frau in ihrem Innern zu entrinnen, der Frau, die so heftig und gleichzeitig so zart empfand, so sanft und unbegrenzt und weich, aber auch so unbarmherzig wie das Meer.

Ihr ganzes Leben lang war Constance für ihren ruhigen, gesunden Menschenverstand bekannt gewesen. Es hatte geschienen, als wäre sie die einzige vernünftige Frau auf Erden. Jetzt wußte sie, daß dies vorbei war. Sie war ausgebrochen wie aus einer Verpuppung, war als ein neues Geschöpf aufgetaucht, wenigstens gefühlsmäßig. Warum wurde man auf diese Verwandlungen durch niemand vorbereitet? Warum sagte einem niemand, daß die große Tatsache und auch die große Gefahr des Lebens eben darin bestand, daß das ganze Wesen – Körper, Geist und Seele – ein neuer Fluß wurde, der den alten Menschen von Grund auf veränderte, wie eine Landschaft durch Erdbeben und Lava-Ergüsse oder durch den Frühling und durch das Kommen des Sommers verwandelt wird.

Bis jetzt war sie so vernünftig gewesen. Und nun fühlte sie, daß alles sie verließ. Sie hatte diesen andern Mann einfach nur als Körper werten wollen, wie man zum Beispiel die griechischen Statuen wertet. Und jetzt war er statt einer griechischen Statue für sie ein Vulkan. Oder er machte sie zu einem Vulkan.

Das erschreckte sie. Etwas sah sie klar: daß die menschliche Natur unter ihrer ganzen Oberfläche der Gewohnheit wie die Erde vulkanisch ist und sich eines Tages unvermeidlich emporheben wird, wenn der Druck von innen zu groß ist, oder wenn von draußen ein Ruf kommt, nur der eine geheimnisvolle Ruf, der das ›Sesam, öffne dich!‹ ist.

Es war ihr mit diesem Manne geschehen, diesem bloßen Wildhüter. Erst am Vormittag hatte sie ihn in seiner beutligen Joppe über den Zufahrtsweg zur Polizei gehen sehen und hatte über seine Wichtigtuerei und seine Eilfertigkeit gelächelt. Sie konnte ihn immer noch objektiv betrachten wie etwas Lächerliches und von ihr Fernes. Und jetzt – sie stöhnte im Geiste – vermochte sie sich nicht von ihm zu lösen; ihre Unabhängigkeit war mit einem Male fort.

Als sie heimkam und Clifford sah, waren ihre ersten Worte: »Mir ist so heiß! Ich bin nach Hause gelaufen. Ich ging über Marehay, um nachzuschauen, ob die Kaninchen wirklich so viel Schaden anrichten, wie Allcock behauptet. Ich traf ihn, und er führte mich herum. Aber es würde mich nicht wundern, wenn es gar nicht unsere Kaninchen wären. In seinem kleinen Gebüsch ist ein Kaninchengehege, weißt du.«

Und während sie das sagte, fühlte sie sich unbeschreiblich gelangweilt, gelangweilt von dem Ausdruck auf Cliffords Gesicht, gelangweilt von dem Hause, gelangweilt von ihren eigenen Worten, so sehr, daß sie hätte weinen können. Sie schrie danach, bei dem Wildhüter zu sein, ihm nahe zu sein, nahe seinem Leib, sogar mit ihm in seinem Häuschen Tee zu trinken. Nur, um ihm nahe zu sein!

Doch hier stand sie und schwatzte atemlos von Marehay und Kaninchen und einer Ungerechtigkeit gegenüber Clifford. Warum war sie nicht ruhig? Warum war sie nicht im Gleichgewicht wie früher, warum nicht von ihrer berühmten Ausgeglichenheit? Warum konnte sie ihre wohlbekannte Ausgeglichenheit nicht zurückgewinnen? Wenn Clifford etwas merkte!

Der Wildhüter – er war ein gewöhnlicher Mensch. Das hatte sie erst heute morgen gesehen. Sie beharrte darauf. Doch ihr ganzer Körper schrie mit tausend Zungen: Nein! Nein! Er ist einzigartig! Die arme Constance stöhnte innerlich. ›Es ist nur der Geschlechtstrieb‹, sagte sie zu sich, ›der mich so verwandelt.‹ Ihr Körper lachte laut. Geschlechtstrieb! Nun, weshalb nicht? Verwandelt! Ja, eine Verwandlung! Haha! Eine Verwandlung! Ein Mann, der den hellen Überzug eines Gottes hatte. Haha. Wie das? Die meisten Männer hatten Lehmklumpen in sich, die kein Feuer umgießen konnte. Ihr Wildhüter hatte eine gewisse Feinheit und Reinheit des Fleisches. Körperlich war er Gott stets näher als die meisten Männer, als Clifford.

»Und was meinst du wohl, was ich erlebt habe!« sagte Clifford mit schelmischer Wichtigkeit.

»Was denn?« fragte Constance.

»Miß Bentley hat mich tatsächlich besucht – schickte ihre Visitenkarte herein!« rief er frohlockend.

»Nein!« rief sie mit glühenden Augen. Clifford nahm nicht den geringsten Anteil an ihr und ihren Kaninchengeschichten. Und sie, sie hatte sich für nichts von dem andern losgerissen.

Clifford schien in ausgezeichneter Stimmung zu sein, als hätte es nie eine Spannung zwischen ihnen gegeben. Sie hörte ihm in völliger Ergebung zu, hörte sich alles an von der alten Miß Bentley in einem kurzen, modernen teerosenfarbenen Kleid. Irgendein ferner Winkel ihres kritischen Frauengeistes nahm Anteil. Aber ihr eigentliches dynamisches Wesen war so gelangweilt, so gelangweilt, schrie auf vor Langeweile.

Sie flüchtete endlich hinauf und ließ sich am Fenster in einem Sessel nieder. Was konnte sie tun? Wie konnte sie ihr Gleichgewicht wiedererlangen? – Wie schön er war, wirklich! Wie er sich auf sie gestürzt hatte! Wie demütig sollte sie sich fühlen, wie dankbar ihm gegenüber, daß er diese gerade, untrügliche Leidenschaft für sie empfand! Wie schön es war, ihm nahe zu sein! Wie schön er war. Wenn sie nur jetzt bei ihm sein könnte, bloß um seine Manchesterjoppe zu riechen. So gewöhnlich, eine alte Manchesterjoppe! Man bekam davon Streifen im Gesicht, wenn man sich daran lehnte. Sie sollte sich schämen! – ein Wildhüter, der in den Diensten ihres Mannes stand! Aber sein Leib! – die unsagbare Wonne, ihm nahe zu sein. Sie hörte im Geiste seinen breiten Mundarttonfall. Und sie lachte ein wenig, sie mochte das so gern. Es belustigte sie bis in die Zehen hinunter.

Aber sie konnte niemals mit ihm leben. Nein, nein! Unmöglich! Sie war keine Arbeiterfrau. Es wäre eine verkehrte Lage. Wahrscheinlich würde er dann anfangen, das Englisch der Oberschicht zu reden – und das wäre der erste Schritt zu seinem Unglück. Nein, nein! Er durfte nicht gehoben werden. Er durfte niemals auch nur eine Spanne näher zu Clifford gebracht werden. Er mußte unbedingt Wildhüter bleiben.

Und sie? Es wäre absurd für sie, die Frau eines Wildhüters zu werden. Ihr Flügel, ihre Bilder, ihre Bücher – alles zurücklassen? Aber selbst wenn sie das tat, so wäre sie doch nicht imstande, ihre Gedanken und alles, was sie sich erworben, ihre ganze Geistesart zurückzulassen.

›Wenn die Hunde des Frühlings den Winter jagen...‹

Er war einer der Hunde des Frühlings, ein plutonischer Hund. Pluto, nicht Plato. Und sie war eine flüchtende Persephone, Proserpina. Nun, sie wollte lieber mit Pluto als mit Plato verheiratet sein. Sie wollte lieber von dem wilden Hund Plutos als von dem nachdenklichen Spaniel Platos gefangen werden.

Dies belustigte sie sehr. Sie fand großen Gefallen an ihrem eigenen Witz.

Aber gleichzeitig war sie traurig. Der Wildhüter würde niemals den Unterschied zwischen Pluto und Plato kennen, und wenn er auch noch hundert Jahre lebte. Das war der plutonische Angelpunkt: Man wollte nicht einmal wissen. Doch sie selbst wollte wissen; sie würde immer wissen wollen. Sie würde immer wieder einmal Swinburne lesen wollen, immer ein bißchen Mozart spielen wollen, immer eine Ausstellung von Cézanne, Renoir oder van Gogh sehen wollen, wenn sich dazu eine Möglichkeit bot; sie mußte bald wieder einmal in die Uffizien gehen; sie wünschte, sie könnte morgen die Kowantschina wieder hören oder das russische Ballett sehen; sie sehnte sich nach einem Abend der Gespräche, wie sie sie in Chelsea gehabt hatte; oder wenn sie wieder in einer Heidelberger oder einer Münchner Kneipe sitzen und Studenten singen und philosophieren hören könnte; und sie würde stets das Bedürfnis haben, sich über die literarischen Neuerscheinungen zu unterrichten.

In einer Wildhütershütte konnte sie all das nicht tun. Und wenn sie es könnte, wäre es falsch und verkehrt. Clifford vermochte all dies mit ihr zu teilen. Aber Parkin – schon der Name dünkte sie lächerlich – es nahm sie wunder, wie sein Rufname lautete – wahrscheinlich Bob oder Billy – sie wünschte diese Art der Berührung mit ihm nicht.

Nein, in einer Wildhütershütte wäre sie ganz fehl am Platz. Außerdem war er verheiratet. – Sogleich war sie auf dem Posten. Er mußte sich von seiner Frau scheiden lassen.

Constance besaß etwas eigenes Vermögen. Sie konnte einen kleinen Hof kaufen, und er konnte Landwirtschaft betreiben. Dann konnte sie ihr eigenes Zimmer und ihr eigenes Dasein haben und doch mit ihm leben.

Aber nein! Die Mahlzeiten! Die Unfähigkeit, sich zu unterhalten! Sie wußte, daß sie Gespräche führen mußte. Und wenn Hilda kam, redeten sie bei den Mahlzeiten an ihm vorbei, und irgendwie wirkte er dann klein, eine Null an seinem eigenen Tische! Nein, nein, es ging nicht, sie konnte niemals als seine

Frau mit ihm leben.

In ihrem Bemühen, vernünftig zu sein, hatte sie ihr Gleichgewicht beinahe wiedergewonnen. Von zwei Dingen war sie überzeugt: daß sie niemals versuchen würde, ihn »emporzuheben«, um ihn auf ihre eigene Daseinsebene zu bringen, und daß sie ihre Lebensweise ebensowenig aufgeben konnte wie er die seine. Darum – o bittere Folgerung! – war es zwecklos, danach zu trachten, ihre beiden Lebensweisen zusammenzufügen.

Weshalb dann ihre beiden Leiber? Warum diese Leidenschaft, die ihr mehr bedeutete als der Rest ihres Lebens? – Ach, wenn sie jetzt mit ihm in dem Waldhaus sein könnte, gerade die Lampe anzünden! Vielleicht hätten sie – sie versuchte sich etwas wirklich Gewöhnliches auszudenken – Heringe, ja, Heringe zum Abendbrot, geräucherte Heringe. Das ganze Haus roch nach geräucherten Heringen. Und er saß mit aufgestützten Ellenbogen am Tisch, in Hemdsärmeln, und zog mit den Fingern die Gräten heraus. Und Teetropfen hingen an seinem wilden Schnurrbart. Und er sagte: »Diese Heringe sind arg salzig, sie haben nicht genug gewässert. Gib mir noch eine Tasse Tee, Mädchen.«

Und er schob ihr seine Tasse hin. Und sie stand folgsam auf, um den braunen Teetopf aus dem Kamineinsatz zu holen und ihm einzuschenken.

Sie würde niemals imstande sein, seinen Tonfall nachzuahmen. Man konnte die Worte, wie er sie aussprach, nicht einmal buchstabieren. Es waren lauter harte Konsonanten und gedehnte Vokale, die einen ganz andern Klang hatten.

Sie gab es auf. In kultureller Beziehung gehörte er einer anderen Rasse an.

Aber sie lachte im stillen über das Bild von den Heringen und der Teetasse. Sie würde ihn trotzdem lieben, wegen der Schönheit seines Wesens aus Fleisch und Blut. Sogar der Heringsgeruch in seinem Haar bewirkte nichts anderes, als daß er körperlich anziehend war. Sie würde gerne mit ihm schlafen. Er trug sicher keinen Pyjama. Wahrscheinlich schlief er in seinem Taghemd. Aber sonderbar, nichts ließ ihn körperlich reizlos erscheinen.

Doch wenn sie zusammenlebten, würden sie sich gegenseitig demütigen. Sie, weil sie einem anderen Kulturkreis angehörte als er. Und er, weil er in seinem Naturzustand so vieles an ihr übersah; und er hatte kein Lebensziel. Er war statisch. Das war's, was sie nicht zu ertragen vermochte. Er war statisch.

Sogar Clifford, der arme Clifford sehnte sich und strebte nach seiner kostbaren Unsterblichkeit, wenn er mit dem reinen Ideal unter einen Begriff gebracht wäre. Auf vage Weise stimmte Constance mit ihm überein. Das war besser, als nach gar nichts zu streben. Aber es war ein entkörpertes Ideal. Eine Müdigkeit.

Sie seufzte und fühlte sich müde. Dann wurde sie froher, weil sie dachte, daß sie wenigstens von dem Wildhüter Kinder haben könnte, wie eine frische Lebensquelle. Und vielleicht waren ihre Kinder imstande, eine neue Unsterblichkeit zu entdecken, in welcher das entkörperte Ideal wieder irgendeinen Körper hätte.

Sie stimmte wirklich mit Clifford überein: man mußte irgendeine Unsterblichkeit haben. Aus der langhingezogenen Unsterblichkeit, wie sie es nannte, aus der Unsterblichkeit nach dem Tode machte sie sich nichts. Es langweilte sie, erst nach dem Tode unsterblich zu sein. Sie stand näher bevor, wahrhaftig. Man war vielleicht eher unsterblich, wenn man überhaupt nicht darüber nachdachte. Bestimmt war der Wildhüter unsterblich, wenn er aus den Bäumen hinaustrat! Bestimmt war er nichts Gewöhnliches, er hatte seine Unsterblichkeit bei sich. Es war nicht seines Amtes, darüber nachzudenken. Aber jemand sollte darüber nachdenken.

Sie wollte wirklich Clifford deswegen befragen.

Er war sehr liebenswürdig beim Abendessen.

»Ich wunderte mich, warum du nicht herunterkamst«, sagte er. »Du warst lange oben.«

»Ich habe über allerlei nachgedacht«, antwortete sie.

»Das vermutete ich. Worüber hast du denn nachgedacht?«

»Ach, es war alles ganz unbestimmt.«

»Ich habe auch nachgedacht«, sagte er schlicht und heiter. »Bedeutet dir das Geschlechtliche wirklich etwas, Con?«

»Ich fürchte, ja«, erwiderte sie ernsthaft und lächelte im stillen über die Art, wie er es anfing.

»Meinst du wirklich, daß du ohne das nicht sein kannst?« fragte er.

»Leider habe ich das Gefühl«, gab sie zu.

»Und gibt es einen bestimmten Mann, den du körperlich genügend gern hast, um Kinder von ihm bekommen zu können?«

»Ja«, versetzte sie, immer noch belustigt über seine Art und Weise.

»Dann glaube ich, daß du recht hast«, sagte er. »Dir bleibt nichts anderes übrig, als deinen Weg zu gehen, und mir bleibt nichts anderes übrig, als überhaupt nicht daran zu denken. Der Mann ist ein anständiger Mensch, nehme ich an. Und wenn es ein wissender Mann ist, der seinen Vater kennt, müssen meine sogenannten Kinder unwissend sein – Oder wirst du es ihnen später sagen?«

»Ich habe ja noch keine«, lächelte sie.

»Richtig! Aber laß uns der Tatsache vorgreifen. Versprich mir, niemand zu verraten, daß ich nicht der Vater bin. Ich weiß, daß du versuchen wirst, deinen eigenen Namen nicht zu beschmutzen, und daß du mich nicht lächerlich machen wirst, aber versprich es mir, und ich verspreche, dir *carte blanche* zu geben und meine Gedanken nicht in diese Richtung zu lenken.«

Sie war ganz atemlos. Eine Weile saß sie benommen da.

»Ist es dir wirklich Ernst? – Du wirst nicht versuchen, etwas herauszufinden?«

»Über dich und deine Liebesangelegenheiten will ich nichts herauszufinden versuchen – ich will davon überhaupt nichts wissen. Und ich betrachte deine Kinder als meine. – Aber gib mir das Versprechen, um das ich dich gebeten habe.«

Sie sann immer noch nach, als ob da eine Falle sein könnte.

»Es ist unbeschreiblich gut von dir. Ich gebe dir das Versprechen, soweit man solche Dinge versprechen kann. – Ich will den Kindern niemals verraten, daß du nicht ihr Vater bist – falls ich Kinder bekomme. Und ich will vorsichtig sein...«

Sie endete ziemlich unbestimmt.

»Das wäre also alles«, sagte er. »Ich nehme an, daß du keine rechtsgültige Erklärung wünschst? Sonst könnten wir den alten Morley bitten, ein Schriftstück aufzusetzen, das wir beide unterzeichnen.«

Er lächelte schief. Aber sie sprach nicht.

»Bist du sicher, daß du es nicht arg bereuen wirst?« fragte sie schließlich. »Es wäre mir entsetzlich, wenn es dir leid täte.«

»Also gut!« antwortete er. »Es wird mir nur ein bißchen leid tun. Die große Katastrophe ist ja schon geschehen. Dies ist bloß eine der Schwierigkeiten, die sich daraus ergeben. – Bist du sicher, daß du mit Herrn X nicht brechen willst?«

Sie schaute ihm langsam ins Gesicht.

»Nein«, entgegnete sie. »Das will ich nicht.«

»Gerade nur für die Zeugungszeit, wie das manchmal so ist«, sagte er – und sie fragte sich einen Augenblick lang, ob er etwa Bescheid wisse. »Das ist wohl ganz natürlich, und es hat keinen Zweck, gegen die Natur angehen zu wollen. Das sollte uns der Krieg gelehrt haben. – Gut, meine Liebe, gebäre! Das ist ein Naturgesetz. Ich hoffe, daß mein Erbe einen Vater haben wird, der des Adelsstandes würdig ist; aber ich vertraue deinem Geschmack. – Das Ganze kommt mir vor wie ein Roman von H. G. Wells, in dem preisgekrönte männliche Menschenexemplare auf einem antiseptischen Gestüt aufgezogen und zur richtigen Jahreszeit – ungefähr im Mai, ungefähr jetzt – vor den passiven Weibchen herumgeführt werden. Aber das sind die Folgen des Krieges, deshalb will ich nichts mehr sagen.«

Es enstand ein totes Schweigen zwischen ihnen.

»Hättest du es lieber, wenn ich von dir fortginge?« fragte sie dann stumpf.

»Mein liebes Kind, begreifst du denn nicht, daß ich im Grunde *mich* verfluche, weil ich dich in diese Lage gebracht habe. Ich bewundere deinen Mut. Mach nur weiter! Ich freue mich auf meinen Sohn und Erben.«

»Und wenn keiner kommt?«

Er spreizte die Hände und hob die Schultern.

»A la guerre comme à la guerre«, sagte er mit scharfem Spott, *»et depuis la guerre comme depuis...«*

Sie fühlte sich niedergedrückt. Es war so mutig von ihm, aber nicht sehr menschlich. Vielleicht war sie sogar ein wenig enttäuscht.

»Du bist unbeschreiblich gut, Clifford!« sagte sie. »Und du

weißt, daß ich zu dir halten werde, nicht wahr? Falls du es wünschst.«

»Mein liebes Kind, was wäre mein Leben, wenn du mich verlassen würdest? Mit mir ist nicht mehr viel los, wirklich nicht. – Ich habe mir alles überlegt und bin zu dem Schluß gekommen, daß die Weisheit alle ihre Kinder rechtfertigt. Du bist auch gerechtfertigt mit deinen Kindern. Geh hin und gebäre den Sohn und Erben.«

Sie wußte nicht recht, was er meinte, und bezweifelte, daß er es selber wußte. Und sie fand, er dürfe nicht so leichthin von einem Sohn und Erben reden. Aber sie bewunderte ihn, und sie wollte wirklich zu ihm halten.

Das schlimme war, daß er ihr jetzt so langweilig erschien. Es war kein Wunder in ihm.

Die Welt sah für sie anders aus. Sie war lebendig geworden. Früher hatte sie sie vom ästhetischen Gesichtspunkt aus betrachtet. Jetzt war sie lebendig geworden und war – sie wußte nicht, wie sie es ausdrücken sollte – voller ungewöhnlicher Erscheinungen. Sie schauderte, als sie an die andere Welt dachte, an die ästhetische und automatische Pappendeckelwelt, in der sie mit Clifford gelebt hatte. Zu sehen, wie die Bäume gleich verankerten Schiffen zur Flutzeit wogten und drängten; zu fühlen, wie die Welt erfüllt war von ihrem eigenen seltsamen, unaufhörlichen Leben! – Sie hielt den Atem an, voller Angst, das wieder zu verlieren, voller Angst, sie könnte zu den früheren maschinenbemessenen Stunden absinken. Jetzt bedeutete die Uhr so wenig. Die weiche, volle Welle des Tages hatte in sich keine Minuten.

›Ich muß sehr achtgeben‹, sagte sie zu sich selbst, ›daß ich meine Berührung mit *ihm* nicht verliere. Denn er verbindet mich mit dem wirklichen Leben. Und gerade das wünsche ich mir. Es ist nicht so sehr die Leidenschaft an sich, es ist dies – daß die ganze Bühnenausstattung der Welt wirklich geworden ist; sie lebt mit mir, und ich bin nicht mehr auf einer Bühne mit Schauspielern und Statisten. Oh, ich bete darum, daß ich nie mehr in diese langweilige Abgestorbenheit zurückfalle! – Eigentlich bin ich wie die Frau, die Jesum berührt hat. Man berührt den lebendigen Leib, und die Flut beginnt in einem zu quillen, das Tote verdorrt. Ach, wenn ich nur mein ganzes Leben lang, mein ganzes Leben lang damit in Berührung bleiben kann! Man sagt, die Leidenschaft verdorre und die Liebe sterbe. Hoffentlich wird es nicht so sein. Hoffentlich werde ich die Berührung nie mehr verlieren, auch im Tode nicht!‹

Die Frage verfolgte sie. Das neue weiche Fließen des Lebens überall rings um sie, das wie das Königreich des Lebens selber war, mußte es ersterben? Mußte sie später in den Kreislauf der Erregung und Langeweile, der Anteilnahme und Stumpfheit, des Gefühls der Schöpfung und des Gefühls der Leere, der bis jetzt ihr Dasein ausgemacht hatte, zurückfallen? Das alles dünkte sie so dürr, so tot, auch die Erregung und hitzige Anteilnahme und sogar das Schöpferische. Es dünkte sie irgendwie mechanisch, wie Funken aus einer Maschine.

Aber war es möglich? War es möglich, daß man in dem weichen Fließen des Lebens bleiben konnte, ohne der alten Einsamkeit anheimzufallen? Daß das Leben immerzu wie ein kleiner Fluß war, der zwischen Felsen und Schilf und unter Brücken dahinrann und nie austrocknete? Sie fühlte mit Gewißheit, daß in der Vergangenheit die Menschen gelitten und Kummer, Schmerz und Furcht erfahren hatten, daß sie aber nicht innerlich gelangweilt und äußerlich mechanisch tätig gewesen waren.

Sie dachte an die Menschen in ihrer Umgebung: die Hausangestellten zum Beispiel und Mrs. Bolton. Hatte Mrs. Bolton eine wirkliche Lebensquelle? Oder war die Seele in ihr verdorrt?

Nein, es schien, als hätte sie eine Quelle. Doch war ihr Mann schon so lange tot.

»Ist es lange her, seit Ihr Mann nicht mehr lebt, Mrs. Bolton? Viele Jahre?«

Die Pflegerin saß sehr still. Ihr Gesicht war ziemlich schmal und blaß, von einer gesunden Blässe. Aber sie hatte feine graue Augen, sehr forschende Augen. Sie blickte Constance an.

»Vor dreiundzwanzig Jahren haben sie ihn mir heimgebracht«, sagte sie. Und ihr Mund schloß sich fest.

Constances Herz zog sich zusammen. Mein Gott! Wenn einem der tote Körper des eigenen Mannes heimgebracht wurde, der einem der einzige lebendige Körper gewesen war!

»Wie schrecklich!« hauchte sie, von Scheu ergriffen.

Sie hatte die Tatsache längst gewußt. Aber bis jetzt war ihr nie klargeworden, daß ein Mann in seiner Körperhaftigkeit für eine Frau der lebendige Schlüssel zur ganzen Welt bedeuten konnte.

»Ich weiß nicht, wie Sie das überlebt haben«, sagte sie.

»Ich weiß es selber nicht. Aber ich beschloß, als ich ihn ansah, bevor der Sarg zugemacht wurde: *Ich will dich nie vergessen, Mann! Ich glaube, daß du mich nie verlassen hättest. Und ich will dich nie verlassen!* – Und ich habe ihn nie verlassen.«

Constance betrachtete die Pflegerin verstohlen. Farbe war in ihre Wangen gestiegen, die Röte der Jugend und das Feuer des jungen Weibes.

»War er schön?« fragte Constance leise.

»Nein. Nicht, was Sie besonders schön nennen würden. Aber... für mich war er schöner als alle Männer, die ich vorher und nachher gekannt habe; obwohl ich viel bessere Angebote hatte, wenn ich mich so ausdrücken darf. Doch nein! Ich vergaß ihn nie. Und ich vergaß auch sein Gesicht nicht, wie er da tot vor mir lag. Er hatte einen roten Schnurrbart, obwohl sein Haar so hübsch und blond war. Und sein Mund sah aus, als ob er etwas zu mir sagen wollte, wenn er nur könnte. Seine Lippen waren geschlossen, wissen Sie, aber wie im Leben: als ob sie sich gerade öffnen wollten, um mit mir zu sprechen. Und ich wartete darauf. Ja, ich wartete. – Doch wußte ich, was er sagen wollte...«

»Was?« flüsterte Constance mit tränenerfüllten Augen.

»Ivy!« antwortete die Frau, und in ihrem Gesicht begann es zu zucken. Aber sie nahm sich zusammen und wurde streng und abweisend. »Er wollte einfach meinen Namen sagen. – Und ich habe ihn seither immerzu meinen Namen sagen hören. Ja, das habe ich! – Ich gelobte, ihn nie zu verlassen. – *Und ich habe dich nie verlassen, Mann, nicht wahr?«* vollendete sie, indem sie mit seltsamem, ruhigem Ungestüm zu dem Toten sprach.

Und Constance fühlte eine andere Gegenwärtigkeit in der Luft, etwas Männliches und Beschwichtigendes. Keinen Geist. Aber als wäre im Hause der Mann gegenwärtig, dessen Vorhandensein allein für eine Frau eine Beruhigung ist.

»Und dann sagten sie, er wäre ein Feigling, davongelaufen, weil er sich fürchtete!« fuhr die Pflegerin fort, immer noch mit Grimm sprechend, wie zu dem Manne selbst.

»Wer hat das gesagt?« fragte Constance.

»Die Höheren! Und diejenigen, die bei der Untersuchung auf ihrer Seite standen.«

Es herrschte Schweigen zwischen den beiden Frauen.

»Und Sie hatten nie das Gefühl, daß er wirklich von Ihnen fortgegangen ist?« forschte Constance nach einer Weile.

»Nie!« lautete die nachdrückliche Antwort. »Nie! Ich habe ihn verloren. Aber er hat mich nie verlassen. Er fehlt mir, weiß Gott. Aber ich war nie von ihm getrennt. Und das Herz entschädigt für vieles.«

Constance sann. Das Herz! Herrschte das Herz schließlich, wenn es erst einmal erwacht war? Wie sonderbar, das Erwachen des Herzens! Sie glaubte, Clifford geliebt zu haben. Und sie hatte ihn auch geliebt. Aber, das wußte sie jetzt, nicht mit dem Herzen. Ihr Herz war nie zu ihm erwacht, und es wäre, ihm überlassen, überhaupt nicht erwacht. Nein, auch nicht, wenn er gar nicht im Kriege gewesen wäre. – Sein schrecklicher Unfall, seine Lähmung oder was es war, das war im Grunde sinnbildlich in ihm. Ein Teil von ihm war stets gelähmt gewesen. Jener Teil in einem Manne, welcher das Herz einer Frau ein für allemal zu erwecken vermag, war immer tot gewesen. Wie er in Tausenden von Männern gleich ihm tot ist. Alle die Frauen, die Männer gleich ihm haben, leben mit unerwachtem Herzen. Vielleicht ziehen viele von ihnen das vor. Ein erwachtes Herz ist ein seltsames anderes Wesen und bedeutete eine große Verantwortung.

»Ist es Ihr Herz, das ihn nie vergißt?« fragte sie die Pflegerin.

Mrs. Bolton warf ihr einen schnellen Blick zu.

»So fühlt es sich an. Einmal eine Frau – *im Herzen* –, immer eine Frau, behaupte ich. Das heißt, wenn man überhaupt ein Herz hat. Viele haben keins. Und viele glauben nicht daran. Aber einen Mann zu haben, geht sehr wenigen zu Herzen, soweit ich es beurteilen kann. Bei mir tat es das und tut es, und es wird so bleiben, solange ich lebe.«

Constance dachte: ›Wird es bei mir ebenso sein?‹ Und es

dünkte sie eine sonderbare Knechtschaft. Aber auch eine Erleichterung. Sie zitterte ein wenig innerlich: es war so unglaubhaft, daß sie nie mehr von dem Manne, dem Wildhüter, frei sein sollte. Falls sie natürlich nicht in ihrem Stolz beschloß, ihr Herz erkalten zu lassen. Das konnte sie tun. Doch die Strafe war zu groß. Lieber es mit allem aufnehmen, als ein kaltes Herz zu haben. Sie wußte es allzu gut.

»Und ist es bei den Männern ebenso?« fragte sie – die uralte Frage.

»Ich weiß von den Männern nicht viel«, antwortete die Pflegerin. »Ich habe nicht viel mit ihnen zu tun gehabt. Aber es scheint mir, daß es bei ihnen doch eigentlich dasselbe ist, nur denken sie weniger darüber nach als die Frauen. Und natürlich kann eine Frau von einem gutherzigen Manne, wenn sie ihn bittet, beinahe alles haben. Bei den Grubenarbeitern habe ich festgestellt, daß von einem Manne, in dessen Herz eine Frau eingedrungen ist, jede andere Frau ungefähr alles haben kann, was sie will, wenn sie nur auf die richtige Weise darum bittet. Ich weiß, ich könnte den meisten fast alles abschmeicheln. Nur mit den Harten und den jungen Höhnischen, die sich heutzutage breitmachen, ist nichts anzufangen. Aber größtenteils sind sie gutherzig, gutherzig zu einer Frau, wenn sie auch manchmal ein bißchen gewöhnlich sind.«

»Glauben Sie, daß die Arbeiter gutherziger sind als die andern Leute?« erkundigte sich Constance.

»Also...« Mrs. Bolton zögerte. »Sie meinen die Vornehmen?«

»Ja.«

»Also... Sie sind in ihrer Weise nicht halb so nett. Aber es scheint mir, daß sie gutherziger sind. Vergessen Sie nicht, ich kenne sie besser. Und ich habe allerhand für sie getan, wenn es auch meine Pflicht war. Wenn sie also nicht mir gegenüber gutherzig sind, wem gegenüber sonst? – Und natürlich kenne ich die Vornehmen weniger gut. Wie könnte ich auch?«

»Ja«, sagte Constance und blickte die Pflegerin mit großen, unbestimmten Augen an. Sie fragte sich, ob *er* gutherzig sei. Sie wußte, daß er es war. Aber sie wollte auch das Urteil dieser Frau hören.

»Und ich glaube, daß auch diejenigen, die unangenehm wirken, im Grunde ein gutes Herz haben«, sagte sie.

»Oft. Die Gutherzigen nehmen die Dinge häufig schwerer als die andern, und dann sind sie wie ein gereizter Bär. Man muß mit ihnen ein bißchen sanft umgehen.«

Mrs. Bolton sprach mit einer gewissen mütterlichen Duldsamkeit, als ob sie die erfahrene Mutter von tausend Männern wäre.

»Wie unser Wildhüter«, sagte Constance. »Er macht immer den Eindruck, als wollte er jemand anzeigen. Aber ich glaube, im Grunde ist er gar nicht so böse?«

Die schlaue Pflegerin kannte ihren Platz sogleich.

»Ei freilich«, erwiderte sie, »seine Frau gehört zu dieser lockeren Sorte, und das hat ihn wohl umgeschmissen. Jedenfalls hält seine alte Mutter ihm die Stange. ›Man kann über meinen Oliver sagen, was man will, wenn man ihn in Frieden läßt, tut er keinem ein Leid an; aber wer ihm in die Quere kommt, der weiß, was ihm blüht.‹ – Sie ist selber etwas bissig, das ist sie, und sie liebt ihr Glas Bier. Aber ich komme gut mit ihr aus. ›He, Schwester, Sie sind auch so ein gerissener Vogel, jawohl! Sie tun, als ob Sie nicht piep sagen könnten.‹«

Mrs. Bolton lachte vor sich hin.

»Was meint sie damit?« fragte Constance.

»Sie meint, daß aus mir nicht viel herauszubekommen ist. Und das stimmt. Oh, sie ist ein bißchen grob, aber sie ist recht. Der Vater war einer von den leichtsinnigen Kerlen, die zuviel trinken; daher zog sie die Buben auf, und sie sprang rauh mit ihnen um. ›Ach, macht, daß ihr aus dem Hause kommt, ihr unnützes, schmutziges Gesindel!‹ – Sie jagte sie aus dem Hause; sie war zu sauber und ordentlich, um Buben um sich haben zu können. Sie machte aus dem Leben einen regelrechten Kampf, und nun kann keiner von ihnen mit seiner Frau leben. Darauf ist sie stolz. ›Es gibt keine Frau, die mit ihnen leben kann! Mit so etwas hat ihre Mutter fertig werden müssen!‹ – Aber sie hat sie so gemacht.«

»Und trinken sie?« forschte Constance.

»Nein, kaum der Rede wert. Ihr Vater hat sie in dieser Beziehung geheilt. Aber sie sind alle hitzige Gesellen. – Allerdings weiß ich von Oliver, dem Wildhüter hier, nicht viel. Er lebt ganz für sich, und das scheint ihm besser zu passen als die Grube.«

»Ist er sehr unbeliebt?«

»Oh, die Leute hassen ihn. Wissen Sie, sie waren daran gewöhnt, zu wildern, während Sir Clifford und Parkin im Feld waren. So gibt es seit seiner Rückkehr dauernd Krach. Oh, ich hab' sie mehr als einmal schwören hören, sie würden ihn umlegen. Aber das werden sie nicht tun. Sie wissen, daß er seiner Pflicht nachgeht. Das sage ich ihnen auch immer. – Aber sie hassen ihn tödlich, auch die Frauen. Er macht sich so verhaßt, weil er die Kinder vornimmt, wenn sie ein paar Blumen pflücken!«

»Ja«, murmelte Constance.

»Sir Clifford sagt jedoch, er sei ein prächtiger Wildhüter, und das glaube ich gerne. Alles hat seine zwei Seiten. Es hängt eben davon ab, welche Seite man betrachtet.«

»Ich finde ihn wirklich nett«, erklärte Constance unvermittelt, ein leichtes Rot auf den Wangen.

»O ja! Ich sage oft, die Ekligsten sind die Nettesten, wenn man sie zu behandeln versteht. Aber es gibt nicht viele, die für den Wildhüter eintreten, außer seiner alten Mutter, und sie sagt, es sei mit ihm nichts los, weil sein Vater ihn nie versohlt hat. Nach ihren Reden hat nur der Vater schuld. Doch ich meine, sie ist schuld, wenn überhaupt jemand. Und außerdem, wie sie ja selber sagt, er tut keinem ein Leids an, wenn man ihm und seinen Kaninchen nicht in die Quere kommt. Aber Sie sehen ihn vielleicht von einer andern Seite an, Sie und Sir Clifford.«

»Mir scheint er ein netter Mann zu sein«, gab Constance ruhig zurück.

»Ei freilich! – Er mag mich nicht; ich habe ihn ein paarmal ausgescholten, und er ist nachträgerisch.«

»Wie alt ist er denn? Sind Sie so viel älter als er?«

»Ich bin fünfzig. Ja! Ich war ein Jahr jünger als Ted. Fünfzig! Und ich komme mir selbst nie älter als siebenundzwanzig vor, und er ist für mich immer achtundzwanzig. Ja, er ist nie älter geworden als achtundzwanzig, wenn man so sagen darf. – Aber den Jahren nach bin ich fünfzig. – Deshalb denke ich, daß Oliver sechs- bis siebenunddreißig sein wird. Er war dreizehn oder vierzehn Jahre alt, als ich meine Tätigkeit als Bezirksschwester anfing, und sein Vater war krank und starb an einem Leberleiden...«

»Vielleicht«, fiel Constance ein, »ist er als Kind in seinem Stolz verletzt worden.«

»Vielleicht. Aber er war ein trotziger kleiner Teufel; man hätte ihn umbringen können, und er wäre um keinen Zoll gewichen. Ich glaube, er liebte seinen trinkenden Vater. ›Oliver, mein Schätzchen, geh doch für mich in den »Löwen« rüber‹, höre ich ihn noch betteln. ›Das ist nicht gut für dich‹, sagte das Bürschchen. ›Eh, mein Junge, vielleicht wird mir dann ’n bißchen besser.‹ Und der Junge kramte irgendwo drei Pence hervor für einen halben Liter, während seine Mutter sich mit Waschen abplagte. Wenn sie ihn erwischte, trank sie das Bier selber. Meine Güte, der Kampf! Sie war hart wie altes Leder, und sie packte seine Hand, die die Kanne hielt, und er wehrte sich und beschimpfte sie und versuchte das Bier auszugießen. Aber es blieb für sie ein Tropfen. Und dann warf er ihr Schimpfnamen an den Kopf und verschwand einfach für ein, zwei Tage. – Es gab nie viel überflüssige Liebe zwischen der Frau und ihren Söhnen. Aber sie schuftete für sie...«

»Wie viele Söhne hatte sie?«

»Noch drei. Der hier ist der zweitjüngste. Der jüngste, Albert, ist umgänglicher. Er lebt mit seiner Mutter und Olivers Töchterchen.«

»Glauben Sie, daß Parkin sein Töchterchen nicht liebt?«

»Es scheint in der Familie zu liegen, daß sie sich aus ihren Kindern nichts machen. – Aber die Kleine ist wie ihre Mutter – bißchen frech und locker.«

Es entstand eine Pause.

»Sie kennen sicher viele Menschen«, meinte Constance dann.

»Oh, unter den Grubenarbeitern! Ich kenne die meisten. Von Oliver Parkin weiß ich nicht viel, weil ich ihn kaum mehr zu sehen bekommen habe, seit er Wildhüter geworden ist. Als Kind war er unverschämt zu mir; aber was sollte man erwarten? Und man kann nie wissen. Vielleicht hat er ein gutes Herz, wenn jemand daran gelangt. Aber das müßte eine Frau sein, die anders ist als die meisten. Den meisten Weibern würde er einfach den Rücken drehen. Aber natürlich wird er hier im Hause eine andere Seite zeigen.«

Constance schwieg; es nahm sie wunder, ob Mrs. Bolton einen Verdacht hegte. Sie war ein sonderbares Geschöpf mit ihrem toten jungen Manne im Herzen und ihrer endlosen Vertrautheit mit der Bergwerksbevölkerung und ihrer eigentümlichen schauspielerischen Macht, die Menschen zum Reden zu bringen. Sie war auf merkwürdige Weise eine Schauspielerin. In Wirklichkeit lebte nur ihr toter Mann in ihrem Herzen. Allen übrigen gegenüber schauspielerte sie in gewisser Weise. Und sie war verschwiegen wie das Grab, wo sie es sein wollte.

»Eine Frau hat nicht viel vom Leben«, hob Constance an, »wenn ihr Herz nie erwacht, nicht wahr?«

»Nein, wahrhaftig! Und eine Frau, die ein Herz hat, ist wie erloschen, wenn es nicht geweckt wird, oder sie wird auf irgendeine Art wunderlich. Oh, ich weiß Bescheid! Es gibt viele, die kein wirkliches Herz haben. Ich kenne sie. Aber diejenigen, die eins haben – gesegnet der Mann, dessen Herz geweckt werden müßte, und der es bei ihr weckt. Mag er sein, wer er will! Wer ein Herz hat, der lebt nicht für Geld und all die Dinge; das überläßt er den Leuten mit den armseligen kleinen Herzen. Darum haben die Reichen bei all ihrer Nettigkeit kein Herz, wenn man ihnen auf den Grund kommt.«

»Aber vielleicht kennen Sie sie nicht«, murmelte Constance.

»Ja, vielleicht. Vielleicht will ich sie auch gar nicht kennen. Mein Mann bedeutete mir mehr, als aller Reichtum und alle Reichen mir jemals hätten bedeuten können, und sie sagten, er wäre ein Feigling gewesen. – Aber macht nichts! Und wenn ein reicher Mann nicht an Ihr Herz gelangt, dann vielleicht ein armer. Und dann lassen Sie ihn sein, was er will – er hat mehr für Sie getan als die andern. Es hängt bloß davon ab, wobei Sie bleiben wollen.«

»Ja!« antwortete Constance und stand auf.

»Und ganz gleich, was für eine Lebensstellung wir haben, was für einen Rang, wir haben unsere Gedanken, und wir bilden uns unser Urteil. Und niemand kann uns das verwehren.«

»Warum sollte man das versuchen?« entgegnete Constance, die fortstrebte.

»Und wenn etwas in Ihnen ist, gnädige Frau, das einen mehr sagen läßt, als man sollte, so kommt es daher, daß Sie eine Frau sind, und zwar eine echte Frau, und das Herz eines Menschen glüht für Sie und nicht gegen Sie.«

»Ich weiß, daß Sie mir nichts antun würden«, gab Constance zurück.

»Das soll auch sonst niemand, wenn ich es verhindern kann«, erklärte die Pflegerin mit blitzenden Augen. Dann ging sie zur Türe und verließ ohne ein weiteres Wort das Zimmer.

Constance fürchtete sich ein wenig vor ihr. Sie schien etwas verrückt zu sein.

Und zum erstenmal in ihrem Leben verspürte Constance ein Zittern der Angst vor einer drohenden Revolution. Sie wußte allerlei von der grauenvollen Revolution in Rußland und von dem krampfhaften Klassenhaß, der sich ausgetobt hatte, ohne sich dort zu verzehren. Aber Rußland war Rußland, romantisch und schrecklich und irgendwie unbegreiflich. England war etwas anderes. »Wir sind nicht geteilt, wir sind alle ein Leib ...« Sie hatte immer gefühlt, daß dies wahr sei, daß sie im Grunde alle ein Leib seien. Nie in ihrem Leben hatte sie vor ihren Landsleuten die geringste Angst – Klassenangst – gehabt.

Jetzt ging ein sonderbarer Schmerz durch sie, gleich der ersten Ankündigung der Wehen in einer Frau, die noch nie geboren hat. Sie fühlte ein Stechen unerklärlicher und entsetzlicher Angst, einer Angst vor ihren eigenen Landsleuten, einer besonderen Klassenangst. Lange Zeit wollte sie nicht glauben, woher das fremdartige Stechen der Furcht und Angst kam. Aber schließlich mußte sie zugeben, daß es von ihrer Berührung mit der unteren Volksschicht kam.

Sie war tatsächlich in leidenschaftlicher Berührung mit dem Volke geraten. Und aus der Berührung entstand ein stechender Schmerz wilder, unbekannter Angst. Vielleicht waren diese Leute ihre Vernichter, die Vernichter ihrer selbst und ihrer Klasse! Vielleicht brütete der Wildhüter gerade jetzt einen Plan aus, wie er sie mit Gewißheit hinterlistig vernichten könnte. Sie erinnerte sich der unendlich feinen Bösartigkeit in seiner Stimme, als er gesagt hatte: »Findest du nicht, daß du dich mit einem, wie ich es bin, erniedrigt hast?« – Fand er, daß sie sich mit ihm erniedrigt hatte? Und brütete er darüber? Und Mrs. Bolton? In ihrer Freundlichkeit war etwas Finsteres. Brütete auch sie über einem Sturz?

Dieser Gedanke bewirkte ein starkes Zurückscheuen in Constances Seele und warf sie zu Clifford zurück. Er und sie waren bei der Teilung auf der einen Seite. All ihr Klassenbewußtsein kehrte ihr wieder. Das Fließen begann erneut zwischen ihr und ihrem Manne.

Und in ihrer Angst vor der drohenden Gefahr ging sie in den Wald, um mit dem Wildhüter zu sprechen. Er befand sich bei der Hütte, weil es nach dem Tee war – ihre Zeit. Er grüßte, als sie sich näherte. Was dachte er? Frohlockte er wieder über die gefallene »Lady«? Dachte er: ›Hier kommt sie, meine Gnädige, meine Metze?‹

»Ich darf nicht bleiben«, waren ihre ersten Worte zu ihm. »Ich muß gleich wieder heim. – Geht es dir gut?«

»Freilich, mir geht's gut«, antwortete er.

»Clifford«, begann sie – zögerte dann. Sollte sie zu diesem Manne weiterhin »Sir Clifford« sagen? Nein, es war zu spät. »Clifford weiß, daß ich ihm nicht treu bin – ich sagte es dir schon.«

»Ja.«

»Ich glaube nicht, daß er einen Verdacht hat, wer es ist.«

»Nein«, erwiderte er ganz und gar ausdruckslos.

(Hier fehlte im Manuskript des Autors ein Abschnitt.)

9

Der Wildhüter dachte angestrengt darüber nach, aber sein Geist löste nichts.

»Du kannst also so weitermachen wie bisher?« fragte er.

»Ich möchte nicht, daß jemand das geringste über uns erfährt

– über dich und mich«, erwiderte sie. »Du möchtest es doch auch nicht, nicht wahr?«

»Ich werd's keinem sagen«, erklärte er kurz.

Es gab eine lange Pause.

»Warum kommst du zu so einem, wie ich es bin?« entrang sich seinem Geist schließlich eine Frage. »Weil du meinst, du kannst mit mir umspringen, wie's dir paßt?«

Auch sie sann nach. Warum war sie zu diesem Manne gekommen?

»Ich weiß nicht«, gab sie langsam zurück. »Aber einmal sah ich dich, wie du dich hinter deinem Hause wuschest, und ich fand dich schön.«

»Mich!« sagte er mit einer grinsenden, spöttischen Ungläubigkeit.

»Ich fand deinen Körper schön«, fuhr sie fort. »Und... und ich sehnte mich nach dir... ich weiß nicht, warum.«

»Meinen Körper schön!« wiederholte er, immer noch grinsend.

»Ja. Ich finde das auch jetzt noch. Du hast etwas Schönes an dir. Ich würde mich freuen, von dir Kinder zu haben.«

Er hatte das Gesicht abgewandt und starrte schweigend durch das kleine Fenster. Dann blickte er zu ihr herum, und auf seinem Gesicht war ein eigentümliches kleines Lächeln, sogar jetzt, als ob er beleidigt worden wäre.

»Das ist gut«, sagte er. »Ich soll schön sein, wie du's nennst, für eine wie dich, die alle die geschniegelten Bürschchen kennt. He?«

»Ich meine nicht schön im puppigen Sinne«, entgegnete sie.

Er knurrte etwas Unverständliches. Dann fügte er hinzu: »Aber du nimmst mich nicht ernst, was?«

»Inwiefern?«

»Nicht so, wie du einen deinesgleichen ernst nehmen würdest?«

»Warum nicht?«

»Du würdest mich niemals heiraten – und wenn du frei wie der Wind wärst, du würdest mich niemals heiraten«, sagte er mit einer gewissen Verachtung für ihre Beziehung.

Sie schwieg lange Zeit.

Dann sagte sie: »Du würdest mich gar nicht wollen, nicht wahr?«

Jetzt war er an der Reihe, nachzudenken.

»Wenn du nicht über mir wärst, würd' ich. Ja! Aber du stehst über mir, und ich würd' keine Frau heiraten mögen, die über mir steht.«

Sie verhielt sich eine Weile still.

Schließlich fragte sie ihn: »Tut es dir leid, daß wir zusammengekommen sind – so zusammengekommen sind?«

Er antwortete nicht sogleich. Er mußte das überlegen.

»Nein, es tut mir eigentlich nicht leid. O nein! Ich würd' gern so weitermachen und alles sein lassen. Das ist es nicht. Aber was denkst du von mir? Du siehst auf mich herab.«

»Nein!« entgegnete sie. »Ich bin dir dankbar.«

»Ja, freilich! Und für die Male, wo ich mit dir war, bin ich es auch. O ja! Aber das mein' ich nicht. – Nun ja, du denkst eben gar nichts von mir, wie könntest du wohl!«

Sie wußte nicht recht, was sie sagen sollte. Schon hatte er einen Kummer.

»Also...« sagte sie. »Wenn du mich nicht willst...«

Er drehte sich um und sah sie an, lächelte beinahe erschrekkend.

»Du kommst, wann es dir paßt, und du gehst, wann es dir paßt, und ich zähl' für dich nicht. Aber was ist mit mir, wenn ich warte und im Park lauere und du gar nicht kommst? Und ich sag' zu mir: ›Sie will heute abend nichts von dir wissen. Geh heim und häng dein Gewehr auf!‹ – Ja, ich warte! Jawohl, und ich geh' heim und wart' am nächsten Tage wieder. Aber ich weiß recht gut Bescheid. Du hältst nichts von mir. Du siehst auf mich herab. Es macht dir nur ein bißchen Spaß, mit mir zusammen zu sein. Aber du siehst auf mich herab, wenn du auch mit mir zusammen bist.«

Wie fremd er war! Fremder als ein Ausländer, als ob er einer längst ausgestorbenen Rasse angehörte! Was für eine Sprache redete er?

»Hör mich an«, sagte sie. »Und sei nicht ungerecht. Hör mich an! Ich liebe dich. Einfach als die Frau, die ich bin, liebe ich dich, und ich möchte mit dir in deinem Hause schlafen. Ich möchte, daß du meinen Körper schön findest. Ich möchte, daß du mich in deinen Armen hältst und etwas Liebes zu mir sagst. Ich möchte wirklich deine Frau sein. – Aber kannst du nicht verstehen, kannst du nicht begreifen – da ist Clifford. Ich darf ihn nicht im Stich lassen! Er versteht, daß ich *dich* brauche. Kannst du nicht verstehen, daß ich *ihn* brauche?«

Er schaute sie mit einem besonderen Blick an.

»Was wär', wenn du ihm sagen würdest, daß du mit Oliver Parkin, dem Wildhüter, zusammen gewesen bist, und daß du's weiter mit ihm treibst? Was würd' er dann sagen?«

»Ich weiß nicht. Ich werde es ihm jedenfalls nie verraten.«

»Das glaub' ich gern. Ich verbürg' mich dafür, daß du es ihm nicht verraten wirst. Ha!«

Sie versank in tiefe Traurigkeit. Sie spürte den Spott, den Zweifel, den Hohn in seiner Stimme. Die eingewurzelte Feindschaft in ihm und die Verachtung, die er für die erotische Beziehung zu ihr empfand! Weil er ihr gesellschaftlich nicht gleichgestellt war, verachtete er seine Liebe oder Leidenschaft, oder was immer es sein mochte, das er für sie fühlte.

»Also!« sagte sie schließlich, erhob sich langsam und wandte sich zur Türe. »Wir würden besser auseinandergehen. Ich bin dir dankbar für das, was du mir gegeben hast. Ja, wirklich! Du bist gut zu mir gewesen. – Aber wir würden besser auseinandergehen. Und alles vergessen. Ich werde wieder sein, wie ich vorher war – vor dem Frühling.«

Mit einem jähen Seufzer dehnte er die Schultern.

»Ach! Sag nicht, daß ich gut zu dir gewesen bin. Du hast mir mehr gegeben als ich dir.«

Er blickte ihr in die Augen, die blau und unglücklich und verdunkelt von Vorwurf waren, und sein Gesicht verzerrte sich ungestüm, als ob er weinen wollte. Es war plötzlich wieder über ihn gekommen, das blinde, überwältigende Verlangen, sie zu berühren, seine Hände an ihren Leib zu legen.

Sie sah seine Hände sich unwillkürlich nach ihr ausstrecken.

»Nein!« rief sie und wich zurück. »Du haßt mich in Wirklichkeit. Ich muß gehen. Ich darf nicht mehr kommen.«

Sie öffnete weit die Türe und betrachtete den silbrigen Abend mit dem reichen Blau der Sternhyazinthen im Dämmerlicht der Zweige. Und als sie zögerte, staunend über die zwingende Schönheit da draußen, legte er den Arm um ihre Leibesmitte.

»Wart noch 'n bißchen!« flüsterte er. »Geh nicht!«

Seine kräftige Hand war auf ihr, drückte sich in die Weichheit ihres Körpers.

»Ich muß gehen«, versetzte sie und versuchte sich ihm zu entwinden.

»Hör!« sagte er. »Hör!« Und er fing sie in beiden Armen. »Hör! Geh nicht! Geh nicht! Ich will nicht, daß du gehst! Geh nicht und verlaß mich nicht für immer! Sag, daß du wiederkommen wirst! Sag, daß du immer wieder zu mir kommen wirst! – Hier ist der Wald. Sag, daß ich dich immer hier im Wald haben werd', immer! Sag etwas, woran ich mich halten kann... irgend etwas.«

»Was soll ich denn sagen?« murmelte sie.

»Daß es... daß es nie aus sein wird... Sag, daß es nie aus sein wird zwischen uns!«

»Was zwischen uns ist, das wird nie aus sein«, sagte sie.

Er rückte etwas ab und blickte sie zweifelnd an.

»Nie!« wiederholte sie.

Er ließ sie unvermittelt los, wandte sich zu der Werkbank und ergriff einen Hammer sowie einige Nägel.

»Wir wollen's einnageln«, erklärte er. Er nahm sie beim Arm und führte sie hinaus in die schöne Dämmerung, die blau war von Sternhyazinthen und blaß von neuen Blättern. Er führte sie zu einer großen Eiche hinüber, die ihre knospenden Äste über die Lichtung ausstreckte.

»Willst du deinen Nagel mit meinem in die Eiche hämmern?« fragte er sie.

»Ja«, antwortete sie ängstlich.

Er nahm einen langen Nagel und trieb ihn mit ein paar schweren Schlägen tief in den Eichenstamm. Dann reichte er ihr einen anderen Nagel.

»Nagle ihn neben meinen«, sagte er.

Sie hämmerte ihren Nagel dicht neben den seinen, und er steckte den Hammer in die Tasche.

»Das ist geschehn«, sagte er.

»Ja«, erwiderte sie. »Aber nun muß ich gehen.«

»Wirst du bald wiederkommen?« fragte er.

»Ja.«

»Und wirst du mal eine Nacht bei mir bleiben?«

Sie ließ ein Weilchen verstreichen, ehe sie erwiderte: »Ich werde es bald tun. Wir wollen es einrichten, ja?«

Er sah sie an, als sie sich abwandte, um sich zu entfernen.

»Komm nicht mit mir«, bat sie, seinen Augen begegnend. Er sagte nichts, sondern stand ganz still und blickte ihr nach. Es war ein wachsamer, unnachgiebiger Ausdruck in seinen rotbraunen Augen, der sie wissen ließ, daß nichts nach ihrem Willen gehen würde, auch hier nicht.

Der Abend war sehr schön, das Nachglühen des Sonnenuntergangs fast noch klarer als die Sonnenstrahlen zwischen den verzweigten Ästen der Eichen über ihr. Auf der Schneise waren hohe Vergißmeinnicht Myriaden kleiner Sterne auf einer Milchstraße. Sie eilte an ihnen vorbei, und es kam ihr vor, als würde sie von ihnen ausgelacht – lauter winzige Lachflecken. Weil sie sich zum Essen verspätete. Zu spät zum Essen! Zu spät zum Essen! riefen die Waldvögel.

Clifford war in seinem Krankenstuhl auf die Terrasse gerollt und betrachtete von dort aus den Westen. Es war ein prachtvoller Maiabend, erfüllt von dem wilden, unheimlichen Aufruhr des englischen Frühlings.

Sie winkte ihm schnell zu, als sie ihn gewahrte, und er winkte zurück. Sie nahm den Hut ab, als sie die Stufen hinaufstieg. Ihr Haar war unordentlich, ihr Gesicht sanft, ihre Augen waren groß und geweitet.

»Der Wald ist so schön!« sagte sie. »Warum muß man immer nach Hause hetzen?«

»Meintest du, du müßtest dich hetzen, um heimzukommen?« gab er zurück.

Sie hielt inne und blickte in sein Gesicht, und es gab ihr einen Stich durchs Herz.

»Bloß weil es so schön war«, sagte sie. »Ich wollte vor dem Sonnenuntergang zu Hause sein. Aber da war ich ziemlich weit weg. – Warum bist du mir nicht entgegengekommen?«

»Ich! Nur ein wirklicher Liebhaber würde dir an einem solchen Abend entgegenkommen.«

Sie legte ihre Hand rasch auf seine Rechte, die auf dem Rad des Stuhles ruhte.

»Nein, ich dachte an dich«, sagte sie.

»Du bist so schön«, sagte er. »Du bist wie eine Blume und auch wie eine Dryade, aber ohne alle Schärfe. Ich wünschte, ich hätte dich auf meinen Beinen im Walde getroffen. Fandest du, daß du den Sonnenuntergang versäumt hast?«

»Ich? Warum? Nein, es war schön, ich hatte ein Reich für mich! Außer daß ich mit Parkin ein paar Worte gesprochen habe.«

»Hat er dich in deinem Nymphendasein gestört?«

»Nein, er war bloß da. – Bist du nicht hungrig? Ich habe Hunger. Soll ich mir schnell die Hände waschen und zum Essen kommen, wie ich bin?«

»Tu das, Liebling.« Er ergriff plötzlich ihre Hand. »Bist du glücklich?« fragte er leise.

Sie war sogleich gehemmt.

»Ich ... ich habe gar nicht darüber nachgedacht«, erwiderte sie. »Warum fragst du?«

»Weil du so schön aussiehst«, sagte er, immer noch leisen, zurückhaltenden Tones. »Du siehst anbetungswürdig aus. Ich könnte es nicht ertragen, wenn du unglücklich wärst.«

Sie beugte sich über ihn und küßte ihn rasch auf die Stirne.

»Mein Geliebter«, sagte sie zu ihm, zärtlich wie eine Mutter.

»Ja!« sagte er. »Vielleicht hätte es mich besser ganz ausgelöscht. Ich komme mir vor wie der Listige, der dem Tode ausgewichen ist und nun wünscht, er hätte es nicht getan.«

»Oh, nicht doch!« antwortete sie. Und sie drückte seine Hand.

»Ich möchte weinen und heulen«, sagte er in rührender Weise.

Sie hielt abermals inne und küßte ihn.

»Weine und heule nur, wenn du möchtest«, erwiderte sie sehr sanft. »Ich halte deine Hand. Weine du, wenn du möchtest, mein

Geliebter, mein armer Geliebter!«

»So!« sagte er plötzlich. »Ich bin wieder beieinander. Es ist Mai... und da... oh, es ist nicht immer Mai! Ach nein! Es ist oft trübe. – Wasch dir die Hände, Liebes, und ich gehe hinein.« Er rollte seinen Stuhl durch die Halle. Beim Essen war er recht fröhlich. Aber nachher, als er mit ihr in seinem Zimmer saß, war er wieder traurig.

»Ich denke wirklich, ich hätte sterben sollen«, sagte er. »Man hätte mich sterben lassen sollen.«

»Clifford, nicht!« rief sie. Sie ging zu ihm hinüber und drückte seinen Kopf an sich. »Aber wieso denn, Lieber? Weil etwas verloren ist, wäre doch nicht besser alles verloren, nicht wahr?«

Er fühlte den sanften, langsamen, gesunden Atem ihres warmen Leibes, an den er sein Gesicht preßte.

»Würde es dir wirklich etwas ausmachen, Liebes, wenn ich sicher auf der andern Seite des Styx wäre?« forschte er.

»Wozu so etwas fragen?« entgegnete sie und drückte seinen Kopf fester an sich. »Du weißt, wie es mich freut, daß du das Leben liebst.«

»Ich frage das, weil es für mich keinen Grund zu leben gäbe, wenn niemand mich am Leben haben möchte. Und als ich den Sonnenuntergang betrachtete und du nicht kamst, da hatte ich das Gefühl, daß es für dich besser sein würde, wenn ich tot wäre, und daß du das vielleicht wüßtest.«

Sie ließ mit dem Griff um seinen Kopf nach.

»Das ist grausam von dir, Clifford«, sagte sie mit leiser, ernster Stimme. »Es würde für mich nicht besser sein, wenn du tot wärest. Ich würde schlimmer daran sein. Ich will nicht, daß du stirbst. Ich brauche dich in meinem Leben. – Und abgesehen davon ist es grausam, mich für dein Weiterleben verantwortlich zu machen. Du möchtest doch selber leben? Du hast doch einen starken Lebenstrieb, nicht wahr?«

»O Liebling!« erwiderte er. »Ich empfand eine solche Qual der Nutzlosigkeit heute abend, als alle Vögel der Welt ihre tüchtige männliche Musik machten. Ich empfand eine Qual: unnütz! unnütz! unnütz! nur ein Lebenshindernis!«

Sie sah ihn an. Ihre blauen Augen waren groß und starr. Er ließ seine Qual an ihr aus.

»Aber Clifford!« Sie setzte sich und begann allmählich zu weinen. Nachdem sie einmal angefangen hatte, schluchzte sie blindlings, und er vermochte sie nicht zu beschwichtigen. Doch seltsam, unterhalb alles dessen war sie recht glücklich.

»Liebes! Mein Liebes!« wiederholte er. »Ich bin ein Rohling! Ich bin ein nichtswürdiger Rohling und ein klägliches hamletisierendes Schwein. Du solltest mich ohrfeigen! Das würde ich verdienen. – Aber weine nicht, mein Geliebtes, weine nicht, denn ich ertrage es nicht. Du bist viel, viel, viel zu gut für mich. Con, meine liebste Con, bitte, bitte weine nicht. Tu es mir Elendem zuliebe und weine nicht, mein Herz! Ich bin deiner nicht wert, mein Armes, wirklich nicht.«

Aber sie weinte in einer Sturzflut des Schmerzes. Und unterhalb dessen war sie recht glücklich. Sie weinte in ihrem alten und sehr aufrichtigen Kummer um Clifford. Und unterhalb dessen war sie recht glücklich, weil sie ihren Nagel neben den des andern Mannes eingehämmert und dem Manne versprochen hatte, in seinem Hause eine Nacht mit ihm zu verbringen.

Der Kummer schien auch älter, seichter, weniger tief als das andere, als das gewissermaßen abenteuerliche Glück.

Nachdem sie sich ausgeweint hatte, verbrachten sie einen ruhigen, zärtlichen Abend miteinander. Sie war dann glücklich mit Clifford, während er aus ruhigem, beinahe stillem Schweifen und Sinnen heraus launig plauderte. Sie sprachen über alles mögliche, über Menschen, Bücher, Gedanken, Kunst, und zwar immerzu auf ruhige, erleuchtende Weise, ohne Nachdruck oder Verwerfung, einfach in Harmonie herumschweifend.

»Ja, ich stimme mit dir überein«, sagte er. »Unsterblichkeit ist eine Art vierte Dimension; sie ist immer da, nur verlieren wir den Sinn dafür. Ich stimme mit dir überein; es ist nichts Langhingezogenes. Nur verlieren wir etwas in uns, das unsere Unsterblichkeit fühlt, und deshalb gibt es sich damit nicht ab. – Heute abend, wo ich ruhig mit dir rede, habe ich das Empfinden der Unsterblichkeit. Und was sonst sollte ich mir wünschen? – Wir teilen unsere Unsterblichkeit miteinander, du und ich, meinst du nicht auch?«

»Ja«, antwortete sie langsam. »Wir teilen eine Unsterblichkeit miteinander. – Aber es gibt doch noch viele Unsterblichkeiten. Ich empfand eine andere, als ich durch die Vergißmeinnicht heimging und sie lauter kleine lachende Sterne zu sein schienen. – Doch glaube ich, daß wir beide eine Unsterblichkeit gemein haben, und darum schmerzt es mich so, wenn du sagst, daß du nicht mehr leben magst. Es verletzt meine Hälfte der Unsterblichkeit, ja.«

»Was für ein Dummkopf bin ich doch! Was für ein undankbarer Rohling!« schimpfte er gedämpft. »Ich habe das Leben bekommen, und ich habe dich bekommen, und dann jammere ich! – Gib mir noch einen Kuß.«

»Soll ich?« sagte sie lächelnd und küßte ihn, indem sie ihm eine gute Nacht wünschte. Sie wußte, daß er nach seinem Ausbruch durchaus glücklich gewesen war. Und sie lachte im stillen.

10

»Wollen wir miteinander in den Wald gehen?« fragte er am nächsten Morgen, als wieder ein schöner Tag gekommen war.

»Ja«, antwortete sie. »Jetzt?«

Sie half ihm zusammen mit Mrs. Bolton in seinen Motorstuhl. Seine Beine waren völlig hilflos; sie mußten an ihren Platz gelegt werden, jedes für sich. Aber er hatte große Kraft in den Armen und konnte sich hochziehen. Constance empfand kaum mehr Entsetzen, wenn sie die langen, stumpfen Beine aufhob und mit einer Decke umhüllte. Und wenn ihr Mitleid sie quälen wollte, erinnerte sie sich daran, daß er von jeher an die Sterblichkeit des Körpers und an die Unsterblichkeit des Geistes geglaubt hatte. Er brauchte sich nicht so fürchterlich zu grämen, und vielleicht tat er es in Wirklichkeit auch gar nicht. Vielleicht bedeutete seine Krüppelhaftigkeit in einer Weise eine Erleichterung, ein Entrinnen für ihn. Es war wirklich leichter, nur ein halber Mann zu sein.

Wenn die Menschen an die Unsterblichkeit des Körpers geglaubt hätten, dann hätten sie niemals diesen Krieg oder irgendeinen solchen Krieg zugelassen.

Als Clifford vor der Hintertür in seinem Stuhl saß, fuhr er langsam mit leisem Motorgeknatter ums Haus herum und vorne zum Zufahrtsweg, wo Constance unter der großen Buche an der Biegung auf ihn wartete. Langsam und stolz kam er in seinem niedrigen dreirädrigen Stuhle daher, der leise knatterte, während er ihn vorwärts trug. Und als Clifford sich ihr näherte, blickte er auf die breite Fassade des niedrigen, alten braunen Steinhauses zurück und sagte: »›Steinmauern, machen kein Gefängnis und Eisenstangen keinen Käfig‹ – wenigstens nicht, seit die Menschen die Motorkraft erfunden haben, nicht wahr? Schau, wie ich zum Haus hinaus kann! Glaubst du, daß die Seele auf den Körper zurücksieht, wie ich auf das alte Haus zurücksehe?«

»Die Seele fährt nicht in einem Rollstuhl spazieren«, erwiderte Constance.

»Möglich!« lachte er. »Aber vielleicht sind sie etwas Ähnliches, unsere Geistesflüge. – Mir scheint, wir sollten im Herbst oder im nächsten Frühling einige Reparaturen an dem alten Hause vornehmen lassen. Meinst du nicht auch, ich könnte ein paar Hundert dafür ausgeben?«

»Ja, gewiß. Wenn es keinen Grubenstreik gibt.«

»Unberufen! Wozu streiken die Kerle eigentlich? Damit treiben sie uns nur zu einer Art Sklaverei zurück; das ist alles, was sie erreichen.«

»Wen treiben sie zurück?«

»Oh, uns alle! Wir, die wir die herrschende Klasse darstellen, sind zum Schluß gezwungen, eine milde Form der Sklaverei einzusetzen, damit die Arbeiterklasse weiterarbeitet. Es gibt keine andere wirkliche Wahl außer der Anarchie.«

»Aber würden sie sich das gefallen lassen? Würden die Arbeiter sich das gefallen lassen?« fragte sie.

»Oh, wir müßten es in aller Stille tun, so daß sie es nicht merken. Aber wir werden es tun, müssen es tun.«

»Warum denn?«

»Warum? Das liegt auf der Hand. Damit die Förderung weitergeht und die ganze Maschine läuft. Hört man auf, so bedeutet das Hungerleiden und wahnwitzige Anarchie. Die Wandlung zum Kommunismus zieht unweigerlich den Stillstand eines großen Teiles der Maschine nach sich. Was auf unserer festen, kleinen Insel zur Anarchie führen würde. Dagegen läßt sich nichts anderes tun, als beizeiten die leichten Kettenglieder auszumerzen. Was ließe sich sonst tun?«

Sie waren zum Rande des Parkes gekommen und schauten über die welligen Hänge mit ihren vereinzelten schönen Bäumen gen Osten, wo das Bergwerk zu sehen war, das wie gewöhnlich seine weißen und schwarzen Fahnen emporschickte, und das dunkle Glitzern der Schieferdächer der Arbeiterwohnhäuser und, über allem, der alte viereckige Kirchturm, wie Haus Wragby aus braunem Stein erbaut, der sich fern auf dem gegenüberliegenden Hügel erhob. Die Arbeiterhäuser kletterten in wunderlichen, übereinandergreifenden Schieferdächerstufen zur Kirche und ihrer Baumgruppe hinauf.

Der Anblick hatte etwas Gespenstisches.

»Meinst du, daß die verschiedenen Klassen sich bekämpfen *müssen*?« fragte sie.

»Nein! Aber ich glaube, die Wenigen müssen die Vielen regieren.«

»Du glaubst also nicht, daß es ein gegenseitiges Übereinkommen geben könnte?«

Er schüttelte langsam den Kopf.

»Nein. Zwischen den Besitzenden und den Besitzlosen wird es nie ein dauerndes gegenseitiges Übereinkommen geben, außer insofern, als Seilziehen ein gegenseitiges Übereinkommen ist. Die eine Seite zieht, bis die andere untergeht oder, was weitaus besser ist, bis sie einer milden, wohlwollenden Form der Sklaverei unterworfen ist.«

»Findest du, daß die Menschen nichts weiter als Besitzende und Besitzlose sind? Bist du zum Beispiel nur ein Besitzender?«

»Soweit die Kohlenfrage in Betracht kommt, ja. Es ist alles in Ordnung, solange du diese Frage nicht aufwirfst. Aber wenn du einmal die Frage aufgeworfen hast, da hast du's! – Du stehst am anderen Ende des Seiles und ziehst, bis dir der Atem ausgeht – oder bis die andere Partei am Boden liegt.«

»Aber es brauchte nicht so zu sein.«

»Davon verstehe ich nichts. Es *ist* so.«

»Aber wenn du an deinem Ende des Seiles nicht festhalten würdest? Wenn du an deinem Besitz nicht festhalten würdest?«

Er blickte zurück auf das Haus, auf den Park.

»Armes altes Wragby!« sagte er. »Ich käme mir vor wie ein Kapitän, der sein Schiff dem Feinde überläßt.«

»Aber sind sie Feinde – die Grubenarbeiter?«

»Wenn du sie im Park herumschleichen und wildern siehst, erscheinen sie dir dann nicht als Feinde?«

»Doch. Aber... muß man denn Wragby zwischen sich und... und... und das Volk kommen lassen?«

»Bist du nicht recht dankbar, daß Wragby zwischen dir und dem Dorf Tevershall steht? Wie würde es dir zum Beispiel gefallen, wenn du in einer der Arbeiterkolonien leben müßtest?«

»Es würde mir nicht gefallen. – Aber die Grubenarbeiter sehen keinen Grund, weshalb sie nicht auf Wragby leben sollten.«

»O doch!« sagte er langsam. »Sie sehen alle Gründe außer einem – und das ist eine Abstraktion, überhaupt kein Grund.«

»Was?«

»Ihre Gleichheit der Menschen, oder wie sie es nennen. Sie wissen selber, daß die Gleichheit reiner Blödsinn ist. Sie kennen selber den Unterschied zwischen einem Herrn und einem Bergmann. Und sie müssen allen Nachdruck auf den Unterschied legen und die Tatsache umkehren. Oh, Eigentum ist die Wurzel aller Religion. Sogar in der literarischen Beilage der ›Times‹ steht, daß das Eigentumsrecht eine religiöse Frage geworden ist. Und das stimmt durchaus. Ich besitze Wragby insofern, als ein Mensch irdisches Eigentum besitzt. Wragby bedeutet mir das, was anständig und würdig und, wenn du willst, göttlich am Menschen ist. Reiß Wragby nieder oder mach daraus eine Schule für Arbeiterkinder, und du hast ebensoviel menschliche Würde und Anständigkeit und sogar Göttlichkeit in den Schmutz gerissen. Ich glaube daran in religiösem Sinne. Wragby ist ein Schiff, das immer noch unterwegs ist zur Entdeckung neuer menschlicher Möglichkeiten. Es fährt voran, und die Arbeiterhäuser, die schmutzigen kleinen Fahrzeuge plätschern im Kielwasser hinterher. – Glaubst du zum Beispiel – ein altes Beispiel –, daß in irgendeinem Arbeiterhaus ein Klavier vorhanden wäre, wenn Wragby nicht vor dreihundert Jahren beim Entstehen der Klaviere geholfen hätte? So geht es weiter.«

Constance erkannte plötzlich, daß dies stimmte. Plötzlich wußte sie, warum sich etwas in ihr sträubte, in einer Arbeiterwohnung Kinder zu gebären oder sie in einer Wildhüterhütte aufzuziehen. Sie würden dann bloß in der großen Flottille schmutziger kleiner Fahrzeuge geboren, die selber kein Ziel und keine Bestimmung hatten, die nichts bedeuteten. Nur die stolzen Schiffe wie Wragby führten den Weg nach unbekannten Meeren. Es stimmte. Nie würde es mehr geben als einige wenige, verhältnismäßig wenige Führer und vorwärts schreitende Sucher. Und sie würden »die Vornehmen« sein. Und sie mußten letztlich die Herrschaft über das Besitztum haben. Mußten! Sonst gäbe es keine stolzen Schiffe mehr, die sich in unbekannte Meere vorwagten; alles wäre ein schmutziges Gewimmel von flachen Nirgendshinfahrern. Durch die Aufgabe des Besitzes wäre der Menschheit nicht geholfen. Sie war gleicher Meinung wie Clifford. Vielleicht hatte ein Mann heutzutage die religiöse Pflicht, für die Bewahrung seines Besitzes zu kämpfen. Sie fand es ehrenhafter, zu kämpfen als einfach alles voller Schrecken aufzugeben.

»Meinst du wirklich, Clifford«, sagte sie, »daß die Besitzenden auf einer Entdeckungsreise anführen? Wenn sie das tun, warum dann überhaupt ein Seilziehen?«

»Das Seilziehen gehört zu dem großen Versuch. Die Eigentumsfrage muß immer noch endgültig geregelt werden.«

»Unter geregelt verstehst du, daß alles beim alten bleibt?«

Er schwieg eine Weile.

»Vielleicht«, antwortete er dann. »Oder zumindest Kampf um jeden Zollbreit, der aufgegeben wird. Es ist eine Frage, die ausgekämpft werden muß; man kann sie nicht erledigen, indem man darüber diskutiert oder mit einem Händedruck ein Übereinkommen trifft. Es ist eine leidenschaftliche Frage. Ich bin dafür, zu jedem Zollbreit von Wragby, zu meinen Grubeneinkünften und so weiter, zu halten. Die Bergleute haben keinen Anspruch darauf. – Wenn sie aus Wragby eine Schule machen würden, so würde ich das als Entwürdigung bezeichnen, als einen Lebensabstieg. Es *muß* die höhere Lebensform geben.«

»Ja«, sagte sie. »Ich weiß. Und ich glaube daran. – Aber gibt es nicht noch etwas anderes? – Versteh, Wragby ist nicht mein Eigentum, so daß ich dafür kämpfen könnte. Ich habe keinen Erbsitz. Deshalb läßt mich das Gut ziemlich kalt.«

»Wirklich?« gab er sarkastisch zurück. »Das wäre nicht der Fall, wenn du Kinder hättest...« Er machte eine kleine Pause. »Glaubst du, daß du ein Kind bekommen wirst?«fragte er und sah sie aus fremden hellen Augen an.

»Es wäre möglich«, sagte sie und wurde über und über rot.

»Gut! Ich hoffe es, wenn auch nur, damit du diesen Kampf fortführst. Bei Gott, es ist ein großer Kampf, und ich würde gerne dabei helfen, einen Jungen dazu zu erziehen, daß er an Wragby hängt. Es ist das Wesentliche unserer Zukunft – der Kampf ums Eigentum, um das Recht auf den eigenen Besitz und um die Erbschaftsfolge.« Er blickte wieder auf das alte, stille Haus zurück, das sich in seiner ziemlich traurigen braunen Länge im Maisonnenschein duckte. »Stell dir vor, für die Erbschaftsfolge des Gutes Wragby kämpfen zu müssen!« sagte er. »Schenk mir einen Sohn, Connie! Das ist alles, worum ich dich bitte.«

Sie antwortete nicht, sondern wandte sich ab; und er setzte seinen Stuhl auf dem abschüssigen Weg durch den Park vorsichtig in Gang. Sein Gesicht glänzte vor Kampfeslust, wie weiße Wolken am Himmel glänzten.

Ihm einen Sohn schenken, um für Wragby zu kämpfen! Nur deshalb! Und dabei würde es der Sohn eines Wildhüters und der Enkel eines Grubenarbeiters sein! Nein, es war zu ungeheuerlich und grausam.

Langsam folgte sie dem Rollstuhl über den rotkiesigen Weg, auf dem das Unkraut sich kümmerlich breitmachte, zwischen den bequasteten Bäumen und den offenen Grasflächen, wo wollige junge Schlüsselblumen aus dem Grün hervorsprossen. Und die wunderliche, duftige Zärtlichkeit der unreifen Blumen bewegte sie seltsam. Das! Das! Das! Diese besondere flaumige Empfindsamkeit und die Verwundbarkeit junger Dinge, die sich entfalten und mit unglaublichem Wagemut auf die Welt kommen, wo doch die Welt gedrängt voll ist und sie so zart und leicht zerquetschbar sind! Das! Dieser gewisse Mut und diese gewisse Kraft! Das! Das! Das! Das war's, was sie sich wünschte. Etwas so zart Empfindsames und so sanft Wagemutiges, das zum Himmel die Augen aufschlug.

Ach, warum hatte Clifford kein zartes, zartes, weiches körperliches Gefühl für die Grubenarbeiter, das in ihnen eine Antwort wecken würde? Aber er war so hart. Er war in Wirklichkeit noch viel härter und gefühlloser als die häßlichen, stummen Grubenarbeiter. Er war hart und gescheit, gescheit und hart, ohne empfindsame Ranken der Wahrnehmungsfähigkeit und wahrer Intelligenz, die sich in die Luft ausstreckten. Wenn sie ein Mann wäre, glaubte sie, würde sie den Schlüssel zu diesem grausamen Klassenkampf, der ihrer Meinung nach wirklich begonnen hatte, finden können. Aber sie war nur eine Frau, sie konnte bloß mit einem bestimmten Manne mitempfinden, nicht mit einem ganzen Dorf oder einer ganzen Schicht.

Sie kamen zum Walde, und sie machte das Tor auf. Vor ihnen dehnte sich die offene Spalte der Schneise zwischen den stillen grauen Bäumen. Der Rollstuhl knatterte langsam hinein, bahnte sich einen Weg über die Vergißmeinnicht und den Waldmeister. Clifford versuchte möglichst an den Blumen vorbeizusteuern. Aber wie Schaum nach einem Sturm wurden sie zur Seite geschleudert.

»Du hast recht, meine Liebe«, sagte er. »Es ist unbeschreiblich schön.«

Sie kamen an den Haselbüschen vorbei, wo unter den vielen, vielen braunen Haselstämmen hohe, leuchtende Sternhyazinthen standen und große, graugrüne Blätter sich auf der schattigen Erde ausbreiteten. Ein Specht flog plötzlich auf. Tote Haselkätzchen lagen auf den feuchten grünen Blättern der Schneise. Der Rollstuhl fuhr langsam voran.

Bis sie an dem Haselgebüsch vorbei waren und bei einem Kreuzweg zu einem offenen Eichenhain gelangten, der sich an einem schönen, freien Hang aufwärts zog. Auf diesem Hügel hatte man das Unterholz ausgerottet, und während des Krieges waren viele Bäume gefällt worden, so daß die restlichen nur noch zerstreut standen, frei der Sonne. Und die Sternhyazinthen bildeten Flächen und Flecken lebendigen purpurfarbenen Blaus in der Lichtung, und zwischen den Trümmern der Stümpfe und alter Holzschnipsel war der Boden teilweise von reinem Blau, ringsum nur von jungen Bäumen bestanden.

Clifford mußte den Motor seines Rollstuhls weiterarbeiten lassen, wenn er nicht steckenbleiben wollte. Constance folgte ihm. Wenn aus der kalten, grimmigen Erde solch zarte Dinge kamen, die in ihrer vollkommenen Bläue beinahe zu klingen schienen, warum mußte dann der Mensch so zäh wie die dicken Sehnen in gekochtem Rindfleisch sein? Warum? Warum? Warum, während man lebte, einfach hart sein? Sogar die Eichen hatten die sanftesten braunen Händchen, mit denen sie die Luft ertasteten, die weiche Luft berührten. Die graue Rinde war hart und zäh. Aber jeder Zweig endete in der weichsten kleinen ausgebreiteten Hand. Warum nicht? Warum nicht? Man muß den Winter bekämpfen; aber gleichwohl sind die zarten Händchen nur behandschuht. Sie schließen sich ab, doch verlieren sie ihre Empfindsamkeit nicht.

Clifford saß oben auf dem Hügel und blickte hinab auf das Ästegewirr und auf die himmlischen blauen Schleifen, die all das Grün den Hang hinunter erhellten.

»Ja«, sagte er, »das ist sehr schön. Eine wunderbare Farbe an sich. Aber es hat gar keinen Zweck, das zu malen.«

Auch das traf wahrscheinlich zu. So vieles traf zu in der vielfach zusammengesetzten Welt.

Zur Linken führte der Pfad durch den dichten, alten Wald zu der Hütte des Wildhüters. Zum Glück war er zu schmal und uneben für den Stuhl.

»Wollen wir zur Quelle gehen?« fragte Clifford.

»O ja!« antwortete Constance.

Und der Stuhl begann langsam den sanften Hügel hinunterzurollen, bis er zu den großen Decken aus Sternhyazinthen kam, durch die er hindurchfuhr. Ein seltsames Schiff! Ein seltsames Schiff, das durch duftende blaue Meere wellte! Die letzte Pinasse, zurückgeblieben auf den unbekannten Ozeanen, steuerte den letzten Entdeckungen zu! Ruhig und zufrieden, wie der Kapitän am unsterblichen Steuer, saß Clifford mit einem alten, schwarzen

Hut da und steuerte vorsichtig. Und Constance, nur einer der Kähne, ging langsam, angetan mit einem grauen Strickkleid, in seinem Kielwasser den sanften Hügel hinab. Und der Stuhl bog weich um die Ecke der Senke, wo die Schneise unten um den Hügel herumführte, und war nicht mehr zu sehen.

Und der Wildhüter kam mit schnellen Schritten hinter ihr her. Sie hörte das Fallen seiner Füße und drehte sich um.

»Ich dachte«, sagte er mit einem schwachen Lächeln, »du würdest im Wald meine Frau sein und seine...« mit dem Kopf wies er in die Richtung, wo der Rollstuhl verschwunden war, »...in der übrigen Welt.«

Seine rotbraunen Augen hatten einen ärgerlichen Ausdruck, doch irgendwie, irgendwie waren sie wie die noch nicht entfalteten Eichenblätter weich und gewahr.

»Ich will das auch sein«, erwiderte sie, zu ihm aufschauend. »Aber Clifford wünschte die Sternhyazinthen zu sehen.«

Er schwieg unsicher. Dann kam die leise Frage, die in ihm brannte, bevor er sie hinausbringen konnte: »Wann wirst du kommen?«

Sie war ein klein wenig bange. Doch eine Stimme, über die sie keine Macht hatte, sprach aus ihr.

»Heute abend«, antwortete sie.

Sie sah das Aufblitzen seiner Augen und blickte zur Seite.

»Ja, heut abend!« sagte er mit leiser, erstickter Stimme. »Im Hause, nicht? Ich meine mein Haus.«

»Ja.«

»Soll ich am Parktor auf dich warten?«

»Ja. Kurz nach zehn.«

»Nach zehn.«

Von unten erklang Cliffords Ruf: »Kui!« und widerhallte zwischen den Bäumen.

»Kui!« rief Constance zurück. Es war ihr alter Signalruf.

»Er soll mich rufen, wenn er mich braucht«, sagte der Wildhüter sanft.

Constance nickte, blickte dem Mann sekundenlang in die Augen – sie war seine Frau im Walde – und eilte rufend hügelab Clifford nach.

Der Wildhüter drehte sich mit einer gewissen schnellen Ungeduld um.

Constance fand Clifford schon bei der Quelle, etwas weiter oben auf dem gegenüberliegenden dunklen Hügel, wo der Lärchenwald dicht wie Borsten ringsum bräunte und große Klettenblätter auf die Schneise hinausdrängten. Hier war es gespenstisch und finster wie immer.

Nur die Quelle war hübsch. Sie sprudelte in einen kleinen, glänzend klaren Brunnen, auf dessen Grund Kiesel lagen, die flimmerten und tanzten. Etwas Augentrost und Fingerkraut blühten im Grase am Rande. Dann rann das Wasser rasch in einen kleinen Graben.

»Möchtest du trinken?« erkundigte sich Constance.

»Ja. Du auch?«

»Ja.«

An einem Baume hing ein kleiner Emailbecher. Sie ergriff ihn und füllte ihn für Clifford, während er in seinem Rollstuhl saß.

»Wollen wir uns etwas wünschen?« fragte er, indem er den Becher nahm.

»Ja.«

»Warte... was soll ich mir wünschen?«

»Das darfst du nicht sagen!« mahnte sie.

Sie hörten das ferne Klopfen eines Spechtes, dann das Gocken eines Fasans. Es war sehr still, obwohl ein leichter Wind wehte und mehr Wolken über den Himmel zogen.

»Das Wasser ist so kalt«, sagte er, indes er trank. »Man wünscht sich überspannte Dinge. Sicher haben sich die Menschen an dieser Quelle die außergewöhnlichsten Dinge gewünscht.«

Er trank langsam, schweigend aus und reichte ihr den Becher.

»Hast du dir etwas gewünscht?« fragte sie.

»Ja.«

»Du darfst es mir nicht verraten.«

»Nein. Wünsch du dir auch etwas.«

Sie beugte sich über die Quelle, spülte den Becher aus und füllte ihn. Und sie dachte bei sich: ›Ich wünsche mir nichts. Ich könnte meiner wirklichen Bestimmung in die Quere kommen.‹

Dann trank sie langsam, ein bißchen keuchend wegen der Kälte.

»Hast du dir etwas gewünscht?« forschte er.

»Ja«, keuchte sie, ohne zu beachten, was sie sagte.

Sie sammelte etwas Waldmeister und sah einem Maulwurf zu, der an die Oberfläche stieg, mit seinen rosigen Pfötchen und seinem blinden Gesicht aus der Erde emportauchend.

»Siehst du den Maulwurf?« fragte sie.

»Ja. Es wundert mich, daß Parkin ihn nicht erwischt hat. – Was für ein Leben, pfui, sich durch die braune Erde zu bohren und zu winden! Eklige kleine Tiere!«

»Er scheint mit seiner rosigen Nasenspitze zu sehen. Glaubst du, daß er riecht, oder was tut er sonst, wenn er mit der Nase in der Luft herumschnuppert?«

»Er sieht aus wie ein Redner«, sagte Clifford.

Sie gab ihm den Waldmeister, damit er daran roch.

»So ein vornehmer, altmodischer Duft«, sagte er.

Auch die Lärchen streckten aus ihrer verzweigten Schwermut grüne Pinselchen aus. Constance blickte zum Himmel empor, der einen zusammenhanglosen Eindruck machte.

»Ob es wohl regnen wird?«

Sie begaben sich langsam auf den Heimweg; der Motor knatterte schwach. Clifford steuerte vorsichtig über die feuchte, grasbewachsene, unebene Schneise. So gelangten sie zum Grunde der Senke und wandten sich dem langen Hange zu, wo Sternhyazinthen sich im Lichte unter den Bäumen ausbreiteten.

»Glaubst du, daß du hinaufkommst?« erkundigte sie sich.

»Hoffentlich. Wir wollen es versuchen.«

»Wenn's nicht geht, mußt du Parkin rufen.«

»Es wundert mich, daß er nicht erschienen ist«, sagte er.

Der Rollstuhl arbeitete sich langsam, unregelmäßig durch die hohen, kräftigen Hyazinthen, die ringsum Bläue entzündeten. Immer langsamer und langsamer kämpfte er. Dann blieb er stehen.

»Ruf!« sagte sie.

»Wir wollen es noch einmal versuchen.« Er mochte den Mann nicht rufen. Der Rollstuhl machte sonderbare krampfhafte Geräusche und kämpfte sich ein Stückchen weiter. Ein Hund bellte kurz auf. Der Spaniel des Wildhüters kam herbeigelaufen, wedelte sehr freundlich vor Constance, scheute jedoch vor dem Rollstuhl zurück.

Parkin schritt den Hügel herab. Er grüßte, als er sich näherte; dann stand er ganz ruhig vor dem Stuhle und betrachtete den kleinen Motor.

»Ich fürchte, ich kommte nicht mehr hinauf«, sagte Clifford.

»Scheint so, was?« versetzte der Wildhüter, schob seine Kappe zurück und blickte auf den Stuhl hinunter. Dann bückte er sich und berührte den Motor unter den Rädern. Er klopfte an den kleinen Behälter.

»Haben Sie genügend Benzin?« erkundigte er sich.

»Oh, ich glaube«, antwortete Clifford.

Parkin lehnte sein Gewehr an einen Baum und kniete sich zu dem kleinen Motor nieder. Er faßte verschiedene Schrauben an und stocherte angespannt herum.

Dann richtete er sich auf und stellte sich mit gespreizten Beinen hin.

»Versuchen Sie's noch mal«, sagte er.

Clifford ließ folgsam den Motor an.

»Da ist etwas Staub oder sonst was, das den Motor behindert«, sagte der Wildhüter. »Lassen Sie ihn 'n bißchen schneller laufen.«

Clifford ließ den Motor schneller laufen. Er stotterte und spuckte, dann lief er richtig.

»Da!« sagte der Wildhüter. »Klingt, als ob er wieder in Ordnung wär'.«

Wortlos brachte Clifford den Rollstuhl in Gang. Er kroch langsam vorwärts, als hätte er nicht genug Leben, um hinaufzugelangen.

»Soll ich stoßen?« fragte der Wildhüter. »Bißchen helfen?«

»Es wird wohl gehen«, antwortete Clifford. »Warten Sie noch.«

Constance und der Wildhüter folgten dem Rollstuhl, Schritt um Schritt. Sie wunderte sich über den seltsamen Zusammenschluß der Männer, wenn es sich um eine Maschine handelte. Parkin war ein anderer Mann – ein Soldat. Doch trat er Clifford ganz frei und ungezwungen gegenüber. Clifford war ein Offizier. Parkin der gemeine Soldat.

Der Stuhl blieb schließlich, als stürbe er an Herzschwäche, inmitten eines besonders schönen Flecks von Sternhyazinthen wie ein Wrack auf einer Sandbank stecken.

»Es wird kaum gehen. Die Motorkraft reicht nicht aus«, sagte der Wildhüter.

»Der Motor sollte es schaffen – es ist hier nicht steil«, widersprach Clifford.

»Ja, sollte! Er sollte – aber er will nicht. Sie würden mich am besten stoßen lassen, gnädiger Herr.«

»Warten Sie noch«, entgegnete Clifford.

Und er ließ den Motor auf Hochtouren laufen, dann schaltete er mit einem Ruck den Gang ein.

»Nein!« sagte der Wildhüter. »Sie werden ihm den Garaus machen.«

Der Stuhl rollte in einer wilden Wendung auf die Bäume zu.

»Clifford!« schrie Constance und rannte vorwärts.

Der Wildhüter sprang hinzu und packte das Hinterrad. Aber Clifford, der all seine Kraft aufwandte, war auf die Schneise zugesteuert, und mit sonderbar summendem Geräusch nahm der Rollstuhl den Hügel in Angriff. Parkin schob ihn von hinten, und wie beruhigt fuhr der Stuhl gleichmäßig weiter.

»Es geht recht gut«, sagte Clifford und drehte sich frohlokkend um, nur um Parkins rotes Gesicht hinter sich zu sehen.

»Stoßen Sie?«

»Ja, 'n bißchen.«

»Lassen Sie das! Ich habe Sie nicht darum gebeten.«

»Aber...« begann Parkin und verminderte den Druck.

»Lassen Sie los!« befahl Clifford. »Er muß es schaffen.«

»Ja – muß!« sagte der Wildhüter.

Und er ließ den Rollstuhl los, der sogleich gehemmt schien. Clifford, der gefangen dasaß, kämpfte mit seinem Motor. Sonderbare Geräusche gab das arme Ding von sich, und sonderbare, rührende Bewegungen vollführte der Stuhl. Aber er weigerte sich, von der Stelle zu rücken.

»Verflucht!« murmelte Clifford und stellte, weiß vor Wut, heftig den Motor ab.

Parkin griff schweigend zu und stieß den Stuhl sacht inmitten der zermalmten Sternhyazinthen hügelaufwärts. Clifford drehte sich herum, gelb vor Zorn.

»Wollen Sie wohl loslassen?« rief er. »Warten Sie, bis Sie gebeten werden.«

Parkin trat schneidig zur Seite, automatisch wie ein aufmarschierender Soldat. Aber als er dann von dem Stuhl getrennt war, stand er mit gespreizten Beinen in der besonderen müßigen Haltung eines Mannes, der Ruhestellung einnimmt.

Der Stuhl begann langsam rückwärts zu rollen.

»Clifford, deine Bremse ist nicht angezogen!« schrie Constance und eilte zur Hilfe herbei.

Clifford riß heftig an einem Hebel. Der Stuhl blieb stehen.

»Es ist klar, daß ich jedem Menschen auf Gnade und Ungnade ausgeliefert bin«, sagte Clifford höhnisch.

Es gab eine ernste Pause – Clifford im Rollstuhl gelb vor Wut, Constance verlegen dastehend, der Wildhüter in aller Ruhe, ausdruckslos bis auf das leichte spöttische Senken seiner Lider, und der Hund des Wildhüters hinter seinem Herrn sitzend, wachsam, mit noch größerem Mißtrauen und Widerwillen den Rollstuhl beäugend. Ein Fasan schoß lächerlich über den Weg. Alles war lächerlich. Aber das lebende Bild blieb regungslos.

»Verzeih, daß ich die Beherrschung verloren habe, Con«, sagte Clifford schließlich.

»Oh, laß nur«, gab Constance zurück.

»Parkin, würden Sie mich bitte schieben? Entschuldigen Sie, daß ich so rauh zu Ihnen war.«

»Die tückischen Dinger lassen jeden aus der Haut fahren«, erwiderte der Wildhüter.

Auch jetzt war es nicht so einfach, den Rollstuhl in Gang zu bringen, denn die Bremse klemmte. Sie stocherten und zerrten. Der Wildhüter schwitzte. Zum Schluß schlüpfte er aus seiner Joppe, hob den hinteren Teil des Rollstuhls wahrhaftig in die Höhe und löste mit jähem Ruck die Räder, auf nichts achtend als auf seine Bemühungen. Clifford, der gefährlich schwankte, blickte sich gereizt um und gewahrte das rote Gesicht und die geschwollenen Halsadern des Wildhüters.

»Um Gottes willen...!« schrie er auf. Aber im gleichen Augenblick setzte Parkin den Stuhl ab, der sich unter der Aufsicht des Mannes langsam rückwärts bewegte.

»Die Bremse ist lose«, keuchte er.

Dann schaute er um sich.

»Wenn Sie mir das Stück Holz dort geben würden...« sagte er zu Constance und wies mit dem Finger.

Sie brachte ihm das Stück einer Baumwurzel, und er benutzte es als Hemmschuh. Er zog seine Joppe an, wischte sich das Gesicht mit einem roten Taschentuch ab und ging sein Gewehr holen.

»Ist Ihnen auch nichts geschehen?« fragte er Sir Clifford ganz freundlich, als er den Rollstuhl wieder hielt.

»Nein, ich bin wohlauf, danke.«

»Wollen wir dann fahren?«

»Machen wir, daß wir von hier fortkommen.«

Und der Wildhüter stemmte sein Gewicht gegen den schweren Rollstuhl. Es war keine leichte Arbeit; das Ding war wirklich schwer. Er keilte seinen Fuß hinter das Rad und streifte wieder die Joppe ab. Dann schob er schwitzend den Stuhl langsam bergauf.

Als er innehielt, um mit wogender Brust Atem zu schöpfen, sagte Clifford: »Es tut mir schrecklich leid, daß ich Ihnen so viel Mühe mache.«

»Sorgen Sie sich meinetwegen nicht – es ist halt heiß heute.«

Merkwürdig waren die beiden Männer, so höflich, so rücksichtsvoll gegeneinander; jeder ging um den andern herum. Constance hatte im Geiste Freundschaft zwischen den beiden Männern gesehen; sie hatte geglaubt, sie in Verstehen und Freundschaft vereinigen zu können. Jetzt erkannte sie, daß sie ebensogut versuchen mochte, Feuer und Wasser zu vereinen. Es bestand ein kategorischer Gegensatz zwischen ihnen. Jeder ließ den andern sich als Dummkopf vorkommen, und jeder nahm das auf seine Weise übel.

Auf dem ganzen Heimweg sprach Parkin nicht, und er blickte Constance nicht einmal an. Schweigend schob er den Rollstuhl, das Gewehr über die Schulter gehängt – er hatte die Joppe am

Parktor wieder angezogen –, von seinem Hund auf den Fersen gefolgt. Clifford unterhielt sich mit seiner Frau ein wenig über Tante Eva und über ein neues chemisches Nebenprodukt bei der Kohlengewinnung.

Als sie am Hause anlangten, half Parkin Sir Clifford recht freundlich in seinen Zimmerstuhl; dann entfernte er sich, ohne Constance auch nur einmal anzusehen.

»Lassen Sie sich in der Küche eine Mahlzeit und Bier geben – und vielen Dank noch!« rief Sir Clifford, der Gewissensbisse hatte wegen seines Zornausbruchs.

Der Mann grüßte und war fort.

»Er ist ein recht guter Kerl, der Parkin«, sagte Clifford beim Mittagessen. »Das merkt man sofort, wenn man einem Menschen in die Hände fällt: Aber er ist irgendwie ein Dummkopf – und einer von der anmaßenden Sorte.«

»Findest du ihn anmaßend?« fragte Constance.

»Findest du das nicht?« gab Clifford zurück.

»Es schien mir nur seine Eigenart zu sein.«

»Ganz recht! Er hält sich für einen Tausendsassa, und wir sind zwei überflüssige Kakadus. Er hat keine wirkliche Achtung vor uns. Keiner von den Leuten hat sie heutzutage. Nicht einmal Mrs. Bolton, so nett sie auch ist. Sie wissen, daß wir nachsichtig und im großen und ganzen gut zu ihnen sind. Sie achten das, was wir haben, na schön, aber sie achten nicht, was wir sind.«

»Und sollten sie das?« fragte sie kindlich, auch viel törichter aussehend, als sie in Wirklichkeit war.

Clifford spreizte die Hände und hob die Schultern.

»Und achten wir sie um dessentwillen, was sie sind?« sagte sie. »Achten wir sie nicht bloß um dessentwillen, was sie für uns tun?«

»Was sind sie schließlich abgesehen von dem, was sie für uns tun? Was ist Parkin schließlich abgesehen von seiner Tätigkeit als Wildhüter? Warum sollte ich ihn ernst nehmen?«

»Dazu besteht gar kein Grund. Du tust es jedenfalls nicht. – Aber vermutlich denkt er: Was sind wir abgesehen von dem, was wir haben!«

»Abgesehen von dem, was wir haben, sorgen wir dafür, daß

das Leben weitergeht – wir verbessern die Bergwerke, wir geben ihm und seinesgleichen Arbeit – wir ermöglichen es allen Parkins dieser Welt, zu existieren. Wenn sie das nicht wissen, muß es ihnen beigebracht werden.«

»Vielleicht werden sie es niemals glauben.«

»Dann müssen sie eben. Was ist Parkin schließlich abgesehen von Fasanen und einer Büchse? Du würdest kein Geschrei um seine unsterbliche Seele erheben, nicht wahr? – Er ist ganz einfach nur lebendiges Menschenfleisch, mehr nicht.«

»Meinst du?« gab sie zurück. »Du findest nicht, daß ein Lebensgeheimnis in ihm ist?«

Er wehrte kurz ab.

»Oh, was das Lebensgeheimnis betrifft«, antwortete er, »das bleibt Geheimnis. Er ist nur ein halbzahmes Tier mit einer gewissen tierischen Feinheit und einer gewissen halbzahmen Widerlichkeit.«

Constance ließ es dabei bewenden.

11

Sie hatte versprochen, die Nacht im Hause des Wildhüters zu verbringen; das durfte sie nicht vergessen. – »Nur ein halbzahmes Tier mit einer gewissen tierischen Feinheit und einer gewissen halbzahmen Widerlichkeit.« Der arme Clifford! Es waren vielleicht etwas saure Trauben. Nun wohl! »Ein halbzahmes Tier mit einer gewissen tierischen Feinheit.« Was war sie selber denn mehr? Und Clifford war nicht einmal das.

Sie wollte hingehen. Nachmittags dachte sie darüber nach. Sie mußte sich hinausstehlen wie ein Dieb in der Nacht. Aber was das Auge nicht sieht, bekümmert das Herze nicht. Und sie hatte keine Nachsicht mit einem Herzen, das nur Kummer litt, weil das Auge es ihm befahl. Spähende, rastlose, gierige, unschickliche Augen anderer Menschen, sie sahen viel zuviel und ertränkten das Herz in ihren elenden Gesichten. Das Herz kann fühlen, was es fühlen muß, im Dunkeln so gut wie in der Helle, vielleicht noch besser. Sie selber wünschte in niemandes Geheimnis zu spähen. Ihr eigenes genügte ihr.

Darum machte sie ihre Pläne langsam und ruhig, ohne Furcht. Sie hatte das Gefühl, Clifford gegenüber ihre Pflicht zu tun. Das übrige gehörte ihr. Aber sie wollte möglichst Verwirrungen vermeiden.

Und sie hatte keine brennende Eile, fortzukommen. Es war eine Verpflichtung, zu dem anderen Manne zu gehen. Auch er bestand schon darauf, daß sie seine Frau sein sollte, wenn auch nur während ihres Aufenthalts im Walde. Ein begrenztes Gebiet, in dem sie seine Frau sein sollte. Sein Haus sollte innerhalb des Waldgebiets ihr »Heim« sein.

Immer Verpflichtungen! Männer waren so. Er hatte eine Frau. Wozu wünschte er noch eine, wenn auch bloß im Walde? Wenn sie wählerisch waren, dann waren sie ernsthaft. Und wenn sie nicht ernsthaft waren, dann waren sie nicht wählerisch. Männer!

Abends spielte sie mit Clifford Karten. Sie liebte schwierige Spiele; deshalb spielten sie Besik. Es stimmte sie recht glücklich, mit ihm zu spielen. Aber um zehn Uhr hörte sie auf und gab ihm einen Gutenachtkuß.

Sie hatte es in aller Ruhe bedacht. Sie ging zu Bett, legte sich nieder, zerwühlte das Bett und lag eine Weile still. Dann stand sie auf, zog den Pyjama aus und warf ihn aufs Bett, wie sie es jeden Morgen tat. Sie schlüpfte in ein Batistnachthemd, darüber kam ihr Wollkleid, darüber ein dunkler, dünner Regenmantel. Die Haarflechten verbarg sie unter einem dunklen Hut, und an den Füßen trug sie Schuhe mit Gummisohlen. Es war im Nu getan.

Sie blickte sich in ihrem Zimmer um. Es sah genau so aus wie morgens, wenn sie aufstand. Wenn das Mädchen frühzeitig, ehe sie daheim war, hereinkam, würde es annehmen, die Herrin sei wie so oft zu einem Spaziergang vor dem Frühstück ausgeflogen. Niemand würde überrascht sein, Constance um halb acht durch den Park heimkommen zu sehen.

Dann lauschte sie. Clifford hatte Ohren wie ein Luchs. Leise schlich sie den langen Gang entlang und die Hintertreppe hinunter, durch die gepolsterte Türe, dann in die Küche. Die Hausangestellten waren im Bett; dessen hatte sie sich vergewissert, ehe sie hinaufging. Im Scheine der Taschenlampe öffnete sie die Küchentür und schlüpfte hinaus, leise die Türe hinter sich schließend. Heute nacht mußte sie unverschlossen bleiben.

Sie sprach ein ruhiges Wort zu dem Hunde, und in der nächsten Minute war sie aus dem Hof hinaus und durchquerte den Hintergarten. So gelangte sie in den Park, denn am Nachmittag hatte sie die Gartentür aufgeschlossen.

Die Nacht war warm, halbdunkel, mit Wolken und dem Schimmer eines ziemlich großen Sternes. Die große Gießerei von Cross Gate warf einen Schein auf die niedrigen Wolken, und dadurch entstand ein unheimliches Licht in der Nacht, so daß Constance, nachdem sie sich erst einmal an die verwirrende Unwirklichkeit gewöhnt hatte, undeutlich ihren Weg wahrnehmen konnte. An dem unbestimmten Himmel sah sie einen schwarzen Fleck, der Regen war. Und der sanfte Wind blies die Randtropfen des feinen Regens zu ihr. Aber es war nicht viel.

Sie ging ruhig und nüchtern in der Nacht allein dahin und kam schließlich zu dem großen Tor am Walde. Sie erblickte niemand. Sie öffnete das Tor leise und schloß es gerade hinter sich, als sie erschrak. Er war da.

»Du bist also gekommen«, sagte er mit gedämpfter Stimme.

»Allerdings«, murmelte sie zurückhaltend.

»Du wolltest es, ja?«

»Ja! Sonst wäre ich nicht gekommen.«

Sie gingen weiter. Es war viel dunkler im Walde, und sie stolperte.

»Willst du dich bei mir einhaken?«

Sie stieß gegen ihn. Da nahm sie seinen Arm, und er drückte sie an sich. Sie spürte das Klopfen seines Herzens. Und sie gingen schweigend dahin, sich einander fremd fühlend, doch zueinander hingezogen.

Es war ein weiter Weg durch den Wald. Aber der Mann ging mit jener besonderen stampfenden Sicherheit, die sie an ihm kannte, und er stützte sie.

»Da sind so viele sonderbare Geräusche«, flüsterte sie.

»He?«

»Es sind so viele sonderbare Geräusche im Walde.«

»Ja. Die Bäume knacken und streifen sich.«

Schließlich gewahrten sie ein trübes Licht. Es war das Haus.

»Hast du das Licht angelassen?« fragte sie.

»Ich lasse es immer in der Nacht an«, antwortete er, »ob ich draußen oder drinnen bin.«

Er schloß ruhig die Türe auf, und sie trat ein. Er versperrte die Türe hinter ihr und drehte die Lampe auf. Im Herd brannte ein kleines Feuer, und auf dem Tische standen Teller und Gläser.

»Magst du was essen?« erkundigte er sich.

Er hatte Joppe, Gewehr und Mütze aufgehängt und war in Hemdsärmeln. Seine Augen flackerten und schillerten, und er war ziemlich blaß. Sie setzte sich auf das Sofa in dem kleinen, behaglichen Raum. Er ließ sich in seinem starkgebauten Holzsessel nieder und machte sich daran, seine Ledergamaschen und die schweren Stiefel auszuziehen. Der Hund schlapperte ziemlich geräuschvoll irgend etwas in der Spülküche.

Sie blickte um sich. Die lackierte Anrichte stand auf Glasfüßen und hatte verschiedene bäuerliche Verzierungen. Darüber hing die vergrößerte Photographie eines jungen, recht hübschen Mannes mit einem etwas dünnen, gezwirbelten Schnurrbart und breiten Schultern und einer Frau mit dunklem, gekräuseltem Haar, die eine schwarze Satinbluse mit großem Spitzenkragen trug. Sie machte einen gewöhnlichen Eindruck.

»Siehst du deine Frau manchmal?« fragte Constance.

»He?«

Er hatte Stiefel und Gamaschen neben den weißen Herd gestellt und war nun in grauen Wollstrümpfen. Er schaute rasch auf und folgte ihrem Blick zu der vergrößerten Photographie.

»Meine Frau! Nein! Sie lebt mit einem andern.«

»Möchtest du sie nicht sehen?«

»Nein.«

»Warum nicht?«

Er warf ihr einen schnellen Blick zu. Ihrer beider Augen begegneten sich, und aus den seinen flog ein Funke.

»Ich hab' keine Lust. – Wollen wir jetzt hinaufgehen? Soll ich dir deine Sachen abnehmen?«

»Ja, oben«, erwiderte sie.

Er zündete eine Kerze an, blies die Lampe aus, und sie folgte ihm zur Treppe.

»Mach die Tür da unten zu«, sagte er. »Wegen dem Hund.«

Auf einer Stufe mühsam das Gleichgewicht haltend, schloß sie die Türe zur Treppe hinter sich. Die hohen Stufen knarrten, als er in Strümpfen hinaufstieg, und sie folgte. Wahrscheinlich war ihm die andere Frau auch so gefolgt.

Auf den winzigen Treppenabsatz führten zwei Türen, die eine stand offen. Sie trat hinter ihm in das vollgestopfte kleine Schlafzimmer. An der einen Wand befand sich das große Eisenbett, auf dem eine weiße Steppdecke lag. An der gegenüberliegenden Wand war eine gelbe Kommode, und am Fenster, unter dem schrägen Dach, quetschte sich ein Toilettetisch mit Drehspiegel. Der Raum war farblos und gewöhnlich.

»Schläfst du immer hier?« fragte sie.

»Ich? Ja. Ich schlaf' in diesem Bett.«

Sie nahm Hut und Regenmantel ab und hängte die Sachen an den Türnagel. Dann setzte sie sich auf den Bettrand und zog langsam die Schuhe aus.

»Hast du deine Frau eigentlich gar nicht geliebt?« fragte sie ihn.

Er hatte regungslos an der Türe gestanden. Er machte eine wegwerfende Bewegung.

»Sprich nicht von ihr. Deshalb bist du doch nicht hergekommen, wie?«

Er sah sie sonderbar, ängstlich-gespannt an.

»Nein«, gab sie zurück. »Ich mußte nur an sie denken.«

»Ach«, sagte er. »Sie ist keine nette Frau, ist nie eine gewesen.«

»Aber du hast sie einmal geliebt?«

»Ach! Ich liebte, was ich von ihr hatte – 'ne Zeitlang. Und dann mochte ich sie nicht mehr – und mag sie nicht mehr. Es ist aus.«

Sie streifte langsam ihre Strümpfe und die Strumpfbänder ab, während er still dort an der Türe lehnte, regungslos und unergründlich. Dann zog sie das Kleid aus und stand in ihrem dünnen, zarten, weißen Nachthemd da. Sie hängte ihr Kleid und die Strümpfe über die Bettstange. Und er hatte sich noch immer nicht bewegt.

»Willst du an der Wand liegen?« sagte er.

Sie legte sich ruhig ins Bett.

Und dann, erst dann setzte er sich schwer auf den Bettrand und knöpfte seine Sockenhalter auf und zog die Strümpfe aus. Er erhob sich, um seine Manchesterbreeches auszuziehen, und sie sah seine Füße weiß und sauber, aber knorrig und aus der Form gebracht durch plumpe, schwere Stiefel.

Er stand in seinem Hemd da – sie hatte gewußt, daß er es nicht wechseln würde – und blickte sie an.

»Ich kann es nicht glauben, daß du mich wirklich magst«, sagte er und blickte mit dunklen, glühenden Augen auf sie nieder. Er war ein reifer Mann, kein Knabe.

Sie lächelte ihn schwach an. Und das letzte, was sie gewahrte, war sein Gesicht, als er sich über die Kerze beugte und die Flamme mit einem schnellen Pusten ausblies. Sein Gesicht, stark angestrahlt auf diese Weise, hatte etwas – es schien so lächerlich – von einem reinen Engel an sich. Sie lächelte wieder in dem dunklen Zimmer, als er sie berührte. Es wurde ihr bewußt, wie er sich nach dem Zusammenleben mit seinem gewöhnlichen Weibe von allen Frauen zurückgezogen hatte; und wie sein Verlangen mit seinem Zurückbeben und seinem Mißtrauen im Kampfe lag; wie auch seine alte Abneigung gegen die harte, lieblose Frau, die er in seiner Mutter kennengelernt hatte, in wildem Kampfe lag mit dem inbrünstigen Verlangen eines reifen, einsamen Mannes nach einer Frau, an die er mit seinem Körper glauben könnte. Einer Frau mit freundlicher, warmer Seele und warmem, weichem, sehnsüchtigem Leib! das war das brennende Flattern seiner Hoffnung. Aber der Schmerz der Erfahrung wendete sich ab und widersetzte sich, warnte ihn, sie nicht zu begehren.

Sie hatte ein gut Teil begriffen, als sie die vergrößerte Photographie des kecken Weibes in schwarzer Satinbluse und des jungen Mannes mit den breiten Schultern und den trotzigen Augen betrachtete.

›Also denn!‹ dachte sie, indem sie sacht seinen männlichen, lebendigen Körper streichelte. ›Ich will dich wenigstens nicht im Herzen betrügen.‹

Weil er, als er sein verkrampftes Mißtrauen abschüttelte, von solch reiner Leidenschaft war.

Er schlief, indem er seine linke Hand auf ihrer rechten Brust ruhen ließ, denn sie drehte ihm den Rücken zu. Und sie wußte, daß er früher so mit seiner Frau geschlafen haben mußte, weil seine Hand wie die eines Kindes kam und ihre Brust nahm und sie wie in einer Schale hielt. Wenn sie sich bewegte, kam seine Hand, indes er schlief, unwillkürlich zurück und fand ihre Brust und hielt sie sacht umschlossen. Und es war, als hielte er sie ganz und gar sanft in der Höhlung seiner Hand, als wäre sie nicht mehr denn ein junges Täubchen, das sich ganz in seine starke Hand schmiegte.

Sie lag völlig still, doch ohne zu schlafen. Ihr ganzer Körper schlief unter dem schweren Arm, der über ihr lag. Nur ihr Geist schimmerte schwach gleich einem kleinen Sterne der Bewußtheit und staunte. Sein Arm lag über ihr, ihre Brust ruhte in seiner Hand, sie war umgeben und eingeschlossen von ihm, sogar während er schlief.

So war es also, ein Weib zu sein! Wie unbedingt er sie zu seinem Weibe machte, obwohl er sie nur für diese eine Nacht bekommen hatte! Der sonderbare geschlossene Kreis von Mann und Frau! Es war auch eine Art Gefängnis.

Nein, kein Gefängnis! Wenn man so dachte, war es wirklich ein Gefängnis, überhaupt einen Körper zu haben. Wenn man so ungeheuerlich frei sein wollte, mußte man zu nichts verdunsten. Die harte kleine Freiheit eines abgesonderten, vollständig abgesonderten Einzelwesens, die war schlimmer als ein Gefängnis. Sie war einfach ein Nagel durchs Herz.

Sie wollte ihm nicht entrinnen, da er sie nicht gehen lassen mochte. Seltsam, wie er einen Kreis um sie zog! Nein, sie wollte ihm nicht entrinnen. Nie, nie! Sie wollte den Kreis noch unvermeidlicher und unbedingt rings um sich fühlen.

Sie schlüpfte unter seinem Arm durch, umschlang ihn und küßte ihn ins Gesicht, auf die geschlossenen Augen, weckte ihn zu ihrer Leidenschaft, während sein Geist immer noch tief schlief. Und dann schlief auch sie. Der Stern ihrer Bewußtheit ging unter; sie verschwand diesmal gänzlich unter dem schweren

Bogen seines Armes, und ihre Brust schlüpfte wieder in seine Hand zurück wie in eine Gelenkpfanne.

Der Morgen dämmerte, als sie mit einem leichten Schrecken erwachte, ohne im geringsten zu erfassen, wo sie sich befand. Das fremde kleine Fenster. Sie drehte sich um. Er war bereits wach, und er sah sie an. Seltsam, die rotbraunen Augen, weit offen, die sie aus solcher Nähe ansahen. Sie fühlte sich sogleich zu seiner Brust hingezogen.

»Ist es Tag?« fragte sie und legte unvermittelt den Kopf an seine Brust.

»Ja. Es ist ungefähr fünf Uhr.«

Sie hörte das Mitschwingen seiner Stimme und öffnete sein Hemd, um das Ohr an sein Herz zu legen. Poch! Poch! So tief! Sie küßte sacht die Brustwarze des Mannes. Er hatte sie dicht an sich gezogen und streichelte mit unendlich zarter Wonne die volle, weiche, üppige Rundung ihrer Hüften. Sie wußte nicht, was seine Hand und was ihr Leib war; es war wie eine volle, helle Flamme, schiere Liebeslust. Alles in ihr schmolz zu Leidenschaft zusammen, nichts als das.

Nachher wurde sie sich dann der Geräusche des Waldes bewußt, das Vogelgezwitscher und des Lärmes, den ein Zug in der Ferne machte.

»Ist heute schönes Wetter?« fragte sie.

Er stand auf, zog den Vorhang zurück und bückte sich zu dem niederen Fenster, um hinauszuschauen. So bückte er sich wohl jeden Morgen und blickte hinaus. Wie einsam er wirklich war! Und ein wenig lächerlich in dem hinten verlängerten Hemd.

»Ja«, sagte er nach genauer Prüfung, »es ist schön.«

Sie hob den Kopf. Sie hörte unten einen Hund wimmern.

»Das ist Flossie«, erklärte er. »Sie findet, daß ich mich verspätet habe.«

»Wie spät ist es denn?«

Er sah auf seine Uhr, die auf dem Stuhle lag.

»Gerade sechs vorbei.«

»Es macht nichts, wenn ich nicht so früh zu Hause bin – ich werde einfach sagen, daß ich spazierengegangen bin. Das tue ich oft vor dem Frühstück.«

»Ja, wirklich?« gab er zurück und setzte sich aufs Bett.

Ihr war faul und wollüstig zumute. Er betrachtete sie.

»Soll ich dir Frühstück machen?« fragte er.

Es trieb ihn jetzt die Unruhe, aufzustehen. Sie seufzte.

»Nein«, antwortete sie. »Ich muß zum Frühstück daheim sein.«

»Wann willst du fort?«

»Ich muß spätestens um acht zu Hause sein.«

»Ich werde etwas Tee machen.«

»Wirklich?«

Mit einer gewissen Bereitwilligkeit zog er seine Strümpfe und Breeches an und wandte sich zum Gehen.

»Gib mir einen Kuß!« sagte sie und streckte die weißen, weichen Arme aus. Er beugte sich nieder, um sie zu küssen, und sie zog seinen Kopf an ihre Brust, küßte sein Haar und seine Ohren. Er legte die Arme um sie, fühlte ihr seidiges Gewicht, das völlige Nachgeben ihres biegsamen Leibes, das Gewicht ihrer Lippen. Und das Verlangen nach ihr überkam ihn wieder vollständig.

Sie lachte vor sich hin nach einer Weile, als sie sein Gewicht regungslos auf sich fühlte. Sie liebte es so. Und sie dachte: ›Und wenn die Heuschrecke sich mühsam hebt und die Lust vergeht...‹ War das aus der Bibel? Wie schrecklich, wenn die Lust vergeht! Wie dankbar liebte sie ihn, weil seine Lust nicht verging.

Jetzt war er es, der still lag und sie festhielt, und sie, die wußte, daß sie gehen mußte.

»Ich muß gehen«, sagte sie.

»Ja«, antwortete er unachtsam. Und sie ließ ihn regungslos auf sich liegen und sie festhalten.

»Ich muß gehen«, mahnte sie sanft.

Und ohne ein Wort erhob er sich und stieg aus dem Bett, setzte sich mit dem Rücken zu ihr und zog sich die kurzen Hosen wieder um den Leib. Er stand auf und blickte um sich. Sie saß aufrecht im Bett, sonderbar kindlich und unschuldig.

»Findest du, daß ich deine Frau im Walde bin?« fragte sie froh.

»Meine Frau überall!« erwiderte er. »Ich hab' nie eine Frau gehabt. Ich hab' bis jetzt nicht gewußt, was eine Frau ist. Du?«

»Nein, ich habe auch nie einen Mann wirklich gehabt.«

»Nein?« Er sah sie forschend an.

»Nein! – Weniger als du eine Frau gehabt hast.«

»Oh, gut!« sagte er. »Es ist was!«

Und er öffnete die Türe und ging hinab.

Als sie hinunterkam, hatte er Stiefel und Gamaschen an und machte Feuer. Sie hatte ihren Hut aufgesetzt und trug den leichten Regenmantel über dem Arm. Er erhob sich sofort und griff nach seiner Joppe und dem Gewehr.

»Bemüh dich nicht, mit mir zu kommen«, sagte sie.

»Doch! Willst du mich nicht?«

»Ich wünschte, ich müßte nicht fort! Ich wünschte, ich könnte dableiben und mit dir frühstücken.«

Er schaute sie forschend an.

»Willst du?« fragte er.

»Nein«, antwortete sie sehr leise. »Ich würde besser gehen.«

Sie gingen durch den betauten morgendlichen Wald. Alles war Morgen.

»Wir sind glücklich, daß wir uns haben!« sagte sie, plötzlich seine Hand für einen Augenblick ergreifend.

Er zögerte in seinem Schritt. Dann ging er weiter, ohne sie anzusehen.

»Ja«, sagte er mit ausdrucksloser Stimme.

Am Tor sagte sie hastig zu ihm: »Ein andermal! Wir werden es noch einmal so haben.«

»Ja! Wir müssen!« erwiderte er und schloß das Tor hinter ihr. Sie eilte durch den Park, entschwand seinem Blick.

12

Es traf ein Brief von Hilda ein, in dem stand, daß sie Constance anfangs Juni besuchen wollte, und daß sie beide mit ihrem Vater, dem alten Sir Malcolm, für zwei bis drei Wochen nach Frankreich fahren würden. Der alte Maler war mit seinen Töchtern, als sie noch ganz jung waren, ziemlich viel gereist, und auch jetzt pflegte er manchmal mit ihnen auszufliegen, während seine zweite Frau, die Stiefmutter der Schwestern, zu Hause blieb.

Aber Constance hatte Wragby seit Kriegsende nicht mehr verlassen – seit Clifford heimgekehrt war.

Die Reise nach Frankreich war kein unerwarteter Vorschlag. Hilda bestand schon seit Monaten darauf. Und jetzt sollte es dazu kommen. Constance hatte eingewilligt. Sie dachte, sie könnte in andern Umständen sein. Sie wollte eine Zeitlang allein sein. Die Zeit verging so schnell. Bereits waren es die letzten Maitage.

»Wenn du nur ein klein wenig wünschst, daß ich daheim bleibe, Clifford«, sagte Constance, »dann fahre ich nicht. Ich mache mir nichts aus der Reise. Wirklich nicht.«

Und das entsprach der Wahrheit. Sie wollte nicht von dem andern Manne fortgehen, nicht die Fühlung mit ihm verlieren. Sie vermochte den Gedanken nicht zu ertragen, daß sie die Fühlung mit ihm verlieren könnte. Und sie wollte Clifford nicht verlassen, wenn Clifford unglücklich sein würde. Doch trotz alledem wußte sie, daß sie gehen würde. Es war ihre Bestimmung.

Clifford meinte, das Ganze sei Hildas Werk, damit Constance von ihm fortkäme und sich mit einem andern Mann einlassen könnte.

»Oh, ich möchte, daß du gehst!« sagte er. »Aber ich möchte auch, daß du zurückkommst – das weißt du.«

»Ich werde zurückkommen«, antwortete sie sehr ruhig. »Aber ich brauche nicht fortzugehen, verstehst du.«

»Doch«, sagte er und sah sie forschend an, »du mußt fortgehen.« Auch er fühlte, daß es ihre Bestimmung war. Wenn Hilda einen andern Mann für Constance hatte – wahrscheinlich irgendeinen alten Freund, da ja die Schotten zusammenhalten –, und wenn Constance eine kurze Beziehung zu dem Manne unterhielt und ein Kind vielleicht das Ergebnis war, nun, er, Clifford, hatte kein Recht, sich da einzumischen. Er war weder ein Dummkopf noch ein sittenstrenger Konservativer. In tiefster Seele wußte er, daß es irgendwie Entwicklung geben mußte – wie die Geburt eines Kindes –, wenn sein Leben und Constances Leben weiterhin miteinander verlaufen sollten. Er war klug genug, um zu wissen, daß sie nicht immer das Dasein einer beringten Nonne führen würde. Sie war dieser Typus nicht. Und gerade darum wollte er sie behalten. Er liebte sie um ihrer warmen, stillen, körperlichen Weibhaftigkeit willen. Er verabscheute Frauen, die sich auf höherer Ebene bewegten. Es bedurfte Constances sonderbarer warmer Unbestimmtheit, damit in seinem Leben die Wärme blieb. Die Frauen, die Geschlechtlichkeit und körperliche Liebe nicht brauchten, gingen ihm einfach auf die Nerven.

Außerdem war er genügend gebildet, um zu wissen, daß es später einen schlimmen Rückstoß, eine seelische Verwirrung geben würde, wenn er Connie in ihrer Jugend als beringte Nonne leben ließ. Sie eignete sich nicht zur Entsagung. Deshalb drängte und drängte er, daß sie fortreisen, daß sie aber auch zurückkehren sollte. Er brauchte sie! Er wurde reizbar und ein wenig unvernünftig, wenn sie nicht da war.

»Du mußt gehen«, sagte er. »Doch wirst du auch zurückkommen?«

»Oh, ich werde zurückkommen!«

Sie schien so sicher. Wie seltsam sie war! Was bewegte ihren Geist? Oder wenn nicht ihren Geist, so ihr Gemüt? Worauf war sie aus?

»Du läßt doch nicht zu, daß Hilda dich mir ganz wegnimmt?«

»Nein. Übrigens würde Hilda das niemals versuchen.«

»Ich fürchte, doch. Sie haßt mich.«

»Hilda haßt dich!« rief Constance. »Und auch wenn...«

(Die beiden hier folgenden Seiten fehlten im Manuskript des Dichters.)

»Du hast doch nichts dagegen, nicht wahr?«

Parkin warf ihr wieder einen schnellen, vorsichtigen Blick zu.

»Es wäre wohl zwecklos, wenn ich was dagegen hätte«, gab er zurück.

Ihr Herz sank ein wenig. Auch er war ärgerlich. Sie lernte ihn allmählich kennen und begann seine Sprache zu verstehen.

»Wieso?« fragte sie und sah ihn mit derselben Ehrlichkeit an, die Clifford so sehr aus der Fassung brachte.

»Du würdest dir viel draus machen, wenn ich was dagegen hätte, was?« bemerkte er spöttisch.

»Oh!« stammelte sie. »Ich würde nicht fortgehen, wenn du *wirklich* etwas dagegen hättest.«

Er betrachtete sie argwöhnisch.

»Jawohl!« versetzte er leise. »Jawohl, das würdest du! Erzähl mir das nicht.«

Sie war ebenfalls gereizt. Das Blut stieg ihr in den Kopf.

»Doch! Wenn du sagen würdest, daß es dir sehr leid täte, und daß du lieber hättest, wenn ich nicht fahren würde, dann würde ich nicht fahren.«

Seine Augen, die winzige Pupillen hatten, betrachteten sie scharf und höhnisch.

»Und wieso sollte ich nichts dagegen haben?« fragte er sanft.

»Aber...« stammelte sie, »es handelt sich ja nur um ganz kurze Zeit. Und ich bin so lange von Wragby nicht mehr fortgekommen. Ich bin nie fort gewesen... seit ich herkam...« Sie sah ihn mit einem rührenden Blick an.

Er schaute zu Boden. Beide schwiegen.

»Sag mir, *warum* es dir leid tut«, drängte sie.

»Ach, zwäng doch nicht! Geh nur!« entgegnete er und starrte in den Wald.

»Aber ich kann nicht fortgehen, wenn... wenn du mich nicht mehr magst, weil ich fortgehe.«

Er lachte kurz auf.

»Ach nein!« versetzte er mit unverfälschtem Spott. »Wenn ich dich nicht mehr mag! Nein, du weißt, ob ich dich mag oder nicht. Und du weißt, daß du dir's wohlsein lassen wirst, ganz gleich, ob ich dich mag oder nicht. Wenn du gehn willst, dann gehst du. Du brauchst nur zu sagen: ›Parkin, ich verreise im Juni. Vielleicht seh' ich dich wieder, wenn ich zurückkomme.‹«

Er wurde unangenehm.

»Ja«, sagte sie, »hoffentlich.«

»Was?«

Sie blickte ihm voll ins Gesicht.

»Hoffentlich sehe ich dich wieder, wenn ich zurückkomme.«

Er machte eine jähe Bewegung, die sie an ihm kannte: straffte die Schultern zurück und versteifte den Hals, so daß der Hals breiter wurde. Dann veränderte er sich ebenso plötzlich und wurde geheimtuerisch und klein.

»Und wenn das nun zufällig nicht der Fall ist«, sagte er mit leisem, verstecktem Tone.

Sie schaute ihn verwundert an. Auch er trug sich mit irgendwelchen Gedanken. Sie sah ihn fern und widerspenstig – ganz klein erschien er.

»Du meinst, du bist vielleicht nicht hier, wenn ich zurückkomme? Wieso? Wohin willst du denn gehen?« fragte sie erstaunt.

Er verweigerte ihr die Antwort, starrte weg über seine Schulter.

»Wohin willst du denn gehen?« beharrte sie.

Er blickte immer noch über die Schulter.

»Vielleicht nach Kanada«, erwiderte er mit farbloser Stimme.

Sie fühlte, wie etwas in ihrem Innern rasch niedersank.

»Nach Kanada!« wiederholte sie. »Weshalb nach Kanada?«

»Dort hab' ich einen Bruder«, erklärte er mit der gleichen Starrheit. »Der leitet ein Sägewerk und verdient vierzehn Pfund in der Woche und mehr – regelmäßig!«

Das Sinken ging noch tiefer in ihr.

»Ja, aber du kannst doch kein Sägewerk leiten«, sagte sie.

»Ich kann das schnell lernen. Es gibt nicht viel, was ich im Krieg nicht machen mußte. Mein Bruder würde mir das bald beibringen.«

In ihrem Gemüt blieb die Bestürzung. Er mußte darüber nachgedacht haben.

»Aber warum denn?« fragte sie. »Warum willst du denn nach Kanada auswandern? Es geht dir doch gut hier.«

»Ja«, antwortete er, »ich bin Wildhüter mit fünfunddreißig Shilling in der Woche. Ja, es geht mir gut! Ich bin Sir Cliffords Untergebener, und ich bin Lady Chatterleys …« er blickte ihr ins Gesicht, »wie heiße ich in *deiner* Sprache?«

»Mein Geliebter«, stammelte sie.

»Geliebter!« wiederholte er. Ein merkwürdiger Blitz zuckte über sein Gesicht.

Und dann sagte er mit einem Augenblitzen, als ob er auf sie schösse, ein Wort, das, wie sie von Clifford wußte, zotig war;

und sie errötete tief und wurde dann blaß. Aber da das Wort so wenig Verbindung mit ihr hatte, machte es sehr wenig Eindruck auf sie. Sie wunderte sich nur über den teuflischen Haß – oder die teuflische Wut; sie wußte nicht, was es war –, der ganz plötzlich aus ihm hervorbrach wie eine losschnellende Schlange.

»Aber«, stammelte sie, »selbst wenn du das bist... schämst du dich dessen?«

Er hatte sie sonderbar, lauernd, gleich einem Hunde, der jemand gebissen hat, angesehen. Sein Ausdruck veränderte sich mählich zu verblüfftem Zweifel.

»Schäme ich mich deswegen?« fragte er unsicher.

»Ja! Selbst wenn du das für mich bist, was du vorhin sagtest, schämst du dich deswegen? Deshalb braucht man sich doch nicht zu schämen, nicht wahr?«

Seine Augen weiteten sich langsam in einem langsamen Staunen, und eine gewisse Jungenhaftigkeit kam wieder in sein Gesicht. Sie schaute ihn mit großen, klaren blauen Augen an. Er schob seine Mütze etwas zurück und brach in ein belustigtes Lachen aus.

»Nein!« sagte er. »Da gibt's wirklich nichts zu schämen. Wenn's für dich nichts gibt, gibt's auch für mich nichts.« Er stand da und lachte sie eigentümlich, immer noch ein bißchen unsicher an.

»Warum solltest du mich nicht nehmen, wenn wir beide uns danach sehnen?« sagte sie.

»Warum sollte ich nicht mit dir schlafen, wenn wir beide uns danach sehnen?« Über den ganzen Körper lächelte er vor Vergnügen, wie es ein Hund zu tun pflegt.

»Ja, warum nicht!« wiederholte sie.

Er blickte ihr voll in die Augen, und in seinen Augen tanzte eine kleine Flamme in vollkommenem Vergnügen.

Wieder schob er seine Kappe zurück, dann drückte er sie sich in die Stirne.

»Das ist ein Spaß!« sagte er.

Sie sah ihn nur an.

»Das ist ein Spaß!« sagte er abermals, während das Lächeln immer noch über sein ganzes Gesicht huschte.

»Was belustigt dich so?« fragte sie.

»Du!« antwortete er.

»Inwiefern?«

»Sag's noch mal!« bat er. »Sag's noch mal! – Was macht es aus, daß ich...« lockte er sie.

»Ja! Was macht es aus, daß du mit mir schläfst, wenn du weißt, daß ich es mir wünsche! Und du wünschst es dir selber, nicht wahr?«

Er hörte plötzlich mit seinem Lachen auf, und sein ganzes Gebaren änderte sich.

»Ja«, erwiderte er ernst. »Du hast recht! Du hast recht! So muß eine richtige Dame sein! Darüber gibt's gar nichts zu lachen. – Und du hast recht, du hast recht!«

»Warum bist du dann so bös mit mir?« fragte sie leise.

Er nahm seine Mütze ab und blickte sie ein klein wenig wie ein Schuljunge an.

»War ich bös mit dir?«

»Ja!«

Er ließ den Kopf hängen und sann nach.

Dann antwortete er: »Komm, wir wollen uns setzen. Dann kann ich es dir vielleicht sagen.«

Sie gingen in die Hütte und ließen sich dort nieder. Er warf ihr einen schnellen, verstohlenen Blick zu. Sie sah jetzt müde und ein wenig abgespannt aus. Er hätte sie gerne in die Arme genommen und getröstet, aber er getraute sich nicht. Er mußte ihr erklären, weshalb er nach Kanada gehen wollte.

»Also«, begann er und schaute weg zum Himmel, so daß er sie vergaß und seine alten Empfindungen ihn überkamen. »Also! Ich fühlte mich irgendwie... du weißt, daß mir die Brunst besser gefällt als alles andre – du weißt das, und ich weiß es. Doch weißt du, irgendwie... wenn du nicht da bist, wenn ich allein im Wald oder in meinem Haus bin, dann merk' ich... na ja, was für ein Kerl ich bin – muß einem Gelähmten zur Verfügung stehn und ihm gehorchen und treib's mit seiner Frau! Was für ein Kerl bin ich? Wenn ich vor Gericht käme, würde man sagen, ich bin nichts andres als ein Dieb und ein Lump. Und mein Bruder sagt, ich bin nichts weiter als ein Knecht und ein langweiliger Tropf. Was bin ich? Und du, was denkst du von mir? Ich *weiß*, daß du mich magst, ich *weiß* es. Das sollte ich nicht sagen. Aber ich sag's. Ich weiß, daß du mich gern hast. Aber gernhaben ist gernhaben, und einen Mann achten ist was andres. Du kannst mich nicht wirklich achten – nicht so, wie du Sir Clifford achtest. Du kannst nicht. Und ich seh' das. Ich bin nicht blind. Was für ein Mann bin ich für dich? – außer zum Schlafen, und da würde fast jeder Mann recht sein. Ich könnte dich nicht erhalten und ernähren, weil du selber Geld hast und mir meinen Lohn aus deiner eigenen Tasche zahlen kannst. Ich kann nicht unter deinesgleichen leben, und ich möcht's auch nicht. Und du kannst nicht zu mir runtersteigen; ich würd' das nicht um die Welt wollen. – Was also? Es hat keinen Zweck!«

Sie legte rasch die Hand auf die seine.

»Aber warum können wir es nicht lassen, wie es ist? Du weißt, daß ich dich liebe – und ich glaube, ich werde ein Kind bekommen.«

Er sah sie an wie aus weiter Ferne.

»Und Sir Clifford wird es als seins annehmen?«

»Ja. Er würde sich freuen. Denk einmal an ihn – was er vor sich hat!«

»Ja«, erwiderte er. »Er kann nichts ausrichten.«

»Nun also – warum soll es nicht so weitergehen?«

Der entfernte Blick blieb in seinen Augen.

»Und ich hier im Wald bleiben. Ich kann's nicht!« sagte er.

»Warum nicht?«

»Ich kann's einfach nicht. Ich kann's nicht ertragen.«

Voll Verzweiflung runzelte sie die Stirne.

»Aber ich verstehe das nicht«, sagte sie.

Er hob die Schultern und schüttelte den Kopf.

»Ich kann's nicht, sagte ich«, wiederholte er fest. »Ich kann nicht da im Wald herumlaufen und von Sir Clifford Befehle entgegennehmen und jede Minute meines Lebens darauf warten, daß du kommst – ich kann's nicht! Ich kann's nicht!«

»Aber es ging dir gut, bevor ich kam«, entgegnete sie.

»Möglich! Aber ich hab' immerzu an Kanada gedacht. Ich hab' immerzu gedacht, daß ich gehn müßte.«

»Und seit du mich hast, willst du immer noch gehen?«

»Ja! Erst recht!«

»Aber warum? Hassest du mich?«

»Verstehst du nicht«, sagte er mit einem besonderen gespannten Lächeln im Gesicht, »ich komme mir klein vor.«

»Aber weshalb denn?« rief sie.

»Verstehst du nicht... was bin ich für ein Mann, der nicht mal für die Frau sorgen kann, die zu ihm kommt, und ihr nicht mal ein Heim bieten kann und sich nicht mal mit ihr sehn lassen kann, ohne sie zu erniedrigen – der nicht mal seine eignen Kinder als seine haben kann? Was würdest du von dir denken, wenn du an meiner Stelle wärest?«

»Ich wäre so glücklich, eine nette Frau zu haben, die mich liebt, daß ich an nichts anderes denken würde.«

»Jawohl, vielleicht! Aber wenn du wüßtest... wenn du *wüßtest*, daß du nur ein Lückenbüßer bist! Das ist alles, was ich bin!«

»Das bist du nicht! Du bist der einzige Mann, den ich liebe, wirklich.«

»Ja, das sagst du so! Aber du bist Lady Chatterley, und ich bin einer der Gutsangestellten.«

»Aber was hat das zu bedeuten – all dies soziale Zeug?«

»Es hat was zu bedeuten.«

»Und was möchtest du? Möchtest du, daß ich Clifford verlasse und zu dir in dein Haus ziehe?«

»Nein!« Mißbilligend schüttelte er den Kopf.

»Oder meinst du, ich könnte Clifford hinaussetzen, und du könntest mit mir im Schloß leben?«

»Als was? Als dein Laufbursche?«

»Ganz und gar nicht. Als Sir Oliver Parkin.«

»Sir Oliver Dreck!«

Es gab ein zorniges Schweigen. Nach einer Weile wandte sie sich ihm zu.

»Was möchtest du denn eigentlich?« Ihre Stimme klang anders. »Daß ich mit dir nach Kanada gehe?« fragte sie ziemlich leise.

Er antwortete nicht.

»Meinst du das?« beharrte sie erregt.

»Es ist nicht an mir, das zu sagen«, erwiderte er schließlich.

»Du meinst, ich sollte mit dir kommen wollen? – Nun, das geht nicht, weil ich Clifford nicht im Stich lassen kann. Ich habe ihm geschworen, nie von ihm zu gehen und ihn nie allein zu lassen. Und ich will es auch nicht.«

Es entstand ein Schweigen.

»Alsdann...« sagte er.

»Was?« platzte sie zornig heraus.

»Ich kann ja allein nach Kanada gehn.«

Sie sah ihn fast mit Haß an.

»Wie gemein! Oh, wie gemein!« stöhnte sie. »Und diesen Mann habe ich geliebt.«

Er blickte fort, und sie fiel in Schweigen.

Sie erhob sich und drehte sich zu ihm herum. »Schön!« sagte sie. »Geh du nur nach Kanada. Wenn du Geld brauchst, werde ich es dir geben. Wieviel hättest du gern? Hundert Pfund?«

»Du weißt, daß ich so was nicht will«, entgegnete er benommen.

»Du scheinst zu denken, daß du nicht erhältst, was dir zukommt.«

»Das ist es nicht – du weißt, daß es das nicht ist.«

»Wie kann ich Clifford verlassen? Wie kann ich schwören, ihn nicht zu verlassen, und ihn dann doch verlassen? Was für ein Mann ist das, der so etwas von mir verlangt? Ein Mann, der *mich* bald verlassen würde, fürchte ich. – Nein, geh nach Kanada!«

Sie wandte sich ab. Aber sie wußte, daß gerade dieser Mann sie beim Wort nehmen und am nächsten Tage gehen würde.

Sie spürte einen Groll gegen ihn. Dann drehte sie sich wieder zu ihm herum. »Tut es dir leid, daß ich dich geliebt habe?« fragte sie.

Er starrte sie mit verwirrten Gefühlen an.

»Je, vielleicht ist es so!« sagte sie bitter, indem sie seinen Tonfall verhöhnte. »Vielleicht tut's dir leid, he?«

Ihre Nachahmung war so ungeschickt; sie rettete sie. Er lächelte sie an.

»Du kannst's nicht«, sagte er. »Versuch's gar nicht erst.«

»Tut es dir leid, daß ich dich geliebt habe?« fragte sie trotzig.

»Antworte mir wahrheitsgemäß, wenn es dir in gewissem Grade leid tut.«

»Ob's mir leid tut?« gab er zurück. »Vielleicht! In gewissem Grade! – Nein, es tut mir nicht leid«, fügte er schnell hinzu. Und sie konnte es geradezu in seinem Kopfe knacken hören, indes er nachdachte. Er blickte sie an. »Manchmal bin ich bös auf dich, weil ich mir ... *klein* vorkomme! Ich kann nichts *tun*! – Aber ich würde das nicht mehr machen. Es ist mein Leben, ob ich morgen sterbe oder hundert Jahre alt werd'.«

»In Kanada – mit einer netten kleinen Kanadierin?«

»Je, vielleicht mach' ich das eines Tages. Aber...«

»Ach, leb wohl«, sagte sie aus unendlich trauriger Müdigkeit heraus.

Sie sah ihn zittern, wie er da stand. Plötzlich drückte er wieder den Hals zurück und warf mit verzerrtem Gesicht die Hände empor.

»Was soll ich tun?« rief er.

Er war offenbar gequält, und sie wunderte sich. Sie trat zu ihm und küßte ihn rasch.

»Wozu willst du denn etwas tun?« versetzte sie. »Warte nur einen Monat auf mich, dann bin ich wieder da. Und soll ich morgen nacht, wenn Hilda hier ist, zu dir kommen? Soll ich?«

Es schauerte ihn vor widerstreitenden Wünschen.

»Du machst einen Dummkopf aus mir«, sagte er.

»Wieso?« rief sie. »Das stimmt nicht! Ich liebe dich nur. Warte, bis ich aus Frankreich zurück bin, und dann wollen wir überlegen, was sich am besten tun läßt. Versprich mir, zu warten, bis ich aus Frankreich zurück bin, und dann können wir versuchen, alles in Ordnung zu bringen. Versprich es mir, ja?«

»Zu warten, bis du aus Frankreich zurück bist!« Die Worte klangen ihm finster. Frankreich bedeutete für ihn den Krieg.

»Ja! Nur auf mich zu warten und nichts zu unternehmen, bis ich wieder daheim bin – anfangs Juli. Willst du? Willst du es mir versprechen?«

Er vermochte eine Zeitlang nicht zu antworten.

»Ja«, sagte er dann widerwillig.

»Du hast es mir versprochen, nicht wahr?«

»Ja.«

Sie küßte ihn schnell.

»Und soll ich morgen nacht kommen?« flüsterte sie.

»Ja«, erwiderte er mit einem kleinen krampfhaften Schauer.

»Willst du mich wirklich?« beharrte sie.

»O Gott, ja!« rief er.

Sie lachte ein wenig.

»Magst du ein Stückchen mit mir kommen?« fragte sie.

Er ging schweigend neben ihr. Sie fühlte, wie er ruhiger wurde, in den Rhythmus des Verlangens und des Vergessens fiel. Aber sie sagte nichts.

»Du fährst also morgen nicht mit deiner Schwester fort?« fragte er.

»Ich könnte sie überreden, über Nacht zu bleiben – obwohl sie sagte, sie wolle mich bloß abholen. Sie chauffiert selber. Mein Vater fährt von York mit dem Zug nach London.«

»Wird sie über Nacht bleiben, wenn du sie darum bittest?«

Constance wußte, daß jetzt sein Verlangen wieder überwog.

»Bestimmt! Oder sie macht etwas noch Besseres. Sie könnte mich morgen abend am Ende deines Weges absetzen und mich am nächsten Morgen abholen. Dann wären wir wirklich frei.«

»Du willst ihr also alles sagen?«

»Oh, sie weiß es schon.«

»Und was sagt sie dazu?«

»Sie freut sich für mich.«

»Sie hat dich wohl gern?«

»Sehr! Wir haben sonst keine Geschwister.«

Er mußte sich wieder einmal über die Seltsamkeit der Vornehmen wundern.

Sie verabredeten, daß er nach dem Tee zum Gutshaus gehen sollte, und wenn aus Constances Fenster ein rotes Tuch hing, so bedeutete das Gefahr, und sie konnte nicht kommen. Ein weißes Tuch bedeutete, daß sie wie das letztemal nach zehn Uhr kommen würde. Wenn aber ein grünes Tuch zu sehen war, so bedeutete dies, daß er zu seinem Hause zurückgehen sollte und dann den Weg hinunter bis zur Eisenbahnbrücke, gute sechs Kilometer weit, weil Constance an der Brücke aussteigen und über den

Weg zu seinem Hause kommen wollte.

»Wir machen ein paar seltene Winkelzüge, wahrhaftig!« sagte er.

»Ist es dir unangenehm?« fragte sie. Ihr gefiel es.

»Mir? Nein, mir ist's nicht unangenehm; es kommt mir bloß 'n bißchen komisch vor. – Immerhin hoff' ich, du wirst ein grünes Tuch raushängen.«

»Ja! Das ist die geheiligte Farbe der Mohammedaner. Na ja, Mohammed hatte für die Liebe viel übrig.«

»Wirklich?«

»O ja. Nicht wie Jesus!«

Und an diesem Abend sprach sie mit Clifford über Mohammed.

»Findest du, daß es von Jesus richtig war, zu der Frau zu sagen: ›Geh hin und sündige jetzt nicht mehr‹?« fragte sie. »Schließlich war er doch nur ein Mann! Keine Frau!«

»Ganz recht!«

»Angenommen, die Frau hätte gesagt: ›Komm und sündige mit mir!‹ Wäre das besser gewesen, glaubst du?«

Clifford sah sie an – sie schien angeregt und unbekümmert – und lachte.

»Er wäre nicht mitgegangen«, sagte er.

13

Constance war zuerst sehr glücklich allein mit Hilda. Sie fuhren nach London und verbrachten dort zwei Tage miteinander, machten Besorgungen und besuchten das Theater.

»Es ist herrlich, eine Zeitlang ohne Mann zu sein, findest du nicht auch?« sagte die jüngere Schwester zur älteren.

»Ich halte es jedenfalls für einen Fehler, dauernd mit einem Mann zusammen zu sein«, antwortete Hilda. »Männer und Frauen sind so verschieden, warum sollten sie aneinander gekettet sein? Einer muß dem andern nachgeben, und wer es auch sein mag, das Ergebnis ist meiner Ansicht nach immer scheußlich. Die Ehe ist ein Unding.«

Constance dachte darüber nach.

»Ja«, gab sie zu. »Ich glaube das auch. Die Männer sind entweder beschränkt oder anstrengend. Es ist eine Erleichterung, eine Zeitlang von ihnen fort zu sein.«

»Die meiste Zeit«, sagte Hilda.

Aber Constance war etwas altmodischer und ängstlicher als ihre Schwester. Hilda hatte einen gewissen trüben Glanz an sich. Sie verachtete die Männer wirklich. Sie verachtete ihren Vater; sie hatte ihren Gatten verachtet, sie verachtete ihn sogar jetzt, weil er ihr eine recht gute Rente zahlte; sie verachtete und mißbilligte Clifford; der Himmel mochte wissen, wie sie Parkin verachtet hätte. Alles in allem war es eine sonderbare Geschichte!

Doch war sie sehr schön und von warmen Farben, und sie sah so weiblich aus mit dem gleichen weichen, braunen Haar, das Constance hatte, und mit großen, trägen grauen Augen. Eine Art Brunhilde, die einen unsichtbaren Krieg führte, lebte sie meist allein. Sie hatte ihre Liebhaber gehabt. Für sie gab es keinen großen Unterschied mehr zwischen einem Männertyp und einem andern, zwischen einem Mann und einem andern. Sie waren wie Marionetten auf einer Bühne, alle verschieden, aber alle auf dieselbe Weise bewegt, indem sie an Drähten gezogen und wieder losgelassen wurden. Und das Geschlechtliche verachtete sie als eine Art Schwindel: noch mehr Drahtzieherei.

Immerhin wohnte ihr eine eigentümliche Kraft inne, eine stille und unerklärliche Kraft. Ihr Mann saß im Parlament. Sie hatte im Reich der Politik gelebt. Und Männer hatten viel mit ihr gesprochen. Zum Schluß waren sie ihr alle als dünkelhafte Gecken erschienen. Und fast beständig ließ Hilda sie das fühlen. Nur in einigen starken, gesellschaftlich höchst verfeinerten Mitgliedern der aristokratischen Familien, in Männern, die Dauerstellungen hatten und von denen man nicht viel hörte, weil sie es nicht nötig hatten, der Volkstümlichkeit nachzulaufen, begegnete sie Ebenbürtigen. Sie verhielten sich ihr gegenüber äußerst wohlerzogen und leicht anmaßend. Da sie ihrer Stellung sicher waren, nicht viel zu gewinnen hatten und den Verlust des Eigenen nicht fürchteten, verfügten sie, innerlich zynisch und leer, über einen seltsamen Spürsinn, der sie in einem Menschen sofort das umstürzlerische Wirkungsvermögen erkennen ließ, und sie hatten eine sonderbare, kalte, geradezu insektenartige Macht, dieses umstürzlerische Wirkungsvermögen zu lähmen, wenn sie persönlich darauf stießen.

Diese Männer waren als einzige imstande gewesen, Hilda vollständig zu verwirren und sie dahin zu bringen, daß sie sich klein fühlte. Darum stellten sie für sie die Verkörperung des männlichen Typus dar. Andere Männer waren im Vergleich zu ihnen Dummköpfe, weil sie dies nicht hatten, diesen seltsamen kalten Spürsinn, eine Art kalter, insektenartiger Klugheit, und die Fähigkeit, genau zu wissen, wo man zubeiße und das betäubende Gift wirken lassen mußte. Sie hatten sie wissen lassen, daß sie eine Plebejerin war. Und das war ihre enttäuschende Niederlage gewesen.

Für einige Tage war sie immerhin eine sehr erheiternde Gefährtin, denn sie war sehr geistreich. Und es regte Constance an, London gewissermaßen als makabre Posse zu betrachten, als eine Art Affentheater, bei dem die Männer die selbstzufriedenen und die Frauen die boshaften Affen waren, Zuschauerin in gefühlloser Ferne zu sein.

Sir Malcolm traf ein und war ein selbstzufriedener alter Affe. Er entstammte einer ehrbaren schottischen Gutsbesitzerfamilie und war unheilbar eingebildet, aber nicht allzu langweilig. Er war geadelt worden, weil er »historische« Bilder malte. Er hatte jedoch eine schottische Absonderlichkeit, verfügte über einen Vorrat an merkwürdigem Wissen, neigte zu finsteren und »bösen« Lebensansichten und war immer noch recht schön mit seinem seidigen, weißen Haar, dem frischen Gesicht und dem weißen Schnurrbärtchen. Der Schlüssel seines Lebens war die Tatsache, daß er sich niemals für irgend etwas oder irgend jemand wirklich hergegeben und daß niemand und nichts sich wirklich für ihn hergegeben hatte. Er hatte manchmal ein stilles, wissendes kleines Lächeln und immer ein verbindliches Mißtrauen. Er liebte seine Töchter, weil er das Haupt ihrer Sippe war. Er zog es vor, nichts anderes von ihnen zu wissen, als daß sie zarte Geschöpfe waren, die man mit Handschuhen anfassen mußte. Aber er schätzte die Gesellschaft junger, schöner Frauen;

er hatte das erstemal ziemlich spät geheiratet. Und das besondere Band der Verwandtschaft erleichterte alles zwischen ihnen. Sie wurden nie persönlich miteinander. Sie blieben bloß verwandt. Und das vereinfacht die Dinge.

Dieses schottische Verwandtschaftsgefühl bildete ihre Stärke und ihre Schwäche. Allein, ganz allein waren sie alle ein wenig verloren, als ob sie voneinander abgeschnitten wären. Zusammen, oder auch nur mit anderen Familienmitgliedern vereinigt, fühlten sie sich ungemein gestärkt. Und doch hatten sie sehr wenig persönliche Berührung miteinander, auch Constance und Hilda. Das Weibliche, Verwandtschaftliche und Familienmäßige verband sie.

Sie waren in einem ziemlich kleinen Hotel gegenüber dem Louvre auf dem linken Flußufer abgestiegen. In Paris fühlte sich Constance immer in die geschichtliche Vergangenheit zurückversetzt. Wie neuzeitlich Paris auch sein mochte, wenigstens am Flusse, es war mittelalterlich neuzeitlich; in dieser Beziehung erinnerte es sie an Edinburgh: beide Städte waren mittelalterlich neuzeitlich. Und sie liebte Paris. Zuerst liebte sie es immer sehr. Man entspannte sich und sank irgendwie in die Vergangenheit zurück. Man wurde nicht wie in England so unbarmherzig auf dem laufenden gehalten.

Sie wanderte gern durch die Straßen am linken Ufer und liebte es, im Jardin de Luxembourg zu sitzen. Wie schön waren die Sommerblumen im Jardin de Luxembourg, so glänzend und so rein schmückend! Gar nicht ernst und etwas dilettantisch wie die sehr hübschen und üppigen Blumen im Hyde-Park! Nicht im geringsten wie das Pathos der Gärten von Wragby. Fein, prächtig, prankend, schmuck! Sie liebte sie sehr. Und die dünnbeinigen Buben, die mit einem Ball spielten und mit scheinbarer sportlicher Gewandtheit schrien – sie hätten aus einem Bilde des vierzehnten Jahrhunderts herausgekommen sein können, nur daß ihre Kleider etwas anders waren.

Zum erstenmal gefiel ihr sogar beinahe die Art, wie die Männer sie musterten: sie musterten sie, um festzustellen, wie sie wohl im Bett sein würde. Sie nahm es nicht übel, wenn die *flaneurs* hinter ihr und Hilda herschlenderten und den Körper der Frau von oben bis unten betrachteten. Es behagte ihr geradezu, einfach eine Frau mit einem Körper zu sein.

Und oft hatten die Männer etwas Anmutiges und Reizvolles. Sie waren im allgemeinen wohlgenährt, aber andererseits zog sie das vor. Und ihre Augen, wenn auch keck, waren nicht hart und ausdruckslos. Manchmal war eine sanfte körperliche Wärme darin. Oft waren sie gewöhnlich. Doch ziemlich häufig spiegelten sie eine gewisse männliche Menschlichkeit, die ihr zusagte.

Dann verging nach ungefähr einer Woche die Anregung, und obwohl Paris weiterhin anziehend blieb, wurde es doch niederdrückend. Diese Männer, diese Männer, die wie Geschöpfe im Hades ruhelos umherstrichen, gewissermaßen in einem späteren Leben, und in einer Frau etwas suchten, das sie in Wirklichkeit längst nicht mehr begehrten, sie waren niedergedrückt und niederdrückend. Sie waren in Wirklichkeit entsetzlich entmutigt. Sie setzten bloß die alte Frauenjagd fort, an der weder sie noch die Frau im Grunde noch Anteil nahmen. Nur fiel ihnen nichts anderes ein. In ihrer Seele konnten sie keinen neuen Antrieb finden.

»Die Franzosen strengen sich schrecklich an, Jagd auf Frauen zu machen, die sie in Wirklichkeit gar nicht begehren«, sagte sie zu Hilda.

»Begehren die Männer die Frauen überhaupt in Wirklichkeit?« gab Hilda zurück. »Tun sie es nicht nur, weil es seit Anbeginn der Zeit so war, und weil sie gelangweilt sind und sie ihre Langeweile eine Zeitlang übertünchen wollen?«

Constance dachte ein Weilchen nach.

»Und weil sie nicht wissen, was sie mit sich anfangen sollen, wenn sie allein sind«, sagte sie.

»Sogar noch weniger als die Frauen«, bemerkte Hilda.

»Eigentlich trostlos, nicht wahr?«

»Es ist ein großer Schwindel, die ganze Sache mit Mann und Frau. Wie eine Fuchsjagd ist es: eine dumme Belustigung, um atavistische Triebe zu befriedigen.«

Constance blickte ihre Schwester ängstlich an. Sie fürchtete sich ein wenig vor Hildas Unerbittlichkeit.

»Ich glaube nicht, daß es ganz so ist«, sagte Constance. »Bei der körperlichen Bindung zwischen Mann und Frau kann es doch immer etwas Neues geben, meinst du nicht auch? Meinst du nicht, daß ein neues Element hinzukommt, und daß dadurch das Leben frisch gehalten wird?«

»Wenn du aus Erfahrung sprichst, mag es so sein. Ich persönlich habe diese Erfahrung nicht gemacht.«

Constance überlegte dies. Hatte sie eine solche Erfahrung gemacht? War ihr Erlebnis mit Parkin einfach das Erlebnis der Frau seit Anbeginn der Zeit? Und würde es doch im Nichts ersterben – oder mit etwas Jämmerlichem, vielleicht ein wenig Schmutzigem enden?

Doch wenn sie die Franzosen in Paris betrachtete – oder in Fontainebleau, in Chartres oder Orleans, als sie gen Süden fuhren – und in ihnen schöne Kerle, oft wirklich echte Liebhaber sah – warum wurde sie da persönlich nicht von ihnen bewegt? Warum dachte sie so manches Mal: ›Diesen dort hätte ich gern als Liebhaber, wenn ich ein anderer Mensch wäre. Er wäre ein prächtiger Liebhaber für eine andere Frau – *»jeune, beau, vigoureux«*, wie es im Liede heißt.‹ Aber nie für sie selbst. Der kleine besondere Funke fehlte immer.

Und der kleine besondere Funke mußte vorhanden sein. Und es wurde ihr klar, während sie reiste, daß sie ihn leichter bei einem ungewöhnlichen Engländer finden würde als bei einem Franzosen. Es war der Funke des großen Erlebnisses, die Kraft, welche die Natur von innen her verwandelte. Oft dachte sie an das, was Clifford gelesen und ihr erklärt hatte: »Die Natur ist eine Menge feststehender Gesetze, und die menschliche Natur ist aus alten Gewohnheiten und feststehenden Gefühlen zusammengesetzt. Aber im Innern der Natur gibt es einen Funken, der manchmal ins Unbewußte fliegt, die alten Gefühle einschrumpfen läßt und neue entzündet, die alten Gewohnheiten verschiebt und ein kleines schöpferisches Chaos bewirkt, aus dem eine neue Menschennatur ersteht.«

Constance hatte im stillen entschieden, daß dieser Funke nicht von irgendwoher in etwas flog, sondern durch die vollkommene Berührung zwischen Mann und Frau ausgelöst wurde. Das war ihre Philosophie.

Und war in Parkins Natur als Mann nicht etwas Feines, Reines oder Lebendiges, das in ihr, der Frau, den richtigen Funken entzündete? Oder machte sie sich etwas vor?

Vielleicht hatten alle verliebten Frauen sich das eingebildet. Aber vielleicht war es immer wahr. Möglicherweise bestand die Gefahr darin, daß man zu dieser Wahrheit nicht hielt, indem man alte Gewohnheiten, alte Gefühle und alte Gesetze den Funken auslöschen ließ.

›Ich muß mich entschließen‹, dies war ihr beständiger Gedanke, ›ob ich Parkin unbedingt in den innersten Teil meines Lebens nehmen oder ob ich ihn nur als Eskapade betrachten will.‹

Sie wußte, daß sie ihn nicht nur als Eskapade betrachtete. Aber sie konnte den letzten geheimen Winkel ihrer Seele seiner Umarmung noch nicht öffnen. ›Ich wage es nicht, seinen Samen geradeswegs dorthin spritzen zu lassen‹, dachte sie.

Und sie wollte Clifford nicht verlassen, um mit dem anderen Manne zu leben. ›Wenn wir uns einfach als nackter Mann und nackte Frau gegenüberstünden, würde ich es wohl wollen‹, dachte sie. ›Aber wir sind beide mit so vielen und so verschiedenen Kleidern umhüllt. Geradesogut könnte man eine Schildkröte auffordern, mutig ihren Panzer zu zerbrechen, um sich eine neue Form zu beschaffen.‹

Sie mochte Clifford nicht verlassen, um dann in die Arbeiterklasse zu sinken. Ebensowenig mochte sie nach Kanada auswandern. Das vielleicht sogar noch weniger. Sie hegte die größte Abneigung gegen diese Vorstellung. Mit äußerster Hartnäckigkeit hielt sie an England fest. Die persönliche Flucht in die Kolonie dünkte sie ein gewöhnlicher Zug, ein Schritt in die Nichtigkeit. Das Geheimnis lag nicht auf diesem Wege, Parkin hätte ihr das nicht vorschlagen sollen. Wenn er hingehen wollte, mußte er allein gehen. Sie würde ihn gehen lassen.

Sie mochte Clifford nicht verlassen. Er vertrat gesellschaftlich das Beste, was die Menschheit im kollektiven Sinne erreicht hat. Das ganze Wesen des Lebens war auf diese Weise weniger demütigend.

Und sie mochte die herrschende Klasse nicht verlassen, um der dienenden Klasse beizutreten. Auch das wußte sie. Wenn sie einer Klasse angehören mußte, so sollte es die herrschende sein. Naürlich konnte die jetzige herrschende Klasse gestürzt werden. Im geheimen fühlte sie, daß es der Fall sein würde. Doch solange es keine Anzeichen einer neuen Herrschaft gab, wollte sie an der alten festhalten.

Die Formlosigkeit der Kolonien war nur gewöhnlich. Und sie selber war keine Bohemenatur, und Parkin war kein Künstler. Er gehörte mehr zu einer Klasse, zu seiner Klasse, als Clifford zu der seinigen. Clifford stand in seinem wahren Platonismus irgendwie über dem Klassenwesen.

Ja, und Parkin stand in der Leidenschaft über dem Klassenwesen. Das mußte sie einräumen. Wenn die sonderbaren, leidenschaftlichen Lichter in den Augen des Mannes zu glühen und zu flackern anfingen, gab es kein Damentum noch sonst irgend etwas mehr, sondern nur noch ein entflammtes Frauentum.

Bei diesem Gedanken krümmte sich Constacne immer ein wenig. Sie verlor ihr Ansehen. Und sie krümmte sich ein wenig. »Mein Schatz! Mein Schätzchen! Ich mag dich so sehr!« Sie hörte die eigentümliche, leise singende Stimme des Wildhüters und fühlte unterhalb ihrer Hüften seine Hand, die sie mit elementarer Kraft zu ihm hochdrückte, und sie erschauerte. Sie erschauerte in Erinnerung an die Leidenschaft, aber auch vor Scham. Das Ansehen so einzubüßen! »Ich mag dich so sehr!« Sogar dies, das ihr beinahe Ehrfurcht und Scheu einflößte, war auch etwas lächerlich. »Ich mag dich so sehr!« Und wie er das aussprach... In der Rückschau kam sie sich töricht vor. Schließlich war sie nicht einfach »sein Schätzchen«, schließlich...

(Die beiden hier folgenden Seiten fehlten im Manuskript des Dichters.)

... Zeitungen. Doch hätte sie sie vermißt, wenn sie nicht heimgekommen wären. Und sie antwortete mit abgerissenen, kurzen Briefen, die sie sich mit einiger Mühe abrang. Von Parkin konnte sie natürlich nichts hören, weil sie ihm nie ein Wort geschrieben hatte, und er ahnte nicht, wo sie sich befand.

14

Gleichwohl hörte sie von ihm – durch Clifford. Es war gegen Ende Juni, und der alte Sir Malcolm dachte allmählich daran, zu seiner Frau nach Yorkshire zurückzukehren. In der ersten Juliwoche mußte er zurück sein, mußte seine Frau, die mittleren Alters war, wieder nach Schottland bringen. Aber er vergnügte sich immer noch und schob die Abreise hinaus.

»Wir haben eine kleine örtliche Aufregung gehabt«, schrieb Clifford. »Die Frau des Wildhüters Parkin ist unerwartet und, wie es scheint, unwillkommenerweise zurückgekehrt. Er warf sie aus dem Hause und verschloß ihr die Türe, doch als er abends aus dem Walde heimkam, fand er sie sogar ohne Nachthemd in ihrer etwas beschädigten Nacktheit im Bett. Was dann geschah, weiß ich nicht; jedenfalls zog er für die Nacht zu seiner Mutter ins Dorf. Offenbar hat die Frau eine Fensterscheibe eingeschlagen und ist so ins Haus gelangt. Der Grubenarbeiter, mit dem sie gelebt hat, ist ihrer überdrüssig geworden und hat ihr den Laufpaß gegeben. Deshalb kam sie zu Parkin zurück. Er soll erklärt haben, daß er sich ihr keinen Kilometer weit nähern wird. Sie erklärt andererseits, er sei zu ihr ins Bett gekommen, ehe er sie verließ und zu seiner Mutter ins Dorf ging. Da nur die himmlischen Heerscharen Zeugen sind, muß diese Angelegenheit von allen Seiten durchgesprochen werden. Entschuldige, daß ich dir diesen heimatlichen Klatsch vorsetze, aber Mrs. Bolton, unser besonderer Klatschvogel, unser heiliger Ibis, unser vertrauter Bussard, meinte, daß die Schloßherrin vielleicht gern Bescheid wüßte. Ich persönlich befasse mich mit den ehelichen und außerehelichen Verhältnissen von Mr. und Mrs. Parkin nicht; ich möchte nur nicht, daß mir mein vorzüglicher Wildhüter verdorben wird.

Sehr gefällt mir das Bild von Sir Malcolm im Meer, wo ihm das weiße Haar in die Stirne hängt und er wie ein munteres Kind in der Badewanne aussieht. Er gehört zu den Sterblichsten der Sterblichen. Er wäscht seine Unsterblichkeit weg, jedesmal wenn er sich das Gesicht wäscht. Es ist sonderbar, daß ein Mann, dem die Unsterblichkeit so gänzlich fehlt, gerade dein Vater ist. Aber das beweist wieder einmal, daß die Unsterblichkeit ein Geschenk aus der unsterblichen Sphäre ist, und daß die Sterblichen sie nicht der Nachwelt überliefern können...«

Zuerst drang dieser Brief in Constance nicht ein. Sie war stark von der Welt, die sie umgab, in Anspruch genommen, von der gesellschaftlichen Welt, in der jedes Einzelwesen sich anstrengt, sich dem andern gegenüber zu behaupten und die andern zu überragen, um sich irgendeine wertlose Überlegenheit zu erringen; in der es nur lebt, sich anzieht, handelt, um ein besonderes vorübergehendes Ansehen zu erlangen, eine bedeutungslose Einspruchsgewalt, mittels deren es Pläne zur allgemeinen Belustigung vorschlägt – so stark nahm diese Welt sie in Anspruch, daß die ganze Welt von Wragby und den Wäldern unwirklich schien.

Hier in der Villa am Meer war alles gesellschaftlich und künstlich. Die Landschaft selber war nicht ganz so Theaterkulisse wie in Monte Carlo und Cannes, doch diente sie dem gleichen Zweck, indem sie den Hintergrund zu den gesellschaftlichen Ereignissen bildete. Das Meer selber war wie eine riesige Badewanne, die von der Dienerschaft jeden Morgen hinausgesetzt wurde.

Und mit einer eigentümlichen Nervenanspannung war Constance geradewegs in diese Welt getreten. Sie befand sich auf der Bühne gesellschaftlicher Ereignisse. Sie behauptete sich bei Rede und schlagfertiger Gegenrede. Sie kleidete sich nach eigenem Gutdünken, um sich selber zu gefallen. Und indem sie die ihr innewohnende besondere nachdrückliche Kraft gebrauchte, hielt sie stand und gewann Boden unter den wechselnden Menschen. Sie erhöhte ihr Ansehen in der vorübergehenden Menge. Die Leute nannten sie stets, wenn sie von den Gästen sprachen. In einer Welt, die einzig und allein um das nichtige Ersatzmittel, das sich Ansehen nennt, kämpft, um eine schäbige Überlegenheit, die seit dem Kriege die Margarine ist, mit der das gesellschaftliche Brot statt mit Butter bestrichen wird, und die als Ersatz für die alte Überlegenheit des Ranges und der Begabung dient, in dieser Welt wußte sie sich zu behaupten.

Mit der Zeit schämte sie sich irgendwie alles dessen. Es war zu schäbig und schandbar. Da war sogar Cliffords größenwahnsinnige Unsterblichkeit noch besser.

Aber irgendwie konnte sie, nachdem sie einmal in den Strom geraten war, nicht mehr hinaus. Halb wünschte sie fortzugehen, den Zug nach Hause zu nehmen. Doch andererseits mochte sie nicht heimgehen, heim zu Clifford und seiner beharrlichen Unsterblichkeit, heim zu Parkin und seinem beharrlichen Verlangen. Hier war sie wenigstens frei. Sie war an niemand gebunden, mit niemand vertraulich, und kein Mensch stand ihr nahe. So war sie frei.

Sie wußte, daß es sich dabei um eine wohlfeile, eine schmutzige Freiheit handelte, wohlfeil wie die roten Geranien und schmutzig wie die schrecklichen, unvermeidlichen Bridge- und Pokerpartien. Sie erkannte den Schmutz bei den Kartenspielen, wo es um hohe Einsätze ging, deutlich genug. Sie fühlte den Schmutz des erbarmungslosen und unaufhörlichen Kampfes um die Margarine-Überlegenheit unter den Gästen. Aber sie befand sich im Strome, und sie vermochte sich zu behaupten; sie wollte letztlich nicht fortlaufen.

›Ich bin von dem Ganzen besessen, wie ein Wahnsinniger von einem bösen Geist besessen ist. Wir sind alle Wahnsinnige‹, sagte sie zu sich.

Sie erzählte Hilda von Cliffords Brief über Parkin.

»Nun also«, sagte Hilda nach angemessenem Nachdenken. »Wenn du ein Kind bekommst, hast du ja, was du dir wünschst. Vielleicht ist es der leichteste Ausweg aus der Verwicklung.«

Der leichteste Ausweg aus der Verwicklung! Mein Gott!

Constance begann das Kind zu hassen, von dem sie nicht einmal sicher wußte, ob es in ihr wuchs. Es war nicht das Kind, das sie sich gewünscht hatte. Es war auch nur ein Ersatz für etwas, das sie sich zwar wünschte, von dem sie sich jedoch kein genaues Bild machte. Was bedeutete das Kind, wenn sie etwas verlor... was eigentlich? Etwas Hartes und Böses erwachte in ihr und erlaubte ihr nicht, sich klarzumachen, was sie eigentlich verlor.

Ein Musiker erschien für einige Tage in der Villa. Er war weder jung noch schön noch berühmt: ein ziemlich kleiner Mann mit asketischem, grauem Gesicht, der zu Magenbeschwerden neigte, ein unruhiges Geschöpf mit zerrütteten Nerven, das eine Null gewesen wäre, hätte es nicht ein wenig Kraft der Musik in sich gehabt. Er kämpfte nicht um Ansehen, kümmerte sich nicht darum, was die Menge von ihm hielt, und war durchaus nichtswürdig; allerdings war er kaum an solche Gesellschaft gewöhnt und daher daran gewöhnt, durchaus nichtswürdig zu sein. Er spielte gut Klavier – aber ungern –, und seine eigenen Kompositionen in zierlichem Elisabethanischem Stile waren reizend, wenn nicht denkwürdig.

Am zweiten Abend setzte er sich im Musikzimmer neben Constance aufs Sofa.

»Mein Gott!« stieß er hervor. »Was für ein gräßlicher Ort!«

Er schien mit ihr zu sprechen, als ob sie ein Baum wäre, mit dem er sich unterhalten könnte.

»Ziemlich gräßlich«, murmelte sie fast wider Willen.

»Warum sind solche Orte immer so schauderhaft?«

»Was für Orte?«

»Diese großen, vornehmen Häuser, wo man jeden Menschen trifft und nie einen Menschen, der lebendig ist. Ich werde verrückt! Ich werde wirklich verrückt. Ich weiß es.«

»Weshalb bleiben Sie dann nicht weg?«

»Ja, weshalb nicht? Es ist wie mit dem Trinken, glaube ich. Mein Magen verträgt keinen Alkohol, und meine Nerven vertragen keine Rauschgifte; deshalb tue ich wohl dies.«

»Was haben Sie denn davon?«

»Was hat man davon – außer einem gewissen Eigendünkel, weil man sich in einem Hause mit sechs Dienern und vier Autos aufhält? Es ist nur Eigendünkel, wissen Sie, nur Eigendünkel.«

»Und lohnt sich das?«

»Man muß für seine Laster immer bezahlen. Ich bin im Grunde unbedeutend, und so meine ich, daß ich bedeutend werde, wenn ich einen Kammerdiener habe und beim Essen neben der Herzogin von Giftpilz sitze. Ich weiß es alles. Ich weiß, daß es mich verrückt macht. Trotzdem tue ich's.«

»Aber warum? Warum tun Sie's, wenn Sie sich die ganze Zeit darüber klar sind?«

»Oh, weil es mein Laster ist. Ich bin egoistisch, wir sind alle egoistisch, jeder in diesem Hause ist ein reiner materialistischer Egoist. Wir spielen einander zu. Es schmeichelt uns. Und wir werden alle verrückt.«

»Ich auch?« fragte Constance belustigt.

»Das muß wohl so sein, sonst wären Sie nicht hier. Nur dauert es bei Ihnen vielleicht länger als bei mir. Und man wird Sie nicht so bald einsperren, weil Sie einen Hintergrund haben, und ich bin einer von den Kleinen, die an einem losen Faden des verwirrten Knäuels hängen.«

Constance war zwar belustigt, doch ziemlich beeindruckt. »Aber warum tun Sie nicht etwas ganz anderes?« forschte sie. »Wenn Sie doch wissen, daß es Sie ganz verrückt macht, weshalb reißen Sie sich dann nicht los?«

»Was soll ich tun, das ganz anders wäre? Während des Krieges habe ich beim Roten Kreuz gearbeitet, und das hat mich mehr denn je durcheinandergebracht. – Übrigens, vielleicht möchte ich verrückt werden. Sehr wenige Menschen, die verrückt werden, möchten geheilt werden. Sie sind in ihre eigene Geistesgestörtheit verliebt. Sie sind stolz darauf, verrückt zu werden. Sie würden Sie hassen, wenn Sie sie heilen wollten, genau wie die Wahnsinnigen Jesus gehaßt haben.«

Constance lachte über ihn; er war so ulkig, halb ernst, halb spottend. Doch vielleicht war das an sich ein Anfangsstadium der Verrücktheit.

»Wird also jeder Mensch verrückt?« fragte sie lachend.

»Die meisten Menschen, ja!«

Er sah sie mit ernsten, recht schönen blauen Augen an, in denen sie die Reinheit der Musik gewahren konnte.

»Welche Menschen werden es denn nicht?«

»Die Menschen, deren Seele warm ist. Unsere Seele ist kalt – wenigstens meine und die Seele all der Leute hier. Wir haben alle kalte Seelen bekommen, und das ist schlimmer, als kalte Füße zu haben. Wir sind so ungemein nett und scheinbar selbstlos, aber wir krabbeln in Wirklichkeit wie Krebse und Hummer in kalten Öfen herum und fressen Fäulnis in altem Egoismus. Wir würden alle krebsrot werden, wenn man uns kochen würde.«

Die letzte Bemerkung war wirklich belustigend.

»Aber wir werden nicht gekocht werden, bedenken Sie«, entgegnete ich.

»Wer weiß!« gab er zurück. »Vielleicht wird man uns eines Tages kochen.«

»Wer?«

»Die Menschen, die immer noch etwas Leben, etwas warme Leidenschaft in sich haben.«

»Und wo sind sie?«

»Oh, größtenteils in der unteren Schicht. Und ein paar da und dort. Wir töten sie, so schnell wir können. Wir haben die meisten von uns im Krieg getötet. Deshalb hatten wir Krieg: um die Großmütigen abzumurksen und die Kaltblütigen und die Barmherzigen übrigzulassen.«

»Aber Sie machen keinen sehr barmherzigen Eindruck«, sagte Constance.

»Ich fühle auch keine Barmherzigkeit. Hingegen ist mein Blut unter einen gewissen Grad kalt geworden. Und nun werde ich verrückt.«

»Was für ein sonderbarer Mensch Sie sind! Macht es Ihnen Freude, zu denken, daß Sie den Kopf verlieren werden?«

»Ja. Das ist eine Art Rache an meinem Kopf, weil er sich zu sehr über mich erhoben hat. Es ist eine Art Rache an mir selber: verrückt zu werden. – Aber wenn der Kopf das Blut bis zu einem gewissen Grad erkalten läßt, dann werden die Menschen immer verrückt. Die Amerikaner sind alle verrückt oder werden verrückt. Jetzt wird Europa auf kalte Weise irrsinnig. Wenn nun die warmblütigen Menschen, die meistens träge und ziemlich dumm sind, weil sie glauben, daß jeder warmblütig wie sie ist – sie können sich nicht vorstellen, daß Hummer kalt sind – sie sehen sie nur gekocht, wenn sie ganz rot sind – was wollte ich doch sagen?«

»Wenn die warmblütigen Menschen nicht irgend etwas tun...«

»Ja, richtig! Wenn die warmblütigen Menschen nicht aufwachen und uns kaltblütige nicht zu vertilgen anfangen, dann werden wir die Welt zerstören. Wir werden das Menschengeschlecht vernichten.«

»Wäre das ein großes Unglück?«

»Von unserem kaltblütigen Standpunkt aus betrachtet, wäre es ein großer Segen. Wir hassen uns und hassen darum alles, und nur der Haß gibt uns so gute Umgangsformen und macht uns so schmutzig philanthropisch. Wir wollen uns loskaufen, den Tag unserer eigenen Vernichtung loskaufen. Und jeder von uns hofft, daß er der zuletzt Übrigbleibende sein wird. Deshalb wahren wir den Anschein. Und wir essen Unrat.«

Constance fürchtete sich ein wenig vor diesem verrückten Musiker. Am meisten beschwerte es sie, daß er sie unter die kaltblütigen Menschen einreihte. Sie blickte sich im Musikzimmer um, betrachtete die wohlgenährten jungen Männer mit den ziemlich dicken Schenkeln und den glatten Abendanzügen, beobachtete, wie sie junge, elegante Frauen mit silbrigen, metallischen Stoffen und entblößten Knien anlachten, und sie sagte: »Es spielen sich viele Liebesaffären ab, auch hier. Es sieht also nicht danach aus, als ob das Menschengeschlecht aussterben würde.«

Der Musiker schaute mit starkem Abscheu um sich.

»Sie essen alle Verfaultes!« entgegnete er.

»Wieso denn? Vielleicht sind einige von ihnen warmblütig«, wandte sie ein.

»Der Hummer sieht rot aus, wenn er gekocht worden ist.«

»Aber vom Kochen ist gar keine Rede. Es gibt wirklich überall warmherzige Menschen.«

»Es mag gutherzige Krabben geben, aber es gibt keine heißblütigen Krabben, soviel ich merke. Heißes Blut eignet den Geschöpfen mit der Milch der Güte. Sogar Tigerinnen haben Milch. Diese Frauen haben keine Milch. Sie sind Fische. Es gibt gutherzige Menschen in diesem Hause. Aber es gibt keine heißblütigen. Wir haben sie alle getötet oder vertrieben.«

»Weswegen?«

»Weil sie gefährlich sind. Man kann nie wissen, was sie tun werden.«

»Wissen wir, was diese Leute hier tun werden?«

»O ja! Sie werden alles Leben endgültig zerstören. Aber sie werden es nach einer Formel zerstören. Und das ist besser, als wenn sie das gesellschaftliche Gefüge ohne Formel zerstören würden. Das meinen wir, die wir eine Formel über alles lieben, weil sie mit unserem Egoismus vereinbar ist, der Formeln wie alles übrige erfunden hat.«

»Sehen Sie sich die Russen an!«

»Sie hatten eine Formel: eine kaltblütige jüdische Formel. Deshalb sind wir imstande, sie zu verachten. Eine wirkliche Revolution übertrifft eine Formel.«

»Und wird es jemals eine wirkliche Revolution geben?«

»Vielleicht! Vielleicht auch nicht! Wenn wir schnell genug sind, um alle heißblütigen Menschen zu unterdrücken und zu vertilgen, wird es niemals eine Revolution geben. Nur wie in Rußland einen Umsturz unter einer Formel.«

»Aber kann das Blut sich verändern, heiß oder kalt oder sonstwie werden?«

»Man kann das heiße Blut zum Gefrieren bringen – doch das Geschöpf stirbt dann gewöhnlich. Das Blut der Kalten läßt sich niemals wärmen. Dieses Wunder vermochte sogar Jesus nicht zu vollbringen. Er konnte nur die Heißblütigen aufrufen und sie zur Tat anspornen.«

»Aber es gibt doch immer beide zugleich auf der Welt, kaltblütige und heißblütige Menschen. Warum sollten sie nicht gut miteinander auskommen? Das ist in Wirklichkeit der Fall.«

»Sie liegen stets im Kampf. Das kalte Blut will immer das heiße unterjochen. Und die Heißblütigen haben große Lust, die Kaltblütigen zu vertilgen. Aber die Kaltblütigen sind schlau, und sie ruhen nicht, bis sie sich die Heißblütigen dienstbar gemacht haben. Dann gehen sie zu weit. Dann kommt die Vergeltung, und es fängt alles wieder von vorne an.«

»Und die Heißblütigen sind immer die Dienenden?«

»Meine Güte, nein! Alexander war heißblütig, auch Jesus, Sokrates, Caesar, auch Tamerlan und Attila und Peter der Große und Friedrich der Große und sogar Voltaire. Aber seit Napoleon erleben wir den allmählichen, doch schrecklichen Sieg der Kaltblütigen in jedem Lande, ganz gleich, ob faschistisch oder demokratisch oder bolschewistisch; die Kaltblütigkeit entfaltet sich nur auf verschiedene Weise.«

Der kleine Verrückte reiste am nächsten Tage ab. Aber all dies bedeutete für Constance, wie sie sich mit wachsendem Zorn und Staunen klarmachte, daß sie zwischen Clifford und Parkin zu wählen haben würde. Es schien keinen irdischen Grund zu geben, warum sie nicht beide Männer haben könnte, so wie ihre Lage war. Nur aus irgendeinem unirdischen Grunde konnte sie es anscheinend nicht.

Sie mochte nicht zwischen ihnen wählen. Sie wollte beide. Sie wollte ihren Kuchen haben und ihn essen. Es erzürnte sie, sagen zu müssen: ›Ich will diesen nehmen, ich will den andern aufgeben.‹ Sie war bitterböse auf Parkin, weil er sie in dieses Dilemma gebracht hatte. Sie war so böse auf ihn, weil sie ihn nicht aufgeben konnte. Sie konnte von ihm nicht lassen. Was Clifford betraf, so war es nicht der Mann in ihm, an den sie sich klammerte. Es war alles, was er vertrat. Sie fühlte die Neigung, es Hilda gleichzutun und sich von allem klar abzuschneiden. In ihrem Innern war sie zutiefst erzürnt.

Sie schrieb an Clifford und kündigte ihre Rückkehr an, auch an Mrs. Bolton, die sie um Nachricht über Cliffords Ergehen bat, außerdem beiläufig um Näheres über den Wildhüter-Skandal. Denn Clifford hatte vergessen, jemals wieder darauf zurückzukommen.

»Sie werden sich bestimmt freuen, liebe gnädige Frau, wenn Sie Sir Clifford sehen, denn er hat entschieden Fortschritte gemacht. Es scheint ihm gesundheitlich viel besser zu gehen, und er freut sich sehr auf Ihr Heimkommen. Ohne Sie wirkt das Haus auch wirklich langweilig, und wir werden alle froh sein, wenn Ihre Anwesenheit wieder Helligkeit verbreitet; das kann ich von allen auf Wragby behaupten, vom Höchsten bis zum Niedrigsten, denn jeder liebt Sie hier.

Was Mr. Parkin anbelangt, so habe ich keine Ahnung, wieviel Sie schon durch Sir Clifford wissen. Die Frau soll eines Abends kurz nach Einbruch der Dunkelheit zurückgekehrt sein und gesagt haben, der Grubenarbeiter, mit dem sie gelebt hat, habe sie hinausgeworfen. Ich hörte, daß sie sich mit dem neuen Landjäger eingelassen hat, einem vierschrötigen, häßlichen Kerl, der Mundart redet, daß man ihn kaum verstehen kann, schottischen Dialekt, glaube ich. Offenbar hat der Grubenarbeiter sie hinausgeworfen, und der Landjäger wollte nichts von ihr wissen; deshalb kehrte sie zu Mr. Parkin zurück. Es war gerade Schlafenszeit, als sie ins Haus kam. Aber Mr. Parkin wollte sie nicht im Hause haben. Er gab ihr zehn Shilling und sagte ihr, sie solle fortgehen, und schloß ihr die Türe vor der Nase zu. Aber sie wollte nicht fortgehen; schamlos wie sie ist, wußte sie, wo sie am besten dran war. Sie klopfte und rief die ganze Zeit, und der Hund bellte und knurrte, so daß Mr. Parkin schließlich durch die Hintertür in den Wald hinausschlüpfte und sie klopfen ließ. Aber als er am Morgen zurückkehrte, hatte sie eine Scheibe eingeschlagen und war eingestiegen, hatte alles, was sie in der Speisekammer fand, aufgegessen und lag im Bett ohne einen einzigen Fetzen am Leib und zeigte so, was für ein Weibsbild sie ist. Also, Mr. Parkin versuchte sie aus dem Bett und aus dem Hause zu bringen, aber sie wollte nicht gehen. Da holte er seine Mutter. Die alte Mrs. Parkin konnte nichts mit ihr ausrichten. Die Frau schwur, Mr. Parkin hätte mit ihr im Bett gelegen, und er schwur, er hätte es nicht getan. Und da lag sie splitterfasernackt im Bett und wollte nicht aufstehen. Daraufhin nahmen Mrs. Parkin und ihr Sohn alle Nahrungsmittel und alles, was sie tragen konnten, aus dem Hause, brachten einige Sachen in die Hütte im Walde und das übrige nach Tevershall und ließen die Frau in dem leeren Hause bei verschlossenen Türen splitterfasernackt im Bett liegen. Nach einer Weile ist sie wohl aufgestanden, denn nachmittags war sie im ›Löwen‹, wo sie tobte und schrie und Mr. Parkin die schlimmsten Schimpfnamen gab. Anscheinend hat ihr jemand den Rat gegeben, zur Polizei zu gehen und sich einen Befehl ausstellen zu lassen, daß ihr Mann sie bei sich aufnehmen und dabehalten müßte. Sie ging also hin und schlug dort Lärm, und dann ging sie zu Mr. Linley, der jetzt Friedensrichter ist. Darauf ließ Mr. Linley Mr. Parkin kommen und fragte ihn, ob er wieder mit ihr leben wolle. Er sagte, lieber wolle er sich und auch sie tot sehen. Dann fragte Mr. Linley ihn, warum er denn nie die Scheidung eingereicht oder eine gesetzliche Trennung beantragt hätte, und er sagte, auf den Gedanken sei er nie gekommen, aber er würde sein letztes Kupferstück hergeben, wenn er von ihr geschieden werden könnte. Da sagte sie, das könnte er nicht, weil er in der Nacht mit ihr geschlafen hätte, und er legte einen Eid ab, er hätte es nicht getan, und sie redete einen Haufen häßliches Zeug. So lebt Mr. Parkin jetzt bei seiner Mutter und versucht sich scheiden zu lassen. Sir Clifford hilft ihm nach besten Kräften. Das Weibsbild wohnt im Waldhaus und flucht und erklärt, sie würde die Scheidung vereiteln, und er sei ein schlechter Kerl und ein schlauer Schurke, und sie würde vor Gericht allerhand über ihn aussagen, und lauter so abscheuliche Dinge. Mr. Parkins Mutter regt sich über all das sehr auf, und sie sagt, sie fürchte, Mr. Parkin würde sich ein Leid antun. Ich glaube, daß Mr. Parkin seine Stelle bei Sir Clifford kündigen will. Er will fort von hier, denn das Weibsbild sagt, sie würde nicht aufhören, ihn zu plagen, bis er unter der Erde läge, denn er hätte sie zugrunde gerichtet. Sehr wahrscheinlich ist es umgekehrt. Aber sie haßt ihn, das kann man merken. Der Grubenarbeiter und die andern bedeuten ihr jetzt nichts, sie hat nur noch ihren Oliver im Kopf. Die alte Mrs. Parkin sagt, sie sei durchaus imstande, ihn nachts im Walde zu ermorden, aber meiner Meinung nach ist er nicht der Mann, der sich von einer Frau umbringen läßt, wenn sie sich auch wie eine Verrückte gebärdet. Sie kam sogar ins Schloß, aber Sir Clifford gab Befehl, sie fortzuschicken, und wenn sie nicht gutwillig ginge, sollten Benson und Field sie fesseln und zur Polizei führen und in Gewahrsam nehmen lassen. Jetzt will Sir Clifford veranlassen, daß sie aus dem Waldhaus gewiesen wird, weil Mr. Parkin bei seiner Mutter wohnt. Aber daran ist nicht zu zweifeln, das Weibsbild ist wie eine Verrückte. Sie ist älter als Mr. Parkin, und vielleicht hat ihr Alter was damit zu tun. Aber wenn jemals eine Frau von einem Teufel besessen war, dann dieses Frauenzimmer. Und alles richtet sich bei ihr gegen Mr. Parkin. Wirklich, liebe gnädige Frau, es tut mir weh, wenn ich höre, was sie über ihn sagt, ganz abscheuliche Sachen. Natürlich glaubt ihr niemand richtig, aber etwas bleibt doch immer hängen. Sir Clifford sagt, daß sie eingesperrt werden wird, aber das kümmert sie nicht, und auch sonst kümmert sie nichts. Sie will nichts anderes, als vor einen Richter kommen, um Mr. Parkin zu erniedrigen und all die üblichen Dinge zu sagen, die er ihr in ihrer Ehe angetan hat, unmoralische Dinge, die eine Frau gar nicht in den Mund nehmen sollte. Aber Sir Clifford sagt, daß man ihr gar nicht gestatten wird, vor Gericht loszulegen. Solche Frauen sollen zum Schweigen gebracht werden, denn jetzt gibt es hier mehr Gerede, als ich jemals gehört habe, und so abscheuliches Gerede, daß es eine Schande ist. Aber man kann sie nicht verantwortlich dafür machen, sie ist einfach verrückt...«

Dieser Brief traf Constance. Es war ihr, als entstiege ihm ein übelriechender, schwarzer Rauch gewöhnlicher Gemeinheit, der sie beschmutzte. Sie vermochte noch nicht zu entscheiden, ob ihr eigener Name in Verbindung mit Parkin gefallen war. Es schien nicht der Fall zu sein. Doch der übelriechende Skandal der ganzen Angelegenheit stieß sie ab.

Aber irgendwo hatte sie wie in einem konvexen Spiegelchen ein deutliches kleines Bild des Mannes – ihres Mannes. Es war ein Bild winzig wie ein Lichtfunke, doch lebhaft wie ein Stern: seine männliche, nackte Reinheit. Sie dachte kaum an ihn; sie war zutiefst zornig. Nur dieses kleine Bild blieb wie ein Funke, der vor den Augen tanzt, auch wenn sie geschlossen sind. Und sie wußte recht gut, wie eine Frau weiß, falls sie nicht verwirrt oder irregeleitet ist, daß ein leidenschaftlicher Mann rein bleibt, solange seine Leidenschaft von seinem Ich nicht befleckt wird. Es machte ihr nichts aus, was Parkin tat oder getan hatte. Es ging ihr nur um die scharfe Intensität seiner Leidenschaft für sie.

Gleichzeitig verabscheute sie den Unflat anderer Menschen. Die Frau nicht so sehr. Sie verstand den Dämon in einem Weibe. Die Frau liebte ihn zweifellos und wußte, daß er sie verachtete. Das Ausmaß ihrer rücksichtslosen Verleumdungen zeigte das Ausmaß ihrer krankhaften Liebe zu ihm und auch das Ausmaß seiner Kälte und Mißachtung ihr gegenüber. In ihrem gegenwärtigen Zustand scherte die Frau sich nicht darum, was mit ihr geschah, das arme Ding. Wäre sie gefoltert worden, sie hätte trotzdem auf allem bestanden. Sie war wie ein tollwütiger Hund, und der Tod wäre wirklich die einzige Lösung für sie gewesen. Constance bemitleidete sie in gewisser Weise. Aber sie schauderte beim Gedanken an sie.

Und in dieses gräßliche Durcheinander mochte Constance auf

keinen Fall zurückkehren. Es war schon die erste Juliwoche. Sir Malcolm wollte allen Ernstes im August wieder in Schottland sein, weil dann dort das Vergnügen anfing – und Biarritz leerte sich bereits, die Saison ging dem Ende zu. Die Gäste in der Villa reisten allmählich ab. Der alte Maler beschloß, am fünften aufzubrechen.

Constance und Hilda machten allerdings den Vorschlag, rings um den Biskayischen Meerbusen nach England zu fahren und von Le Havre nach Southampton überzusetzen. Das wäre ein neuer Weg. Ihr Vater erklärte sich einverstanden, nur stellte er die Bedingung, gegen den zwanzigsten des Monats daheim in Yorkshire zu sein.

Constance teilte Clifford das Datum ihrer Abreise telegraphisch mit. Am Tage vor ihrer Abreise erhielt sie einen Brief von ihm und einen von Mrs. Bolton. Clifford schrieb:

»Es freut mich sehr, zu hören, daß Du diesen Ort nun tatsächlich verläßt. Wenn Du erst einmal auf der Fahrt nach Norden bist, werde ich das Gefühl haben, daß Du wirklich kommst. Es wird herrlich sein, Dich wieder hier zu haben, obwohl ich mich keineswegs über Deine Abwesenheit beklagen will. Die tüchtige Mrs. Bolton hat unermüdlich für mich gesorgt. Sie ist eine recht sonderbare Person und schwer zu verstehen. Eine der Launen Gottes, möchte ich sagen. Sie tischt mir eine Unmenge Tevershaller Klatsch auf und läßt mich fühlen, wie nahe ich dem Urwald bin. Nichts scheint sie zu wundern. Sie nimmt die anstößige Mrs. Parkin – die junge, nicht die alte – ebenso gelassen hin wie Dich und mich. Kein Fisch ist zu geisterhaft für ihr Aquarium. Aber natürlich ist sie nicht ganz normal. Nach einigen Stunden ihres Geschwätzes versenke ich mich in das relative Paradies Plotins oder sogar Hegels und habe dann das Gefühl, daß ich wieder atme. Es ist sicher unbedingt wahr, daß unsere Welt, die uns als Oberfläche erscheint, nur der Grund eines sehr tiefen Meeres ist, und alle unsere Bäume sind unterseeische Pflanzen, und wir sind unterseeische Ungeheuer. Einzig die Seele erhebt sich bisweilen durch die bodenlosen Tiefen, unter denen wir leben, in die andere Welt empor, in die wahre Luft, ins wirkliche Licht. Dann fühlt man sich wie eine Möwe, die sich voll Verzückung in die

Luft schwingt, nachdem sie sich auf die untergetauchten Fische gestürzt hat. Es ist unsere sterbliche Bestimmung, glaube ich, uns auf die schreckliche unter dem Wasser lebende Fauna des menschlichen unterseeischen Urwalds zu stürzen. Aber unsere unsterbliche Bestimmung besteht darin, zu entrinnen, nachdem wir unsere Beute geschluckt haben, in den hellen Äther hinauf zu entrinnen und von der Oberflächenspannung des alten Ozeans ins wirkliche Licht auszubrechen. Wenn ich mit Dir spreche, kommt es mir vor, als tauchte ich unter, ergriffe den um sich schlagenden Fisch des menschlichen Geheimnisses, dann empor, wieder empor und aus dem Flüssigen ins Ätherische. Es ist eine großartige Jagd. Aber mit Mrs. Bolton kann ich nur zu den Meeresalgen und den bleichen Ungeheuern untertauchen und dort bleiben. Ich vermag mich nicht wieder aufzuschwingen, bis sie gegangen ist.

Wir erleben ein großes Aufpeitschen von Meeresschrecken mit dem Parkin-Skandal. Ich weiß nicht, ob Du Dich erinnerst – ich schrieb Dir, daß seine pflichtvergessene Gattin zu ihm zurückgekehrt ist, und daß er sie splitterfasernackt in seinem Bett gefunden hat. Seither hat er sich mehr oder weniger hinter seiner Mutter verschanzt. Die pflichtvergessene Gattin setzte sich eine Woche lang im Waldhaus fest, aber ich habe sie vertrieben. Von da ab schlief sie irgendwo in der Arbeitersiedlung Dakin und verbrachte die Tage damit, Lärm zu schlagen. Sie hat das Haus der alten Mrs. Parkin belagert und ihre eigene Tochter geraubt. Die Tochter, die das Junge einer Katze ist, biß und kratzte und wehrte sich derartig, daß sie eine Ohrfeige erhielt, die sie in den Rinnstein beförderte, aus dem die entrüstete Großmutter sie gerettet hat. Die pflichtvergessene Gattin begab sich daraufhin in ihren bevorzugten Schlupfwinkel, in den ›Löwen‹, und ließ Dampf ab, wie die Grubenarbeiter zu sagen pflegen. Sie hat jede kleinste Einzelheit ihres Ehelebens mit Parkin, die zu seinen Ungunsten spricht, an die Öffentlichkeit gebracht. Es ist eine sonderbare Erzählung. Die tugendhafte Mrs. Bolton will mir diese Einzelheiten nicht wiederholen; sie sagt nur, sie seien ›zu schandbar, um in den Mund genommen zu werden‹. Hingegen hat mich Dr. Smith, der diese Dinge von der komischen Seite nimmt, auf dem laufenden gehalten. Es ist eine merkwürdige, geradezu mittelalterliche Auswahl von sexueller Ausschweifung und niedrigen Perversitäten, für die ich unseren Freund Parkin nicht genügend phantasievoll gehalten hätte. Aber offenbar finden sich diese niedrigen sexuellen Perversitäten, wie Flöhe und Glatzen, zu jeder Zeit und in jeder Umgebung. Das Ganze wirft ein neues Licht auf unseren Wildhüter. Ich hatte etwas ganz Gewöhnliches in ihm gesehen. Jetzt erkenne ich, daß er ebenfalls ein kleines unter dem Wasser lebendes Ungeheuer ist, das nicht zu bestehen vermag, ohne absurde und unzulängliche kleinere Abscheulichkeiten zu begehen. Er war ein paarmal wegen dieser Geschichte mit seiner Frau bei mir, und es hat mich belustigt, ihn zu beobachten. Er ähnelt einem Hund, dem man eine Konservenbüchse an den Schwanz gebunden hat. Natürlich tue ich so, als ob ich die Büchse nicht bemerke, aber sie rasselt hörbar, wenn er sich bewegt. Als ich ihm riet, sich wegen der Dinge, die seine Frau über ihn sagt, keine Sorgen zu machen, erwiderte er: ›Wer sich solche Dinge anhört, ist schlimmer als der, wo sie tut.‹ Immerhin möchte er sich scheiden lassen. Seine Frau erklärt, die Scheidung verhindern und ihn ins Gefängnis bringen zu wollen. Augenblicklich sitzt sie allerdings selber. Sie hat sich betrunken und unsern Freund Parkin mit einer großen, vollen Bierflasche tätlich angegriffen. Er verteidigte sich mit dem Kolben seines Gewehrs, aber erst nachdem er einen Schlag auf den Kopf abbekommen hatte. Unser Freund, der Friedensrichter Arthur Linley, ließ sie durch den neuen Landjäger verhaften, der allgemein ›Schmeißfliege‹ genannt wird! Es gelang der pflichtvergessenen Gattin, unsern ehrbaren Linley so sehr zu beleidigen, daß er ihr vierzehn Tage gab. Sie soll nun bei allen Göttern geschworen haben, daß sie es ›ihm heimzahlen wird‹, womit Parkin, nicht Linley gemeint ist. Tatsächlich ist es ein großer Skandal, wie man ihn in einem Dorfe wie Tevershall nur alle zwanzig Jahre einmal erlebt. Natürlich müssen wir der Frau den Mund verbinden; sie ist weit genug gegangen.

Das unerfreuliche daran ist, daß Parkin unbedingt seine Stelle bei mir aufgeben will und in mich dringt, ihn sofort gehen zu lassen. Ich bestehe darauf, daß er mir einen anderen Wildhüter verschafft oder sonst seine drei Monate noch bleiben muß. Er schlägt seinen Neffen Joe vor, aber der Bursche ist gänzlich ungeeignet. Als Parkin mir kündigte, fragte ich ihn nach dem Grund. Und ich sagte ihm, er solle sich doch um das Geschwätz gar nicht kümmern (immerhin muß ich zugeben, daß die Bierflasche ihn wohl ziemlich tüchtig getroffen hat). Er antwortete: ›Ich gehe, Sir Clifford, und ich möchte Sie bitten, der gnädigen Frau auszurichten, daß ich mich wegen dem, was ich zwischen den Beinen hab', nicht schäme, und wenn auch alle es wollen. Aber ich mag hier nicht mehr leben.‹ – Ich sagte zu ihm: ›Strafen Sie die Verleumdungen Lügen!‹ Aber leider merkte er wohl, daß ich mich amüsierte, denn er antwortete: ›Ja, Sie haben gut lachen, Sir Clifford, aber an Ihrer Stelle würde ich ebensowenig lachen.‹ – Was eine Frechheit war, doch habe ich ihn wohl dazu herausgefordert. Ich sagte zu ihm: ›Sie würden sicher auch lachen, Parkin, wenn Sie diese Dinge zum Beispiel über einen Grubenarbeiter hören würden.‹ Und er antwortete: ›Ja, vielleicht. Und ich würde erwarten, daß er mir eins aufs Maul gäbe, wenn er mich lachen sähe!‹ – So beließ ich es denn dabei und nahm seine Kündigung an, vorausgesetzt, daß er mir noch einen Mann beschafft, der mit dem unerfahrenen Joe zusammenarbeitet. Ich fürchte, wenn er bleibt, wird er mehr Leuten eins aufs Maul geben, als für sie und ihn gut ist. Bis jetzt hat er sich, wenn man es sich überlegt, bemerkenswert gut gehalten. Ich glaube, daß er sich schuldiger fühlt, als er zugibt.«

Mrs. Bolton schrieb ziemlich kurz:

»Gestern traf ich Mr. Parkin, der sehr jämmerlich aussah. Kein Wunder, bei all der Quälerei und dem Schlag mit der Bierflasche. Seine Mutter sagte mir, daß er danach länger als eine Stunde erbrochen hat, und er sieht wirklich sehr elend aus. Aber er sagt zu keinem Menschen etwas, man bringt kaum ein Wort aus ihm heraus. Ich sagte zu ihm, es tue mir arg leid, daß er so schlecht aussieht, und es sei eine Schande. Er fragte mich, ob ich wüßte, wann die gnädige Frau zurückkommen würde. Ich teilte ihm mit, was ich wußte, und sagte, daß ich Ihnen schreiben würde. Er fragte mich, ob ich glaubte, daß irgend jemand Ihnen etwas von der Sache erzählt hat, und da antwortete ich, Sir Clifford und ich hätten es Ihnen geschrieben. Da bat er mich, Ihnen auszurichten, daß er gekündigt hätte, daß er aber noch nicht nach Kanada gehen würde, sondern noch bleiben wollte, bis er von seiner Frau geschieden wäre. Ich bin überzeugt, daß kein Mann länger als nötig an sie gebunden sein möchte. Ich sagte ihm, daß ich es Ihnen bestimmt ausrichten würde und ihm Bescheid geben würde, wenn eine Nachricht käme. Er hält sich trotz allem sehr flott und schaut einem ins Gesicht, um zu sehen, was man denkt. Aber ich fürchte, daß er schlimm daran ist. Es muß ja eine Qual für einen Mann sein, wenn solche Dinge über ihn geredet werden, und wenn jeder hinter seinem Rücken über ihn klatscht...«

Constance schrieb an Mrs. Bolton zurück:

»Sagen Sie bitte Parkin, daß ich all diese Geschehnisse sehr bedaure. Bitten Sie ihn, nicht fortzugehen, ohne seine Adresse zu hinterlassen. Ich möchte ihm nämlich ein kleines Geschenk aus Frankreich mitbringen, als Dank dafür, daß er im Frühling, als es mir nicht gut ging, so freundlich zu mir war und mich die Fasanenküken füttern ließ.«

15

Und am nächsten Morgen fuhren sie im Auto nordwärts, heimzu. Es gibt kein Entrinnen in dieser Welt. Die einzige Möglichkeit, weiterzustreben, besteht darin, die Dinge durchzuführen, welcher Art sie auch sein mögen, und auf der andern Seite hinauszukommen.

Es war Hochsommer und Heuernte, und die einsame Landschaft Frankreichs. Constance fühlte sich von dem heftigen Abscheu ergriffen, den sie manchmal gegen die zivilisierte Welt empfand, die Welt, die der Mensch erschaffen hat und in der ein jeder leben muß. Sie meinte, daß es gut und sauber wäre, tot zu sein, von allem fortzugelangen. Was den Gedanken an einen Aufstieg in irgendeine Art von Unsterblichkeit betraf, so beelendete er sie mehr denn je. Sie wünschte sich keine Unsterblichkeit, in der sie Erinnerungen hätte, wie sie sich auch keinen Schlaf mit quälenden Träumen wünschte. Was immer danach kommen mochte, es sollte ganz und gar anders sein, so anders wie ein tiefer Schlummer.

Doch das Land, durch das sie fuhren, war fremdartig und berückend, als ob die Welt es vergessen hätte. Wie seltsam und fern Frankreich war! Und manchmal stiegen sie in einem Dorfgasthaus ab, wohin die Männer abends kamen, um Wein zu trinken. Sie hörte die kehligen Laute der Mundart, und ein gewisses Heimweh überkam sie nach der warmen Blindheit eines solchen Lebens. Sie sah sie sitzen, die Knie gespreizt und die leicht geballten Hände auf die lebendigen tierhaften Schenkel gestützt. Das war die Art, wie Parkin saß. Und es hatte für ihre Frauenseele etwas ungemein Beruhigendes und Warmes. Das wünschte sie sich: zurückzusinken in die halbträumerische Wärme des unerwachten Lebens. Sie hatte das Gefühl, zu sehr und zu lange wach zu sein. Sie wollte wieder schlafen, den warmen Lebensschlaf schlafen, zusammen mit einem Manne, der machtvoll durch die Lebensleidenschaft ging, ohne sie zu wecken, jedoch stets da war in ihrem Leben, als ob sie in einem Boote miteinander führen.

Sie sah die Bauern, die Fischer, die Holzfäller und sah, daß sie allmählich zum nervösen Elend des zivilisierten Daseins geweckt wurden. Sie gerieten unter den Einfluß der Städte. Ihr Leben schwand dahin.

Und sie hatte Angst um sich selbst. Sie träumte des Nachts, sie wäre verhaftet worden und müßte vor Gericht erscheinen, um als Verbrecherin abgeurteilt zu werden. Sie vermochte nicht zu ergründen, worin ihr Verbrechen bestand. Aber es handelte sich um etwas Schandbares.

Als sie in wachem Zustand darüber nachdachte, wußte sie, daß es der Parkin-Skandal war. Und es wurde ihr klar, welche Angst sie erfüllte. Es erfüllte sie eine alte mosaische Angst, die Furcht vor der schrecklichen Gewalt der Gesellschaft und ihrer Gebote, die sie gebrochen hatte. Sie empfand sich dynamisch als einen Feind der Gesellschaft, und ihr bangte. Von klein auf hatte sie sich im geheimen vor den Leuten und vor dem gewaltigen Zertrümmerungsapparat des Gesetzes gefürchtet. Jetzt wurde diese Angst infolge des Parkin-Skandals aus irgendeinem Grunde akut und fast überwältigend.

Und immer noch machte sie einen Unterschied zwischen der Angst und einem Schuldgefühl. ›Nein‹, sagte sie zu sich, ›ich fühle mich nicht schuldig, und ich habe keinen Fehler begangen. Im Gegenteil, ich finde, es ist richtig, was ich getan habe und tun will. Aber es lähmt mich Angst. Mir ist, als hätte man mich untergekriegt.‹

Sie quälte sich mit diesem Gefühl, besiegt worden zu sein, mit dem Gefuhl, von dem großen Pöbel, der sich zivilisierte Gesellschaft nennt, geschickt eingefangen und niedergezerrt worden zu sein. Sie konnte sich nicht aufrichten. Ihre Lebensgeister wollten sich nicht heben. Sie wäre lieber auf den Mond gegangen als nach Wragby zurückgekehrt. Schwerfällig schleppte sich ihre Seele dahin, sich ohnmächtig, gedemütigt, versklavt fühlend.

Dann dachte sie an Parkin. Ihm widerfuhr wohl das gleiche, nur noch schlimmer. Sie kannte seine besondere Scheu – vor der Menschenmenge, eine Scheu, die unter seiner heftigen Angriffslust lag, welche letztlich bloß ein in die Enge getriebener, zähnebleckender Hund war. Sie wußte, wie er litt, weil seine Nacktheit von dem üblen Weibe, seiner Frau, enthüllt worden war. – »Niedrige sexuelle Ausschweifungen«, sagte Clifford, und es schien ihn zu belustigen. Sie wußte nicht recht, worauf er sich bezog, aber sie wußte, daß jede Frau, und folglich auch jeder Mann, sexuelle Privatgeheimnisse hatte, die niemand verraten durfte. ›Der größte Teil meines Lebens ist Geheimnis‹, sagte sie zu sich, ›und meine Hauptaufgabe besteht darin, das Geheimnis zu wahren und das Geheimnis anderer Menschen zu achten.‹

Jetzt aber war Parkin in seinen intimsten Privatdingen entblößt, und alle grinsten und johlten über ihn, und viele würden wohl ein entrüstetes Geschrei des Abscheus erheben und den Stab über ihn brechen. Sie wußte, was das bedeutete! Und er mußte durch das lange, trübe Bergwerksdorf hin und zurück gehen, wenn er bei seiner Mutter wohnte. Und alle Leute versuchten sicher, ihn niederzuwerfen und ihn, wie mit Kot, mit Zoten zu bedecken.

»Ich schäme mich nicht wegen dem, was ich zwischen den Beinen hab'.« Er meinte seinen Penis. Sie dachte an den nackten

Mann, an seine Leidenschaft und sein Geheimnis: das Geheimnis des Penis! Und sie wußte, wie jede Frau das weiß, daß der Penis die Blutsäule ist, der lebendige Brunnen der Lebensfülle. Aus dem seltsamen Ansteigen und Anschwellen des Blutes ersteht alles Leben zum Dasein. Was es auch sonst sein mag, es ist der Fluß des einzigen Gottes, dessen wir sicher sein können, das Blut. »Es gibt einen Brunnen, gefüllt mit Blut«, heißt es in der Hymne. Und das ist ewig wahr. Und jeder Mann ist solch ein Brunnen. Und es ist nicht das tote, vergossene Blut, das alle Sünde wegspülen wird, sondern der lebendige Strom des immer neuen, stets sich erneuernden Blutes. Totes Blut kann zuletzt nur noch stinken. Das lebende Blut aber ist der lebende Teil, der die alte Fäulnis fortspült. Und das Sinnbild des Anschwalls des lebendigen Blutes ist der Phallus, und der Penis ist der mit Blut gefüllte Lebensbrunnen.

Und zu dem Geheimnis des Phallus gehört alle die Schönheit der Welt, und Schönheit ist mehr denn Wissen. Das Wissen ist so oft eine Illusion, und selbst wenn es sicher scheint, erstirbt seine Macht, uns zu stützen. Das Wissen um die Bewegung der Gestirne und um die Gesetze der Himmelsschwerkraft ist wunderbar, aber die Schönheit der Gestirne in ihrer Bewegung ist noch wunderbarer, und der Penis ist es, der uns mit den Planeten sinnlich verbindet. Wäre der Penis nicht, so wüßten wir nichts von der Lieblichkeit des Sirius oder von dem kategorischen Unterschied zwischen einem Granatapfel und einem Gummiball.

Man braucht weder den Intellekt dem Penis zu opfern noch den Penis dem Intellekt. Aber zwischen beiden besteht eine ewige Feindschaft, und immerdar wird das Leben im Kampf zwischen ihnen hin und her gerissen. Doch der Mann hat einen heiligen Geist in sich, der an beider Natur teilhat. Und daher hat der Mann ein neues Lebensziel, das darin besteht, zwischen beiden einen Waffenstillstand und eine gewisse schwankende Harmonie aufrechtzuerhalten. Anstatt absichtlich, wie die Wissenschaft und Sokrates, das Christentum und Buddha es getan haben, daran zu gehen, das eine umzubringen, um das andere zu erheben.

Was sind wir, wenn das phallische Wunder in uns tot ist? Wir sind ein erbärmlich Ding und böse. Was sind wir, wenn der Penis nur das Werkzeug und Spielzeug des Geistes ist? Wir sind ausschweifend und lasterhaft. Der Penis allein bewahrt die Männer davor, die Welt gänzlich zu zerstören, und der Phallus allein ist das Sinnbild unseres Einklangs im Blute. Das Kreuz als Sinnbild des ermordeten Phallus ist ein böses Sinnbild und verbreitet Böses, wohin es kommt.

Der arme Parkin – sie konnten ihn viel mehr verwunden, als das beispielsweise bei Clifford möglich war. Clifford konnte man nicht wirklich verwunden, nicht auf die schmerzhafte, fühlbare Weise, auf die ein körperlicher Mensch verwundbar ist. Man konnte ihn nur beleidigen oder seine Selbstachtung verletzen oder ihn seiner Schwermut anheimgeben. Er war im Grunde langweilig. Trotz all seiner Feigheit war er zäh und empfindungslos. Es sah ihm so ähnlich, in das Gelächter über seinen Wildhüter einzustimmen. Er vermochte in ein allgemeines Gelächter einzustimmen. Das Ganze hatte etwas so Gewöhnliches.

Sie fühlte sich von einer großen Welle des Abscheus gegen Clifford ergriffen. Er war so kalt, so selbstsüchtig auf polierte Weise und so empfindungslos auf verfeinerte Weise. Sie haßte seine verfeinerte Empfindungslosigkeit, seinen verfeinerten Mangel an Gefühl. Er konnte ganz glatt über »niedrige sexuelle Ausschweifungen« reden, ohne auch nur eine Sekunde an seine eigenen zu denken. Er konnte mit dieser gewöhnlichen Überlegenheit lachen, als ob er selber wahrhaftig niemals einen Penis gehabt hätte. Und wahrhaftig, dachte sie, im Sinne der magischen und der heiligen Wirklichkeit hatte er auch nie einen gehabt. Er hatte ein Organ gehabt, ein Spielzeug und ein Werkzeug für sein eigenes Ich.

Sie war der Menschen mit ihrem Ich überdrüssig. Sie wurden dadurch alle so zäh, so ledrig gegerbt, gewahrten nur die Oberfläche. Es machte sie zu Unterdrückern. Auf eine sonderbare Art unterdrückte Clifford ganz Wragby; sogar seine Duldsamkeit war eine kalte Verneinung des Lebens. Hu! Sie war dessen so müde, der kalten Leere dieser Lebensweise, der Zähigkeit, der Empfindungslosigkeit, der negativen Tyrannei. Eine Verneinungstyrannei: das warme Blut durfte nicht fließen, es mußte zum Gefrieren gebracht werden.

›Ich will nicht!‹ sagte sie zu sich. ›Ich will nicht Parkins Kind empfangen und es Clifford schenken! Es soll kein Chatterley sein, kein Edelmann und Baronet und wieder ein kalter Schrekken. Nachdem ich meine Hände am Lebensfeuer gewärmt habe, will ich nicht in das Feuer spucken. Und Parkin ist mein Lebensfeuer, und er hat meinen ganzen Leib und meine Seele durchwärmt. Ich habe ihn unlängst verleugnet, und ich bin mir deshalb gemein vorgekommen. Ich will ihn nicht verleugnen. Und ich will heimgehen und es ihm sagen. Und ich will ihm sagen, daß sein Penis für mich schöner und besser ist als alle Körper sämtlicher Leute in Tevershall und Wragby.‹

So erledigte sie die Frage, nicht in diesen ausgesprochenen Worten, aber mit derselben Wirkung. Wie denkt man, wenn man leidenschaftlich und leiderfüllt denkt? Gar nicht in Worten, sondern in seltsamen Wellen und Gegenströmungen der Gemütsbewegung, die nur halb in Worten wiedergegeben werden.

Nachdem Constance sich zu einer erregten Verfassung erhitzt hatte, beschloß sie, geradewegs mit der Eisenbahn über Dieppe heimzufahren.

»Was für einen Unterschied bedeuten ein paar Tage?« fragte Hilda.

»Ich möchte nach Hause«, antwortete Constance. »Ich fühle, daß es Zeit ist.«

»Wofür ist es Zeit?«

»Ich will Parkin nicht im Stich lassen«, erklärte Constance, die Hilde in groben Umrissen von dem Skandal erzählt hatte.

»Was meinst du damit, daß du ihn nicht im Stich lassen willst? Was kannst du denn für ihn tun?«

»Ich kann da sein.«

»Aber... wozu denn? Mir scheint es besser, wenn du dich aus der Sache hältst.«

Constance blickte ihre Schwester mit den blauen, offenen Augen an, die immer höchst unschuldig aussahen, wenn sie für sich selbst gegen einen Widerspruch ankämpfte.

»Ich habe darüber nachgedacht. Ich kann ohne ihn nicht sein. Ich habe darüber nachgedacht. Ich *muß* mit ihm leben.«

Hilda errötete langsam und tief.

»Ich finde dich sehr töricht«, erwiderte sie. »Warum *mußt* du mit irgendeinem Menschen leben?«

»Ich möchte es so sehr – mit ihm«, sagte Constance.

Hilda wandte sich ab und setzte sich.

»Begehst du nicht eine Dummheit?« fragte sie ruhig.

»Nein«, entgegnete Constance immer noch maßvoll.

»Und wenn er nicht mit dir leben mag? Angenommen, er hat genug von dir?« sagte Hilda.

Constance schaute mit den großen blauen Augen.

»Aber verstehst du, Hilda, das ist nicht der Fall«, antwortete sie.

»Woher weißt du das?«

Es entstand eine Pause.«

»Also, leb wohl, Hilda«, sagte Constance. »Ich fahre mit einem Taxi zum Bahnhof.«

Sie setzte mit dem Abendschiff über. Es war eine stille und warme Nacht. Sie saß auf Deck und betrachtete die Sterne und die Nacht. Sie fühlte äußerlich eine große Unruhe, doch innerlich eine große Ruhe. Die Sehnsucht, die wochenlang an ihr gezerrt hatte, schien beschwichtigt. Sie war sehr still, und die Reise verging wie ein Traum.

16

Gegen ein Uhr traf sie in Uthwaite ein, wo der Wagen sie abholen sollte. Und auf dem Bahnsteig – o Gott! – war Clifford an Krükken? Während ihrer Abwesenheit hatte er gelernt, an Krücken zu gehen! Die Augen in seinem frischen, gesund aussehenden Gesicht, das eine so unmenschliche, vogelgleiche Schärfe hatte, glitten über den Zug, während er, auf die Krücken gestützt, an einem der Eisenpfeiler lehnte, auf denen das Bahnhofsdach ruhte. Diese Augen, diese strengen, hellblauen, harten, hurtigen Augen des englischen Edelmanns! Sie fühlte beinahe ihren Anprall, als sie auf ihr Antlitz fielen. Und eine eigenartige Flamme des Frohlockens erfüllte die Augen, eine unmenschliche

Flamme. Er frohlockte wegen seines neuen Sieges über das Schicksal. Der arme Clifford!

Der Chauffeur eilte herbei, um ihr zu helfen. Clifford blieb an den Pfeiler gelehnt und beobachtete sie gespannt. Sie lief zu ihm.

»O Clifford!« sagte sie mit ihrer atemlosen Stimme.

»Wie geht es dir, mein Liebes?« erkundigte er sich, indem er die eine Hand auf ihre Schulter legte und sich vorbeugte, um ihr einen Kuß zu geben.

Fast mit Verwunderung wurde ihr bewußt, daß er Wirklichkeit war. Während ihrer Abwesenheit war er eine Art Schatten geworden.

»Kannst du denn tatsächlich gehen?« rief sie mit einem Blick auf die Krücken.

»Gewissermaßen«, antwortete er.

»Oh, wie herrlich! Wie...?« Sie konnte nicht weiter. Sie keuchte, und ihre Wangen waren dunkelrot.

»Mrs. Bolton hat mich angefeuert. Oh, sie ist eine erstaunliche Frau, wenn sie will.«

»Und... und bist du schon einmal ausgegangen?«

»Nicht nach Uthwaite. Das ist die große Feier deiner Heimkehr!«

Er blickte sich nach Field, dem Chauffeur, um. Field war ein untersetzter, kräftiger, wortkarger junger Mann von ungefähr fünfundzwanzig Jahren; er hatte ein rundes, kindliches Gesicht. Er kam sofort herbei.

»Wollen Sie fahren, Sir Clifford?« fragte er.

»Ja.«

Der Chauffeur stützte seinen Herrn von hinten und half ihm sich aufrichten, bis die Krücken im Gleichgewicht waren. Auf Cliffords Antlitz malte sich eine merkwürdige Spannung; Furcht und Erregung verriet sein Ausdruck.

»Lassen Sie los!« befahl er.

Und dann stakte sich Clifford mit sonderbarem, raschem Ausschreiten seiner Krücken den Bahnsteig entlang; seine toten Beine pendelten dabei in besonderem trägem Hin und Her zwischen den Krücken, doch hielten sie lange genug stand, daß Clifford sich jeweils mit einem neuen Ruck der Krücken weiterbewegen konnte. Es war ein unheimlicher, fürchterlicher Anblick. Der Chauffeur, der vierschrötig aussah, weil er so breit und dick war, stapfte nebenher, jede Sekunde wachsam, keinen Moment die Augen von seinem Herrn wegwendend. Und Constance, die zurückgeblieben war, eilte verwundert hinterher, verwundert über Cliffords neue Kühnheit und über Fields ausdauernde, geradezu leidenschaftliche Versunkenheit in die Heldentat.

Sie trat gerade zur rechten Zeit aus dem Bahnhof, um zu sehen, wie Clifford leibhaftig in die Arme genommen und in den offenen Wagen gehoben wurde, auf die erstaunlichste Art und Weise. Und da war er nun, saß wie jeder andere Mensch im Auto, die Krücken neben sich, indes der Chauffeur ihr den Schlag offenhielt.

»Ach, Field, es ist zu herrlich!« sagte sie beim Einsteigen.

»Herrlich, gnädige Frau, nicht wahr?« gab der Mann zurück, dessen dickes Gesicht in einem breiten Lächeln erstrahlte, und der Sir Clifford mit so wohlgefälligem Stolze ansah, als wäre der Baronet sein eigener kostbarer Sprößling. Dann ging er das Gepäck holen. Und Constance dachte im stillen, wie wunderbar es doch sei, daß man solche Aufmerksamkeit und Dienstbarkeit für wöchentlich zwei Pfund haben konnte. Aber es war auch offensichtlich, daß die Heldentat an sich den Mann mit einem bleibenden Stolz erfüllte.

»Nun?« bemerkte Clifford und blickte sie huldvoll an. »Du siehst blühend aus. Hast du es schön gehabt?«

»Oh, ziemlich«, erwiderte sie.

»Nur ziemlich?« fragte er spöttisch.

»Na ja, ich dachte, daß es mir großartig ginge – mit der Sonne und dem Baden im Meer! Aber in Wirklichkeit stimmte das nicht. Ich täuschte mich selber.«

»Inwiefern?«

»Ach, ich weiß nicht. Ich nahm an allem, was wir taten, gar keinen Anteil – ich meine, keinen richtigen Anteil. – Aber du, du bist wundervoll! Warum hast du mir nichts davon geschrieben?«

»Ich befürchtete, allzu große Erwartungen in dir zu wecken. Freust du dich eigentlich, wieder daheim zu sein?«

»Sehr!« erwiderte sie. Und als sie über die verschandelte Bergwerkslandschaft schaute, sprach sie aufrichtig. Sie war für sie wirklich. Sie stimmte mit etwas Wirklichem in ihr überein.

»Das hört man gern«, sagte er und sah sie scharf an. Sie hatte etwas an sich, das ihn verwirrte und reizte.

»Ist es dir sicher nicht schwergefallen, zurückzukommen?« beharrte er.

Sie warf ihm einen Blick zu.

»Ich wollte kommen«, antwortete sie.

»Das ist fast zu schön, um wahr zu sein«, bemerkte er. »Ich kann dir sagen, es tut wunderbar gut, dich wiederzuhaben.«

Sie fühlte irgendwie, daß er nicht ganz aufrichtig war.

»Es hat dir doch nichts ausgemacht, daß ich fort war, nicht wahr?« versetzte sie.

»Natürlich hat es mir leid getan. Natürlich hat es mir ungeheuer leid getan. Aber ich war entschlossen, es nicht übermäßig zu bedauern, und ich hatte einen schrecklichen Haufen Arbeit zu erledigen.«

Er begann ihr von einem neuen Versuch zu erzählen, den er in den Kohlengruben unternahm. Und sie erkannte, daß hier sein neues Leben lag: in den Kohlengruben, in seiner Herrschaft über sie. Er hatte beschlossen, daß zumindest die Grube High Park bis zur letzten Möglichkeit ausgebeutet werden und trotz allen Hindernissen die Kosten für viele zukünftige Jahre tragen sollte. Er besaß jetzt einen größeren Aktienposten, nachdem er den Anteil eines Aktionärs übernommen hatte. Und bei seinem neuen Versuch mit chemischen Nebenprodukten setzte er fast alles aufs Spiel.

»Ich war tatsächlich einmal unten im Bergwerk«, berichtete er. »Ich saß in einem Förderkorb und wurde dann zu der Hauptabbaustrecke gefördert. Es sieht mir recht vielversprechend aus, weißt du. Seit dem Kriege nimmt England im Bergwerkswesen eine neue Stellung ein, und ich glaube zu wissen, wie ich die Sache in unserm Falle anzupacken habe.«

Das war's also! Nicht um ihretwillen, sondern wegen des Bergwerks hatte er gelernt, an Krücken zu gehen: weil er zu den Flözen hinunter wollte, um die Verhältnisse zu untersuchen. Es war der neue Kampf um die Oberhoheit, um seine Herrenrechte und sein Herrenvermögen, der ihn berückte. Den wirklichen Lohn für sein Geld und seine Bemühungen bekam er vielleicht in einigen Jahren noch nicht zu sehen. Aber er war zuversichtlich.

»Du vertraust also auf die Zukunft?« sagte sie und sah ihn mit großen, ruhigen Augen an.

Und sie gewahrte einen Schatten der Feindschaft auf seinem Antlitz. Er blickte von ihr weg.

»Warum denn nicht?« gab er zurück. »Wenn wir die Zukunft selber gestalten, können wir auf sie vertrauen.«

Diese Zukunftsgestaltung schien etwas Mechanisches an sich zu haben. Er ließ dabei den menschlichen Faktor zu sehr außer acht. Menschen konnten sich ebenso erschöpfen wie Kohlenflöze, und die Menschheit konnte ebenso leicht wie eine Grube aufhören, ein zahlender Konzern zu sein.

»Das mag wohl stimmen«, sagte sie.

»Warum es bezweifeln?« rief er.

»Ich habe kein starkes Vertrauen in die Zukunft«, entgegnete sie. »Ich meine, ich glaube nicht, daß es so weitergehen wird.«

»Ganz recht! Deshalb müssen wir einsteigen und die Veränderung beizeiten herbeiführen, so daß wir nicht zurückbleiben.«

Aber sie meinte etwas anderes, etwas, das sich aufs Leben oder irgendwie auf das menschliche Gefühl bezog.

»Und wenn wir auch annehmen, daß ich für eine Lebensversicherungs-Gesellschaft kein verlockendes Geschäft darstelle – da ist Wragby, und da bist du, und da sind zukünftige Entwicklungsmöglichkeiten, die dich betreffen.«

Was meinte er damit? Vielleicht seine Hoffnung, daß sie ein Kind bekommen würde. In dem Schweigen konnte sie fühlen, daß er neugierig war. Fragen, die er nicht laut stellen mochte, tat er schweigend kund, wodurch er sie beinahe zum Reden, zu einem Bekenntnis zwang. Aber sie blieb stumm.

Und als sie sich dann Wragby näherten, war er müde. Sie beobachtete, wie das Leben in ihm grau wurde, und sie erkannte, daß er nicht so vital war, wie er schien. Er klammerte sich angespannt ans Leben, doch irgendwo war da eine Dumpfheit, ein teilweises Totsein. Er freute sich sehr, als ihm ins Haus geholfen wurde. Er wurde in seinem Krankenstuhl in sein Zimmer gefahren. Und er vergaß sie fast wieder, vergaß ihre Rückkehr, vergaß alles.

»Du wirst dich jetzt ausruhen«, sagte sie begütigend zu ihm. »Und ich will mich auch hinlegen. Ich bin ebenfalls müde.«

Aber er antwortete nicht. Er war mit seinen Gedanken nicht dabei. Auch dies hatte sich während ihrer Abwesenheit vollzogen: nur wenn er sich absichtlich ihrer erinnerte, war sie für ihn vorhanden, sonst nicht.

Sie ruhte den Nachmittag über. Beim Tee war Clifford immer noch müde. Die große Anstrengung des Tages hatte ihn erschöpft.

»Es ist herrlich, daß du wieder hier bist«, sagte er. Doch sie fühlte die Müdigkeit in ihm, die Geistesabwesenheit. Er sprach nur auf vorbedachte Weise. Deshalb erzählte sie ihm ruhig und oberflächlich von Frankreich und von den Menschen in der Villa bei Biarritz. Sie merkte, daß er die Gesellschaft von Schwimmern, Tänzern und Tennisspielern im Geiste nach einem möglichen Liebhaber durchging. Er verweilte bei dem Bericht von dem verrückten Musiker. Sie war beinahe versucht, eine bezaubernde Persönlichkeit zu erfinden, mit der er sich beschäftigen könnte. Aber sie unterließ es.

Und schließlich fragte sie: »Du hast hier ja einen recht aufregenden Skandal erlebt. Wie steht es neuerdings mit Parkin und der pflichtvergessenen Gattin, wie du sie nennst?«

»Die pflichtvergessene Gattin hat vierzehn Tage friedlich gesessen. Vor ein paar Tagen ist sie wieder erschienen, anscheinend mit Geld. Ich weiß nichts Näheres. Die Wahrheit zu gestehen, ich bin der Sache etwas überdrüssig.«

»Und ist Parkin fort?«

»Er wird am Samstag gehen. Inzwischen hat er den zahmen Joe und einen zurückgekehrten Kanadier, der Albert heißt, angelernt. Hoffentlich sind sie augenblicklich an der Arbeit – die Fasane machen sich dieses Jahr sehr gut.«

»Sind denn alle drei im Wald? So viele...«

»Wahrscheinlich nicht. Zur Abwechslung sitzt Parkin jetzt

vielleicht. Ich habe mich nicht erkundigt.«

»Er ist im Gefängnis – warum denn?«

»Je nun ... ach, ich habe es so satt ... weil er sich vorigen Sonntag mit Marsden regelrecht gerauft hat.«

»Wer ist Marsden?«

»Marsden ist der glückliche Grubenarbeiter, der die pflichtvergessene Gattin hinausgeworfen und sie jetzt anscheinend wieder bei sich aufgenommen hat, weil ihm sonst niemand sein Abendessen kocht.«

»Und weshalb sind sie aneinander geraten?«

»Wer?«

»Parkin und Marsden.«

»Wie das zwei Hunde zu tun pflegen, wegen eines spröden Weibchens, nehme ich an.«

»Und was war das Ergebnis?«

»Was die sportliche Seite des Kampfes betrifft, so habe ich keine Ahnung. Ich hörte nur, daß sie die Sonntagnacht in sicherem Gewahrsam verbracht haben. Aber Parkin soll gestern abend wieder im Walde seiner Arbeit nachgegangen sein. Ich bin am Samstag mit ihm fertig.«

»Und was wird aus ihm werden?«

»Danach habe ich nicht geforscht. Er wird wohl Arbeit finden.«

Constance hörte mit ihren Fragen auf. Clifford war müde, und offenbar hatte Parkin ihn beleidigt. Jedenfalls hegte er für den Mann keine wärmeren Gefühle mehr. Clifford war so. Er konnte seine Gefühle auslöschen, wie man eine Kerze löscht, und sie, wenn es ihm paßte, wieder anzünden. Soweit man bei ihm tatsächlich von Gefühlen reden konnte. In vitalem Sinne kannte Clifford keine Gemütsbewegungen. Er hatte Gefühle, wie er Kleider hatte, um seine nackte Absicht zu verhüllen. Nachdem er Parkin als Arbeitskraft los war, nachdem der Mann sich seinem Willen widersetzt oder ihn in seiner Selbstachtung verletzt hatte, blies Clifford nun die Kerze aus, die in seinem Bewußtsein und seiner Gefühlswelt den Wildhüter darstellte, und es war kein Parkin mehr vorhanden. Das war durchaus endgültig. Für Clifford gab es keinen Parkin mehr. Die Kerze war nicht nur ausgeblasen, sie war auch eiskalt und wurde in den Abfalleimer zu anderen Kerzenstummeln geworfen, zu den erstorbenen Gefühlen für Menschen, die es in Cliffords Geisteswelt nicht mehr gab.

»Aber er hat dir sehr treu gedient«, sagte Constance.

»Gewiß. Und jetzt zieht er es vor, nicht mehr für mich zu arbeiten, und teilt mir mit, daß er keines Menschen Diener ist.«

»Warum?«

»Wer weiß den Grund? Auf jeden Fall gehört er zu den Unzufriedenen. Vermutlich fühlt er sich zu gut dazu, einem Herrn zu dienen.«

»Er hat deinen Rollstuhl immer sehr freundlich geschoben.«

»Findest du?«

»Ja. Findest du das nicht?«

»Er hat meinen Rollstuhl geschoben, das stimmt. Er konnte kaum anders, wenn ich ihn darum bat. Was die Freundlichkeit betrifft, mit der er es getan hat, so weiß ich nur, daß ich davon nie etwas gemerkt habe.«

»Das solltest du aber doch.«

»Was?«

»Du solltest es wenigstens *wissen,* wenn die Menschen dir Gefälligkeiten erweisen.«

»Ich bitte sie nie um Gefälligkeiten.«

»Aber Clifford! Schau dir doch mal Field an. Er ist die Gefälligkeit in Person.«

»Hoffentlich nicht. Er bekommt für die kleinen persönlichen Dienste, die er mir leistet, zehn Shilling Zulage in der Woche.«

»Aber die Art, wie er es tut, und er freut sich so...«

»Mein liebes Kind, dann erlebt er seine eigene Freude. Ich habe keine Lust, meine Gefühle mit denen meiner Dienstboten zu vermischen.«

»Du solltest sie zumindest bemerken.«

»Im Gegenteil, sie zu bemerken, ist der größte Fehler, den ein Herr im Umgang mit seinen Dienern begehen kann.«

»Parkin war kaum ein Diener.«

»Gut! – sagen wir also, Wildhüter. Du springst von Field zu Parkin wie ein Hase in seinem Lauf. Und warum setzt du dich übrigens nie so stark für die weiblichen Dienstboten ein?«

»Ich würde es, wenn sich eine Gelegenheit böte.«

»Gelegenheit! Gelegenheit! Mein liebes Kind! Es hat nie eine Gelegenheit gegeben, die nicht geschaffen wurde.«

»Ich werde die alte Mrs. Parkin aufsuchen.«

»Tue das, wenn es dir Spaß macht, noch mehr abscheuliche Dinge zu hören.«

»Man wird mir keine abscheulichen Dinge erzählen. Aber ich will sie fragen, was Parkin tun wird, wenn er uns verläßt.«

»Spiel du nur die leutselige Gutsherrin, wenn es dich freut.«

»Ja, ich werde jetzt gehen.«

»Nimm den Wagen.«

»Nein, ich gehe zu Fuß.«

Sie ging also zu Fuß hin, an dem heißen Juliabend, während die Grubenarbeiter in Gruppen herumstanden oder auf dem Randstein saßen. Sehr wenige beachteten sie. Keiner zog den Hut. Nur einige Kaufleute und der Lehrer verbeugten sich unterwürfig – und auch dann waren es nur die Ladenbesitzer, bei denen sie einzukaufen pflegte. Die andern übersahen sie genau so wie die Grubenarbeiter, doch keineswegs auf unfreundliche Weise. Es machte ihr nichts aus, an all den Arbeitern vorbeizugehen. Ihre blassen Gesichter waren nicht ungut, ebensowenig ihre ungeschlachten, leicht verkrümmten Körper. Eine gewisse besondere Wärme drang mit dem Geruch der Grubenkleider von ihnen zu ihr: eine gewisse Kraft.

Die alte Mrs. Parkin sah sauber und ordentlich aus, nur ihr Gesicht war rot von der Hitze. Die kleine Küche war heiß wie ein Ofen. Es roch hier gut nach frisch gebackenem Brot.

»Oh, Lady Chatterley! Ich hörte, daß Sie verreist waren.«

»Ja, ich bin zurück. Darf ich hereinkommen?«

»Sie werden bei lebendigem Leibe rösten – es ist gerade Backtag, und mit zwei Männern, die kein Brot vom Bäcker essen wollen...«

Constance setzte sich. Die alte Frau wartete, um zu vernehmen, weshalb sie erschienen war.

»Geht Parkin fort?« fragte Constance.

»Sie meinen Oliver?«

»Ja.«

»Er hat's im Sinn, glaub' ich.«

»Wohin geht er denn?«

»Davon hat er nie was verraten.«

»Wo ist er jetzt? Im Wald?« Sie hatte seine genagelten Stiefel und seine Ledergamaschen in einem Winkel unter dem Sofa erspäht.

»Nein. Er hat sich hingelegt. Er geht heute abend hinaus.«

»Könnte ich mit ihm sprechen?«

Constance wurde das Herz in der Brust plötzlich weißglühend, und sie glaubte ohnmächtig zu werden.

»Je nun... er ruht sich 'n bißchen aus, eh' er hinausgeht. Haben Sie ihm was von Sir Clifford auszurichten, was Besonderes?«

»Nein. Aber ich würde ihn sehr gern einen Augenblick sprechen.«

»Also, ich weiß nicht, ob er mit Ihnen sprechen mag, die Wahrheit zu sagen. Er hat einen ganz geschwollenen Mund, und zwei Zähne fehlen ihm, wo der dicke, brutale Grubenarbeiter ihm eine langte. – Aber Marsden wird sein Leben lang schielen, so haben wir wenigstens einen Trost.«

Die alte Frau war aufgestanden. Sie wandte sich Constance zu: »Soll ich ihn trotzdem rufen?«

»Ja, bitte.«

»Soll ich sagen, daß Sie da sind? – Ich kann mich nicht verbürgen, daß er kommen wird.«

»Ja, sagen Sie ihm, daß ich da bin.«

Die Alte ging ins Hinterzimmer und öffnete die Türe zur Treppe.«

»Oliver! Oliver!« rief sie verdrossen.

Constance hörte von oben ein Knurren.

»Lady Chatterley ist gekommen und möchte mit dir sprechen. Stehst du auf?«

Constance hörte die entfernte Stimme scharf rufen: »Wer?«

»Lady Chatterley! Sie ist in der Küche. Kommst du runter? Sie wartet.«

Als Antwort vernahm sie einen Anprall an der Decke oben.

»Er kommt«, sagte die alte Frau, die in die Küche zurückgekehrt war.

Constances Herz hämmerte heftig, und sie fühlte sich schwach.

»Wie heiß es ist«, murmelte sie.

»Heiß genug, ohne an einem solchen Tag noch backen zu müssen«, erwiderte die Alte. Und mürrisch ergriff sie ein altes, verbeultes Eisenblech, das glänzend gewichst und blank wie ein Schild war, und hängte es an die Ofenstäbe vor das Feuer. Constance ahnte nicht, wie vertraut Oliver das Klirren des kleinen metallenen Feuerschirms war. Sie hörte seine bestrumpften Füße die knackende Treppe herunterstapfen, und sie saß reglos.

Als er durch die Verbindungstür trat, erhob sie sich unwillkürlich. Sie sah ihn nur mit einer gewissen Angst an. Er hielt den Kopf gesenkt und schaute sie von unten her an, so daß sie seinen Mund nicht sehen konnte. Dann durchquerte er die Küche und setzte sich in den Männerarmstuhl neben dem Feuer, wobei er sein Gesicht von ihr wegwandte und sie nicht anblickte.

»Ich bin erst heute zurückgekommen«, sagte sie, mühsam Atem holend.

Er drehte sich langsam in seinem Lehnstuhl herum, sah sie an und zeigte ihr sein ganzes Gesicht. Sein Mund und die rechte Wange waren blau verschwollen, von dem struppigen Schnurrbart fehlte ein Stück. Aber sie gewahrte nur die harte, beinahe feindliche Frage in seinen Augen und die besonderen kleinen Flecken der Unbelebtheit auf seinen Wangenknochen, die von innerer Not herrührten.

»Sie wollen uns verlassen?« fragte sie, immer noch nervös bei der Türe stehend.

Er blieb sitzen und blickte sie an; er war sich seiner Verunstaltung bewußt. Aber seine Stimme kam rauh und stark.

»Ach, das!« sagte er hart.

»Haben Sie schon eine andere Stelle?«

»Die werd' ich bald haben«, gab er mit der gleichen rauhen Stimme zurück.

»Wo? Wohin wollen Sie gehen?«

»Nach Sheffield«, antwortete er – und er schien sich in seiner rauhen Ferne auf der anderen Seite des Mondes zu befinden.

»Was wollen Sie tun?«

»Ich? Was ich tun will?«

»Ja. Was für Arbeit wollen Sie annehmen?«

»Was für Arbeit? Ich werd' einen Lastwagen fahren, mit einem Mann, der im Krieg mein Kamerad war.«

Seine Stimme war so rauh, und seine Zunge schien dick, so daß sie nicht gewußt hätte, daß er es war, der da sprach.

Sie blieb stehen, und er blieb sitzen; seine Füße in den grauen Strümpfen standen weit voneinander entfernt, und er wandte das Gesicht dem beschirmten Feuer zu. Er streckte die Hand aus, und mit einer schnellen, katzenpfotigen Bewegung packte er den Messinggriff des Schirmes und hakte ihn von den Ofenstäben los. Aber er verbrannte sich daran und ließ den Schirm klirrend fallen. Die alte Frau nahm hastig ein Tuch, bückte sich und hob ihn auf.

»So ein Blödsinn, einen glühendheißen Schirm anzufassen!« sagte sie. »Wenn du dich verbrannt hast, ist's deine eigne Schuld.«

Aber er antwortete nicht. Er starrte jetzt in die Glut der heißen, rotglühenden Kohlen, die den Ofen zur Hälfte füllten.

»Werden Sie am Samstag gehen?« fragte Constance.

»Oder am Sonntag«, antwortete er, doch seine Stimme war nun dumpf.

»Ich habe Ihnen ein seidenes Taschentuch aus Frankreich mitgebracht, um Ihnen dafür zu danken, daß Sie mich im Frühling, als es mir nicht gut ging, die Fasanenküken füttern ließen«, sagte sie zu ihm, und sie geriet beim Sprechen ein wenig außer Atem. »Soll ich es Ihnen in die Hütte bringen?«

Er wandte sich plötzlich zu der Alten und sagte zu ihr mit der nachgeahmten Würde, die der gewöhnliche Arbeiter seinen weiblichen Familienmitgliedern gegenüber herauskehrt: »Mutter, geh zu Goddard, und hol mir ein Päckchen Tabak.«

Er kramte in seiner Hosentasche nach Geld. Sie nahm es verdrossen entgegen und murrte, weil sie für ihn Besorgungen machten mußte. Aber sie ging, wie sie war, angetan mit der Schürze, auf die Straße hinaus.

Er wartete, bis sie fort war. Dann sagte er mit leiser, spöttischer Stimme: »Du hast wohl alles von der Geschichte, die so viel

Staub aufgewirbelt hat, gehört, was?«

»Ich habe davon gehört. Es tut mir leid.«

»Ha! Was zum Nachdenken.«

Seine Augen waren hart und unnachgiebig, aber auf seinen Wangen, auf den Backenknochen, waren weiße Fleckchen, die sie mehr bekümmerten als sein verletzter und geschwollener Mund und die fehlenden Zähne, die ihre Lücke zeigten, wenn er mit schwerfälliger Zunge sprach.

»Ich...« stammelte sie, »es betrübt mich so sehr. Ich möchte nicht, daß du fortgehst.«

Er ließ den Kopf hängen, und sie sah die Adern an seinen lokker baumelnden Händen hervorstehen. Dann schüttelte er den Kopf ein ganz klein wenig, indes er aufblickte.

»Ich kann jetzt nicht mehr bleiben«, sagte er.

Es war die Endgültigkeit des Schicksals, und Constance nahm sie hin.

»Aber soll ich nicht noch einmal zu dir in die Hütte kommen, bevor du fortgehst?« fragte sie. »Soll ich heute abend kommen?«

Die Härte in seinen Augen verdunkelte sich zu Not, während er sie anblickte.

»Das darfst du nicht tun«, sagte er traurig, als ob er mit einem Kinde redete. »Man kann nicht wissen, wer mir jetzt folgt. Nein, das darfst du nicht tun.«

Er sprach mit einer gewissen traurigen Milde, als hätte er es mit einem Kinde zu tun, das ihn nicht verstand, und als wäre er selber betäubt.

»Aber ich möchte nicht, daß du von mir fortgehst. Ich würde Clifford verlassen und mit dir leben, wenn du mich haben magst«, sagte sie zu ihm.

Er schaute sie an, dann äugte er ängstlich ringsum. Dann erhob er sich und ging zu der geöffneten Türe, die über den kleinen Ziegelsteinhof auf die Straße führte. Im vollen Lichte war sein Gesicht jämmerlich.

Er drehte sich um und antwortete mit leiser Stimme: »So was würdest du doch nicht tun, wie?«

Sie sah in seine harten, ziemlich traurigen Augen.

»Ich würde zu dir kommen, wenn du es wünschst«, sagte sie.

Seine Augen wurden allmählich weich, aber immer noch waren sie von Not getrübt. Und er schüttelte den Kopf.

»So was darfst du nicht tun, weißt du. Von dir redet man nicht. Du mußt dich aus der Sache halten«, erwiderte er in freundlichem Tone, immer noch wie zu einem Kinde sprechend.

»Aber du hast mir so gefehlt, als ich fort war. Ich will nicht mein ganzes Leben lang auf dich verzichten«, stöhnte sie.

Seine Augen betrachteten sie, voller Staunen, ob sie das wirklich ernst meinte. Als er dann plötzlich das sanfte, liebliche Flehen ihres Antlitzes wahrnahm, geriet sein Herz alsogleich in Flammen, die die steife Maske seines Gesichts und seiner Seele quälten. Sie sah das Licht in seinen Augen aufspringen und zusammenfallen.

»Du kannst einen wie mich nicht wollen«, sagte er ungläubig.

»Machst du dir nichts aus mir?« fragte sie mit dem sonderbaren Stöhnen.

Erschrocken blickte er sie an. Er fürchtete sich davor, sich etwas aus ihr zu machen.

»Ich! Was hat's für einen Zweck, wenn *ich* mir was aus dir mache?« gab er zurück.

»Hab mich lieb! Hab mich lieb!« stöhnte sie.

»Weiß Gott!« begann er mit seinem alten Ruck. »Willst du das?« Die alte impulsive Leidenschaft ergriff ihn wieder.

Sie konnte nur nicken, nicken, nicken.

Gebannt gab er einen tiefen Seufzer von sich. Er wußte es! Und er wollte es nicht wissen.

»O mein Gott!« stieß er hervor. »Wenn man nur wüßte, was man tun soll! – Du mußt mich allein lassen, verstehst du.«

»Kann ich nicht zu dir kommen?« sagte sie immer noch mit dem sonderbaren Stöhnen.

»Wann?« fragte er und blickte ihr in die Augen.

Sie sah das plötzliche leichte Zittern über ihn gehen.

»Heute abend! In der Hütte!«

Er schaute in ihre Augen, und ein lustiges Licht gleich einem Lächeln war in seinen Augen erschienen. Dann ging er zur Türe und spähte die Straße hinunter. Er drehte sich wieder um.

»Da kehrt meine Mutter zurück«, sagte er mit gedämpfter

Stimme, warnend, doch unbekümmert. »Ja, komm, wenn du magst. Aber komm nicht vor Mitternacht. Und wenn vorher irgendein Kerl im Wald ist, jag' ich ihm eine Kugel in den Leib. Komm, wenn du magst. Ich werd' dort sein.«

Sie schaute zu ihm auf.

»Ich will es versuchen«, murmelte sie.

Die alte Frau tauchte in dem kleinen Hof auf.

»Da hast du deinen Tabak, und da ist ein halber Penny zurück.«

Er nahm beides ohne ein Wort.

»Also, wenn ich irgend etwas für Sie tun kann, so wird es geschehen, und Sir Clifford ist gewiß auch dazu bereit«, sagte Constance und ging durch die Türe.

»Ja, danke!«

»Guten Abend!«

Sie war fort und überließ es ihm, seiner Mutter nach Belieben Erklärungen abzugeben.

»Was wollte sie?« fragte die Mutter.

»Wissen, ob ich Arbeit hab'.«

»Sicher! Und was sonst?«

»Nichts weiter.«

Die Alte sah ihn an.

»Na ja«, sagte sie, »du bist ein Schöner, das bist du.«

Er beachtete sie nicht.

Wirklich, das heiße, trotzige Blut erwachte in ihm, und er fand, wenn Constance es darauf ankommen lassen wollte, so sollte sie es nur tun.

17

Sie verbrachte mit Clifford einen ruhigen Abend, aber sie waren nicht in Einklang. Sie stellte bei ihm einen gewissen Dünkel fest, und er verübelte ihr eine gewisse schwere, übersättigte Rührseligkeit. Er erzählte ihr, daß Linley, der Grubenleiter, sich zur Ruhe setzen würde, und daß sie einen jüngeren Mann, einen Mann mit Tatkraft und Willen, gefunden hätten.

»Er wird etwas mehr Zucht in den Betrieb bringen. Ankurbelung und Zucht, das brauchen wir. Diese Einschränkungsmethoden müssen aufhören.«

Constance glaubte an die Einschränkungsmethoden selber nicht. Gleichzeitig erkannte sie, daß in Clifford ein neuer nackter Wille erwachte, der von den Menschen Arbeit *erzwingen* würde. Er war geschickt, fast unheimlich geschickt. Wenn andere für Produktionseinschränkung waren, so war er für Ankurbelung. Und wer würde gewinnen?

Mit Bewunderung, aber auch mit Abneigung betrachtete sie die hellblauen Augen ihres Mannes. Er war schließlich eine Art Roboter, und sie stimmte mit seiner Willensbejahung nicht überein.

»Glaubst du denn, daß dieses Verhalten sich bewähren wird?« fragte sie.

»Was für ein Verfahren, um genau zu sein?«

»Das Verfahren der Unterdrückung.«

»Es soll niemand unterdrückt werden. Zucht! Wenn du Zucht Unterdrückung nennst. Die Gruben müssen sich bezahlt machen, oder aber die Arbeiter leiden Hunger. Und wenn die Gruben sich bezahlt machen sollen, müssen die Leute dafür arbeiten wie alle andern auch. Sie *müssen*. Und wir werden darauf sehen, daß sie's tun.«

»Aber du machst dir doch in Wirklichkeit gar keine Gedanken, ob sie Hunger leiden oder nicht.«

»Nein? Und wenn das nicht meine erste Überlegung ist, so laß es ihre sein. Sie müssen sich unter meine Herrschaft beugen, oder sie werden zum Schluß am Hungertuch nagen.«

»Vielleicht ziehen sie das vor.«

»Hunger leiden? Damit wäre bewiesen, was für Dummköpfe sie sind, und daß sie ihren Willen nicht haben dürfen.«

Sie schwieg eine Weile.

»Ich glaube an diese Art Herrschaft nicht«, sagte sie dann trotzig.

»An was für eine Art glaubst du denn?« fragte er vernichtend.

»Es muß doch irgendeine Annäherung geben. Man muß füreinander etwas fühlen.«

»Wer, um genau zu sein?«

»Du und die Arbeiter. Ihr müßt euch näherkommen und als Menschen berühren. Was notwendig ist, das ist eine Herzenswärme zwischen euch.«

»Aber, mein liebes Kind, wir sind keine Frauen. Wir sind Männer. Und die Herzenswärme, wie du es nennst, muß sich wie die Wärme des Schweißes in harter Arbeit ausdrücken. Man kann nicht mit Gefühlen Kohlen schürfen, vor allem nicht, wenn es sich um ein armes Flöz handelt.«

»Ich glaube, daß man es kann«, sagte sie.

»Oh, schön!« Er hob die Hände. »Es ist nicht dein Begräbnis, verstehst du!«

Sie fielen in Schweigen, und der Abend wurde lang und niederdrückend, weil sie einer entgegengesetzten Strömung folgten.

»Was hast du abends gemacht, als ich fort war?« erkundigte sie sich.

»Ich habe ziemlich viel gearbeitet. Und manchmal ist Spencer, der neue Ingenieur, gekommen. Er ist ein sehr gescheiter Bursche, und ihm liegt die Bergwerksarbeit im Blut.«

»Und ist Mrs. Bolton mit allem fertig geworden?«

»Glänzend. Sie weiß sehr gut, was ich brauche.«

Constance machte eine Pause. Dann sagte sie: »Und was *sie* braucht. Wenn sie so gut weiß, was *du* brauchst, warum weißt du dann nicht, was sie braucht?«

Er schwieg und starrte sie an.

Schließlich antwortete er: »Weil mich das überhaupt nichts angeht, Connie.«

Sie sagte, daß sie müde sei und zu Bett gehen wolle.

Falls ein Willenskampf stattfinden mußte, so wollte auch sie kämpfen, wenn auch nur mit ihrer schwerfälligen Passivität. Und sie war nicht auf seiten Cliffords, der einen solchen Dünkel hatte.

Sie kam hinunter und saß im Mondschein in ihrem kleinen Salon, dessen Fenstertüren in den Garten hinausführten. Beinahe überwältigend duftete es hier nach Jelängerjelieber. Um elf Uhr ging sie einfach in den Garten und von da in den Park. Der Mond schien hell.

Am Waldtor war niemand, und er befand sich auch nicht in

der Hütte. Sie hatte ihren Schlüssel bei sich. In der Hütte war das Lager, das er jetzt benutzte; es bestand aus getrocknetem Farnkraut und zwei Wolldecken. Sie setzte sich einen Augenblick hin. Dann schlüpfte sie, als sie draußen das helle Mondlicht sah, ruhelos aus ihrem Kleid und begab sich nackt in die kühlen Schatten hinaus; sie atmete tief, weil sie frisch sein wollte. Sie fühlte sich schal und unfrisch.

Der Hund kam auf sie zugelaufen, und sie hörte den Schritt des Wildhüters. Nackt bis auf ihre dünnen Schuhe trat sie ihm im Mondlicht entgegen.

»Ich bin wohl etwas zu früh gekommen?« sagte sie.

Er antwortete nicht; er fürchtete sich vor ihr.

»Dreh den Kopf ins Mondlicht«, sagte sie zu ihm. »Laß mich dich anschauen.«

Er tat, wie geheißen, und zart berührte sie seinen verfärbten, geschwollenen Mund. Er erstarrte ein wenig. Sie schob seine Lippe herunter und gewahrte die wunde Stelle, wo ihm zwei Zähne ausgeschlagen waren. Er war wirklich verunstaltet. Sie fühlte sich niedergedrückt, doch sie küßte seinen geschwollenen Mund.

»Mein Geliebter!« murmelte sie. »Ich bin so wütend! Du auch?«

»Ich bin wütend genug«, erwiderte er.

»Zieh dich auch aus«, bat sie, »und sei mit mir nackt. Wir sind so wütend. Zieh dich aus und sei nackt und wütend mit mir.«

»Und wenn jemand kommt?«

»Den erschießen wir.«

Er ging in die Hütte und zog die Joppe aus. Er hatte sich beeilt und war heiß. Aber er streifte die Joppe sorgsam ab, weil die eine Schulter ihn schmerzte.

»Tut es dir weh?« fragte sie.

»Ja, es tut weh, wenn ich den Arm stark bewege.«

Tatsächlich roch er nach einem Einreibemittel. Ihr wurde der Geruch jetzt bewußt.

»Ich würd' sie besser nicht ausziehn«, sagte er zögernd. Er meinte seine übrigen Kleidungsstücke.

»Doch, bitte! Tu's! Ich möchte es so gern.«

Er trat nackt mit ihr in den Mondschein, und sie sah bei ihm die blauen Stellen an Armen, Brust und Hüften.

»Tun sie weh?« fragte sie.

»Ach«, versetzte er ungeduldig, »'n bißchen.«

»Du riechst nach Ellimans Tinktur.«

»Das glaub' ich gern.«

»Findest du mich schön?« fragte sie und stellte sich nackt und weiß ins Mondlicht. Ihm erschien sie durch die Schatten, die er an Stelle ihrer Augen wahrnahm, gespenstisch.

»Man sollt's meinen«, antwortete er unverbindlich, ohne jegliches Gefühl.

Sie lachte. »Du findest mich gar nicht schön«, sagte sie. »Kein bißchen. Und ich finde dich auch nicht schön. Wir sind Adam und Eva, nackt und wunschlos im Paradies. Aber es macht mir nichts. Ich habe Gefallen an uns, wie wir sind.«

Sie pflückte Blumen und steckte einige in die Haare auf seiner Brust, einige in die Haare unterhalb seines Nabels. Und sie legte sich Jelängerjelieber-Zweige rund um die Brüste.

»Schau mich an!« sagte sie. »Sehe ich hübsch aus?«

»Bildschön siehst du aus«, antwortete er lächelnd.

»Stell dir vor, wir würden so durch Tevershall gehen! – Warte, du verlierst deine Blumen!« Sie befestigte langstielige Blumen um seine Hüften und seinen Hals. »Stell dir vor, wir gingen so durch Tevershall! Was meinst du, was die Leute dann sagen würden?«

»Ha!« stieß er hervor. »Nichts Angenehmes.«

»Nicht wahr? Ich wünschte, wir könnten es tun! Und ich wünschte, ich könnte alle mit diesem Gänsefliederzweig ins Gesicht schlagen, weil sie keine Nacktheit haben, wie es sein sollte – deswegen hasse ich sie.«

Sie ließ den Zweig durch die Luft sausen und schlug ihn leicht auf den Leib und die Beine.

»Tut dir das weh?« fragte sie.

»Nein!« gab er lachend zurück.

»Ich staube dich ab. Ich mache dich sauber.« Und sie fuhr fort, ihn sacht mit den Blättern des Gänsefliederszu schlagen.

»Deine Art, abzustauben!« sagte er und lachte, da die Blätter ihn kitzelten.

»Ich hasse sie alle.«

»Du haßt sie?«

»Ja! Ich hasse sie alle, weil sie nicht nackt sein können wie der Mond. Sieh dir den Mond an!« Sie legte die Hände unter die Brüste und hielt sie dem Monde hin. »Küsse mich, Mond! Küß mich!«

Er gewahrte sie weiß und fest, mit vollen Hüften, wie sie ihren Leib dem Monde darbot.

»Du bist eine Wunderliche«, bemerkte er.

»Sag du es dem Mond! Sprich mit ihm!«

Er breitete plötzlich die Arme zum Himmel aus.

»Ja, komm«, sagte er. »Komm runter!«

Aber sie warf sich ihm unvermittelt in die Arme, und er fühlte ihre kühle Frische an seinem Leib und dazwischen die Jelängerjelieber-Zweige. Und das Blühen der kühlen, jasminartigen Schönheit erfüllte ihn wie mit einem anderen Bewußtsein; ihre Schönheit nahm von seinem Körper vollständig Besitz.

»Gib dich mir! Gib dich mir ganz«, bat er weich.

Sie küßte ihn und hing an ihm.

»Ich bekomme ein Kind«, murmelte sie. Sie spürte das Innehalten und das Sinken in ihm.

»Warte auf mich«, murmelte sie. »Liebe mich und halt mich fest und warte auf mich. Ich werde dein Kind bekommen.«

Sie fühlte den langen, langsamen Rhythmus seines Atems, und sie schmiegte sich dichter an ihn.

»Halt mich fest«, murmelte sie. »Halt mich!«

Er hielt sie eng an sich gedrückt, umfing sie mit den Armen und blickte über ihr Haar zu dem weißen Monde empor.

»So 'n Mensch wie du«, sagte er, »ist mehr wie der Mond als wie diese Welt.«

»Aber meine Welt ist die wirkliche Welt. Tevershall ist nicht wirklich. Die Leute dort sind nicht wirklich, alle miteinander nicht. Nur der Mond ist wirklich, und du und ich. Sag, daß ich für dich wirklich bin!«

Flehend klammerte sie sich an ihn.

Er ließ den Arm über ihren straffen, kalten Rücken gleiten, und das seidige, kühle Gefühl der Schönheit, *ihrer* Schönheit nahm ihm eine Weile sein Weltbewußtsein.

»Nur du bist wirklich«, flüsterte er.

Sie zitterte vor Wonne. »Ja! Der Mond! Und die Blumen! Und du!« beharrte sie. »Der Wald ist wirklich. Der Himmel ist wirklich. Bloß die Menschen sind nicht wirklich.«

»Mag sein«, antwortete er, »mag sein, daß sie's nicht sind.«

Dies war das Zugeständnis, das sie von ihm wünschte. Sie zitterte wieder.

»Du hast kalt«, sagte er.

Er führte sie in die Hütte, und sie legten sich auf sein Lager, in eine Decke gehüllt. Und sogleich fiel sie in tiefen Schlaf. Er hielt sie in den Armen, dachte und fühlte, wie er als Knabe gefühlt, wenn er im Bett gelegen und den Mond durchs Fenster gesehen und das unbestimmte große Vertrauen in der Seele gefühlt hatte. Jetzt erfüllte es seine Seele mit derselben weiten Stille. Und er lag so, daß er Tevershall den Rücken kehrte, gleichgültig gegen das ganze Leben, wie es da draußen war. Irgendwie schloß er im Kreis seiner Arme den ganzen Himmel ein, das ganze andere Leben, die große lebendige Stille. Er hegte jetzt keinen anderen Wunsch, als die lebendige Stille einzuatmen. Er scherte sich nicht um Tevershall und die hinter ihm liegenden Tage.

Er schlief nicht. Und als der Morgen dämmerte, weckte er sie. Sie war warm wie in einem Nest, zusammen mit ihm; er hatte die Decken und seine Joppe über sie gebreitet, und sie hatte in vollständiger Bewußtlosigkeit geschlummert. Nun mußte er sie wecken, und der Morgen war kalt.

»Du mußt gehn«, sagte er. »Joe und Albert kommen bald.«

»Ich mag nicht fort von dir.«

»Nein, aber du mußt gehn.«

»Ich möchte zu dir kommen und mit dir leben«, sagte sie.

»Vielleicht können wir's möglich machen«, erwiderte er ruhig.

Sie blickte ihn genau an. In seinem Gesicht war immer noch die stille, weiche Entfaltung gleich einer frischen, empfindsamen Blüte. Gerade dieser Ausdruck, unbewußt und ungreifbar, erfüllte sie mit toller Liebe zu ihm. Er war so verwundbar, wie eine wehrlose Blume, in reinen lebendigen Blütenblättern und in Duftverströmen.

Und in all der empfindsamen Entfaltung eine tiefe Ruhe der Macht, der Macht, zu leben und das Leben in Fluß zu bringen. Auf die Länge war er der Herr, weil mit ihm das Leben war. Und Clifford hatte, obwohl er über einen teuflischen Willen und eine ebensolche Gescheitheit verfügte, die Weichheit und das Geheimnis des Lebens verloren.

Aber augenblicklich hatte Clifford die äußerliche Macht noch in Händen, und Parkin war machtlos.

Dann verließ sie ihn, während er ihr mit geweiteten und besänftigten Augen nachschaute; und sie wandte sich noch einmal, um das Geheimnis und die Macht darin zu sehen. Sie lächelte ihm zu, und er nickte, doch ohne zu lächeln. Er wartete wieder auf sein Schicksal.

18

Sie hatte mit ihm verabredet, ihn am folgenden Tage zu treffen; das war Freitag, sein letzter Tag im Walde. Am Samstag wollte er sich seinen Lohn holen und nach Sheffield reisen, und dann sollte der unbekannte Albert das Waldhaus beziehen. Albert war Schotte und hatte in Neuseeland ein Mädchen aus Tevershall geheiratet. Wegen des Krieges waren sie heimgekehrt. Sie hatten fünf Kinder, die allesamt im Waldhaus untergebracht werden sollten. Das war alles, was Constance wußte.

Es herrschten Hitze und Ruhe, als sie nachmittags in den Wald ging, um Parkin zum letztenmal zu treffen. Wie schnell ihr Waldidyll ein Ende gefunden hatte! Wie bald er und sie aufgehört hatten, zwischen den Bäumen ein Heim zu haben!

Auf der großen Schneise kam er ihr entgegen. Sein Hund lief auf sie zu.

»Was wirst du mit Flossie machen?« fragte sie.

»Ich laß sie bei Albert – sie wird für ihn Wache halten.«

Sie bogen in den Pfad zur Hütte ein. Als sie zur Lichtung gelangten und auf die Eiche zusteuerten, sagte sie: »Laß uns unsere beiden Nägel anschauen.«

Er folgte ihr. Die beiden Nagelköpfe waren, zwar etwas rostig, genau wie früher. Sie legte die Finger darauf.

»Seite an Seite!« sagte sie und blickte ihn an.

»Ja«, antwortete er, das Gesicht wegwendend.

Sie betrachtete ihn. Er schien sich von ihr zurückzuhalten. Sie ging weiter und ließ sich auf dem Holzklotz bei der Hütte nieder. Er zog seine Joppe aus und setzte einige Fallen instand.

»Wo wirst du in Sheffield wohnen?« fragte sie ihn.

»Zuerst bei Bill Tewson – das ist mein Kriegskamerad, der damals einen Lastwagen bei der Artillerie fuhr.«

»Was tut er jetzt?«

»Er ist Lastwagenchauffeur bei den Jephsonschen Stahlwerken.«

»Und wirst du das auch werden?«

»Er sagt, er würde mich irgendwo unterbringen. Und wenn dann eine Chauffeurstelle frei wird, krieg' ich sie. Aber erst muß ich Arbeiter werden.«

»Schwere Arbeit!« sagte sie und blickte zu ihm auf.

»Ja – was denn sonst, wenn man seinen Lebensunterhalt verdienen muß?«

»Warum läßt du mich nicht einen kleinen Hof für dich suchen? Dann könnte ich zu dir kommen und mit dir leben.«

Er schwieg eine Weile und bastelte an den Fallen herum. Schließlich richtete er sich auf und sah sie an.

»Bist du sicher, daß du ein Kind bekommst?« fragte er.

»Ja, ich glaube«, murmelte sie.

»Und du willst nichts mit mir zu tun haben – du weißt schon, was ich meine –, während es unterwegs ist?«

»Ich finde es besser, du nicht auch?«

Er antwortete nicht sogleich. Dann sagte er: »So ist's bei den Tieren; drum denk' ich, daß es richtig ist.«

»Ja«, gab sie sanft zurück, froh, daß sie ihre Freiheit haben sollte.

»Weißt du, daß ich meine Scheidung beantragt hab'?« bemerkte er.

»Ja. Wann kommt die Sache zur Sprache?«

»Nicht vor September. Und dann dauert's noch mal 'n halbes Jahr. Es wird wohl April werden, bis alles in Ordnung kommt.«

Sie schaute ihn an – und es wurde ihr teilweise bewußt, was er meinte.

»Ja, ich möchte so was nicht noch mal erleben.«

Sie fand abermals, daß er ein Fremder sei. Er hatte etwas Hartes und Entschiedenes.

»Wir dürfen also nicht zusammenleben, solange du nicht geschieden bist?« murmelte sie, immer zu ihm aufblickend. Seine rotbraunen Augen mit den kleinen Pupillen sahen scharf in die ihren. Heute war er hart und auf seine eigenen Dinge gerichtet. Sogar der verletzte und geschwollene Mund ließ ihn nur noch entschlossener erscheinen.

»Nicht vorher, was auch geschieht«, versetzte er. »Ich muß sie loswerden, wenn ich weiterleben will. – Aber du! Du willst ja gar nicht mit mir leben.«

»Warum denn nicht?« sagte sie sanft.

Sein Gesicht hatte einen besonderen Ausdruck des Widerwillens, wie ein Hund, der voll Abscheu die Nase rümpft.

»Warum nicht? Du weißt's recht gut. Du hast mich gehabt – du weißt, was für einer ich bin. Es wird ein Jahr dauern, bis du mich wieder willst – *dafür.* Und du magst nicht mit mir *leben.* Was hat das für 'n Sinn? Du bildest dir das bloß ein.«

»Aber weshalb sollte ich nicht mit dir leben wollen?«

»Weshalb? Weil du niemals einen vornehmen Herrn aus mir machen wirst, ebensowenig wie aus Flossie.«

»Du wirst ein so vornehmer Mann sein, wie ich es mir wünsche.«

Er wandte sich ihr mit der jähen gefährlichen Bewegung zu, die sie immer zusammenzucken ließ.

»Ha!« sagte er. »Und wenn ich's nicht sein werde! Ich werd's sicher nicht werden, denn ich hab' nicht die Absicht, so einer zu werden.«

Der besondere Ausdruck bösartigen Widerwillens runzelte sein Gesicht. Sie beschaute ihn von oben bis unten und gewahrte in ihm einen Feind ihrer Hoffnungen.

»Aber ich will ja gar nicht, daß du ein vornehmer Herr wirst. Ich möchte, daß du ein gewöhnlicher Mann bist.«

»Ja, ein gewöhnlicher Mann! Und was ist mit dir? Willst du

'ne gewöhnliche Frau werden?«

»Ich kann es versuchen«, antwortete sie, unschuldig zu ihm aufblickend.

Mit einer Gebärde der Ungeduld warf er Kopf und Schultern zurück.

»Was du nicht sagst!« rief er. »Das ist nichts als Dummheit! Du bist 'ne Dame, du bist mehr Dame als Frau – wie kannst du das ändern? Du bist keine gewöhnliche Frau, wirst's nie sein können. Ebensowenig wie ich 'n Herr sein könnte. – Aber wie stellst du dir das eigentlich vor, mit mir zu leben? Wie stellst du dir das vor?«

»Nun, ich dachte, wir könnten einen Hof pachten... einen hübschen kleinen Hof... oder etwas anderes, wenn du das lieber hättest...«

»Mit wem seinem Geld?«

»Mit meinem. Ich habe jährlich dreihundert.«

In Wirklichkeit betrug ihr Einkommen fünfhundert Pfund im Jahr. Aber sie hielt es für besser, eine geringere Summe anzugeben.

»Das wären sechs Pfund in der Woche?«

»Ja. Etwas mehr. Davon könnten wir leben. Und wenn wir einen Hof oder sonst etwas hätten, würdest du noch dazuverdienen.«

»Zwei Menschen sollten wohl mit sechs Pfund in der Woche auskommen. – Und was würdest du von mir halten, wenn ich von deinem Geld leben tät'?«

»Ich würde viel weniger von dir halten, wenn du mein bißchen Geld zwischen uns kommen lassen würdest.«

Er sah sie lange Zeit scharf an. Dann schüttelte er den Kopf.

»Du machst dir selbst was vor, weißt du«, sagte er. »Du meinst, du könntest ein nettes kleines Nest für mich zurechtmachen und mich reinsetzen und alles nach deiner Vorstellung schön halten. Und dann sagst du: ›Komm!‹, wenn du willst, daß ich kommen soll und ›Fort mit dir!‹, wenn du mich nicht willst, und schnurrst, wenn dir wohl zumute ist, und sagst was andres, wenn's dir nicht gefällt. – Aber das würde niemals gut ausgehn. Ich muß der Mann in meinem Hause sein. Und du müßtest meine

Herrin sein, ganz gleich, wo du wärst – außer vielleicht in Kanada, wo du's 'n bißchen sein lassen könntest. Aber ich mach' mir nichts mehr aus Kanada.«

Zornig und unbeholfen hielt er inne.

Sie blickte zu ihm auf, und ärgerliche Röte brannte auf ihren Wangen.

»Und was ist mit deinem Kind?« fragte sie. »Willst du ihm nicht wenigstens ein Heim bieten?«

»Ha!« Er warf den Kopf zurück. »Das ist deins. Wenn ein Kind kommt, gehört's dir. – Und Sir Clifford, wenn er's will.«

Die Röte brannte tiefer auf ihren Wangen.

»Du meinst, weil du jetzt kein Vergnügen mehr an mir haben kannst, möchtest du mich los sein... du magst dich nicht mehr mit mir befassen... du willst nach Sheffield durchgehen oder sonstwohin und frei sein? Vielleicht gehst du nicht einmal nach Sheffield! Vielleicht hast du im Sinn, nach Kanada zu gehen und alles von dir abzuschütteln.«

Er sah sie lange Zeit sonderbar an.

»Ach nein«, sagte er schließlich, »ich weiß nicht, wozu Lügen gut sind. Ich geh' nach Sheffield, um in einem Stahlwerk zu arbeiten, und ich bin froh, wenn ich in der Woche fünfzig Shilling verdien'. Das werd' ich tun. Du bist 'ne Dame und an das Leben einer Dame gewöhnt...«

»Ich will kein damenhaftes Leben. Ich möchte kochen und backen und waschen lernen. Wenn wir ein Häuschen hätten...«

»Ja«, sagte er traurig, »weil's dir so paßt, mag sein. Aber wenn du dein Leben lang dazu gezwungen wärst, würd's dir nicht gefallen. Nein, du würdest dich nach Schloß Wragby zurücksehnen. Sag nichts! Du weißt nicht, was das heißt, und wirst's nie wissen: 'ne Arbeiterfrau zu sein und eine Familie bestenfalls mit drei Pfund in der Woche durchzufüttern. Ich wünsch' dir nicht, daß du erfährst, was das heißt.«

»Was weiß ich nicht? Was heißt es denn?« fragte sie stolz.

»Es heißt Plackerei und Schufterei und Sparen und Sorgen und von der Arbeit verbraucht werden – und *unten* sein.«

»Warum fürchtest du dich so für mich, wenn ich selber keine Angst davor habe?«

»Weil ich besser weiß, was das heißt. Du hast nie in einer Arbeiterküche gelebt…«

»Großer Gott! Dann habe ich eben woanders gelebt. Du redest, als ob eine Arbeiterküche ein dunkler Ort wäre wie die Folterkammer der spanischen Inquisition. Hast du sie denn so schrecklich gefunden?«

»Ich nicht. Aber du würdest sie schrecklich finden.«

»Woher weißt du das?«

»Weil ich's weiß.«

»Ach!« rief sie. »Alle Männer sind gleich. Sie sind alle ritterlich, wenn es sich darum handelt, eine Frau vom Leben zurückzuhalten.«

»Es ist so«, entgegnete er rauh, »du bist oben, und ich bin unten. Du glaubst, wenn du 'n ganz klein bißchen runtersteigst, kannst du mich weit raufziehn. Wenn ich den Mund halten würd', könntest du mich rumkriegen. Zum Teufel!« Er blickte ihr plötzlich in die Augen. »Ich will nicht höher rauf, als ich bin. Ich will nicht. Nicht wegen meiner Frau oder wegen sonst was. Ich will mit deinem Geld nicht die Leiter raufklettern. Ich will bleiben, wo ich bin. Ich will nichts von dir.«

Sie wurde blaß. Hier hatte sie es mit einer Halsstarrigkeit und Unzugänglichkeit zu tun, so schlimm wie alles, was ihr bei Clifford begegnete.

»Aber… aber warum hast du dich dann mit mir eingelassen?« stammelte sie.

»Du wolltest es ja«, versetzte er roh.

»Und du etwa nicht?« rief sie.

Er drehte sich um und schaute sie an.

»Ja!« sagte er langsam, weich. »Ja! Es war schön. Ich weiß es. – Aber ich kann's nicht leiden, daß du 'nen vornehmen Herrn aus mir zu machen versuchst. Der Unterschied zwischen uns ist zu groß. Ich will nicht raufklettern. – Und ich will nicht, daß du runterrutschst. Ich will's einfach nicht.«

»Was willst du denn sonst?« rief sie.

»Laß es sein! Laß es sein! Laß mich nach Sheffield gehn und eine Stelle finden – und laß uns dann sehn.«

»Aber wenn ich hier weiterleben muß, wird das Kind Clifford

gehören!« rief sie.

»Na schön! Dann hat's ein gutes Elternhaus – gefällt dir das nicht?«

»Kümmert es dich gar nicht? Kümmert dich dein eigenes Kind nicht?« fragte sie in zorniger Verwunderung.

»Mich? Nein!«

»Aber du bist unnatürlich!«

»Es wird dein Kind sein. Du wirst's haben.«

»Gesetzmäßig wird es aber Cliffords Kind sein. Und wenn ich später zu dir kommen will, kann er es mir fortnehmen.«

»Laß es ihn haben, wenn er's will. Vielleicht ist er's noch so gern los, wenn er erfährt, wer der Vater ist.«

»Hassest du Clifford?«

»Ich? Warum soll ich ihn hassen?«

Flossie ließ ein leises Bellen hören und lief den Pfad entlang.

»Das wird Albert sein«, sagte Parkin gedämpft. Und er fuhr mit der Instandstellung der Fallen fort.

Auf dem Pfade erschien ein großer, sauber rasierter Mann mit fest zusammengepreßtem Mund und harten, scharfen Augen, die den halben Erdball gesehen hatten, ohne groß Anteil zu nehmen. Er kam linkisch, doch mit dem Hochmut des Kolonisten herbei. Parkin stand da und wartete auf ihn. Albert lüftete den Hut ein wenig, unbeholfen, aber mit der besonnenen Selbstzufriedenheit des Hinterwäldlers.

»Gnädige Frau, das ist der neue Wildhüter, Albert Adam.«

»Guten Tag«, grüßte Constance. »Sind Sie schon ins Waldhaus eingezogen?«

»Am Montag, gnädige Frau.«

Der Mann stand aufmerksam da und hielt sich mißtrauisch etwas abseits.

»Vorigen Montag?« erkundigte sich Constance.

»Jawohl, gnädige Frau.«

»Glauben Sie, daß Ihre Frau sich dort wohl fühlen wird?«

»O ja, gnädige Frau, sicher!«

»Sie kennt Schloß Wragby von früher her, gnädige Frau«, erklärte Parkin. »Ihr Vater war hier zu Sir Geoffreys Zeiten Gärtner.«

»Und Sie«, sagte Constance zu dem neuen Angestellten, »Sie waren in Neuseeland, nicht wahr?«

»In Neuseeland und in Kalifornien, gnädige Frau.«

»Und kommt Ihnen England nun sehr klein vor? Ich nehme an, daß Ihnen dieser Wald wie nichts vorkommt?«

»Es kommt einem Mann sehr oft vor, als ob er wieder gegen einen Zaun anrennt«, erwiderte der neue Wildhüter. »Aber wenn das Land klein ist, so sind doch viele Menschen da.«

»Ja, wahrhaftig!«

Es entstand eine verlegene Pause.

»Ich geh' dann nachher zum neuen Gehege«, sagte Parkin.

»Abgemacht!«

Der neue Angestellte lüftete den Hut und schritt wortlos von dannen.

»Was hast du mit deinen Möbeln gemacht?« fragte sie Parkin.

»Einige hat meine Mutter – der Rest ist verkauft.«

»Du hast also dein Heim aufgegeben?«

»Allerdings!«

Er sah sie neugierig an.

»Gefällt dir unser neuer Wildhüter?« forschte er.

»Ja. Er scheint einfach und ehrlich zu sein.«

»Oh, ich glaube, daß er ein rechter Mann ist – wenn man seine Aussprache ertragen kann.«

»Willst du mir deine Adresse in Sheffield aufschreiben?«

»Jetzt?«

»Ja.«

Er holte seine Joppe und kramte einen Zettel und einen Bleistift hervor. Er schrieb die Adresse auf: Mr. W. H. Tewson, Blagby-Straße 47. Er gab Constance den Zettel.

»Meinst du, daß ich dich mal besuchen könnte?« sagte sie. »Ich könnte ganz einfach als Lady Chatterley kommen, die einen der Leute aufsucht, die auf ihrem Gut gearbeitet haben. Vielleicht an einem Nachmittag für eine halbe Stunde.«

»Dann müßt's ein Samstag sein. Ich werd' Bill fragen, wenn's dir recht ist.«

»Und schreib mir mal einen Brief«, bat sie.

Er zögerte.

Dann entgegnete er: »Ich würd' besser nicht schreiben.«

»Schick den Brief an Hilda nach Schottland; sie sendet ihn mir dann nach. Willst du das tun?«

»Ja«, sagte er zaudernd.

Sie schrieb ihm die Adresse auf.

»Und nun leb wohl«, sagte sie, und Tränen schossen ihr in die Augen.

Er wurde blaß. Dann beugte er sich vor und küßte sie sacht.

»Ja, wir werden uns bald wiedersehn«, sagte er leise.

»Ich wünschte, du gingest nicht fort! Ich wünschte, du wärest noch in deinem Häuschen und wir hätten den Wald für uns! Ich brauche dich so sehr, magst du auch davon reden, daß ich eine Dame bin, und was dergleichen ist. – Brauchst du mich nicht auch ein bißchen?« fragte sie.

Er zog seine Joppe an.

»Wenn alles anders wär'!« antwortete er. »Wenn alles anders wär', dann müßten wir, du und ich, vielleicht nicht so weit voneinander getrennt sein.«

»Aber warum müssen wir denn jetzt so weit voneinander getrennt sein?«

»Weil's ist, wie's ist. Hoch und Niedrig, und Niedrig und Hoch – das ist weiter auseinander als Kalifornien oder Neuseeland, wie du an Albert Adam sehn kannst. Ja, es ist ungefähr so weit voneinander getrennt wie Leben und Tod.«

»Aber das ist dumm. Wir beide sind nicht so weit voneinander getrennt.«

»Nein, in dieser Minute nicht. Wo werden wir in einer Stunde sein?«

»Dann bin ich in Wragby.«

»Und ich geh' heim zu meiner Mutter nach Tevershall. Ich glaube, wenn ich *wollte,* könnte ich ebensogut ein feiner Herr sein wie 'n andrer – wenn ich wollte.«

»Aber natürlich – besser!«

»Nur will ich nicht, das ist's.«

Er blickte sie unglücklich an, doch bis zu einem gewissen Grade stand ihm sein Schicksal im Gesicht geschrieben.

»Ich weiß bloß, daß ich dich liebe«, sagte sie. »Ich kann nicht einsehen, wieso andere Dinge zählen.«

»Sie zählen«, nickte er. »Oh, sie zählen! Und ich möchte nicht mal, daß du versuchst, 'nen feinen Herrn aus mir zu machen – ich möcht's nicht.«

»Aber ich würde es ja gar nicht versuchen.«

»Du könntest nicht anders.«

Sie schüttelte betrübt den Kopf. Es schien alles so hartnäckig nebensächlich, wie bei Clifford, nur eben das andere Extrem.

»Also leb wohl. Wirst du mir schreiben?«

»Ja, ich schreib' dir.«

»Und darf ich dich besuchen?«

»Ich werd' Bill fragen.«

»Und wenn es bei ihm nicht geht, dann irgendwoanders in Sheffield, in einem Park oder in einem Café. Versprich es mir!«

»Gut, gut«, sagte er ausweichend.

»Du willst mich in Wirklichkeit gar nicht«, klagte sie.

»O doch, ich lieb' dich wirklich. Aber wenn zwischen zwein eine große Entfernung besteht, was ist dann Liebe? – Aber wir sehn uns dann in Sheffield wieder.«

Und ein kleines Licht zuckte in seinen Augen, als er dies sagte, und er lächelte sie schwach, aber vertraulich an. Sie winkte und ging. Er bewirkte, daß ihr gereizt und niedergedrückt zumute war. Die Umstände bedeuteten seinem dummen Männerverstand so viel. Für sie galt nur das Gefühl. Aber sie glaubte, daß er, ob er es nun wußte oder nicht, sie liebte, und daß er ohne sie nicht würde leben können. Trotz allem, was er gesagt hatte, würde ihn etwas zu ihr ziehen.

19

Zwei Wochen verstrichen. Der Bankfeiertag, der erste Montag im August, der für Constance den Kriegsausbruch bedeutete, ging auch vorbei. Dann erhielt sie einen Brief von Parkin. »Liebe Lady Chatterley, meine Freunde, das Ehepaar Tewson, würden sich freuen, wenn Sie am Samstag zum Tee herkommen könnten, falls Sie mögen. Hochachtungsvoll O. P.«

Das war wirklich eine kalte Mitteilung, vor allem das »Hochachtungsvoll O. P.« Constance war beleidigt, und am liebsten hätte sie geantwortet: »Lieber Mr. Parkin, leider mag ich nicht. Verachtungsvoll C. C.« Aber das wäre wohl ungeschickt gewesen, und sie wußte nicht recht, was sie machen sollte. Deshalb schrieb sie an Mrs. Tewson: »Liebe Mrs. Tewson, haben Sie herzlichen Dank für Ihre Einladung zum Tee. Ich komme am nächsten Samstag, wenn es Ihnen recht ist, gegen halb fünf. Mit besten Empfehlungen...«

Doch auch nachdem sie den Brief abgeschickt hatte, empfand sie noch Zorn. Was fiel dem Manne nur ein! War das seine Art und Weise, zu zeigen, daß er kein vornehmer Herr war?

Gleichwohl fuhr sie am Samstagnachmittag nach Sheffield. Die Fahrt dauerte nicht länger als eine Stunde. Sie gewahrte weiter vorne die Rauchdecke, die verhängnisvoll aussah. Constance hatte Angst vor etwas, vor etwas, das in der Atmosphäre dieser reizlosen Stadt lag. Sie spürte eine häßliche Feindschaft.

Trotzdem machte sie ihre Einkäufe und suchte den Arzt auf, bei dem sie sich angemeldet hatte. Er war ein geschickter, allgemein geschätzter Mann, und er behandelte sie mit großer Achtung. Er sagte ihr, daß sie schwanger sei, daß jedoch alles mit ihr zum besten stehe.

Ohne zu überlegen, nahm sie ein Mietauto, um sich zur Blagby-Straße fahren zu lassen. Der Chauffeur lehnte sich hinaus und fragte so nachdrücklich: »Wohin?«, daß sie zu stammeln begann. Er schien ein Weilchen nachzudenken. Dann rief er einem Kollegen zu: »He, Luke! Wo ist die Blagby-Straße?«

»Über die Stanswell-Straße hinaus – nach dem König Alfred – gleich nach der Krone.«

Der Chauffeur nickte und setzte den Wagen in Gang.

Die Blagby-Straße gehörte zu jenen steilen Straßen, wo die Dächer der festen Häuser zu beiden Seiten sich in zackigen Stufen bergauf ziehen. Steinhart war sie, und links und rechts reihte sich eine endlose Folge von rechteckigen Fenstern und Haustüren mit zwei Stufen. Der Chauffeur schaltete einen niedrigen Gang ein, und der Wagen keuchte mißmutig hinan. Nur wenige Menschen befanden sich auf der gräßlich steilen Straße, ein paar

Kinder, die große Marmeladebrote in der Hand hielten, da und dort ein Mann; die sonderbaren, geisterhaften Männer der Eisenwerke verschwanden in den kleinen Durchgängen zwischen den Häusern. Alle Türen und Fenster waren geschlossen, obwohl schönes Wetter herrschte. Aber es waren Salontüren und Salonfenster, was Constance nicht wußte.

Der Wagen hielt ganz oben. Ja, die hermetisch versiegelte Türe trug die Nummer 47. Die Fenstervorhänge aus Nottinghamer Spitzen waren steif. Bebend bezahlte Constance den Chauffeur, und währenddessen wurde ihr bewußt, daß sie noch nie in ihrem Leben eine solche Straße betreten hatte und noch nie in ihrem Leben in eins dieser sogenannten Häuser gegangen war, die ihr mehr wie Gehege irgendwelcher gräßlicher Tiere erschienen. Aber natürlich war es eine anständige Straße.

Sie klopfte, indes sie auf der obersten Steinstufe stand. Alle Leute hatten sich umgedreht, um sie anzuglotzen. Der Chauffeur fuhr weiter, und der Wagen erkletterte die teuflische Steile mit lautem Abscheu. Und endlich, nach einer grausam langen Zeit hörte sie, wie jemand die Haustür entriegelte.

Es war Parkin in Hemdsärmeln. Er sah müde, blaß und irgendwie gereizt aus.

»Sie sind zur Vordertür gekommen«, sagte er.

»Ja«, antwortete sie, ohne zu wissen, was er meinte.

»Wollen Sie nicht eintreten?«

Sie betrat den kleinen Salon, der mit einer »Garnitur« in grünem Mokett, einem schwarzen Klavier, verschiedenen Ständern mit Photographien, einem Grammophon und riesigen »Vergrößerungen« von Photographien ausgestattet war. Die Verbindungstür zum Nebenraum stand offen. Sie vernahm von dort ein Hin und Her und sah Kinder hereinäugen.

»Möchten Sie sich hier hinsetzen oder lieber ins Wohnzimmer gehn?« fragte Parkin.

»Ich möchte hier einen Augenblick sitzen.«

Sie ließ sich auf dem grünen Mokettsofa nieder und blickte ihn an. Wie müde er aussah, fast abgezehrt! Die Schwerarbeit war ihn hart angegangen nach seinem leichten Wildhüterdasein. Und er sah jetzt aus wie ein Arbeiter; früher hatte er anders ausgesehen.

Er hatte sich linkisch auf den Klavierschemel gesetzt und die Hände auf den Tisch aus nachgemachtem Palisanderholz gelegt. Sie erschrak, als sie seine vernarbten und geschwollenen, beinahe formlosen Hände wahrnahm. Sie waren so hurtig und leicht gewesen.

»Ihre Hände!« sagte sie entsetzt.

»Ach, das stört Sie«, gab er dumpf zurück, öffnete seine Hände und betrachtete die geschwollenen, entzündeten Schwielen.

Aber er schaute sie nicht an.

»Ist Ihnen die neue Arbeit sehr schwergefallen?« fragte sie.

»Es dauert 'n Weilchen, bis man sich daran gewöhnt«, gab er langsam zu.

»Aber warum müssen Sie sich denn daran gewöhnen?«

Er blickte ihr jetzt ins Gesicht.

»Das muß jeder Mann«, gab er zurück.

Sie sann nach. Jeder Mann! Für ihn war es jeder Mann. Für sie war es natürlich nur... nun ja, kein Mann, über den sie jemals nachgedacht hatte.

»Aber Sie brauchten es nicht«, sagte sie.

Er zupfte langsam an einer halbverheilten Daumenwunde herum und antwortete überhaupt nicht.

»Tun Sie das nicht!« sagte sie, und er sah schnell zu ihr auf, erschrocken wie ein bei einem Vergehen ertappter Bub.

»Ich bin ein Arbeiter wie alle andern auch«, sagte er ihr herausfordernd ins Gesicht.

»Ja... aber... möchten Sie das sein? – Möchten Sie solche Arbeit tun?«

»Oh, es wird alles gut werden, wenn ich erst mal 'ne Anstellung als Chauffeur kriege.«

»Wann wird das sein?«

Wieder beeilte er sich mit der Antwort nicht.

»Das weiß man nie. Vielleicht auf Neujahr.«

Wie schwerfällig er war! Wie zurückhaltend und aufreizend.

»Ich bin hier zum Arzt gegangen«, sagte sie.

Abermals warf er ihr einen raschen Blick zu. Er hatte wieder angefangen, hilflos an seiner Daumenwunde herumzuzupfen, wodurch er verriet, in welchem Zustand seine Nerven waren.

»*Sie* sind hingegangen!« erwiderte er, und sie vermutete, daß auch er beim Arzt gewesen war.

»Ja, er sagte, daß das Kind wahrscheinlich im Februar kommen würde. Er meint, ich bin jetzt ungefähr im dritten Monat.«

»Hast du es Sir Clifford schon mitgeteilt?« fragte er ganz leise.

»Noch nicht.«

»Ich habe nächste Woche meinen Scheidungstermin«, sagte er.

»Ja?« Und sie erkundigte sich nach einigen Einzelheiten. Sie erkannte, wieviel die Scheidungsangelegenheit für ihn bedeutete.

»Warum machst du dir solche Sorgen?« fragte sie gedämpft. »Sie wird dich sicher nie mehr belästigen.«

Er bewegte sich etwas steif und matt.

»Ich will sie auf jeden Fall los sein«, entgegnete er.

Es war, als hätte sich etwas in seiner Seele versteift und wollte sich nicht entspannen. Vielleicht fühlte er sich ungerecht behandelt; gewiß aber empfand er einen Zorn, der auch sie einschloß.

»Ja, es wird besser sein«, sagte sie sanft.

Eine eindringliche Stimme ertönte im Gang: »Ich hab' Tee gemacht.«

»Wir kommen!« rief er und stand auf. Dann zu Constance: »Wollen Sie bitte hinübergehn und mit uns Tee trinken?«

Sie spürte, daß ihm der Gedanke an diese Mahlzeit verhaßt war; er würde sich dabei wohl ein wenig schämen.

»Danke«, antwortete sie, »es ist sehr freundlich, daß man mich eingeladen hat.«

Er ging vor ihr durch den Gang, wo die Röcke und Hüte hingen, und wo sich unter der Treppe die Türe zur Vorratskammer dunkel öffnete. Die Türe zum Wohnzimmer war geschlossen. Er machte sie auf, und Constance gewahrte einen kleinen Raum, der voller Menschen schien, und einen übergroß wirkenden Tisch, der mit einem weißen Tuch und vielen glitzernden Gegenständen bedeckt war.

»Oh, guten Tag. Sie sind gewiß Mrs. Tewson«, sagte sie zu einer braunäugigen Frau, die ein recht auserlesenes braungelbes Seidenkleid trug.

»Das stimmt. Nur sprechen wir hier den Namen etwas anders

aus. Nun, wo möchten Sie sitzen? Sie müssen es sich bequem machen.«

Die Frau, die ein hageres Gesicht, aber hübsche dunkle Augen hatte, schob Constance einen Stuhl hin.

»Einen Augenblick, meine Damen, da bin ich noch!« rief ein Mann im Hintergrund. Er war mittelgroß, hatte ein blasses Gesicht, doch lebhafte, vielleicht ein wenig zudringliche graue Augen. »Guten Tag, Lady Chatterley«, sagte er und hielt ihr seine Hand hin. »Ich bin Tewson, allgemein Bill genannt! Freut mich, Sie kennenzulernen. Machen Sie sich's bequem, wenn's geht. Ich weiß, das ist in dieser Enge etwas schwierig.«

Constance drückte ihm die Hand, und sie lachte, weil sie nicht wußte, was sie sonst tun sollte. Er hatte eigentümliche hellblonde Haare, die von den Schläfen in die Höhe strebten.

»Und die Kinder. Sie müssen mich mit den Kindern bekannt machen«, sagte Constance.

Denn in einem Winkel im Hintergrund standen ein ungefähr elfjähriger Junge und zwei kleine Mädchen.

»Ja«, erwiderte die Mutter, »die Kinder müssen natürlich dabei sein. Ich versuchte sie fernzuhalten, aber blieben sie wohl weg? Nein, denn sie wußten, daß wir Besuch haben würden. – Komm, Harry, und zeig, daß du dich anständig benehmen kannst. Sag der Dame guten Tag. Komm, Dorothy! Komm, Marjory, mein Liebling!«

Constance drückte dem verwirrten, aber sittsamen Knaben die Hand und tätschelte den beiden Mädchen die Wangen. Die Kinder waren blaß und machten einen nervösen Eindruck, mit Ausnahme der Kleinen: des Lieblings Marjory!

»Sie ist wirklich ein reizendes kleines Mädchen«, bemerkte Constance.

»Die einzige, die ihrer Familie keine Schande macht«, sagte die Mutter.

»Oliver, sollten wir beide nicht lieber den Rock anziehn?« schlug Bill eindringlich vor.

»Das hab' ich ihnen längst gesagt«, erklärte die Frau. »Aber wenn sie eigensinnig sind, läßt sich nichts mit ihnen anfangen. Und bestimmt unterstützen sie sich gegenseitig. Seit wir Oliver hier haben – Mr. Parkin, wissen Sie –, gelte ich überhaupt nichts mehr. Was ich sag', ist alles in den Wind geredet.«

Bill hatte sich in den Gang begeben und die beiden Röcke geholt. Es gab ein aufgeregtes Hin und Her in dem kleinen Zimmer, bis alle ihren Platz eingenommen hatten. Constance saß neben Oliver. Der Liebling Marjory thronte in einem hohen Stuhle neben dem Vater, die beiden andern Kinder auf dem Sofa.

»Nicht viel Ellbogenfreiheit hier, wie?« sagte Mrs. Tewson. »Ich bitte Bill dauernd, uns eine größere Wohnung zu suchen, aber geradesogut könnt' man einen Berg versetzen. Bitte schön, nehmen Sie Milch und Zucker?«

Die Teetassen wurden herumgereicht. »Ich sehe, wie mein Mann diese kleinen Tassen scheel anschaut – er ist an eine große gewöhnt. Oliver – Mr. Parkin – ebenfalls; sie haben beide gern viel. Aber heut mußt du langsam trinken, mein Guter!« fügte Mrs. Tewson, zu ihrem Manne gewandt, hinzu.

»Du hast den Tee so stark gesüßt, daß ich ihn ohnehin nicht trinken kann«, erklärte Bill.

»Na, trink ein paar Schlucke, dann gieß' ich dir nach. – Was darf ich Ihnen reichen?«

Constance war etwas fassungslos. Auf dem Tisch gab es Büchsenlachs und gekochten Schinken, Pfirsich- und Erdbeerenkonserven, obwohl frisches Obst auf den Markt kam, dunkles Brot und Butter, Weißbrot und Korinthensemmeln – außerdem verschiedene selbstgemachte Kuchen und Backwerk.

»Essen Sie ein paar Erdbeeren! Oliver, bedien Lady Chatterley mit Erdbeeren, wenn's mit deiner Hand geht.«

Oliver tat sehr ungeschickt von den Erdbeeren auf.

»Na, wie finden Sie sein Aussehn?« erkundigte sich Mrs. Tewson.

Constance blickte ziemlich verständnislos drein.

»Ich meine Mr. Parkin. Wie finden Sie, daß er aussieht?«

»Oh, etwas abgespannt, finde ich«, antwortete Constance.

»Etwas abgespannt! Ja! Das glaub' ich gern! Es ist grauenhaft, wissen Sie, wenn man nicht dran gewöhnt ist. Den ganzen Tag mit dem Eisen umgehn, und überall hat's die scharfen Kanten, oh, das ist 'ne böse Arbeit für den Kräftigsten, und wenn man nicht dran gewöhnt ist, setzt sie einem schrecklich zu. Ich dachte schon, es würde schlimm mit ihm ausgehn, wo er die verrenkte Schulter hatte und seine Hände in einem Zustand waren, den Sie sich gar nicht vorstellen können. Aber jetzt hat er das Schlimmste überwunden, und er wird bald abgehärtet sein. Und Bill wird schaun, daß er ihm einen Chauffeurposten verschafft, sobald 'ne Stelle frei wird. Bill steht sich sozusagen fast wie einer der Fabrikleiter. – Bill, kannst du denn nicht auf das Kind aufpassen! Marjory, mein Liebling, nicht auf Mutters saubres Tischtuch – nein!«

Der Liebling Marjory leerte Tee und Büchsenlachs mit einem Teelöffel auf das schöne, weiße Tischtuch.

Das schöne, weiße Tischtuch, die funkelnden Glasschalen, die blitzenden Messer und Gabeln, das hübsche Porzellan – alles war ganz wunderbar fein! Constance staunte die ganze Zeit über die merkwürdige Tatkraft, die all dies zuwegebrachte. Nur der Dessertlöffel, mit dem sie die Erdbeeren aß, hatte einen leicht metallischen Geschmack.

Die größeren Kinder waren sehr brav. Bill achtete gelegentlich auf den Liebling Marjory, nahm ihre kleine Hand in seine große und wischte sie an ihrem Lätzchen ab. Dann widmete er sich wieder ausdauernd dem Mahle – denn es war ein Mahl für ihn und für alle andern auch. Beim Abendbrot aßen sie wohl nicht mehr viel.

»Sie trinken ja gar keinen Tee!« sagte Mrs. Tewson. »Ist er nicht nach Ihrem Geschmack? Oh, sie müssen essen, sonst meinen wir, daß es für Sie nicht gut genug ist.«

Constance geriet in Verlegenheit. Sie nahm sich eine Korinthensemmel.

»Wie geht's eigentlich in Tevershall?« fragte Bill. »Ich war nämlich mal dort, müssen Sie wissen. Jawohl! Da hab' ich bei Oliver im Waldhaus von Wragby übernachtet – nicht wahr, Oliver?«

»Ja.«

»Wirklich? Aber ich habe Sie nicht gesehen«, sagte Constance.

»Ne, ich hab' mich außer Sicht gehalten. Aber ich hab' Sie und Sir Clifford im Park gesehn. Es ist ein schöner Park, o ja! Aber das war, bevor Sie Oliver überhaupt beachteten.«

»Ach so«, erwiderte sie. Und es nahm sie wunder, wieviel der Mann wohl wußte – wieviel Oliver ihm verraten hatte.

»Die gnädige Frau hat mich nie beachtet, bis wir im Frühling die Fasane aufzogen – und dann schlossen wir gewissermaßen Freundschaft, wenn das nicht zuviel gesagt ist«, bemerkte Oliver ruhig.

»Und wenn jemand zu einer Frau freundlich ist, ob das nun eine Dame oder sonst wer ist, dann werden auch freundliche Gefühle in ihr geweckt. Und dann sind sie Freunde, wenn man so sagen darf«, erklärte Mrs. Tewson rundweg.

»Oh, ich denke doch, daß Parkin und ich Freunde sind«, erwiderte Constance.

»Ja, das denken Sie.« Die braunen Augen der Frau sahen sie schlau und scharf an.

Constance errötete. Es wurde ihr nicht bewußt, daß Mrs. Tewson gekränkt war, weil sie ihn »Parkin« genannt hatte. Für Mrs. Tewsons Ohren bedeutete das beinahe eine Beleidigung. Constance kehrte damit ihre Stellung hervor.

»Nun ja«, begann Mrs. Tewson nach einer Pause, »vielleicht ist eine Freundschaft zwischen Hoch und Niedrig möglich. Aber sie muß einseitig bleiben. Und es ist dumm, über solche Dinge nachzudenken.«

Das war eine Spitze gegen Oliver. Er fühlte sich unbehaglich.

»Erlauben Sie wohl«, sagte Bill zu Constance, verlegen auf seinem Stuhle hin und her rückend, »erlauben Sie wohl, daß ich Ihnen jetzt eine offene Frage stelle?«

»Aber gern!« antwortete Constance errötend.

»Meinen Sie, daß zwischen den Menschen auf der einen Lebensseite und denen auf der andern ein großer Unterschied besteht? Sie wissen doch, daß ich nichts Ungebührliches sagen möchte, nicht wahr? Schön. Also, finden Sie, daß zwischen Ihresgleichen und unsresgleichen ein großer Unterschied besteht? Sie sehn ja, wie wir sind – es liegt auf der Hand. Jeder weiß, wie wir sind. Wir sind einfach anständige Arbeiter. Es hätte gar keinen Zweck, was andres vorstellen zu wollen. Aber Leute wie Sie! Wir lernen euch nie kennen. Wir wissen nichts von euch. Wir wissen nicht, wie ihr seid! Und besteht ein großer Unterschied, finden Sie? Finden Sie den Unterschied groß?«

Er hatte seine Arbeiterhand ernst auf den Tischrand gelegt, lehnte sich vor und starrte sie mit großen, weitgeöffneten, staunenden Augen unter seinen ziemlich dichten, staunenden Brauen an. Es war ihm auf seine verwunderte, besorgte Weise ungemein Ernst.

»In Wirklichkeit nicht!« antwortete sie, unruhig einen ihrer Ringe drehend. Und gleichzeitig schrak sie in einer gewissen Furcht vor dem blassen, vorgestoßenen, weitäugigen, angespannten Gesicht, das sie so voll anstarrte, zurück.

»Ja!« sagte er und schlug auf die Tischkante. »In Wirklichkeit nicht! In Wirklichkeit, *in Wirklichkeit* sind wir alle gleich. Ich meine damit, daß unsere Gefühle ungefähr dieselben sind. Wir sind keine vornehmen Leute. Aber nehmen Sie die meisten unsrer Gefühle – die sind dieselben, nicht wahr? Unsre Gefühle sind größtenteils dieselben wie eure, nicht wahr? Ich meine nicht Sie persönlich, weil ihr Vater Maler war, und Künstler sind irgendwie freier. Deshalb versteh' ich auch, wieso Sie hierher kommen können – wohl was Neues für Sie, uns in unsern vier Wänden zu sehn. Aber Sir Clifford! Sir Clifford! Der ist nicht so frei wie Sie. Er gehört mehr zu den Hochmütigen, wenn Sie wissen, was ich meine. Ich meine... na ja, Sie wissen schon, was ich meine... er ist so'n richtiger Vornehmer. Sie kann ich besser verstehn, weil Sie die Tochter eines großen Künstlers sind...« Oh, wenn Sir Malcolm das hätte hören können! – »Aber nehmen Sie Sir Clifford! Seine Gefühle und meine Gefühle, sind sie sehr verschieden?«

Constance hatte während dieser Rede vielerlei gedacht. So! Sie vermuteten also hinter ihrem Besuch eine Art bohemehafter Neugier. Und sie nahmen das nicht übel, sie fanden sich damit ab. Und sie hegten nicht den geringsten Verdacht, daß sie Olivers Geliebte wäre. Der schlaue kleine Teufel, er hatte nicht den leisesten Argwohn aufkommen lassen. Sogar die Frau hegte keinen Verdacht. Sie meinten, dahinter steckten bohemehafte Neugier und Langeweile. Constance hätte ihnen am liebsten ins Gesicht gesagt: ›Ich bekomme ein Kind von diesem Oliver Parkin hier;

ich bin im dritten Monat.‹

Gleichzeitig war die sonderbare weiße Flamme des Ernstes auf Bills Gesicht ihr gegenüber rührend. Hatte er dieselben Gefühle wie Clifford? Guter Gott, nein!

»Ja«, antwortete sie mit ihrer sanften, ruhigen Stimme.

»He?« stieß er hervor. »Ja?«

»Ja!«

Er starrte sie mit den hellen, grauen, gespannten Augen eine Weile an, bis seine Spannung nachließ.

»Sie meinen also, es besteht tatsächlich ein Unterschied zwischen meinen Gefühlen und den Gefühlen solcher Männer wie Sir Clifford? Das meinen Sie?«

»Ja!«

»Tatsächlich? Und zwar ein großer Unterschied? Einer, der Bedeutung hat?«

»Ja.«

Er ließ sich langsam in seinen Stuhl zurücksinken; sein Gesicht war sehr blaß, wie verwirrt. Dann rieb er sich schnell die Stirne und fuhr sich durchs Haar, daß es in die Höhe stand. Hierauf ließ er ein sonderbares, rasches, tiefes, kleines Lachen hören, indes er halb wehmütig, halb spitzbübisch zu Parkin hinüberblickte.

»Das hast du mir auch gesagt«, bemerkte er.

Parkin antwortete nicht. Er kam Constance plötzlich wie ein aufgescheuchter Vogel vor.

»Was haben Sie ihm gesagt?« fragte sie.

»Ich?« Er schaute ihr in die Augen. »Ich sagte ihm, daß Leute wie wir und Leute wie Sie und Sir Clifford nicht in der gleichen Welt leben und nie leben werden.«

»Aber finden Sie, daß meine Welt sehr verschieden von Ihrer ist?«

»Ja!« versetzte er. Er steckte ein Stück Kuchen in den Mund und sprach, während er kaute. »So verschieden wie nur möglich.«

Sein Ton hatte eine sonderbare Bitterkeit und Schwere.

»Aber ist das notwendig?« fragte sie.

Er mahlte wie ein Ochse. Dann sagte er: »Ja, das muß so sein. Von Anfang an ist das so festgelegt.«

»Nehmen Sie doch noch eine Tasse Tee«, drängte Mrs. Tewson. »Die beiden Männer hier würden bestimmt den Teufel zu Boden reden. Sie lassen niemand aufkommen. Bill war schon früher schlimm genug, aber seit Mr. Parkin da ist, komm' ich überhaupt nicht mehr zu Wort, so sehr ich mich auch anstrenge. Lauter verrückte Ideen und...«

Bill blickte sie an, als ob sie ein Geräusch irgendwo weit draußen wäre. Er sah auch aus, als ob er einen Schlag erlitten hätte. Er lehnte sich auf seine gespannte Weise zu Constance vor.

»Laß das jetzt sein, Bill, und biet lieber etwas an, anstatt immerzu zu reden«, mahnte ihn seine Frau.

Er faßte sich für eine Sekunde, schaute unbestimmt rings um den Tisch, dann in Constances Gesicht und fragte geradezu: »Möchten Sie noch was essen?«

»Nein, danke vielmals.«

»Sind Sie fertig? Bestimmt? Seien Sie ehrlich!«

»Ich möchte wirklich nichts mehr, danke.«

»Alsdann! Wir wollen der Sache auf den Grund gehn. Sie sagen, es besteht ein Unterschied, ein großer Unterschied zwischen den Gefühlen eines Mannes wie Sir Clifford und eines Mannes, wie ich's bin. Und Oliver sagt, daß sogar Sie und er in verschiedenen Welten leben, wenn man es genau nimmt, obwohl Sie von Künstlern abstammen, die eigentlich alle Welten kennen; und Oliver... Oliver ist gar nicht so einfach, wie er aussieht. Nicht wahr, alter Freund?« fügte er neckend hinzu, indem er sich an Oliver wandte.

»Ich bin ein Narr auf meine eigne Art«, versetzte Oliver.

Bill brach in ein brüllendes Lachen aus, dann fiel er sogleich wieder in Ernst.

»Das sind wir alle – Narren auf unsre eigne Art«, erklärte er. »Aber was ich wissen möcht' – was mich beschäftigt – das ist die Frage, wie Menschen in ein und demselben Lande leben können – die gleiche Sprache sprechen – dieselben Zeitungen lesen und all das – und doch in ihren Gefühlen wirklich, *wirklich* verschieden sein können. Das wurmt mich. Nehmen wir also Sir Clifford. Er hat eine Frau. Und ich hab' eine Frau. Er hat seine Frau bestimmt gern! Und ich hab' meine gern – nicht wahr, Schatz, auf meine eigne Narrenart?« Er lachte schallend. »Na also! Na also, wo ist da der Unterschied, wo ist da der Unterschied?«

»Du hast den Klang deiner Stimme noch viel lieber als deine Frau«, fiel Mrs. Tewson ein.

»Ach, halt doch mal eine Minute den Mund!« entgegnete er und warf ihr einen Blick zu, als ob sie ihn veranlaßte, etwas zu verlieren. Dann wandte er sich wieder Constance zu. »Wo ist da der Unterschied?« beharrte er. »Besteht denn überhaupt ein Unterschied?«

Constance lachte über ihn und seine Hartnäckigkeit, mit der er sie in philosophische oder analytische Winkel trieb.

»Es besteht ein Unterschied«, sagte sie. »Aber es ist sehr schwer, ihn in Worte zu fassen.«

»Spielt er überhaupt eine Rolle? Hat er was zu bedeuten?« fragte er schnell.

»Deine Frau ist ein Teil von deinem eignen Fleisch und Blut. Sir Cliffords Frau ist ein Teil von seinem Besitz«, sagte Parkin rauh.

Constance schaute ihn in raschem Erstaunen an.

Bill betrachtete spöttisch seine Frau. »Ich könnte sagen, daß meine Frau auch ein Teil von meinem Besitz ist«, meinte er.

»Das könntest du, denn sie ist für dich eine gute Anlage«, bemerkte Mrs. Tewson trocken.

»Hört, hört!« rief er mit seinem schallenden Lachen.

Und es war sonderbar zu beobachten, wie er sogleich wieder in bestürzten Ernst fiel, schwerfällig ernst wurde und sich gewissermaßen schmerzvoll die Stirne rieb. Es machte ihm zu schaffen! Etwas tief in seinem Innern war bekümmert. Wie merkwürdig er war!

»Aber hat es denn etwas zu bedeuten, wenn die Menschen verschieden sind?« fragte sie.

»Es ist folgendermaßen«, antwortete Bill mit äußerster Milde. »In unserm Betrieb sind viele Sozialisten und auch viele Kommunisten, richtige Bolschewiken. Und sie behaupten, daß unsre Gefühle, die Gefühle von uns Arbeitern, und die Gefühle der Herren und Vorgesetzten zwei verschiedene Dinge sind. Sie sagen, daß wir füreinander fühlen, wenigstens bis zu 'nem gewissen

Grade. Aber die Herren, die fühlen nicht füreinander, sondern bloß für ihre eigne Tasche. Ist das nun wahr? Haben nicht Männer wie Sir Clifford doch Gefühle für ihre Mitmenschen wie die meisten von uns?«

»Oh!« sagte Constance. »Clifford ist sehr gütig.«

»Sicher. Auch seinen Grubenarbeitern gegenüber? Meinen Sie das?«

»Ja«, antwortete Constance langsam. »Bestimmt möchte er, daß es den Grubenarbeitern so gut wie möglich geht. Und bestimmt würde er jedem von ihnen, der in Ungelegenheiten geriete, helfen, soweit er könnte. Er ist sehr gerecht.«

»Da! Da! Hast du das gehört!« rief Bill in anklagendem Tone, indem er sich Parkin zuwandte. »Wenn ein Mann gerecht ist und anständig sein möchte, läßt sich nicht viel gegen ihn sagen.«

Es entstand eine Pause, während der Mrs. Tewson Marjory aus ihrem Stühlchen hob und ihr das Gesicht abwischte, und die beiden andern Kinder unter dem Tisch hervorkrochen, um zu entschlüpfen. Sie waren lange genug eingesperrt gewesen und hatten gegessen, soviel sie nur konnten.

»Denkt dran, Marjory, Dorothy, und geht nicht auf die Stanswell-Straße, wo all die Autos fahren. Habt ihr gehört?«

»Ja, ja.«

»Ich hab' eine Todesangst vor den Autos und Lastwagen und Motorrädern. Die sind nichts andres als Todesfallen für Kinder«, sagte die Mutter zu Constance.

»Sie sind sogar für Erwachsene schrecklich«, antwortete Constance. Und sie hatte das Gefühl, daß auch sie gehen sollte.

»Ja«, sagte Bill, der sich die Stirne gerieben hatte, »wenn die Menschen nur gerecht wären... wenn die Besitzenden gerecht und anständig sein wollten... na, ich kann's nicht ändern, was?«

»Wenn dir all die Grubenaktien gehören würden, die der Herzog von Oakwood hat, dann wäre es für dich nicht anständig, eine von ihnen aufzugeben, nicht?« fiel Parkin mit seiner sonderbaren, klingenden, rauhen Stimme ein, die in ihrem rauhen Klang irgendwie eine katzenartige Wollust hatte.

»Na ja, das ist was andres. Vielleicht wäre sogar der Herzog bereit, die Dinge 'n bißchen auszugleichen, wenn der richtige

Weg dazu gefunden würde.« Bill wandte sich an Constance und fragte naiv, aber listig: »Meinen Sie nicht auch?«

Constance, die den Herzog kannte, lachte.

»Meiner Meinung nach glaubt er nicht, daß der richtige Weg dazu jemals gefunden werden könnte«, erklärte sie.

»Sie meinen, er würde kein bißchen was hergeben, um 'nen Ausgleich zu schaffen?« fragte der ernste Bill.

»Er findet, daß der Ausgleich durch das, was er an Steuern zahlen muß, zur Genüge geschaffen ist«, erwiderte Constance.

»Das ist aber ganz was andres«, sagte Bill.

Sie wunderte sich über seine Ernsthaftigkeit. Und sie sah keinen großen Unterschied darin, ob man dem Herzog das Geld in Form von Steuern wegnahm, oder ob man ihm seine Grubeneinkünfte schmälerte.

»Wenn er es bloß fühlen würde«, fuhr Bill fort, »etwas dergleichen, das mein' ich. – Nun ja, wir sind heutzutage alle Menschen. Aber ich bin zufällig sehr reich, und viele haben nur den Lohn, den sie verdienen. Na, daran kann ich nichts ändern noch sonst jemand. Die Welt war schon so, bevor wir geboren wurden. Wir sind sozusagen nicht verantwortlich, keiner von uns. Aber vielleicht ist doch die Zeit gekommen, einen kleinen Ausgleich zu schaffen...«

Jetzt ließ Parkin ein lautes Fauchen hören wie ein Kater, und Constance lachte.

»Pff!« machte Parkin. »Halt an dich! Halt an dich! Einen kleinen Ausgleich schaffen! – Ach, die würden sich lieber hängen und vierteilen lassen als einen kleinen Ausgleich schaffen, ja, lieber das, als auch nur zugestehen, daß ein Ausgleich nötig wär'. Sie nehmen uns überhaupt nicht für Menschen. Das sind Redensarten! Verdammtes Geschwätz ist das! Sie meinen, wir sind nicht dasselbe wie sie. Sie meinen, wir sind nicht vom gleichen Fleisch und Blut. Und sie haben recht. Sie sind nichts andres als Fische, und was sie errafft haben, das wollen sie behalten, und wenn man sie in Stücke reißt, um's zu kriegen.«

Ein seltsamer, ruhiger, aber tödlicher Strom des Hasses kam aus dem ehemaligen Wildhüter. Er haßte Clifford und die vornehmen Herren, die auf Wragby seine Fasane geschossen hatten.

Er hatte sich durch sie beleidigt gefühlt, und er haßte sie. Constance hörte gereizt und niedergedrückt zu. Diese Art Haß ging ihr auf die Nerven.

»Aber geh! Sie sind Menschen wie wir«, sagte Bill. Seinen Worten mangelte jedoch die Überzeugung.

»Nein, das sind sie nicht! Sie sind wie Fische – da hat's dicke, rote wie Lachse, und langnasige, schmutzige wie Makrelen, und solche, durch die man beinah durchsehn kann wie beim Merlan, ja, und viele von ihnen sind überhaupt nur Bücklinge! Aber sie sind nicht... sie sind nicht...« Parkin schüttelte heftig den Kopf, »wie unsereins.«

Bill wischte sich müde die Stirne ab.

»So scheint's manchmal«, nickte er.

»Aber ganz sicher gibt es auch in der Oberschicht einige ganz menschliche Leute«, sagte Constance. »Die Arbeiter können doch nicht alle menschlichen Gefühle für sich in Anspruch nehmen. Denken Sie an Ihre eigene Frau. Denken Sie an Tevershall und die Leute dort – sie gehören zur Arbeiterschaft –, und denken Sie daran, wie wenig menschlich sie zu Ihnen waren!«

»Ja«, versetzte Parkin eigensinnig, »ich weiß, ich weiß.«

»Sie können doch gewiß nicht die Oberschicht für das Benehmen Ihrer Frau und der Leute von Tevershall verantwortlich machen!«

»Nein«, gab er zu. Und geistesabwesend zupfte er an seiner Daumenwunde herum.

»Lassen Sie doch Ihren Daumen in Ruhe!« sagte sie.

Er sah zu ihr auf. »Ja«, begann er mit der rauhen besonderen Stimme, die den metallischen Katerklang hatte, »die Arbeiter sind Teufel, und die Oberen sind 'ne andere Art Teufel. Aber bei den Arbeitern kann man sich mit der Teufelei auseinandersetzen. Und bei den Oberen kann man das nicht. Sie machen einem immer die Tür vor der Nase zu, und sie sind immer hinter der Tür und lachen einen aus.«

»Was für eine Türe?«

»Ja, das frag' ich Sie«, entgegnete er rasch.

»Sie meinen, sogar ich habe eine Türe?«

»Und haben Sie etwa keine?« gab er trocken zurück.

»Ich wußte nicht, daß ich sie vor... vor jemand zugeschlagen habe.«

»Oh, Sie können sie gar nicht aufmachen. Sie sitzen drinnen wie 'ne Katze auf dem Speicher, und sie ist nie geöffnet worden – seit Ihrer Kindheit.«

Aus der Spülküche, wo Mrs. Tewson das Geschirr abwusch, kamen klirrende Geräusche. Bill starrte Parkin in benommenem Staunen an, er verstand nur halb.

»Ich glaube nicht, daß das stimmt«, sagte sie.

»Doch!« antwortete Parkin. »Ihr habt lauter Türen, und ihr haltet sie sogar vor euch selber geschlossen. Und manchmal macht ihr eine auf, und manchmal zwei. Aber nie macht ihr alle auf, weder vor Gott, noch vor den Menschen, noch vor dem Teufel. Ihr müßt euch immer irgendwo einschließen, wo niemand euch erreichen kann.«

Sie schaltete eine Pause ein. Das war ein neuer Gedanke für sie.

»Aber man muß doch einen Ort haben, wo man allein sein kann«, sagte sie dann.

»Ja, das müßt ihr«, erwiderte er stumpf und glättete das Tischtuch mit seinen stumpfen, geschwollenen Händen.

Verletzt erhob sie sich. Wirklich, der Mann hegte stets einen Groll gegen sie.

»Ich werde wohl den Weg zur York-Allee finden?« sagte sie.

»Oh, Oliver wird Sie begleiten. – Ja, das war eine Seltenheit, mit jemand wie Ihnen zu sprechen. Sie sind 'n bißchen sozialistisch wie die Gräfin Warwick früher; deshalb werden Sie sicher keinen Anstoß nehmen, wenn wir zu weit gehn. – Kommen Sie wieder mal, ja?«

»Sehr gern.«

»Die beiden Männer reden viel! Und ich seh', daß auch Sie Gefallen am Diskutieren haben. Ich selber bin nicht so, ich halt' mich von hohen Dingen fern. Aber ich hoffe, daß nichts Sie beleidigt hat«, mischte sich Mrs. Tewson ein, die ihre Hände abgewischt und hastig die Schürze abgenommen hatte; nun stand sie wieder in ihrem schicken braungelben Seidenkleid da, das leider etwas sackartig an ihren ziemlich gebeugten Schultern hing. Im Gegensatz zu den beiden Männern hatte sie keine Haltung, das arme Ding. Sowohl Bill als auch Parkin trugen den Kopf aufrecht.

Schweigend ging Constance die rote Steinstraße entlang, Parkin neben ihr. Er trug einen marineblauen Anzug und einen schwarzen Hut und sah nicht *ganz* wie ein Arbeiter aus. Sein Gesicht hatte, wenigstens für sie, eine gewisse Stille und Ferne, die bitter wie Schönheit für sie war.

»Das sind nette Menschen«, sagte sie. »Ich bin froh, daß sie so einfach mit mir waren.«

»Wie sollten sie denn sonst sein?« entgegnete er.

Aber sie dachte an Lady Warwick. Lady Warwick! Sahen sie sie so an?

Sie saßen schweigend in der Straßenbahn, er mit seinen geschwollenen Händen zwischen den Knien. Er bezahlte den Fahrschein für sie, wobei er mit der Hand in der Hosentasche kramte, wie es die Arbeiter zu tun pflegen. Die Straßenbahn war überfüllt, und Constance fühlte sich sehr fremd. Diese Menschen waren ihr so fremd, als ob sie Zulus oder Eskimos wären – nein, noch fremder, weil sie noch unheimlicher wirkten.

Er trennte sich von ihr an der Ecke der York-Allee.

»Soll ich wirklich wiederkommen?« fragte sie.

»Wenn du magst.«

»Möchtest du nicht mal an einem Wochenende nach Wragby kommen? Wir könnten ein Stündchen in der Hütte sitzen.«

»Ich komm' nicht nach Wragby und auch nicht nach Tevershall, solange ich nicht geschieden bin.«

»Also gut! Dann komme ich nach Sheffield. Und wir könnten ein Taxi nehmen und übers Moor fahren, oder nach Buxton...«

Er antwortete nicht.

»Hättest du keine Lust?«

»Doch. Irgendwann mal.«

»Leb wohl!« sagte sie und streckte ihm die Hand hin.

Er drückte ihr zum erstenmal die Hand.

»Du mußt auf dich achtgeben«, sagte er, »und mach dir keine Sorgen, weißt du. Wenn ich erst geschieden bin...«

Sie wartete, aber er sprach nicht weiter. Sie war enttäuscht.

»Laß mich bestimmt wissen, wie es damit steht«, sagte sie.

»Ja, ich geb' dir Bescheid.«

Sie nahm noch einmal seine geschwollene Hand und wandte sich der Garage zu. Ihr Herz war traurig um ihn und um sie selbst. Aber sie freute sich auch. Und sie stieß einen Seufzer der Erleichterung aus, als sie den bescheidenen Luxus ihres Wagens um sich hatte und von all dem fortfuhr. Sie war froh, dort gewesen zu sein. Doch war sie auch froh, nun nach Wragby zurückzukehren. Sie hatte in der Stadt sorgsam alle ihre Besorgungen erledigt, und sie hoffte aufrichtig, daß sie für Clifford den richtigen Gegenstand, den er für seinen Radio-Apparat benötigte, eingekauft hatte. Denn er war jetzt sehr erpicht aufs Radio, versuchte immerzu Berlin, Frankfurt oder Madrid zu bekommen. Es bereitete ihm besonderes Vergnügen, in seinem Zimmer auf Wragby einen deutschen Vortrag oder eine Oper aus Paris zu hören.

20

Zur Jagdzeit fand sich eine ganze Gesellschaft zusammen. Clifford hatte Sir Malcolm eingeladen, aber der alte Herr blieb in Schottland. Doch traf eine beträchtliche Anzahl Verwandte und Freunde aus der Oxforder und Etoner Zeit ein. Constance genoß den Betrieb und auch die Gespräche. Allerdings reizte sie das Geknalle im Wald, und sie hegte einen Widerwillen gegen Fasane, die auf den Tisch kamen: sie dachte an die Tiere, die sie mit Parkin aufgezogen hatte. Es ekelte sie vor der nutzlosen Einfalt der Menschen, die die schönen, halbzahmen Fasane niederschießen konnten und das dann Sport nannten.

»Man kann doch nur von Sport reden«, sagte sie, »wenn das Ding, auf das man schießt, imstande ist, zurückzuschießen. Wenn die Fasane ein tödliches, kleines Gewehr unter den Flügeln hätten...«

»Du willst einen neuen Krieg«, unterbrach Sir Clifford sie brüsk.

Sie kamen neuerdings nicht sehr gut miteinander aus. Sie spürte immer mehr Cliffords stillen Willen, sie zu tyrannisieren.

Er wollte ihren Lebensstrom beherrschen, wie er es früher getan hatte. Aber da ihr Lebensstrom jetzt nicht mehr folgsam in dem von ihm vorgezeichneten Kanal floß, sondern ein eigenes natürliches Bett gefunden hatte, entstand natürlich ein Widerstreit, der sich freilich in der Hauptsache schweigend abwickelte.

Clifford hatte angefangen wieder auszugehen. Sie konnte es nicht ertragen, mit ihm zu fahren. Die Bewegung des Wagens wirkte ungesund auf seine Nerven; er wurde eigentümlich gespannt und reizbar, und manchmal pfiff er eine Stunde lang unbewußt wie ein Verrückter vor sich hin, während er gebannt aus dem Autofenster starrte. In der Stadt stieg er dann aus und schwang mit großen, fliegenden, stelzengleichen Schritten an seinen Krücken über die Straße; der Chauffeur lief neben ihm her, und Constance folgte voller Bestürzung. Die Aufregung, das Wagnis, das teils entsetzte, teils mitleidige Glotzen der Leute waren schlimm für Clifford. Die Folge war, daß er danach erschöpft und von nervöser Gereiztheit zerrissen liegen mußte. Doch ließ er davon nicht ab.

»Ich werde noch lange genug im Grabe ruhen«, entgegnete er, wenn Constance ihn drängte, friedlich daheim zu bleiben.

Und er wollte immer, daß sie mit ihm fuhr. Es wurde schließlich zu einer Qual für sie, neben ihm und seinen Krücken und seinen armen, abgestorbenen Beinen im Wagen zu sitzen, während das Laufen des Motors seine Nerven zu einer gewissen Raserei brachte und sein Gesicht, das wie das Zifferblatt einer Uhr wurde, nur noch die Grade nervöser Spannung verzeichnete und nach einer Zeit eine bestimmte Tollheit erreichte. Sie mußte endlich erklären, daß sie das Autofahren haßte, was der Wahrheit entsprach. So daß sie, wenn sie etwas Besonderes zu erledigen hatte, aus dem Hause ging, ohne es ihm zu sagen, und eine Mitteilung für ihn hinterließ.

Und wenn sie zurückkehrte, blickte er sie in seiner gespannten Art an und bemerkte: »Ich hätte mit dir kommen können.«

»Ja, sicher, Clifford, aber ich hatte so viele dumme kleine Besorgungen, die lange aufhalten. Das hätte dich nur ermüdet.«

Im Verlauf der Wochen wurde er immer gereizter und geistesabwesender. Das einzige, was ihn wirklich wachrüttelte, waren die Geschäfte. Handelte es sich um eine Frage der Kohlengrube, so wurde er lebhaft. Er verbrachte manchen Vormittag beim Bergwerk, und viele Abende saß der Generaldirektor, der Ingenieur oder der Grubenleiter bei ihm. Auch in seiner angespannten Sammlung auf die Kohlenindustrie war er wie ein Irrsinniger. Und wenn ein Streik drohte, oder wenn die Kohlenpreise fielen, schien er leichte Anfälle von Verfolgungswahn zu erleiden, als ob der Weltuntergang wirklich bevorstünde.

Die einzige Entspannung bot ihm jetzt das von ihm zuerst so sehr verachtete Radio. Er besaß einen sehr kostspieligen Apparat, und es gelang ihm, alle möglichen Sender abzuhören. Aber er hatte auch einen Lautsprecher, und dadurch wurde Constance das Leben zur Hölle. Er zog fortwährend blind und geistesabwesend die Uhr hervor, um nachzusehen, wie spät es war, weil er irgendeine Sendung nicht verpassen wollte. Es wurde ihm zur Leidenschaft, die fernsten oder schwierigsten Sender zu bekommen. Mitten in der Nacht vernahm Constance unheimliche Geräusche, und voller Schrecken fuhr sie im Bett auf. Dann fiel ihr ein, daß er New York zu bekommen versuchte, wo um halb drei Uhr nachts gesendet wurde.

Er dünkte sie kein menschliches Wesen mehr. Er nahm wirklich an nichts mehr Anteil außer an diesen beiden Dingen: Geschäft und Radio. Er war leidenschaftlich besessen von den Gruben, und seine merkwürdigen hellblauen Augen vertieften sich wie in einem Geheimnis, indes er Pläne machte. Und wenn alles sich gut anließ, schien er ein sonderbares, kaltes Glück zu empfinden. Constance selber freute sich durchaus über das zu erwartende Geld. Aber bei ihm war es etwas anderes, da handelte es sich um ein eigenartiges, aufgeregtes Entzücken gleich dem Summen eines Insektes. Es war der Laut der Bienen, die es erregte, ihren Honig heimzubringen; und Cliffords Honig war Geld.

Doch er war nicht geizig. Sobald das Geld hereinzukommen begann, brannte er darauf, es auszugeben.

»Kauf dir einen eigenen Wagen, Liebes! Leg dir einen eignen Wagen und einen eignen Chauffeur zu«, sagte er großzügig, als sie einmal einen Tag auf das Auto warten mußte.

»O nein, Clifford. Das wäre mir unangenehm.«

»Aber warum denn? Das Geld strömt herein!«

Diese Antwort schien ihm für alles zu genügen. In ganz kurzer Zeit hatte er sich dahin gewandelt. Sie hielt den Atem an vor Verwunderung. Sein Plato, seine Leidenschaft fürs Malen waren für ihn überwunden, wie er Masern hätte überwinden können. Jetzt hegte er die Leidenschaft, ein Vermögen zu erwerben und eine wirkliche Persönlichkeit in der Grafschaft zu werden.

Aber das war unnatürlich. Es war unheimlich. Er war kein richtiger Mensch mehr. Sie sah in ihm jetzt ein beängstigendes Geschöpf, das plötzlich seine Seele verloren hat, während es von einem harten, oft verwirrten eigenen Willen lebt.

Als die Jagdzeit kam, mußte er Gäste im Hause haben. Er mußte großen Betrieb um sich sehen. Damit war ihm beinahe ebenso wie mit dem Radio gedient. Immerzu ertönten und ertönten Stimmen, einerlei, was sie sagten. Und das genügte.

Es war, als wäre seine Seele plötzlich von ihm fortgeflogen und säße vielleicht in den Zweigen eines Baumes irgendwo in Rufweite. Und wenn außen ein Geräusch erklang, das er anhören konnte – abhören, wie man sagt –, war ihm zumute, als ob seine Seele in ihm säße, oder wenigstens als ob keine Trennung erfolgt wäre.

Er nahm auch Constance wahr, und zwar mit einer unheimlichen zweiten Wahrnehmungsfähigkeit. Als sie von Sheffield zurückkehrte, erkannte sie an dem sonderbaren, eulenähnlichen Blick seiner Augen, daß ihm durchaus klar war, wie weit die Reise sie von ihm fortgeführt hatte. Doch bestand zwischen dem, was er psychisch, vielleicht durch Telepathie, wußte, und seinem verstandesmäßigen Denken eine solche Kluft, daß er nie im geringsten zweifelte, wenn sie sagte, sie habe nur Einkäufe erledigt. Sie sah, daß er ihrem Wort blind glaubte wie ein Kind oder ein Geistesschwacher. Aber an seinen seltsamen, verlorenen, eulenartigen Augen erkannte sie, daß ein Teil von ihm etwas merkte.

»Wo ist meine Frau?«

Das waren die ersten Worte, die sie stets vernahm, wenn er nach einer Ausfahrt heimkam. Und wenn sie selber fort war, konnte sie geradezu fühlen, wie er durch den Äther nach ihr griff.

Es war unheimlich. Sogar Hilda hatte zu ihr gesagt: »Man spürt bei dir immer die Gegenwart eines anderen Menschen. Bist du von Clifford behext?«

»Hoffentlich nicht«, hatte Constance geantwortet und war blaß geworden.

Und sie wußte, daß sie in der Gesundheit ihrer Leidenschaft zu Parkin Zuflucht gesucht hatte vor dem Schrecken, den ihr Cliffords leicht ungesunde Fixierung auf sie bereitete. Sie wollte sich in ihrem Bewußtsein nicht auf ihn fixieren. Sogar jetzt konnte sie, wenn sie wollte, zu jeder Tages- und Nachtzeit mit ihm in Berührung oder wenigstens in Verbindung kommen, indem sie nur an ihn dachte. Dann schien es, als ob sein Geist ihr gegenwärtig würde, nicht ihrem Körper, sondern ihrem eigenen Geist. Sie hielten ein geisterhaftes Zwiegespräch ab.

Und sie verabscheute das. Es ängstigte sie, und sie haßte es. Sie haßte die unheilvollen, kalten Gewalten des Geistes und der Geisteswelt. Sie dünkten sie die wahre Flamme der Verderbnis und Auflösung. Sie betete darum, ihnen zu entrinnen.

Parkin war ihre Zuflucht gewesen. Wenn sie Parkin von ihrer Furcht vor Clifford und vor der behexenden Besessenheit Wragbys erzählen würde, dann würde er, das wußte sie, sie wirklich bemitleiden und sie fortholen. Aber das wollte sie nicht tun. So weit wollte sie ihre eigene Schwäche nicht enthüllen.

Sie sagte Clifford nicht, daß sie schwanger war. Und wieder spürte sie bisweilen an der seltsamen Leere seiner blauen Augen, daß er es wußte. Sie spürte, daß er es wußte. Sie spürte es, so lächerlich das klingen mag, *an seinen Schultern*, an den hohen, breiten Schultern des Krüppels. Aber in seiner Alltagsverfassung wußte er es nicht und fragte er nicht, hegte vielleicht nicht einmal den Verdacht, solange sie es ihm nicht mit nackten Worten sagte.

Sie war von Furcht erfüllt, zuinnerst von kalter Furcht erfüllt. Nach ihrem Besuch in Sheffield gab sie es sich selber zu. Sie fürchtete sich vor dem unheimlichen, ungesunden, zersetzenden Einfluß in ihrem Leben. Sie hatte Angst vor dem gespannten, unablässigen Menschenwillen, der sich im lebendigen Äther in dämonische, starre und zerstörende Einflüsse verwandelte. Sie erkannte, warum sie für die gewöhnliche Gesundheit und die warme Leidenschaft eines einfachen Mannes wie Parkin empfänglich war. Aber sie wagte nicht, es ihm zu sagen. Sie getraute sich nicht, ihn jemals die Krankheit ihrer Seele sehen zu lassen. Sie mußte immerzu die Dame spielen, die Spenderin, die das Geschenk gibt. Sie getraute sich nicht, sich so vor ihm sehen zu lassen, wie sie irgendwo in ihrer alten, gequälten Seele war.

Clifford hatte eine Jagdgesellschaft ins Haus geladen und sprach sogar über die Lebensfreude. »Eine erstaunliche Tatsache, wahrhaftig, aber du lernst die wahre Lebensfreude nie kennen, solange dein Körper nicht zur Hälfte ausgeschaltet ist, solange deine eine Hälfte nicht wirklich im Grabe ist. Dann erst weißt du, was es heißt, ein vollkommenes Delirium der Lebensfreude zu erleben – die wahre Freude, wirklich am Leben zu sein. Oh, das ist großartig!«

Sie hörte Clifford dies zu Duncan Forbes sagen. Duncan war Maler, ein Moderner, und sie hatte ihn schon gekannt, ehe sie Clifford kennenlernte. Er stammte aus dem gleichen Dorfe in Schottland wie ihre Mutter. Er war etwas älter als sie, ernst und ruhig, von derber schottischer Körperbeschaffenheit. Constance und Duncan waren schon immer Freunde gewesen, lange bevor er nach Paris ging und sonderbar und modern wurde.

Clifford hatte ihn gern, weil er so einfach und gewinnend wirkte. »Duncan hat viel von einem Kind«, sagte er leichthin. Vielleicht stimmte das. Aber es war jene Art Kind, das dem Manne ein Vater ist. Duncan hatte gewissermaßen ein Zweites Gesicht, wenn es sich um Menschen handelte, und er durchschaute Clifford völlig. Wie eine ruhige Nebelkrähe aus dem Norden saß er da und ließ den Engländer reden, indes er selbst das Aas roch und wartete. Er sah die makabre Seite der Sache durchaus.

Und Duncan war es, dem Constance ihren Zustand bekannte. »Verrate keinem Menschen etwas«, sagte sie. »Ich erwarte ein Kind.«

»Von Clifford?« Die Frage kam wie aus der Pistole geschossen.

»Nein, von einem andern Mann.«

»Oh!« Aber es war ein »Oh!« unendlicher Erleichterung.

»Ich habe es ihm noch nicht gesagt«, fuhr sie fort.

Aber Duncan hörte nicht. Er war in düsterem Sinnen.

»Mein Gott!« sagte er nach einer Weile. »Deine Worte haben mich entsetzlich erschreckt. Ich dachte, das Kind könnte von Clifford sein, und wenn das der Fall wäre...«

»Nein, nein!« fiel sie ein. »Weit davon entfernt.«

Er stieß ein kleines Schottenlachen aus.

»Sehr weit?« gab er zurück. »Willst du mir sagen, wie weit?«

»Wie meinst du das?«

»Wer der ›andre Mann‹ ist?«

»Nein«, antwortete sie, »das möchte ich lieber nicht.«

»Einverstanden! Ein Geheimnis! – Aber ein netter Mann?«

»Ja!«

»Warum gehst du nicht fort und lebst mit ihm?«

»Das kann ich nicht gut. Und er will mich nicht unbedingt.«

»Weshalb nicht? Hat er dich gern?«

»Ja, ich glaube.«

»Und hast du ihn auch gern?«

»Ja!«

»Nun also!« – Für diesen jungen Mann gab es da nichts mehr zu sagen.

»Es bestehen Schwierigkeiten – auf beiden Seiten«, erklärte sie.

»Auf deiner Seite nicht«, entgegnete er hastig.

»Clifford!«

»Mein Gott! Verlaß ihn!«

Jetzt versank sie in düsteres Sinnen.

»Einer Sache bin ich nicht sicher«, hob sie dann an. »Ob ich ihn den gesetzlichen Vater des Kindes sein lassen kann.«

»Glaubst du, daß er es annehmen würde?«

»Er hat einmal halb angedeutet, daß er es tun würde – als ich sagte, daß ich mir Kinder wünsche.«

»Hm, hm! Hm, hm!« Der junge Mann überlegte. »Durchaus! Sohn und Erbe! Laß es als sein Kind gelten! Welche Freude! Der präsumptive Erbe! Geht durchaus.«

»Ist es nicht im Grunde unnatürlich... der arme Clifford!«

»In gewisser Weise ist es gar nicht unnatürlich. Immerhin ist zu bedenken, wie du selber sagst, ob du das Kind Clifford überlassen kannst, vor allem, wenn der Vater ein netter Mann ist. Was sagt der nette Mann übrigens dazu? Weiß er es?«

»Ja, er weiß es. Er sagt, es würde dann ein gutes Elternhaus haben.«

Duncan lachte kurz auf.

»Das ist auch ein Standpunkt. Er ist also arm?«

»O ja. Er gehört zur Arbeiterschaft.«

»Ich versteeehe!«

»Aber sehr nett... er kennt das Leben, wie wir es kennen, nicht im mindesten, nicht seine... seine wirklich erschreckende Seite. Er findet, daß Wragby ein wunderbares Elternhaus wäre!«

Duncan lachte wieder.

»Der Arme! Er kennt Sir Clifford Chatterley nicht.«

»Doch, bis zu einem gewissen Grade, und er kann ihn nicht leiden.«

»Hm! Das ist immerhin gut. Und was willst du tun?«

»Ich weiß nicht.«

»Warum verhilfst du dem netten Mann nicht zu irgendeinem Beruf und lebst mit ihm?«

»Er läßt mich nicht.«

»Du hast es ihm also vorgeschlagen?«

»O ja!«

»Und was hindert euch?«

»Ach, es ist dumm! Er liegt gerade mit einer schrecklichen Frau in Scheidung, und er will da reinen Tisch haben...«

»Oh, ich verstehe! Die Geschichte von dem Wildhüter, die Clifford mir erzählt hat. Hm! Hm! – Mach dir keine Gedanken, daß du dein Geheimnis verraten hast. Ich kenne ihn nicht und mische mich nicht hinein. Er will sich von einer schrecklichen Frau scheiden lassen...! Wann wird er geschieden sein?«

»Gestern war die Gerichtsverhandlung. Ich las es in der Zeitung – bedingtes Scheidungsurteil.«

»Noch ein halbes Jahr! Und wann kommt das Kind?«

»Im Februar, nehme ich an.«

»Ich verstehe. Etwas zu früh. – Glaubst du, daß der Wildhüter – nennen wir ihn den netten Mann – dich heiraten würde, wenn Clifford dich frei gäbe?«

»Ja, ich glaube, daß ich ihn dazu bringen könnte.«
»Mit welchen Mitteln?«
»Ich würde ihm zeigen, was für eine Angst ich ausgestanden habe.«
»Wovor?«
»Vor Clifford! Vor mir selbst! Vor den Dämonen!«
»Mmm! Ja! Würde das eine Wirkung haben?«
»Wenn er findet, daß ich wirklich Angst habe, *wirklich* Angst habe vor der Ruchlosigkeit meiner... meiner... ich weiß nicht recht... meiner Zukunft... dann wird er mich nehmen.«
»Meinst du?«
»Ja.«
»Du bist so sicher! Ist er so naiv?«
»O ja. Er ist kein Dummkopf.«
»Kann man naiv sein, ohne ein Dummkopf zu sein?«
»Ja! Das kann ich sogar! Ich habe das Gefühl, daß ich viel mehr ein Dummkopf bin, wenn ich nicht naiv bin, als... als... Aber natürlich ist er in gewisser Weise unklug. Er hält Wragby für etwas ungeheuer Wichtiges und Großes.«
»Das meinte ich ja.«
»Aber das ist nur eine dünne Schicht auf ihm, die alte Kruste, die so denkt. Darunter ist ein Feuer, das sich nicht darum kümmert, das von Wragbys Vorhandensein gar nichts weiß.«
»Man hofft immer, daß es bei der Arbeiterschaft so ist«, sagte Duncan langsam. »Aber man zweifelt sehr. Ganz in der Tiefe ihres Denkens haben sie Wragby-Götzenbilder. Nur Menschen wie wir kritzeln Witzworte auf die Götzenbilder und nehmen sie bloß für das, was sie wert sind – viel Platz im Haus und ein heißes Bad und frisches Gemüse.«
Es entstand eine Pause.
»Wo ist er übrigens – der nette Mann?«
Aus dem Walde kam das Knallen von Flintenschüssen.
»Horch! Sie töten seine Fasane«, sagte sie.
»Ist Clifford im Rollstuhl mitgegangen?«
»Ja, er ist auch draußen – mit seiner Flinte!«
»Mein Gott! Nach dem Krieg und allem! Und er schießt auf seine eigenen eleganten, zahmen Vögel! Mein Gott! Sitzt in ei-

nem Motorstuhl und knallt ein paar Vögel nieder, wette ich.«

»Gestern fünf.«

Duncan öffnete den Mund und kniff ihn in fröhlichem Spott zusammen. »Ich möchte wissen, ob er ihnen die Beine verkrüppelt. Bei Gott, ich werde ihn fragen.«

»Nein, tu das nicht«, bat sie. »Es ist alles verrückt, laß also die Verrückten lieber Fasane schießen als zu Hause Szenen aufführen.«

»Sehr richtig, sehr richtig!«

Wieder gab es eine Pause.

»Hast du gar keine Ahnung, was du tun wirst? Meinst du, daß du hierbleiben und Clifford einen Sohn und Erben schenken kannst? Wenn man das näher bedenkt, ist es ein guter Spaß!«

Constance war jedoch düster gestimmt.

»Ich glaube nicht, daß ich das kann«, antwortete sie.

»Nein? Wenn du das Kind nicht als Spaß auffaßt, würdest du's besser nicht tun.«

Röte ergoß sich über ihren Hals und ihr Gesicht.

»Ich kann das Kind nicht als Spaß auffassen.«

»Den netten Mann auch nicht?«

»Ihn als Spaß nehmen? Manchmal! Aber da er mehr für mich bedeutet, ist es kein Spaß mehr.«

»Ich verstehe.«

»Angenommen, ich... ich könnte nicht zu dem andern gehen«, stammelte sie, »und ich müßte irgendwohin gehen... würdest du mir dann ein wenig helfen?«

»Ich? Du meinst, als der fehlende Vater auftreten? Auch das ist ein guter Witz!« Aber er sprach spöttisch.

»Wäre es dir unangenehm?« fragte sie.

»Keine Ahnung! Ich habe keine Ahnung, wie ich reagieren würde. Ich müßte jahrelang nachdenken, bis ich wüßte, was ich in einem so verwickelten Falle empfinden würde. – Du weißt doch, wir beide waren einmal verlobt...«

»Ja, ich weiß.«

»Es wäre ganz passend, wenn wir nun doch heiraten würden – mit einem netten Kind, das uns das Glück dazu gibt.«

»Ja.«

»Schön! Schlag das dem netten Mann vor und sieh, was er dazu meint.«

»Man fühlt sich so frei mit dir, Duncan, weil du über alles spottest. Es ist eine Erleichterung.«

»Aber eine dauernde Fütterung damit wäre wie eine Ernährung mit eisgekühlten Cocktails. Ja, ich weiß es! Und du mußt wissen, du bewirkst, daß ich noch spöttischer werde, als ich gewöhnlich bin. Wie definiert doch jemand den Spott – als Gewandtheit eines seichten Herzens? Etwas ebenso Weises! Wir beide müssen sehr seichte Herzen haben, so daß bei unserem Zusammensein die Seichtheit nur so Funken sprüht. Meinst du nicht auch?«

»Ich weiß nicht, was ich meine. Ich bin entsetzlich verwirrt. Die Welt kommt mir vor wie alle die billigen Sprößlinge des Hauses Atreus.«

»Nun, du hast wenigstens noch eine Zuflucht, weißt du.«

»Was für eine?«

»Du kannst an das Mitleid des netten Mannes pochen! Rette sie, Herkules, denn sie vermag sich nicht selber zu retten! Um sich dem gewachsen zu zeigen, bedarf es eines Mannes aus dem Volke. Aber wenn es wirkt, ist es fein.«

»Ich glaube, ich wollte, daß du dich über mich lustig machst«, sagte sie. »Dadurch werde ich wieder vernünftig.«

»Ganz recht! Immerhin mußt du nicht so betrübt sein, was deine Vernunft betrifft. Wenn du jemals meine Hilfe brauchst, teile es mir mit, und dann werde ich mir die Sache überlegen. So viel will ich auf jeden Fall tun. Solange du keinen lebendigeren Teil meiner Anatomie forderst...«

Constance ging ins Haus, um alles für die Rückkehr der tapferen Sportler vorzubereiten. Sie hörte das schwache Knattern von Cliffords Rollstuhl.

An diesem Abend sagte Duncan im Wohnzimmer zu ihr: »Erinnerst du dich noch, Constance, als wir in der Villa Real de Léon waren?«

»Warst du denn auch in der Villa Real?« fiel Clifford ein.

»Eine kurze Zeit«, erwiderte Duncan, der sich über die Einmischung ärgerte, kalt. Und er blickte weiterhin Constance an.

»Ja«, sagte sie.

»Dort war ein ulkiger kleiner Musiker – ich meine einen kleinen Mann, der komponierte und kein Geld, aber dafür einen Diener hatte – erinnerst du dich?«

»Ja«, antwortete Constance.

Aber sie dachte an Cliffords Gesicht, als er dahinterkam, daß Duncan auch in der Villa bei Biarritz gewesen war. Constance hatte diese Tatsache nie erwähnt – Duncan war nur ein paar Tage auf seiner Rückreise von Spanien geblieben. Und jetzt kam in Cliffords Gesicht ein schwaches, feines Lächeln des Hasses. Die beiden Männer haßten einander plötzlich aus irgendeinem Grunde. Früher waren sie ziemlich spöttische Freunde gewesen, doch während Duncans jetzigen Besuchs hatten sie die ganze Zeit sehr gespannt gestanden. Nun gewahrte sie das dünne Lächeln wirklichen nervösen Hasses auf Cliffords Gesicht und auf Duncans Antlitz die Ausdruckslosigkeit steinerner Gleichgültigkeit, einer vorgetäuschten Gleichgültigkeit natürlich, denn seine Nerven waren wie heiße Nadeln.

»Also, er hat in Monte Carlo ungefähr eine halbe Million Francs gewonnen, und am nächsten Tage fiel der Franc von fünfundsiebzig auf hundertzehn.«

»Pech!« rief Constance.

»Ja! Aber was glaubst du, was er daraufhin getan hat?«

»Hoffentlich das Geld in englische Pfund umgewechselt.«

»Keine Rede! Er gab das ganze Geld dem Diener und die Brieftasche noch dazu. Jawohl! Er sagte zu dem Diener: ›Ich möchte Sie auszahlen. Nehmen Sie dies! Und geben Sie auf der Stelle den Dienst bei mir auf.‹ – Und er verehrte ihm die gesamte halbe Million Francs.«

»Oh, das ist doch verrückt!«

»Finde ich nicht. Aber hör weiter. Der Diener telegraphierte sofort der Mutter des Mannes und bat um Anweisungen – ja, er hat eine alte Mutter, die über siebzig ist...«

»Connie, kannst du bitte einen Augenblick herkommen?« sagte Clifford kühl und deutlich.

»Bedaure«, entgegnete Duncan eisig. »Ich erzähle ihr gerade eine kleine Geschichte, die ich erst beenden muß.«

»So?« sagte Clifford. »Ich brauche unbedingt für einen Augenblick Connies Hilfe...«

Sie erhob sich und ging zu ihm hinüber, um seine Beine zu bewegen und sie von einem bestimmten Krampf, der manchmal eintrat, zu befreien.

Als sie zurückkam, fragte sie: »Und wie geht die Geschichte weiter?«

»Hab's vergessen. Ich habe einen Krampf im Gehirn. Könntest du mich nicht auf den Kopf schlagen?«

»Weshalb?«

»Damit ich die beiden letzten Minuten vergesse und meinen Gehirnkrampf verliere.«

»Wie wär's denn, wenn wir einen Foxtrott spielen würden?« schlug Cliffords Kusine Anne Maitland kaltblütig vor. Und sie stand auf, um die Pianola-Rollen durchzusehen.

Am nächsten Morgen erhielt Constance einen Brief.

»Liebe Lady Chatterley, ich dachte, daß Sie vielleicht gern wissen möchten, daß gestern die Gerichtsverhandlung stattfand, und der Richter verkündete ein bedingtes Scheidungsurteil. In einem halben Jahr wird das Urteil in Kraft treten, wenn alles gut geht. Mrs. Tewson läßt Sie grüßen und hofft, daß es Ihnen gut geht. Sie meint, daß Sie vielleicht mal eines Tages vorbeikommen werden, um mit Mr. Tewson über den Sozialismus oder gar über den Bolschewismus zu sprechen. Mit hochachtungsvollen Grüßen von Ihrem ergebenen Diener O. P.«

Sie zeigte diesen Brief Duncan, der ihn in aller Ruhe las.

»O. P. Ist das der Name des netten Mannes?«

»Ja.«

»Und wirst du Mrs. Tewson besuchen, um mit Mr. Tewson über den Sozialismus oder gar über den Bolschewismus zu sprechen, und den diskreten O. P. treffen?«

»Ich weiß nicht.«

»Nimm mich lieber mit. Ich würde mir den Vater des Erben von Wragby gern einmal ansehen. Er könnte mir sogar sitzen – und dann würde ich das Bild Clifford schenken, wenn ich ihm zu dem Kind gratuliere. Porträt von P. O., dem Vater aller zukünftigen Chatterleys. – Es ist ein kluges Kind, das seinen Vater kennt. Es ist ein ebenso kluger Vater, der sein Kind kennt. Jammerschade, daß ich mit dir immer so viel rede. Ich hätte an Stelle von O. P. der Vater von O. P.'s Kind sein können, wenn du statt Worten den Samen des Mannes von mir beziehen würdest. Wahrscheinlich hast du von O. P. ein Kind, weil er sonst nicht viel zu sagen hatte?«

»Darüber habe ich nie nachgedacht. Vielleicht ist es so. Man neigt dazu, alles Feuer...«

»Zu zerreden!« vervollständigte er. »Stimmt! Bei dir löst sich all mein Samen in Worte auf. Eigentlich eine Vergeudung, wirklich. Oh, aber ich weiß nicht! Ich wäre nicht gerne der Vater aller zukünftigen Chatterleys. Der Himmel verhüte es! Nein! Ich wäre nicht einmal gern der Vater meines eigenen Kindes. Ich weiß, daß es nicht halb so gescheit sein würde wie all das, was ich sage, und man könnte es nicht gleich wieder vergessen. Nein! Die unbegrenzte Unzucht mit Worten liegt mir mehr...«

Constance schwieg. Immerhin lächelte sie unwillkürlich. Es tat ihr wohl, die belustigenden, anstößigen Dinge zu hören, die Duncan sagte. Schließlich war die Welt so voll von scheinheiligen und unechten Gefühlen, daß man nichts Anständigeres tun konnte, als sich darüber lustig zu machen. Man muß imstande sein, über alles zu lachen. Gleichzeitig kann man sich nicht mit Lachen über alles hinwegsetzen.

»Findest du, daß ich einen Fehler gemacht habe, von O. P. ein Kind zu bekommen?« fragte sie.

»Du hast es ja noch gar nicht«, entgegnete Duncan gelassen. »Wahrscheinlich hättest du das Gefühl, etwas versäumt zu haben, wenn du nie eine Schwangerschaft erlebt hättest. Wenn du wolltest, daß jemand die Milch verschüttet, dann lach jetzt darüber, daß sie verschüttet ist. Hättest du lieber, daß es Cliffords und nicht O. P.s Kind wäre?«

»Das wäre leichter«, erwiderte sie. »Ich müßte dann nicht immerzu daran denken.«

»Wahrscheinlich tätest du das sehr gern, wenn es ein echter, beglaubigter kleiner Chatterley wäre. Weil es ein Kuckucksei ist, fühlst du dich wohl verpflichtet, zärtlich zu dem Vögelchen zu sein.«

»So ist es nicht unbedingt.« Und plötzlich, indes sie sprach, verging ihr der Atem, und ihr Herz wurde heiß. Die Röte ergoß sich schmerzlich über ihren Hals und ihr Gesicht. »Ich befürchte, daß ich es lieben kann«, sagte sie ein wenig keuchend.

Duncan betrachtete ihre großen, erschrockenen Augen und lachte. »Wenn du befürchtest, daß du das kannst, so befürchte ich, daß du es tun wirst. Also ist nicht nur die Milch verschüttet, sondern das Fett auch im Feuer.« Er sah sie neugierig an. »Sag mir nur eins, Constance. Würde es auch so sein, wenn das Kind von mir und nicht von O. P. wäre?«

Sie schaute ihn mit dunkelnden Augen an. »Das könnte gar nicht sein«, antwortete sie.

Er warf ihr einen schlauen, spöttischen Blick zu. »Meine liebe kleine Constance«, sagte er, »willst du etwa behaupten, daß du O. P. wirklich liebst? Ich meine nicht, daß du in ihn verliebt bist. Du bist halb in mich verliebt und ein Viertel in Clifford, und mit dem letzten Viertel bist du, glaube ich, in dich selber verliebt. Sieh, wie freundlich ich zu dir bin! Aber Liebe! Willst du behaupten, daß du ihn wirklich liebst? Ich weiß, daß du nicht in ihn verliebt bist. Liebst du ihn wirklich? Das kann nicht sein! Heutzutage liebt niemand mehr. Alle sind zu sehr mit dem Verliebtsein beschäftigt.«

Sie schaute ihn mit großen, erschrockenen Augen an, und ihr Herz wurde wieder heiß und atemlos.

»Ich weiß, was du meinst«, versetzte sie. »Nein, ich bin nicht in ihn verliebt. – Aber über das andere weiß ich nicht Bescheid.«

»Du meinst, über die Liebe?«

»Ja. Verstehst du, ich bin nicht daran gewöhnt.«

»Nein, bei Gott!«

Er lächelte mit einem eigenartigen Schmerz im Gesicht, und sie betrachtete ihn, auf seine Antwort wartend.

»Du hast dir seinetwegen zwar kein Bein ausgerissen, soviel ich neulich bemerkt habe«, sagte er.

»Ich weiß. Ich fühle mich ganz frei von ihm, ganz losgelöst. Und dann entsteht ein Feuer in mir, und das ist...«

»Was?«

»Parkin.«

»O. P.?«

»Ja.«

»Hm!«

Er sann eine Weile. »Und wie lange dauert dieses Feuer?« fragte er.

»Ich weiß nicht. Ich weiß es nie.«

»Und hast du das gern oder nicht?« forschte er ungeduldig.

»Auch das weiß ich nicht. Es ist so stark. Es ist nur er, als ob alles in mir Brand wäre, und das Feuer ist er.«

»Hm! – Und möchtest du bei ihm sein?«

»Über alles gern.«

»Möchtest du jetzt bei ihm sein?«

Sie seufzte. »Ja«, erwiderte sie.

»Hm! Hoffentlich wird das Feuer bald ausgehen, denn es macht dich langweilig. – Wie kann ich es nur löschen? – Ich finde schon Verliebte langweilig, aber offenbar sind sie etwas sehr Angenehmes im Vergleich zu dem echten Artikel. Haha!« Er lachte ein bißchen theatralisch und warf sich schmollend in einen Winkel des großen Sofas.

Sie saß schweigend mit den Händen im Schoß, ihre Näharbeit hatte sie vergessen.

»Ich denke, eine schwangere Frau in schwermütigem Sinnen über den Mann, der ihr das Kind gemacht hat, ist das letzte Wort«, sagte er. »Warum gehst du denn nicht zu deinem O. P., wenn du so für ihn fühlst? Warum nicht?«

»Er arbeitet in einem Stahlwerk«, gab sie zurück.

»Ein noch größerer Dummkopf! Jeder Mann, der sich heute zu einem Lohnsklaven machen läßt, ist ein Dummkopf. Verschwende keine Zeit mehr mit ihm. Heloten und Hopliten! Wieviel verdient er in der Woche?

»Fünfundfünfzig Shilling.«

»Haha! Hahaha! Stell dir mal das unsterbliche Feuer vor, das sich für fünfundfünfzig Shilling die Woche vermietet! Prometheus zu zwei Pence die Stunde! Wie hoch belaufen sich deine eignen Einkünfte?«

»Auf ungefähr fünfhundert im Jahr.«

»Warum kaufst du ihn dann nicht frei?«

»Er läßt sich nicht kaufen.«

»Er läßt sich bezahlen, aber er läßt sich nicht kaufen. – Feuer oder nicht, ich fürchte, O. P. ist ein Dummkopf, und wenn ich du wäre, würde ich zur Beruhigung Zuckerwasser trinken und das Feuer löschen.«

»Er sagt, daß er auf seine eigene Art ein Narr ist.«

»Sagt er das, so! Dann muß er ein besonderer Mensch sein. Stell dir vor, sich damit zu brüsten, daß man ein Narr ist! Haha! Ich bin der Menschen überdrüssig, der O. P.s, der Hopliten und Heloten. Weißt du, was mit den Menschen von heute los ist – mit mir, mit dir, mit allen einschließlich O. P.?«

»Was denn?«

»Nur eine unfruchtbare, schale Egozentrik, die uns von allem abschneidet. Es ist nicht Selbstsucht. Selbstsucht ist immerhin noch ein gewisser Instinkt. Es ist kleinliche, eigensinnige, uneingeschränkte Egozentrik. Mit unserer erbärmlichen modernen Egozentrik sind wir uns gegenseitig Sand zwischen den Zähnen und Sandkörner in den Augen. Jedes eigene kleine Ich ist wie ein Sandkorn. Es ist nicht nur Abrahams Same, der wie Sand am Meer ist, sondern jedermann in der Welt. Eine ganze Wüste von Sandkörnern, unfruchtbare, egozentrische kleine Einzelwesen, die sich wie Sandkörner aneinander reiben und dabei singen: ›Halleluja! Hier bin ich! Ein wunderbares, ausgezeichnetes, prächtiges Ich!‹ Und indem wir vorgeben, den Menschen ihren eigenen Wert zuzubilligen, halten wir den Ball im Rollen. – ›Wenn die Heuschrecke sich mühsam hebt, und alle Lust vergeht.‹ Das habe ich mal irgendwo gelesen. Ich finde den Ausspruch gut. Nicht nur die Heuschrecke hebt sich mühsam, auch das Marienkäferchen, alles hebt sich mühsam, das nicht es selbst ist. Was ich nicht selber bin, das hebt sich mühsam. Und die Lust ist tatsächlich vergangen, Gott sei Dank, und so ist das kleine Sandkorn vollständig unter sich mit all den andern Sandkörnern. Ich selbst! Ich selbst! Und die Menschen, die honigsüß reden und Sirup über uns gießen, um eine Sandtorte aus uns zu machen, das sind die übelsten Egoisten von allen, die den Schleim ihres eigenen Ichs wie Vogelleim über uns gießen.«

Constance saß schweigend während dieser Rede.

»Wenn ich an einen Gott glauben würde, dann würde ich ihn bitten, mich zu vernichten. Ich würde mich nicht für würdig erachten, in einer von Gott geschaffenen Welt zu leben.«

»Aber ein Gott der Liebe würde es ablehnen, dich zu vernichten«, entgegnete sie. »Du müßtest dich selber umbringen oder einen andern Ausweg suchen.«

»Ganz recht! Gerade das würde ich tun. Ich bin ein Sandkorn am Meeresufer der Liebe! Ich armer Tropf! – Und bilde dir ja nicht ein, daß du O. P. wirklich liebst. Es handelt sich dabei nur um dein eigenes Ich. Und bei ihm handelt es sich sogar noch mehr um sein eigenes Ich. Du schmeichelst seiner Eitelkeit. Das gewöhnliche Volk ist noch tausendmal dünkelhafter und egozentrischer als wir. Und wenn möglich ist es noch schmutziger in dieser Beziehung. Wir wahren wenigstens noch einen gewissen Schein. Sie aber lassen die räudigen Hunde ihres Ichs frei herumlaufen und an jeden Türpfosten pissen. Sie sind ebenso egozentrisch wie wir und benehmen sich noch elender. O. P. ist einer von ihnen. Das konnte ich an seinem Brief erkennen. ›Der Richter verkündete ein bedingtes Scheidungsurteil...‹ – als ob der Richter ihm einen silbernen Ehrenpokal überreicht hätte. Er ist ein kleiner Egoist wie alle übrigen. Und ich wette, daß er ein Schmutzfink ist – er würde nicht der Vater aller zukünftigen Chatterleys sein wollen, wenn er es nicht wäre. Und das göttliche Feuer bedeutet nur, daß dein Ich irgendeinen neuen kleinen Kunstgriff vorhat. Wahrscheinlich glaubst du, du könntest dein Ich über O. P. stellen: daß er der einfache, leidenschaftliche Mann ist, der sich von dir unterjochen läßt. Das bedeutet die Liebe meistens: den fieberhaften, erregenden Versuch eines Einzelwesens, sein Ich und seinen Willen einem andern Einzelwesen aufzudrücken. Allerdings gelingt es der Frau gewöhnlich besser, ihren Willen und ihr Ich einem Manne aufzudrücken. Ich glaube, daß du das bei O. P. möchtest! Bei Clifford ist das kein Vergnügen mehr. Er ist ein knöcherner alter Vogel, und sein Schnabel und seine Krallen taugen so viel wie deine; so könnt ihr nur wie ein altes Krähenpaar um den glücklichen Fund des häuslichen Gerippes herumhüpfen. Aber du meinst, daß Partridge, oder wie er heißen mag, ein fleischigeres Objekt fürs Gemüt und für Unterjochung ist. Und wenn du keine vollständige Eroberung und Annexion bewerkstelligen kannst, so kannst du wenigstens aus reiner Güte ein Protektorat errichten. Aber wenn ich über Bergleute und Stahlarbeiter richtig Bescheid weiß, so hast du einen so zähen Bissen der Egozentrik vor dir, wie ihn unsere zähe und egozentrische Nachkriegswelt nur hervorbringen kann. So zäh wie sein eigenes Eisen und ungefähr ebenso gefühlvoll! Er wird aus seinem kleinen Selbst eine Parade machen und aus dir herausholen, was er haben will – und damit basta! Leb wohl. Püppchen, wir müssen scheiden!«

Constance, die nähte, lächelte vor sich hin, obwohl sie jedem Wort, das er sagte, aufmerksam lauschte. Was er da sprach, schien ihr ausgezeichnet, so klug und wahr. Aber natürlich war es auch wie alle wahren Dinge, die einen nicht wirklich berühren, sehr belustigend! Und es berührte sie nicht, weil Duncan offensichtlich selber verwundet und erbittert war.

»Erinnerst du dich an Voltaire?« fragte sie. »Die Bescheidenheit ist von unseren Lippen geflohen und hat in unserm Herzen Zuflucht genommen! Das ist meine Parodie, die auf meinen Fall paßt.«

Er wand sich auf dem Sofa wie eine gefangene Schlange.

»Sie wird ein volles Haus finden«, sagte er. »Keine Bequemlichkeit! Dein Ich ist in deinem Herzen, deshalb wird es keinen Winkel geben, in den die Bescheidenheit schlüpfen könnte.«

»Sie hat Flügel!« antwortete sie. »Sie kann sich auf den Bettpfosten schwingen und dort sitzen.«

»Und etwas auf deine Augen fallen lassen! Hoffentlich.«

21

Am Sonntagmorgen machte sie mit Duncan in seinem kleinen Zweisitzer eine Spazierfahrt. Duncan war ein geschickter Autofahrer, und er liebte die Geschwindigkeit. Sie wollten nach der Peak-Gegend.

Aber als sie durch Tevershall fuhren, grüßte jemand Constance. Im ersten Augenblick wurde es ihr nicht bewußt. Dann sprang die Gestalt im marineblauen Anzug und schwarzen Hut in ihr Bewußtsein, indes der Wagen weiterfuhr. Sie blickte zurück. Auch er blickte zurück. Es war ihr O. P., wie Duncan ihn nannte.

»Halt eine Minute! Halt!« rief sie hastig.

Duncan bremste.

»Stimmt etwas nicht?« erkundigte er sich.

»Ich möchte nur mit jemand sprechen.«

Der Wagen stand am Straßenrand; Constance drehte sich um, winkte Parkin, und er kam langsam auf das Auto zu und lüftete den schwarzen Hut. Und trotz der Wärme, die Constance für ihn fühlte, fand sie ihn lächerlich, ziemlich klein, ziemlich hölzern, mit seinem rauhen, borstigen Schnurrbart und seinen bedachtsamen Bewegungen. Ein lächerliches Männchen, das in seiner Selbstgefälligkeit vorsichtig und bedachtsam war! Wenn die geschlechtliche Anziehung fortfällt, sieht praktisch jede moderne Frau ihren Mann in diesem Lichte, in dem Lichte ihrer verachtungsvollen Überlegenheit. Die geschlechtliche Wärme allein schafft eine Beziehung zwischen Mann und Frau. Werden sie zum einfachen Einzelwesen vermindert, zur bestimmten persönlichen Egozentrik des modernen Einzelwesens, so sieht jeder im andern den Feind. Die Frau, die sich aus irgendeinem Grunde heutzutage als Siegerin fühlt, findet den Mann, der ihr die meisten seiner Waffen übergeben hat, lächerlich. Während der Mann, der weiß, daß er seinen Vorteil an die Frau abgetreten hat, und der nicht über genügend Kraft verfügt, um ihn zurückzugewinnen, sie mit starkem Groll betrachtet.

Constance lehnte sich aus dem Wagen und sah Parkin mit ihren großen, unschuldigen blauen Augen an. Und ihr warmgetöntes, reizvolles Antlitz, das weich und zärtlich-beschützend war, zog ihn näher. Gleichzeitig verbarg sie ihren Spott über ihn in ihrem Herzen.

Sie fühlte Frohlocken. So! Trotz der Angst vor seiner Frau hatte er nach Tevershall kommen müssen! Constance hatte seinen Brief nicht beantwortet. Sie fand, daß sie ihm zur Genüge nachgelaufen war. Wenn jemand nachlaufen mußte, so war er jetzt an der Reihe.

Und hier war er! Kein Wunder, daß sie ihn im geheimen spöttisch auslachte. Ihre Macht war größer gewesen als die seine. Er hatte schließlich kommen müssen, wie ein Hund hilflos der Hündin nachläuft. Und sein Arbeitergesicht war blaß und hölzern. Sie betrachtete ihn mit mütterlich besorgter Miene, während sie ihn im stillen spöttisch auslachte.

»Was für eine Überraschung, daß Sie hier sind!« sagte sie. »Wann sind Sie gekommen?«

»Heut früh. Ich wollte mal nachsehn, wie Albert sich macht, wo jetzt die Jagd stattfindet.«

»Oh, er macht sich recht gut. Sie jagen dies Jahr zu fünft, zusammen mit Sir Clifford – wissen Sie das schon?«

»Ja, meine Mutter erzählte es mir.«

»Dies ist Mr. Forbes – vielleicht kennen Sie ihn schon von früher. Er geht allerdings nicht auf die Jagd.«

Parkin begrüßte Duncan und musterte ihn boshaft mit seinen harten, verengten, rotbraunen Augen. Constance kannte diese Augen so gut. Sie mißtrauten ihr. Und sie ergaben sich ihr nicht. Wenn die Begierde bewirkte, daß sie sich erweiterten und blitzten, dann liebte sie sie. Aber wenn sie sich wieder verengten, mißtrauten sie ihr, dann liebte sie sie nicht. Und jetzt waren sie fast schmerzvoll verengt. Sie empfand beinahe eine mütterliche Zärtlichkeit für diese Augen.

Aber mütterliche Zärtlichkeit hat ihren Sitz nur in der Brust der Frau. Sie reicht nicht tief hinab in die Quellen ihres Wesens. In diese Tiefe vermag bloß die Zärtlichkeit des Unbewußten zu dringen, und der warme Schimmer des Mannes, den sie liebt. Die Tiefe ist dunkel, und bei der modernen Frau ist sie meist verschlossen, so vollständig verschlossen und so gänzlich ummauert, daß von ihrem Vorhandensein nichts gespürt wird. Nur kommen aus der ummauerten Tiefe eigentümliche Seufzer und eigentümliche Krankheiten.

Bei Constance hatte sich die Tiefe ihres weiblichen Wesens wieder verschlossen, und der geheimnisvolle Strom des Verlangens war versiegt. Sie lebte aus ihrer oberen, oberflächlichen mütterlichen Weibsnatur. Sie wollte Parkin bemitleiden und mütterlich freundlich zu ihm sein, wobei sie ihr tieferes Wesen verschloß und den geheimnisvollen Strom, der fortwährend zwischen Mann und Frau fließen kann, wieder ummauerte. Es ist der Strom der Begierde, der fortwährend fließen sollte, in der Regel sanft und tief und unbewußt, nur zeitenweise in unendlichem leidenschaftlichem Verlangen aufschwellend und alles mit sich fortschwemmend. Der Strom der Begierde ist der Strom des Lebens. Er ist das, was uns vereint. Er ist sogar das, was eine Nation zur Nation macht: die sanfte, unsichtbare Begierde des Volkes, die eine große Schar gleich einem Bienenschwarm entstehen läßt. Der Schlüssel besteht in einer unbewußten, lebendigen Idee, die Unmengen von Menschen in einen Strom der Begierde zieht. Solch eine Idee, wie wir sie roh als Freiheit und Demokratie bezeichnet haben, war der zentrale Schlüssel, der die Engländer so lange in der lebendigen Aktivität der Begierde strömen ließ. Jetzt scheint die Idee tot zu sein gleich einer toten Bienenkönigin.

Bei Constance war der große Strom der tiefen Begierde – und das wußte sie – meistens abgesperrt. Ihr mütterliches Gefühl war viel oberflächlicher, unterlag mehr der Beherrschung ihres Ichs. Ihre tiefere Begierde war ein Fluß, der ihr ganzes Sein gefährdete. Wenn sie ihn vergeblich fließen ließ, dann war alles verloren.

Ihr Parkin! Ja, ihre Begierde war zu ihm geflossen. Aber er, was war er? Ein begrenztes kleines Einzelwesen mit nichts dahinter. Freilich, er hatte mehr Geheimnis, mehr »dahinter« als Clifford. Clifford fragte jedoch nie nach dem Strom ihrer tieferen Begierde. Es verlangte ihn nicht danach. Schwesterliche Kameradschaft, mütterliche Besorgtheit – und im übrigen ließ er ihr Freiheit.

Clifford ließ ihr Freiheit. Wohingegen dieser O. P. Forderungen an die tiefere Frau in ihr stellte.

»Wollen Sie nicht mit uns kommen?« fragte sie und öffnete unvermittelt den Wagenschlag einladend. »Drei haben gut Platz. Du hast doch nichts dagegen, Duncan, nicht wahr?«

»Nicht im geringsten«, antwortete Duncan. »Du mußt dich opfern.«

»Ich kann hier nicht einsteigen«, erklärte Parkin, der zurückwich und sich im Dorfe umblickte.

»Warum denn nicht? Albert würde sofort einsteigen und sich

nichts dabei denken. Jeder andere auch.«

»Nein, ich kann hier nicht einsteigen«, wiederholte Parkin entschieden.

»Na gut, wollen Sie dann durch den Park nach Stacks Gate gehen? Wir warten dort auf Sie«, sagte sie.

Er schaute sie mit seinen harten, verengten Augen an. Er wußte recht gut, daß sie ihm ihren Willen aufzwang. Doch wollte er kommen. Und ein gewisser Schmerz, den sie in seinen Augen wahrnahm, bestimmte sie, ihn haben zu wollen.

»Ich sollte nicht! Und das wissen Sie«, sagte er leise.

»Ach, Unsinn! Sie haben immer Angst. Wir warten also auf Sie.«

»Gut! Ich mach' so rasch ich kann«, sagte er mit einem kleinen Lächeln.

Und sie weidete sich im geheimen, weil sie erkannte, wie sehr es ihn danach verlangt hatte, zu ihr zu kommen, in ihrer Nähe zu sein.

»Beeilen Sie sich nicht zu sehr«, mahnte sie mit liebevoller Besorgtheit.

Er wandte sich dem Parktor zu, und Duncan setzte den Wagen wieder in Bewegung.

»O. P. natürlich«, bemerkte er.

»Ja«, erwiderte Constance.

Und sie saß sinnend. Ihre Glieder, ihr ganzer Körper waren erfüllt von warmen Schaudern, weil er neben ihr sitzen sollte.

»Schade, daß er den Schnauzbart und die Zahnlücke hat«, sagte Duncan. »Sonst ist er ein recht netter Mann. Ganz angenehm, von ihm ein Kind zu haben, sollte ich meinen.«

Aber Constance antwortete nicht. Sie empfand jetzt Eifersucht, weil Duncan dabei sein würde. Sie wollte O. P. für sich allein haben.

Sie warteten bei Stacks Gate, am Ende des langen Feldwegs, der zu einem Parktor führte. Endlich sah sie Parkin kommen; und obwohl die ausschreitende Gestalt in der Ferne immer noch ein bißchen lächerlich war, wurde ihr Herz bei diesem Anblick heiß. Er kam schnell herbei, seine Schultern waren gestrammt, und in der Septembersonne trug er den Hut in der Hand.

Einladend hielt sie ihm den Wagenschlag offen, und er stieg ein, drückte sich so sehr wie möglich in einen Winkel. Er keuchte ein wenig infolge des raschen Gehens, und Constance fühlte seine Wärme durch ihren Mantel hindurch.

»Werden Sie auch nicht frieren?« fragte sie ihn. »Ohne Mantel?«

»Er wird sicher frieren«, meinte Duncan, der sich immer warm einhüllte. »Hier, er soll lieber meinen Schal nehmen.«

»Ich brauch' nichts«, widersprach Parkin, schlug den Kragen hoch und knöpfte seinen Rock zu.

Aber Constance bestand darauf, daß er sich den warmen Schal um den Hals wickelte.

»Wohin wollen wir fahren?« fragte Duncan.

Sie beschlossen, durch den Sherwood-Wald nach Southwell zu fahren, weil Duncan noch nie die Kathedrale gesehen hatte.

Parkin saß sehr still, und Constance kuschelte sich nahe an ihn. Verstohlen nahm sie seine Hand und hielt sie zwischen ihren Händen verborgen. Sie fühlte, wie seine Finger sich mit dem jähen, unbewußten Besitzergriff um die ihren schlossen. Und sie frohlockte ein wenig wegen des krampfhaften, nervösen Griffes. Es war wirklich unwillkürlich gewesen. Seine Hände, sein Körper verrieten seinen Willen. Sie ließen nicht zu, daß er ihr widerstand. Sie schmiegte ihre Hand in die seine, und sie fühlte die Schwielen an der Handfläche. Wie schade! Er hatte so warme, gewandte, lebendige Hände gehabt, ehe er die unmenschliche Arbeit übernahm.

»Wie geht es Ihnen jetzt mit der Arbeit?« fragte sie ihn. »Fällt sie Ihnen leichter?«

»Ja, ich gewöhn' mich allmählich dran.«

»Aber Sie haben noch keine Anstellung als Chauffeur?«

»Vom nächsten Monat ab fahr' ich mit Bill zusammen. Und im Januar, wenn dann ein neuer Lastwagen angeschafft wird, fahr' ich seinen alten.«

»Und wohin muß er immer fahren?«

»Ach, augenblicklich meistens nach Rotherham, mit Eisenbahnschienen.«

Sie schmiegte sich enger an ihn in die Flut der Begierde, die ganz sicher ist, weil sie weiß, daß sie sich nicht verlieren kann. Oh, wie verschwenderisch gewährend er war! Zärtlich streichelte sie voller Mitleid die Schwielen an seiner Handfläche. Und er ballte die Hand zur Faust und zog sie instinktiv von ihrem Mitleid fort. Da legte sie die Hand in zitterndem Versuchen auf seinen Schenkel, der ihr so stark und lebensvoll erschien. Und sie bebte vor Wonne.

Sie wußte, daß er keine Forderungen an sie stellen konnte. Sie trug ein Kind. Sie war sicher vor ihm. Ohne die geringste Gefahr durfte sie all die Wollust der Berührung genießen.

Aber er? Wie stellte er sich dazu? Sie blickte in sein Gesicht und versuchte ihn dazu zu bringen, daß er ihr in die Augen sah, obwohl sie wußte, daß er es nicht tun würde. Aber sie merkte, daß sein ganzer Körper sich entspannte, und daß sein Antlitz sich zu jener weichen, ungezwungenen Stille wandelte, die ihn so verschönte. Auch seine Augen wurden offen.

Duncan wandte flüchtig den Kopf zu ihm. »Fühlen Sie sich wirklich wohl?« erkundigte er sich freundlich. »Haben Sie nicht kalt?«

»Ich fühl' mich durchaus wohl, danke«, antwortete Parkin mit einem seiner schnellen Blicke auf Duncans schmales, blasses, ernstes Gesicht. Wie die Männer sich immer gegenseitig abschätzten! dachte Constance.

»Mr. Forbes ist Maler«, sagte sie zu Parkin. »Würden Sie sich von ihm malen lassen?«

»Ich? Wozu?« gab der erstaunte und argwöhnische O. P. zurück.

»Du würdest ihn doch gern malen, nicht wahr?« sagte Constance zu Duncan.

Duncan musterte rasch das Gesicht des andern Mannes. »Ja, sehr gern«, erwiderte er in dem kurzen, abgesonderten Tone des Künstlers.

»Wollen Sie ihm sitzen?« fragte Constance.

Belustigt lächelte Parkin langsam. »Hat er Sie schon mal gemalt?« forschte er.

»Mich? Früher oft.«

»Er würde besser Sie wieder malen«, sagte Parkin weich.

»Am liebsten würde ich euch beide zusammen malen«, erklärte Duncan, der nun ganz Künstler war. »Ihr bildet einen so interessanten Gegensatz, und es wäre ein reizvoller Versuch, das, was zwischen euch ist, herauszubekommen – etwas Unbestimmbares, aber es ist da.«

»Ach ja, mal uns zusammen!« rief Constance.

»Gut«, sagte Duncan. »Wann kommt ihr nach Chelsea in mein Atelier?«

»Oh, ich bringe ihn eines Tages hin!« rief Constance froh.

In Southwell aßen sie selbdritt fröhlich zu Mittag. Parkin war auf eine ruhige Weise belustigend. Duncan schien ihm die Zunge zu lösen. Nach dem Essen machte Duncan sich allein zur Besichtigung der alten Kathedrale auf. Constance und Parkin gingen langsam hügelabwärts. Sie waren warm und glücklich im Beisammensein und stimmten miteinander überein.

»Ich bin so froh, daß es mit deiner Scheidung geklappt hat«, sagte sie. »Du nicht auch?«

»Ja. Aber es dauert noch ein halbes Jahr, bis sie ausgesprochen wird.«

»Ach, das vergeht schnell. Und was wirst du dann machen?«

»Wie meinst du das?«

»Was werden *wir* nach dem halben Jahr machen?« sagte sie. »Du und ich? Wir können doch nicht ewig so getrennt bleiben, nicht wahr?«

»Ach, ich weiß nicht«, antwortete er düster.

»Wieso weißt du's nicht?«

»Was können wir denn tun?« gab er verzweifelt zurück.

»Was können wir nicht tun? Das ist doch ganz einfach. Wir können tun, was uns beliebt. Wir können irgendwo einen kleinen Hof oder ein Haus kaufen, oder wir können sogar ins Ausland gehen. Es gibt vieles, was wir tun können, wenn wir uns die Sache überlegen.«

»Und was ist mit Sir Clifford?«

»Er wird nicht sehr unglücklich sein. Ich spüre jetzt oft, daß er mich haßt – seit ich dich liebe.«

»Warum? Weiß er was?«

»Überhaupt nichts. Ich glaube, er denkt, daß ich in Duncan

verliebt bin, in Mr. Forbes, verstehst du. Aber natürlich läßt er nie ein Wort verlauten. Das kommt bei ihm nicht in Frage! Ich merke nur, daß ich ihn reize. Mrs. Bolton eignet sich viel besser für ihn, sie ist so schlau und sanft und schmeichelt ihm. Er würde sich bald mit ihr trösten, wenn ich fortginge. Nein, es würde ihn nicht wirklich treffen. Er wäre in seiner Eitelkeit und Selbstachtung verletzt, aber er hat im Grunde kein Herz, und darum kann es nicht getroffen werden.«

Parkin dachte eine Weile nach.

»Nein«, sagte er dann langsam, »es wäre ein bittrer Schlag für ihn. Jawohl! Er lebt irgendwie von der Achtung, die alle ihm zeigen. Und wenn du fortgehst, wird er das Gefühl haben, daß nichts geblieben ist.«

»Weshalb denn? Um mich als Frau schert er sich nicht. Wenn er sich bloß um *seine Frau* schert, so ist das seine Sache. Ich bin in Wirklichkeit gar nicht seine Frau – wie *du* recht gut weißt. Wenn ich jemandes Frau bin, dann deine.«

»Ja«, erwiderte er langsam, »freiwillig bist du nicht seine Frau. Aber für ihn bist du seine Frau. Ich glaube, es ist sein Tod, wenn du ihn verläßt.«

»Ach«, rief sie zitternd, »glaub das ja nicht! Er ist sehr zäh und versteht sich darauf, sich in seine eigene Schale zurückzuziehen und sich tugendhaft, edel und gekränkt zu fühlen. Er würde nicht daran sterben! Er lebt nur noch länger, wenn ich ihn verlasse. Und mir scheint, daß er das weiß. – Kümmert es dich übrigens, ob er stirbt oder nicht? Du magst ihn doch nicht.«

»Nein, es kümmert mich nicht, wenn Sir Clifford stirbt. Vielleicht wär's besser, wenn er stürbe.«

»Nun also! Warum sollen wir nicht, wenn du geschieden bist, zusammenleben, du und ich, und wirklich etwas vom Leben haben? Ich habe Clifford noch nichts von dem Kind gesagt – und ich werde ihm auch nichts sagen. Wenn wir beide miteinander leben wollen, werde ich es ihm überhaupt nicht sagen. Dann gehe ich nach Schottland zu Hilda und warte dort, bis das Kind geboren ist. Und im März, wenn du frei bist, kommst du, und wir können dann unser eigenes Leben aufbauen. Ich kann Clifford dazu bringen, sich von mir scheiden zu lassen, und wir können heiraten oder auch nicht, wie es uns beliebt. Das spielt für mich keine Rolle. Aber wir sollten zusammenleben, das ist mir klar. Wenn wir das nicht tun, so schlagen wir allem im Leben und allem, woran ich glaube, ins Gesicht. Empfindest du es nicht auch so?«

»Ja«, sagte er langsam, »es würde mir wohl passen. Nur...« Und er sah ihr in die Augen. »Ich werd' nicht in *deinem* Haus und von deinem Geld leben. Das werd' ich nicht! Weil ich's nicht kann!«

»Aber warum denn nicht? Wozu diese erbärmliche Kleinlichkeit wegen ein bißchen Geld? Was willst du denn sonst tun?«

»Was ich tun will? Das sollst du hören. Ich muß meinen Unterhalt selber verdienen und von meinem Verdienst leben.«

»Aber das könntest du ja auf einem Hof. Du könntest ja aus dem Hof etwas herauswirtschaften«, rief sie.

Er schwieg eine Weile, dann sagte er: »Ja, wenn andre das können, kann ich's auch. Nur...«

»Was nur? Möchtest du es nicht?« rief sie gereizt.

Er blickte ihr wieder in die Augen, diesmal mit einem gewissen Schmerz, und er schob seinen Hut zurück und rieb sich die Stirne.

»Für dich aufkommen, das möcht' ich«, sagte er rauh. »Du kannst für dich aufkommen und ich für mich. Ich sollte mein eigner Herr sein, auch ohne dich, und ich sollte selber meinen Weg machen. Glaubst du, daß es einem gefällt, sich den ganzen Tag lang für drei Pfund in der Woche die Seele aus dem Leibe zu schuften und nie vorwärts zu kommen, nie vorwärts zu kommen? Wie ein Gefängnis ist das, sag' ich dir. Es ist schlimmer als der Krieg, denn man tut's für Geld und nichts andres. Ich bin froh, daß ich drei Pfund in der Woche verdien' – ja! Aber ich bin ein Sklave, verdammt und verurteilt, und ich weiß es, ohne jede Hoffnung. Vielleicht wird die verfluchte Sache mal zusammenbrechen. Sie würde es, wenn ich was dazu tun könnte! Meinst du, ich möcht' nicht raus? Meinst du, ich möcht' nicht?«

Er sah sie ungestüm an, seine Augen blitzten wieder vor Wildheit, wie sie manchmal vor Begierde blitzten.

»Warum tust du's denn nicht?« entgegnete sie. »Du weißt

doch, daß ich nur dich liebe.«

»Ha!« rief er rauh, »mit dem Geld einer Frau sich frei machen und von einer Frau leben!« Er sagte es mit äußerster Bitterkeit.

»Aber was spielt denn das für eine Rolle, du würdest ja arbeiten!« hielt sie ihm entgegen.

»Ja, und die andern? Finden die alle eine Frau, die sie aufliest und ihnen zur Selbständigkeit verhilft? Bis zum Jüngsten Gericht müssen sie dabei bleiben, und ihre Kinder auch, und ihre einzige Hoffnung ist, daß sie mal sterben. – Da ist Bill, ein netter Kerl und nicht so empfindlich wie ich. Aber er hat 'nen Kragen um den Hals, was er auch weiß, und der nimmt ihm allen Mumm. – Ja, ich soll auf Kosten einer Frau frei werden! Aber was ist mit all den Männern, die nie, nie frei sein werden? Was ist mit denen?«

»Aber was soll denn mit ihnen sein? Du bist doch nicht für sie verantwortlich. Als du Wildhüter warst, hast du dich nicht um sie gekümmert...«

»Stimmt, stimmt! Ich hab' mich nicht um sie gekümmert! Als ich bei Sir Clifford angestellt war, hab' ich mich nicht um sie gekümmert. Ich war wie ein bösartiger Bär und hielt mich ganz für mich. Aber das tu' ich nicht mehr. Ich will lieber bei Jephson arbeiten, als bei Sir Clifford oder sonst jemand dienen. Ja, oder einer Frau verpflichtet zu sein.« Er zitterte vor widerstreitenden Empfindungen und war totenblaß.

»Warum hast du etwas dagegen, mir verpflichtet zu sein?« fragte sie betäubt. »Hast du Angst vor mir?«

Er blickte sie gequält an. »Ich hab' eigentlich keine Angst vor dir«, antwortete er. »Du bist keine Frau, die einen Mann heruntermacht. Ich würde dir vertraun, daß du mir nie vorhältst, wie verpflichtet ich dir bin, was das Geld betrifft. Dafür stehst du zu hoch. O ja, ich weiß das! Ich achte dich.«

Er hielt unvermittelt inne und schaute sie an.

»Aber du hast in anderer Beziehung Angst vor mir?« sagte sie leise.

»Ja«, erwiderte er sanft. »Ja, das hab' ich. Ich kann's dir ebensogut wie mir bekennen. Ich hab' Angst vor dir. Ja! Das ist's. Ich hab' Angst vor dir.« Er sprach sehr sanft, fast mit Bitterkeit.

»Weswegen denn?« fragte sie mit großen Augen.

»Wie soll ich dir das erklären? Du bist keine bequeme Frau, weißt du. Du willst deinen eignen Weg gehn. Und wenn ich dir verpflichtet wär', müßt' ich dich deinen eignen Weg gehn lassen, oder ich würde mir niederträchtig vorkommen.«

»Und was würde es ausmachen, wenn du mich meinen eigenen Weg gehen ließest?« sagte sie unwillig. »Ich hätte gedacht, daß dir das nur recht ist.«

»Ja, in gewisser Weise. Aber ein Mann fühlt sich gern Herr in seinem Hause. Und es wär' nicht mein Haus. Ich käme an zweiter Stelle, dagegen wär' nichts zu machen.«

»Wie erbärmlich und kleinlich, es so anzusehen! Als ob ich mich darum scherte, wer an erster und wer an zweiter Stelle steht. Du kannst meinetwegen zuerst kommen, wenn du willst. Mir ist es gleich, ob ich die Zweite oder die Zweiundsiebzigste bin«, rief sie.

»Jawohl«, nickte er, »schon die Art, wie du das sagst, zeigt, daß du gern herrschen möchtest, einerlei, wer oder was der Mann ist.«

»Ich will aber gar nicht herrschen, nicht einmal bei Clifford.«

»Doch, du willst unbedingt herrschen, was dich selber betrifft. Du machst dir ja nichts aus ihm.«

Entrüstung und Ärger nahmen ihr den Atem. Ihre blauen Augen flammten vor zorniger Verachtung.

»Schön, wenn du nicht in mein Haus kommen magst, weil du Angst hast, unter die Fuchtel zu geraten«, sagte sie scharf, »was willst du dann tun? Soll ich in dein Haus kommen, und soll ich unter der Fuchtel sein, während du herrschst – leben wie Bill Tewson mit Frau und Kind und Kegel, alle auf einem Haufen? Willst du das von mir?«

»Das würdest du niemals tun, wozu also das Reden?« versetzte er.

»Nein, ich würde es nicht tun! Nicht für dich noch für sonst einen kleinen Mann, der sich wie ein allmächtiger Gott vorkommen muß, bevor er sich von einer Frau anschauen läßt. – Aber machen Sie sich keine Sorgen, Mr. Parkin! Ich laufe Ihnen nicht mehr nach. Wir wollen diesmal Abschied nehmen, und zwar endgültig! – wenn du solche Angst hast, nicht herrschen zu können. In *meinem* Hause, bitte sehr, gibt es keine Herrscher und keine Beherrschte, überhaupt keine Herrschaft. Wir sind Menschen, und wir lassen einander in Ruhe, und es wird nicht um die Herrschaft gekämpft. In meinem Hause herrscht die Anständigkeit, die jedem seine Freiheit nach eigenem Gutdünken läßt. Und so wird es bei mir immer sein. Ich verstehe nichts von all diesen häßlichen, gewöhnlichen Dingen, die sich darum drehen, wer oben und wer unten ist.«

Er lächelte still und bitter. »Na, gut«, sagte er, »du hast mich gefragt.«

»Ich bin sehr froh, daß ich dich gefragt habe, denn nun weiß ich Bescheid!« rief sie verächtlich.

22

Schweigend gingen sie zum Hotel zurück. Constance wollte jetzt fort. Ihre Nerven drohten zu reißen, und sie war sehr zornig. Sie schickte Parkin auf die Suche nach Duncan – den Parkin in der Kathedrale in die Betrachtung alter normannischer Ausschmükkungen vertieft fand –, und im Nu brachen sie auf.

»Wir wollen über Nottingham fahren«, sagte Constance unvermittelt.

»Einverstanden«, antwortete Duncan. Und er hielt nach einer Kreuzung Ausschau, um den Wagen zu wenden. Er selber war guter Laune. Die düstere Stimmung der beiden andern hatte er noch nicht bemerkt.

Aber Constance, die zwischen Parkin und Duncan saß, fiel es schwer, sich zu beherrschen. Sie konnte die nahe Berührung der beiden Männerkörper nicht ertragen. Doch vor allem Parkins Berührung nicht. Sie vermochte ihn nicht zu übersehen. Da war sein Leib, der den ihren berührte, wie sehr er sich auch in den Winkel drückte. Und die Berührung bewirkte, daß sie am liebsten geschrien hätte. Der Strom der Zuneigung war versiegt. Er saß ganz still und zurückhaltend, spannte sich hart an, wenn der Wagen eine Kurve nahm und sie aneinander stießen. Aber sie konnte sich nicht frei machen. Ihre Nerven bebten heftig vor ihm zurück, und bisweilen fühlte sie sich versucht, ihn zu vernichten.

Das Auto glitt über die schmalen Wege durch die stillen, tiefschlafenden Dörfer von Süd-Nottinghamshire. Überall waren hohe Hecken und Bäume, Häuser und Kornschober; die Dreschmaschinen standen still in den Höfen, weil Sonntag war. Ein ruhiges, kleines Stauwasser Englands.

Aber bald kamen der Trent und die rauchige Anhäufung von Nottingham in Sicht. Gott sei Dank konnte sie bald aussteigen. Sie vermochte zwischen den beiden Männern nicht länger zu sitzen.

»Fahr zum Bahnhof, ja?« bat sie. »Ich möchte nachsehen, wann ein Zug geht.«

Duncan fuhr weiter auf den dunklen Turm der St. Mary-Kirche zu.

Die Stadt war ruhig, hatte wenig Verkehr, und der Bahnhof machte einen verlassenen Eindruck. Aber Constance fand einen Gepäckträger und stellte fest, daß in zehn Minuten ein Schnellzug nach Uthwaite ging; sie muße nur in Trent umsteigen.

Duncan war mit ihr in den Bahnhof gekommen; sie hatten Parkin beim Wagen zurückgelassen.

»Ich fahre mit der Bahn nach Hause«, sagte sie. »Das Autofahren macht mich nervös.«

»Mit der Bahn!« rief er erstaunt.

Aber sie hatte sich schon zum Schalter begeben, um ihre Fahrkarte zu lösen.

»Vielleicht kannst du mich in Uthwaite auflesen«, meinte sie. »Frag den Gepäckträger, wann der Zug dort ankommt.«

Duncan erfuhr, daß sie um halb fünf in Uthwaite sein würde.

»Aber warum?« fragte er. »Warum eigentlich?«

»Das Autofahren macht mich nervös«, versetzte sie.

»Wenn es dir zu eng ist...«, begann er.

»Das ist es nicht«, fiel sie hastig mit gerunzelten Brauen ein. »Es ist das Auto.«

Duncan hob die Hände. Er kannte sie von klein auf. Er holte sich eine Bahnsteigkarte und begleitete Constance zum Zug.

»Grüß Parkin von mir«, sagte sie. »Hier, bring ihm meinen

Schal. Ich will ihn in der Bahn nicht.«

»Er kann meinen haben«, entgegnete Duncan.

Aber ihr flammender Blick ließ ihn den blaugrauen Schal entgegennehmen.

Sie warteten schweigend, bis der Zug, der fast leer war, abfuhr. Er sah sie fortfahren – ihr Antlitz glühte, ihre Augen waren groß und fremd. Aber er kannte sie. Es wäre zwecklos gewesen, irgend etwas zu versuchen.

Er kehrte zum Wagen zurück und stieg ein.

»Also weiter!« sagte er zu Parkin.

»Und Lady Chatterley?«

»Sie fährt mit der Bahn. Da, sie hat Ihnen ihren Schal zurückgelassen...« Er reichte Parkin den Schal. »Sie trug mir einen Gruß an Sie auf.«

Parkin stieg wortlos ein, und sie fuhren ab.

»Sie sagte, daß das Autofahren sie nervös macht... in ihrem Zustand...« bemerkte Duncan, während er einen anderen Gang einschaltete, um die Alfreton-Allee hinaufzufahren.

»In ihrem Zustand?« wiederholte Parkin, der regungslos saß, mit einem verstohlenen Blick.

»Wenn eine Frau im vierten Monat ist...« sagte Duncan.

Der Wagen rollte still dahin. Die beiden Männer saßen darin in der stummen Zuneigung, die zwischen Männern herrscht, welche durch dieselbe Frau gelitten haben. Duncan und Parkin hatten einander instinktiv gern.

»Sagte sie Ihnen, daß sie im vierten Monat ist?« fragte Parkin.

»Oh, wir kennen uns seit unserer Kindheit«, antwortete Duncan. »Mein Vater war in dem Dorf, wo ihr Vater Gutsherr war, Pfarrer. Wir waren verlobt... vor zehn Jahren...«

»Ach?« sagte Parkin benommen.

»Wir lösten die Verlobung in gegenseitigem Einverständnis. Ich glaube, wir fühlten beide, daß wir uns zu gut kannten. – Wikkeln Sie sich den Schal um, ja? Es ist nicht sehr warm.«

»Ich hab' nicht kalt«, erklärte Parkin.

»Sie werden frieren. Nehmen Sie den Schal.«

»Nein«, widersprach Parkin. »Es geht gut so. Lassen Sie nur sein.«

Danach steuerte Duncan schweigend den Wagen, bis sie durch Morgengreen gefahren waren.

»Wie kommt sie von Uthwaite weiter?« fragte Parkin.

»Ich hole sie dort ab. Der Zug ist erst nach vier Uhr da. – Gehen Sie nach Sheffield zurück?«

»Ich? Ja. Ich kann in Uthwaite selber weitersehen. Von dort hab' ich Bahn- und Autobusverbindung.«

Es gab wieder ein langes Schweigen. Der Nachmittag war grau, und Parkin fror.

»Hier!« sagte Duncan, der seinen eigenen Schal abgenommen hatte und ihn Parkin reichte. »Ziehen Sie also meinen an. Ich nehme ihren.«

Und mit einer Hand wickelte er sich hurtig Constances blaugrauen Schal um den Hals, während Parkin stumm die Enden des braunen Schals tief in seinen Rockausschnitt stopfte.

»Was ist denn schiefgegangen? Können Sie es mir sagen?« fragte Duncan.

»Ich kann's Ihnen sagen«, antwortete Parkin. »Sie würde es Ihnen anscheinend erzählen. Sie schlug mir bloß vor, daß wir zusammen leben sollten – von ihrem Geld – und ich bring' das nicht über mich.«

»Was ist denn der Hinderungsgrund?«

»Nach kurzer Zeit würde sie's reuen. Sie hat mich gern auf ihre Weise. Aber sie ist immer froh, von mir fortzukommen. Das hab' ich jedesmal gemerkt. Heut auch.«

»Vielleicht reizen Sie sie durch Widerspruch. Sie und ihre Schwester können beide keinen Widerspruch vertragen.«

»Ich weiß nicht, ob ich sie reize. Auch wenn wir's wirklich schön miteinander hatten, war's immer dasselbe. ›Ich muß jetzt gehn!‹ Und dann ging sie.«

»Zu Sir Clifford zurück?«

»Ja, nach Wragby.«

»Wahrscheinlich *mußte* sie zurück.«

»Ja, das stimmt. Aber sie hatte es immer eilig, das zu mir zu sagen, ich wußte es schon vorher – ›Ich muß jetzt gehn. Auf Wiedersehn!‹ Es war, als ob sie drauf erpicht wär', das zu mir zu sagen.«

»Und Sie haben es bedauert?«

»Sicherlich, sonst würde ich's jetzt nicht bedauern.«

Duncan dachte eine Zeitlang nach.

»Aber wenn sie mit Ihnen zusammen leben möchte, kann sie nicht darauf bedacht sein, von Ihnen fortzukommen«, sagte er dann.

»Sie würde es sagen. Von Zeit zu Zeit würde sie's sagen. Und sie würde gehn. Nur um mir zu zeigen, daß es ihr freisteht, zu kommen und zu gehn, wie's ihr paßt. Sie würde trotzdem meine Herrin sein.«

»Nein, Sie irren sich. Damit hat es nichts zu tun. Genau so war sie schon als junges Mädchen, als sie noch keine Gutsherrin war. Sie ist so von Natur. – Warum sie nicht einfach lassen?«

»Oh, mir ist's gleich. Nur zu mir soll sie nicht so sein. Es ist wie 'n Schlag ins Gesicht, wenn man mit einer Frau lieb gewesen ist, und wenn man sie weiter im Arm behalten möchte. Aber sie steht auf. – ›Ich muß leider gehn. Auf Wiedersehn!‹ Man fühlt, wie es sie sticht, das zu sagen, sogar bevor sie's ausspricht. – Das ist wie 'ne Ohrfeige, wenn man sie am liebsten gar nicht aus den Armen lassen möchte.«

Duncan sah auf die vor ihm liegende Straße. »Das, was die Frauen ihre Freiheit nennen, ist heutzutage ein teuflischer Trieb in ihnen«, bemerkte er. »Und Sie haben ihr wohl das gleiche wie mir gesagt?«

»Nein, das nicht! Das hab' ich sie nicht wissen lassen. Aber ich sagte ihr, ich könnte nicht in ihrem Hause leben und ihr Geld nehmen und unter ihrer Fuchtel sein. Das hat sie wütend gemacht.«

»Glaub' ich gern! Wenn Sie etwas so Niedriges wie Geld zwischen euch kommen lassen.« Duncan lächelte schlau und spöttisch. »Ich höre sie geradezu. Glauben Sie mir, Sie wird Ihnen nie etwas mißgönnen.«

»Ich weiß, ich weiß. Sie würde nie geizig und gemein sein«, sagte Parkin in hitzigem Tone. Dann schüttelte er den Kopf. »Aber sie müßte den Mann unterkriegen. Sie kann nicht anders.«

»Sie würde versuchen, ihn ganz für sich zu haben, wenn sie auf ihn versessen ist. Das würde sie tun – ihn festzunageln versuchen, ganz für sich allein. Wäre Ihnen das unangenehm?«

»Der Himmel mag's wissen«, erwiderte Parkin. »Ich bring's nicht über mich, weiter nichts. Ich kann nicht in ihrem Haus von ihrem Geld leben. Lieber wär' ich tot.«

Duncan musterte ihn neugierig. »So stark ist das bei Ihnen? Ich glaube nicht, daß ich in diesem Punkte so empfindlich wäre.«

»Sie sind anders, und Sie gehören einem andern Stand an. Sie sind kein Arbeiter. Sie sind ein vornehmer Herr aus Ihrer Klasse.«

»Ich? Der Sohn eines armen schottischen Pfarrers! Lassen Sie das Sir Clifford lieber nicht hören. Er findet, daß ich sehr tief unten stehe. Nicht daß mir das etwas ausmacht. Ihr auch nicht – sie denkt nicht so. – Aber warum ist Ihnen der Gedanke schrecklich, auf einem ruhigen Hof zu leben und mit ihr zusammen zu wirtschaften?«

»Wenn ich eignes Geld hätte, könnte ich's. Aber ich weiß nicht... ich bin im Grunde ein Arbeiter, und ich könnt' gradesogut dabei bleiben. Ich bin unter Arbeitern aufgewachsen – warum soll ich versuchen, zu den andern hinaufzuklettern? Ich mag sie nicht. Ich mag die vornehmen Herren nicht, soweit ich sie kenne. Weshalb soll ich mich also unter sie mischen?«

»Sie sagten, ich sei ein vornehmer Herr.«

»Ja! Aber Sie sind wie sie – Sie machen keinen Unterschied. Sie gehören 'n bißchen zu beidem. Aber was ich bin, das weiß ich genau, ich gehör' zur Arbeiterklasse. Was hat's für Zweck, das zu leugnen und höher hinauf zu wollen!«

»Sie sind ihr und mir sehr ähnlich – Sie kümmern sich in Wirklichkeit um nichts«, sagte Duncan. »Sie sind kein gewöhnlicher Mensch. Sie sind einer von den Sonderlingen, die in gar keine Klasse passen. Ich bin auch einer, Constance ebenfalls und ihre Schwester Hilda auch. Clifford Chatterley ist ein Vertreter seiner Klasse. Dadurch hat er seine Grenzen, und ich könnte ihn deswegen ohrfeigen. – Aber Sie sind ebensowenig der übliche Arbeiter, wie ich kein üblicher Herr bin und sie keine übliche Dame. – Wir sind alle ein bißchen weiße Raben, wenn es sich um die Klassengrenzen handelt.«

Parkin grübelte darüber nach.

»Ich weiß«, sagte er in geheimnisvollem Tone, »ich bin nicht, was Bill ist – auch nicht, was meine Kollegen bei Jephson sind. Aber grad deshalb war ich nie zufrieden. Meine Mutter sagte immer, daß mit mir etwas nicht stimmt – das ist's wohl. Es nagte dauernd was an mir. Wahrscheinlich ist mit mir was nicht in Ordnung, von jeher schon. Das hab' ich immer empfunden, solang ich zurückdenken kann, und ich war innerlich nicht zufrieden wie andere Männer. Doch die Kollegen bei Jephson scheinen mich zu mögen, und sie wollen nicht, daß ich fortgeh'. Ich will sie ja auch nicht verlassen...«

Schon kam der krumme Kirchturm von Uthwaite in Sicht. Es war noch früh: Constances Zug war noch lange nicht fällig. Der Wagen rollte geschwind dahin; die Insassen schwiegen, bis sie sich mitten in der Stadt befanden.

»Wollen wir in die ›Sonne‹ gehen und eine Tasse Tee trinken? Oder wäre es Ihnen lieber, wenn ich Sie nach Tevershall fahren und Constance dann hier abholen würde?«

»Ich geh' heut abend nicht nach Tevershall. Ich geh' von hier aus gleich nach Sheffield. Wenn ich nach Tevershall geh', fragt sie vielleicht nach mir – und ich möcht' sie heut nicht mehr sehn.«

Sie begaben sich zur ›Sonne‹, der ehemaligen Poststation, in der heute die Automobilisten absteigen. In der Halle brannte ein behagliches Feuer, und außer ihnen waren keine Gäste da. Sie verhielten sich still; keiner hatte dem andern mehr etwas zu sagen. Parkin blickte auf die Uhr.

»Ich werd' den Vier-Uhr-Bus nehmen«, erklärte er.

»Tatsächlich?«

Es hing Unheil in der Luft. Schließlich bestand zwischen Parkin und Constance eine wirkliche Beziehung. Parkin war gekränkt und sah aus, als sollte er geköpft werden. Duncan spürte die nahende Katastrophe, und seine Güte wurde wieder geweckt. Es war zehn Minuten vor vier.

»Ich will Ihnen etwas sagen«, begann er. »Wenn Sie hier in Uthwaite bleiben wollen, bis ich Constance nach Wragby gebracht habe, komme ich zurück und hole Sie. Dann können wir die Sache besprechen: was ihr beide tun werdet, oder was Sie vielleicht tun könnten. Vielleicht könnt ihr euch durch mich besser einigen, als wenn ihr es allein ausmacht. Was meinen Sie?«

Parkin, der einen besonders verlorenen Ausdruck hatte wie eine streunende Katze, die kein Heim hat, warf ihm einen mißtrauischen Blick zu.

»Was könnten wir denn noch mehr sagen!« stieß er eigensinnig hervor.

»Das weiß der Himmel! Bitte, bedienen Sie sich. Ich komme zurück, wenn es Ihnen recht ist. Wenn nicht – dann müssen Sie laufen, damit Sie Ihren Autobus bekommen.«

Er sah auf die Uhr, und Parkin tat desgleichen. Aber er stand nicht auf. Finster saß er in seinem Sessel bis fünf Minuten nach vier. Dann stieß er einen Stöhnseufzer aus.

»Ach«, sagte er, »eigentlich hab' ich kein Recht, *Sie* in lauter Unannehmlichkeiten zu jagen. Nur – was soll ich tun?« Er schaute den andern Mann in trüber, erbitterter Verwirrung an.

»Ich werde Ihnen keinen Rat geben«, lachte Duncan. »Vielleicht wäre es leichter für Sie, wenn Sie jetzt Schluß machen würden. Die Zukunft wird bestimmt schwierig werden. Sie müssen die Entscheidung treffen.«

Darauf erhielt er keine Antwort. Es war Viertel nach vier. Beide Männer blickten auf die Uhr, und jeder ertappte den andern dabei.

»Ja, nun kommt sie bald«, sagte Parkin grimmig, und Duncan brach in ein Lachen aus.

»Sie könnte wahrhaftig Ihre gefürchtete Frau sein«, gab er zurück.

Parkin bewegte sich verkrampft in seinem Sessel.

»Ja«, sagte er kurz. »Eine Frau bedeutet dem Manne nichts, bis sie in ihm drin ist. Dann ist es schlimmer als die Malaria, die manche Leute in den Tropen so arg mitnimmt. Man kriegt Anfälle, und das ganze Innere wird umgekrempelt. Ich fühl', wie sie kommt, als ob ich erstochen werden sollte.«

»Warum gerade erstochen?« fragte Duncan lachend.

»Na, so ist das Gefühl. Als ob jemand mich in den Rücken oder in den Hals stechen wollte.« Er zog den Kopf zwischen die Schultern und wich vor etwas, das hinter ihm war, aus.

Duncan lachte und ergriff seine Handschuhe. »Also«, sagte er,

»ich bin spätestens um sechs wieder hier.«

»Sie sollen sich meinetwegen nicht unnötig bemühen«, beharrte Parkin. »Ich fahr' mit dem Bus – oder mit der Bahn.«

»Möchten Sie das lieber?«

Duncan stellte die Frage schlicht und endgültig. Parkin sah ihn an, wie ihn wohl ein zitternder Knabe angesehen hätte, unsicher, gedemütigt, zornig, verwirrt und gelähmt.

»Ich dachte daran, daß Sie hin und her müssen«, erwiderte er linkisch.

»Machen Sie sich deshalb keine Sorgen. Ich entgehe auf diese Weise dem Sonntagnachtessen auf Wragby, das genügt mir. Also, spätestens um sechs bin ich wieder hier.«

»Hier, Sie haben Ihr Halstuch vergessen!« Parkin reichte ihm den Schal. Duncan trug Constances Tuch.

»So bin ich! Ich bringe Ihnen ein anderes.«

Duncan ging. Parkin setzte sich und lauschte auf das Herannahen des Zuges. Der Zug traf beinahe pünktlich ein. Constance schien sehr gefaßt.

»Es nahm mich wunder, ob du schon hier sein würdest«, sagte sie.

»Fast eine Stunde schon.«

»Ich hatte in Trent so lange Aufenthalt.«

Sie begaben sich zum Auto. Sie hatte bemerkt, daß Duncan ihren Schal trug. Jetzt sah sie sein Halstuch auf dem Sitz liegen.

»Warum habt ihr die Tücher getauscht?« fragte sie.

»Parkin wollte deins nicht. Eigensinnig! Da!« Und er wickelte ihren Schal ab.

Sie nahm ihn wortlos entgegen, und sie fuhren heimwärts. Sie war ruhig und würdevoll.

»Er erzählte mir, daß ihr euch gestritten habt«, sagte Duncan.

»So!«

»Ihr habt euch für immer getrennt, wie ich höre.«

»So?« versetzte sie.

»Er schien das zu denken.«

»Oh!«

Weiter kam die Sache nicht.

»Das ist wahrscheinlich ganz gut«, erklärte Duncan. »Unvereinbarkeit des Standes, könnte man sagen. Immerhin ein netter Mann, allerdings zu sehr auf die Frau eingestellt, und ein bißchen bäurisch, das gebe ich zu, nach Clifford. Clifford ist jeder Zoll ein Edelmann – selbst bis zu der Hälfte seines kleinen Fingers, die er im Krieg verloren hat. Irgendwo muß der halbe Finger als Staub sein. Er ist Edelmannsstaub, wo er auch sein mag, und weigert sich, sich mit der gewöhnlichen Erde zu vermischen.«

»Warum auch nicht!« entgegnete Constance.

»Wirklich, warum auch nicht?«

Der Wagen fuhr geschwind dahin.

»Sonntägliche Teestunde!« sagte Duncan. »Ich denke an die schottische Kirche. Es gibt nur drei Dinge, an die ein Schotte glauben kann: Gott, Geld oder Frauen, und man kann jeweils nur an eines glauben – oder aber an gar nichts. Connie?«

»Ja, bitte?«

»Du bist eine halbe Engländerin. Woran glaubst du? Bloß an dich selbst?«

»Wahrscheinlich.«

»Wissen Sie, Lady Chatterley, was ich versprochen habe?«

»Woher sollte ich das wissen?«

»Ich habe O. P. versprochen, zu ihm zurückzukehren, nachdem ich dich abgeliefert habe, und ihm dein letztes Wort zu übermitteln und ihn nach Sheffield zu bringen.«

Er spürte, wie der Zorn in ihr aufglühte.

»Dann mußt du es dir ausdenken«, sagte sie.

»Was?«

»Das letzte Wort.«

»Oh, das fällt mir nicht schwer.«

Er stellte den Motor ab, als sie den Gipfel des Tevershall-Hügels erreichten.

»Bestimmt kann der Sohn eines schottischen Pfarrers sich das letzte Wort einer Frau wie du ausdenken!« sagte er, als sie geräuschlos den Hang zum Dorf hinunterglitten. Kurz darauf hupte es vor dem Pförtnerstor von Wragby; sie fuhren durch das dichte Gebüsch, das den Park schützte, und dann zum Hause.

Constance stieg aus. »Kommst du herein?« fragte sie.

»Sagte ich dir nicht, daß ich zurückfahre?«

»Aber willst du nicht erst Tee trinken?«

»Sagte ich dir nicht, daß wir in Uthwaite eine Stunde gewartet und in der ›Sonne‹ Tee getrunken haben?«

»Was wirst du ihm denn mitteilen?«

»Sagte ich dir nicht, daß ich mir etwas ausdenken werde? Ich bin ein Improvisator, und ich kann es nur im gegebenen Augenblick. Auf Wiedersehen! Ich bin zum Abendbrot nicht da, laß also nicht für mich decken.«

Und mit einem Lächeln und einer Verbeugung setzte er den Wagen in Gang und fuhr in plötzlicher Geschwindigkeit um die ovale Biegung des Zufahrtsweges vor dem alten Hause. Er war ärgerlich. Constance spürte es geradezu an der Bewegung des Autos. Nun gut! Auch sie war ärgerlich.

Duncan fuhr sehr schnell nach Uthwaite zurück. Parkin war nicht im Hotel. Doch gleich darauf kam er die Straße entlanggeschlendert. Ziemlich überrascht eilte er herbei.

»Sie haben aber rasch gemacht«, sagte er.

»Allerdings. Steigen Sie ein.«

Im nächsten Augenblick sausten sie über die Straße nach Sheffield. Keiner sprach. Duncan war vollauf damit beschäftigt, den Wagen zu steuern. Und die Kilometer wurden zurückgelegt. Trotzdem brannten schon alle Lichter, als sie in die Stadt gelangten. Es war dunkel geworden.

»Essen Sie mit mir zu Nacht«, sagte Duncan.

»Nein, ich geh' nach Haus.«

»Ich muß irgendwo essen – zu spät zur Rückkehr. Ich mag nicht allein essen. Kommen Sie also mit.«

Es blieb Parkin nichts anderes übrig, als zu gehorchen. Sie gingen ins Victoria. Duncan, der ärgerlich war, schlug den Kellnern gegenüber einen kurzen, entschiedenen Ton an. Im Speisesaal befanden sich nur vereinzelte Gäste.

»Was möchten Sie trinken?«

»Was trinken Sie?«

»Ich nehme einen Whiskysoda.«

»Dann nehm' ich dasselbe.«

Hastig, nervös und zornig begann Duncan zu essen. Er trank seinen Whiskysoda und bestellte noch einen – auch für Parkin.

Und während der Mahlzeit sagte er nichts. Nach dem Essen ließ er sich in der Halle nieder und trank einen reinen Whisky zu seinem Kaffee. Parkin tat desgleichen. Duncan bestellte noch mehr Whisky – und fügte nur einen Spritzer Sodawasser hinzu. Parkin tat desgleichen.

Duncan blieb vollkommen nüchtern, nur wurde er hochgespannt. Seine blassen Wangen wurden noch bleicher. Parkin, der von Natur frische Farben hatte, bekam ein rotes Gesicht, und seine Augen wurden sehr glänzend.

»Möchten Sie reden?« fragte Duncan kurz angebunden.

»Ja – wenn Sie mögen«, antwortete Parkin, dessen Augen noch mehr glänzten. Duncan hatte noch keine Silbe über *sie* geäußert.

»Ich möchte nicht besonders gern«, stieß Duncan hervor. »Aber ich will es Ihretwegen tun. Sie weigerte sich, mir eine Botschaft aufzutragen. Sie lehnte es sogar ab, Sie zu erwähnen.«

»Wirklich?«

»Ja.«

Duncan schlürfte seinen Whisky.

»Wie stehen Sie zu ihr?« bellte er. »Können Sie sie aufgeben – sie vergessen – alles auswischen?« Er sprach wie ein Schauspieler und machte heftige Gebärden.

»Ich ... ich werd' nicht vor Liebe sterben, sollt' ich denken – falls Sie das meinen.«

»Das meine ich nicht. Kein Mann würde vor Liebe zu einer wirklich modernen Frau, wie sie es ist, sterben. Aber könnten Sie eine andre nette Frau, die etwas jünger ist als Sie selber, heiraten und sie ausmerzen – sie ausmerzen?«

»Ich weiß nicht, wozu ich überhaupt heiraten soll«, erwiderte Parkin, dessen Augen hell glänzten.

»Ha! Sie! Wenn eine Frau Sie nicht anzieht, so ziehen Sie sie an. Sie gehören zu dieser Sorte. – Wie geht es Ihnen bei den Leuten, wo Sie wohnen ... wie heißen sie doch noch?«

»Dort geht's mir recht gut. Tewson heißen sie.«

»Und hat sich Mrs. Tewson noch nicht in Sie verliebt?«

»In mich verliebt? Von Verliebtheit versteh' ich nichts. Sie mag mich gut leiden.«

»Regen Sie sie auf?«

»Na ja, vielleicht.«
»Regt sie Sie auf?«
»Ich mag sie gut leiden, aber sie regt mich nicht auf.«
»Der Mann eifersüchtig?«
»Nein, ich glaub' nicht.«
»Laden sie manchmal junge Damen aus ihrem Freundeskreis abends ein?«
»Ja, Bills Schwester kommt fast jeden Abend.«
»Wie alt?«
»Ich hab' sie nicht gefragt.«
»Dreißig?«
»Vielleicht sieben- oder achtundzwanzig.«
»Mögen Sie sie?«
»Ja, sie ist eins der nettesten Mädchen, das ich kenn'.«
»Würden Sie sie heiraten?«
Parkins Augen waren sehr hell und belustigt unter diesem Feuer von Fragen. Aber bei der letzten Frage sprang etwas wie Furcht hinein.
»Ich hab' nie daran gedacht, sie zu heiraten«, antwortete er ernst. »Noch sonst jemand zu heiraten.«
Duncan aber hatte aus dem Zurückweichen und dem Ernst in den Augen des Mannes genug gesehen, um alles zu wissen, was er wissen wollte.
»Wenn Sir Clifford stürbe – würden Sie dann Constance heiraten?« kam die nächste rasche Frage.
Es gab eine lange Pause.
»Ja, vielleicht, wenn sie mich mag – wenn sie mich mag – was ich bezweifle. – Und ich wünsch' Sir Clifford all den Kummer nicht, verstehn Sie.«
»Natürlich nicht! Und wenn Sie sie heirateten – würden Sie dann mit ihr auf einem Bauernhof oder in einem hübschen Haus leben – an einem Ort nach ihrer Wahl?«
»Ich weiß nicht! Ich weiß nicht! Was weiß ich denn? Wenn ich eine Anstellung als Chauffeur kriege – könnten wir ein bißchen außerhalb von Sheffield leben, in einem netten Haus, das ihr paßt – und ich könnte zu meiner Arbeit immer reinfahren.«
»Warum liegt Ihnen so viel an der Anstellung? Deshalb

brauchten Sie sich doch keine Gedanken zu machen, sollte man meinen. Nehmen Sie noch einen Whisky. Ich trinke auch noch.«

Duncan drückte auf die Klingel, um zu bestellen; dann wiederholte er: »Warum liegt Ihnen so viel an der Anstellung?«

»Das ist was andres«, antwortete Parkin mit gesenkter Stimme. »Ich bin Sekretär beim kommunistischen Arbeiterverband. Das ist was andres, das ich nicht aufgeben möchte.«

»Wahrhaftig! Weiß sie das?«

»Ich hab's ihr nicht gesagt.«

»Weshalb nicht?«

»Wir machen davon kein Aufhebens. – Und sie ist Lady Chatterley, vergessen Sie das nicht, mag sie sonst sein, was sie will.«

»Sie sind also Kommunist.«

Parkin blickte sich in der Halle um.

»Ja. Aber wir gehn nicht rum und erzählen das allen Leuten.«

»Wahrhaftig! Und ihr möchtet eine Sowjetregierung wie in Rußland?«

»Ja. Die Arbeiter sollen ihre Arbeit nicht mehr verkaufen – das ist, als ob man seine Seele verkauft, weil's sein muß. Wir wollen unsre Arbeit tun, um alles in Gang zu halten. Aber wir wollen nicht unsre Arbeit verkaufen, damit andre den Gewinn einstekken.«

»Ihr möchtet es wie die Russen machen? Möchtet zum Beispiel alle Menschen der Oberschicht töten?«

»Nein! Es ist nicht nötig, sie zu töten – ein paar vielleicht ausgenommen. Aber sie können runterklettern und wie andre Menschen sein, nicht?«

»Ich weiß nicht. Ein Affe kann einen Baum hinunterklettern. Doch wenn er unten ist, dann ist er weder ein Hund noch ein Mensch, sondern immer noch ein Affe.«

»Affe oder nicht, er wird runterklettern«, sagte Parkin grimmig.

»Glauben Sie, daß Sie ihn dazu bringen können?«

Die beiden Männer musterten einander scharf.

»Ja«, antwortete Parkin, »und ich werd's auch tun.«

»Na gut«, gab Duncan zurück. »Und glauben Sie, daß die fragliche Dame mit Ihnen leben würde, wenn sie das wüßte?«

»Weiß nicht.«

»Sie haben es ihr nicht gesagt?«

»Sie hat mich nie gefragt. Hat bloß von *ihren* Plänen gesprochen. An meine hat sie nie gedacht. Glauben Sie, daß sie dann mit mir leben würde?«

»Wenn sie weiß, daß Sie Sekretär beim kommunistischen Arbeiterverband sind? Ich bezweifle es. Sie müßte dann selber Kommunistin werden. Was ihr ganz und gar nicht liegt.«

»Sie ist nicht so weit davon entfernt.« In Parkins Stimme schwang ein nachdenklicher Ton.

»Finden Sie? Na ja, ich habe sie nicht ausgeforscht.«

»Was ist Ihre eigne Meinung, wenn ich fragen darf?«

»Meine? Ich hab' keine. Ich wäre wohl Kommunist, wenn ich Arbeiter wäre. Da ich zur privilegierten Klasse gehöre – wenigstens genieße ich einige Privilegien – bin ich nichts.«

Parkin sah ihn mit hellen Augen unablässig an.

»Nein«, entgegnete er.

»Dann ist da noch etwas«, sagte Duncan. »Angenommen, sie ist mit dem kommunistischen Zeug einverstanden, wirklich von innen her einverstanden, und würde kommen und irgendwo außerhalb Sheffield mit Ihnen leben – man weiß ja nie, was eine Frau tun wird – wären Sie dann froh?«

Parkins Augen glänzten in beunruhigender Helligkeit.

»Glauben Sie, daß sie's über sich brächte?« fragte er.

»Darauf kann ich wirklich nicht antworten. Vielleicht, vielleicht auch nicht. Aber wenn sie es täte, würde es Sie freuen?«

»Ja, es würd' mich freun«, erklärte Parkin und stieß mit einer sonderbaren Bewegung seinen Schnauzbart vom Mund fort. »Wenn ich mit ihr wieder Stunden wie im Waldhaus verleben könnt'... und wenn ich denk', daß sie auch bei dem andern mitmachen würde... hi, Jungejunge, hi!«

Sein Gesicht zuckte in einem unbewußten Lächeln, und aus seinen Augen kamen die Blitze, die nur Constance je zuvor gesehen hatte.

»Glauben Sie, daß sie's tun könnte?« fragte er mit plötzlichem Ernst.

»Mit Ihnen leben – und Ihre kommunistischen Anschauungen

teilen? Gerade jetzt wohl nicht. Aber später vielleicht.«

»Wahrscheinlich kriegt ein Mann, wenn er auch noch so viel Glück hat, immer bloß die Hälfte von dem, was er sich wünscht«, meinte Parkin. »Und ich hab' meine Hälfte gehabt – diesen Frühling. Oh, aber ich mag nicht denken, daß ich sie nie mehr haben soll! Ich würd' mein Leben dafür hergeben, sie zu streicheln und zu merken, daß sie sich mir gibt... sie über die Hüften zu streicheln...« Seine Augen öffneten sich in einem breiten Blitz, dann verdunkelten sie sich wie in einer Ohnmacht.

Duncan leerte abermals sein Glas. »Aber Sie wären nicht bereit, unter ihren Bedingungen mit ihr zu leben?« fragte er.

»Ach! Sie würde sich mir nie richtig geben... nie ganz richtig bis zum letzten. Wenn ich zu ihr käm', würde sie das letzte für sich behalten. Sie könnte nicht anders.«

Duncan läutete ungestüm nach noch mehr Whisky.

»Haben Sie nichts dagegen, wenn Clifford das Kind für sich hat?« erkundigte er sich, auf etwas anderes übergehend.

Parkin runzelte die Brauen.

»Wenn's ihr gleich ist. Das ist ihre Sache...« sagte er ungeduldig.

Er trank ebenfalls seinen Whisky. Mit dem geröteten Gesicht und den geweiteten Augen war er schön, und er strahlte eine gewisse Macht aus: eine Glut sanfter, menschlicher Macht, die Duncan den demokratischen Gedanken plötzlich in einem neuen Lichte sehen ließ – Menschen, in denen diese Glut menschlicher Schönheit und Bewußtheit entzündet war, die sich glühend zu einer andersartigen Berührung öffneten.

»Warum lassen Sie sich die beiden Zähne nicht machen?«

»He?« Die geweiteten Augen blitzten vor Unwillen und veränderten sich ebenso schnell wieder. »Ja, ich werd's eines Tages machen lassen«, antwortete er. »Bills Frau setzt mir deshalb dauernd zu.«

»Na schön«, sagte Duncan. »Im Augenblick gibt es nichts zu tun.«

»Nein«, versetzte Parkin.

»Lassen Sie sie eine Zeitlang in Ruhe – bis sie Ihnen ein Zeichen gibt – oder bis Sie das Gefühl haben, daß Sie sie unbedingt sehen müssen. Dann erzählen Sie ihr von der Kommunistensache. Sie ist für Sie wesentlich, nehme ich an?«

»Was? Unser Arbeiterverband? Ja! Das ist was, das ich angefaßt hab' und nicht mehr loslassen kann – wie 'n elektrisches Ding. Ja, das ist sehr wichtig.«

»Dann erzählen Sie ihr später einmal davon – und auch von dem Haus bei Sheffield – und dann sehen Sie halt.«

»Ja, so muß ich's machen. – Es ist nicht so schlimm, 'n bißchen zu warten, während sie das Kind bekommt. Aber zu denken, wenn ich sie hätte und mit ihr im Arm schlafen könnt'... Na, vielleicht würd' ich darüber andre Dinge vergessen und tun, was sie verlangt, und es später bereun. – Ich will warten! Ich will warten. Ich weiß, das ist das beste.«

Parkins glänzendhelle, geweitete Augen schienen voller seltsamer, ungeborener Dinge. Duncan betrachtete ihn und stand ein wenig unsicher auf.

»Wollen wir gehen, ehe man uns hinauswirft?«

»Ja.« Parkin erhob sich und strammte die Schultern gegen die feindliche Atmosphäre des Hotels. Er war hier nicht in seinem eigenen Element. Die besondere körperliche Glut seiner Gegenwärtigkeit ließ ihn unter den vielen Männern, die da tranken, auffallen, und die Feindlichkeit des Ortes war ihm klar. Duncan lachte. Er hatte es längst gelernt, fremde Menschen in Hotels nicht zu beachten.

Duncan bestand darauf, Parkin nach Hause zu fahren, aber er wollte nicht mit hineinkommen.

»Auf Wiedersehen«, sagte er. »Wir treffen uns eines Tages wieder.«

»Ja, hoffentlich. Und ich dank' Ihnen – Sie wissen schon.«

»Ach, lassen Sie nur!«

Duncan fuhr ab; er fühlte sich besonders einsam, als ob ein Feuer in ihm erloschen wäre.

›Wenn es ihr auch so geht, wird sie niemals von ihm lassen‹, sagte er zu sich, während er die Stadt verließ und in die geisterhafte Nacht der Schlote hinausfuhr. Die Wolken lagen tief und hatten einen rötlichen Schimmer. Was machte es aus! Was machte irgend etwas aus! Sollte die Welt untergehen, wenn sie untergehen wollte!

Aber Duncan genoß diese leichtsinnige, wogende Verzweiflung. Sie war so viel leidenschaftlicher und lebendiger als seine gewöhnliche nervöse Gespanntheit. Er sauste durch die Fabriknacht, als wäre er der Satan, der den Schwefel weit draußen unter dem niederen Himmel roch.

Und er genoß es, auf Wragby in sein Zimmer zu schlüpfen, ohne von jemand gesehen zu werden. Nachdem er seine Schlafzimmertür geschlossen und verriegelt hatte, blickte er sich voller Frohlocken um. Er war allein! Niemand konnte zu ihm gelangen! Dieser Raum war seine eigene kleine, unversehrte Welt.

23

Einige Tage später reiste er ab, ohne mit Constance ernsthaft gesprochen zu haben. Er neckte sie nur. »Erinnerst du dich noch der Zeit, Constance, als wir so eifrige Sozialisten waren?«

»Das war bloß Kinderei«, entgegnete sie.

»Oh, eine Weile war es Kinderei, bis es ziemlich ernst wurde. Hast du jetzt immer noch solche Anschauungen?«

»Ich?« Sie sah ihn an. »Ich glaube, ich habe noch ziemlich die gleichen Anschauungen. Ich bin Sozialistin, soweit unsere Grafschaft in Frage kommt – vor allem seit man mich, oder vielmehr Clifford, herausgefordert hat. Ich bin für ein oder zwei Stunden eine Revolutionärin. Dann läßt das nach. Leider interessiert mich Politik nicht mehr.«

»Sie ist auch nicht interessant. – Und wie steht's mit den Kommunisten und den ›krassen Bolschewiken‹, wie die Leute sie nennen?«

»Ach, die sind nicht sehr befeuernd, oder findest du?«

»Auf mich wirken sie nicht so. Doch vielleicht haben sie ein echtes Gerechtigkeitsgefühl. Und für ein widerspenstiges Volk ist das etwas sehr Wirkliches.«

»Ja! Ja! Nur kann ich mich über große unbestimmte Ungerechtigkeiten, die mich persönlich nicht berühren, irgendwie nicht aufregen. Das Leben ist immer ungerecht. Ich finde es ungerecht, daß Clifford gelähmt ist – das ist ihm gegenüber eine Ungerechtigkeit und auch für mich als seine Frau. Schicksal und Ungerechtigkeit scheinen mir sehr dasselbe zu sein. Jeder muß seine eigene Ungerechtigkeit tragen.«

»Aber wenn man fühlt, daß man sie abschütteln kann?«

»Dann muß man es wohl tun.«

Er dachte darüber ein Weilchen nach.

»Hast du vor dem Kommunismus Angst?« fragte er.

Sie blickte auf und dachte ebenfalls nach.

»Ja«, gab sie gedehnt zu, »ich glaube, ja. Ich habe vor allem Materiellen Angst – vor Löhnen und Staatseigentum, sonst vor nichts.«

»Was gibt es denn heute anderes als Materialismus?«

»Ich weiß. Aber heute bleibt jedem ein Spielraum, *nicht* materialistisch zu sein, wenn man es nicht sein will. Clifford und ich brauchen nicht materialistisch zu sein, nur weil wir gewisser materieller Erleichterungen sicher sind. Darin scheint mir die einzige Möglichkeit zu bestehen, vom Materialismus frei zu kommen.«

»Und du und Clifford, seid ihr keine Materialisten?«

»Ich glaube nicht. Oder findest du?«

»Nicht weit davon entfernt, würde ich sagen.«

Sie machte eine Pause und überlegte etwas. »Jedenfalls«, erklärte sie dann erregt, »sind wir keine solche Materialisten, keine solchen atavistischen Materialisten, wie wir es wären, wenn wir heute in Rußland leben würden. – Oder glaubst du an Rußland?«

»Nein, leider nicht. Nicht daß ich Näheres darüber wüßte. Aber ich empfinde es als einen atavistischen Materialismus, was dort herrscht, genau wie es in Amerika ein progressiver Materialismus ist. Immerhin bin ich durchaus bereit, mich vom Gegenteil überzeugen zu lassen.«

»Ganz recht«, sagte sie. »Aber man fühlt sich niedergedrückt, wenn man an das heutige Rußland denkt. Und in der gleichen Weise fühlt man sich beim Gedanken an den Kommunismus bedrückt.«

»Gewiß«, erwiderte er. »Mir geht es auch so. Doch ist mir klar, daß die Arbeiterschaft früher oder später etwas tun *muß*. Und schließlich ist England nicht Rußland. Ein Tevershaller Grubenarbeiter ist kein russischer Bauer. Ich kann mir die englischen Arbeiter nicht vorstellen, wie sie sich die Köpfe einrennen, nur weil du auf Schloß Wragby haust. Du?«

»Nein, ich kann mir das auch nicht vorstellen«, sagte sie. »Und ich glaube nicht, daß sie es tun würden. Sie sind viel zu menschlich.«

»Durchaus! Aber sie werden mit jedem Jahr weniger menschlich, scheint es mir. Hoffnungslos! In dieser Gegend überkommt mich ein schreckliches Gefühl der Hoffnungslosigkeit, des Absterbens. – Weißt du, was die Engländer sich meiner Meinung nach in Wirklichkeit wünschen?«

»Was?«

»Kontakt! Einen gewissen leidenschaftlichen, menschlichen Kontakt untereinander. Und vielleicht würde, wenn die Kommunisten das berühmte ›System‹ tatsächlich zertrümmerten, eine neue Beziehung zwischen den Menschen erstehen: daß sie sich dann wirklich nicht mehr ums Geld scheren, sondern nach dem Leben, nach dem verbindenden Lebensstrom streben.«

Es entstand ein Schweigen. Constance nähte langsam.

»Das könnte sein«, sagte sie schließlich. »Nur sehe ich nicht, wie das durch den Sozialismus – oder den Kommunismus – entstehen sollte. Warum fangen wir jetzt nicht damit an?«

»Weil wir ganz genau wissen, daß wir alle von dem ›System‹ herumgefahren werden. Wir sitzen alle in einem Autobus oder in einem Karussell, in einer Straßenbahn, einem Zug, einem Förderkarren oder in einem Privatauto und werden von dem Mechanismus eines materialistischen Systems ringelum befördert. Wir begegnen uns nie, weil wir immer nur aus einem Fahrzeug steigen und nach einer halben Stunde schon wieder in ein anderes klettern. Und so geht es weiter, bis es der Leichenwagen ist. – Es ist das System. Ich glaube, daß die Engländer zu einem großen Teil des Materialismus über haben und es müde sind, ihre Herzen zu verhärten, um sie in Gang zu halten. – Ja, seit dem Kriege hasse ich die Demokratie. Aber jetzt sehe ich ein, daß es verkehrt ist, eine Aristokratie zu erstreben. Was wir wünschen, das ist ein Lebensstrom vom einen zum andern – um einen natürlichen

Strom in uns zu befreien, der nach Befreiung drängt. Nur fürchten wir uns alle, daß wir von dem Autobus überfahren werden; deshalb springen wir auf und lassen uns davontragen...«

Constance bedauerte es nicht, als er in sein kleines Auto sprang und sich von ihm nach London tragen ließ. Sie fühlte, daß er sie in gewisser Weise zu zwingen versuchte. Seit sie ihre Verlobung gelöst hatten, wollte er sie zwingen, etwas in ihrem Innern aufzugeben, das sie nicht aufgeben wollte. Erleichtert nahm sie von ihm Abschied.

Schon kam der Oktober mit völlig gelbem Laub. Und sie mochte von nichts und von niemand belästigt werden. Tiefe, wollüstige, fast geile Gleichgültigkeit und Zufriedenheit waren über sie gekommen, eine eigenartige weibliche Zufriedenheit, die etwas Rachsüchtiges an sich hatte. Sie war schwanger, und sie fühlte sich wohl. Sie fühlte sich außerordentlich schläfrig und lebensvoll, gleich einer Katze, die eine lange Nacht draußen gewesen ist und sich nun verschlafen, wollüstig vor dem Feuer das Fell leckt. Daß niemand sie störe! Vor allem versuche kein Mann, sie zu stören oder seine Gedanken auf sie zu richten. Es war ihr zumute, als könnte sie ihn mit einem Tatzenschlag zerreißen, wenn er es versuchte. Parkin oder Duncan – *à la bonne heure!* Sie sollten ihr aus dem Wege bleiben. Jetzt war es ihre eigene Stunde, ganz und gar ihre eigene, vom Mutterschoß erfüllte Weibesstunde.

Clifford ließ sie in Frieden. Dies hatte bewirkt, daß sie ihn haßte, wenn sie Leben und Widerhall brauchte; doch jetzt zollte sie ihm dafür kalte Anerkennung. Er verlangte nichts von ihr außer gewissen Äußerlichkeiten und gewissen Betätigungen im Haushalt. Sie führte sein Haus sorgfältig und gut. Er hatte es gemütlich. Ungehindert konnte er seinen eigenen geisterhaften Weg gehen. Und sie verlangte nichts. Mochte er sein Radio andrehen und Madrid oder gar den Himmel bekommen – ihr war es gleichgültig. Sie hielt sich oft allein in ihrem Zimmer auf, wo sie nähte, strickte, stopfte und schrieb. Und sie verlangte nach keinem Menschen.

Eines Sonntagabends, als das Radio ihn nicht fesselte, bat er sie, unten zu bleiben und ihm etwas vorzusingen.

»Sing mir etwas Connie! Ich habe dich so lange nicht mehr gehört.«

»Du hast so lange nicht mehr darum gebeten«, entgegnete sie.

»Ach, das macht nichts«, sagte er geringschätzig. »Ich finde, du bist dort oben im zweiten Stockwerk allzu weit entfernt. Sing – und ich will versuchen mitzusingen. Soll ich?«

»Einverstanden«, erwiderte sie. Und sie ging zum Flügel hinüber.

Sie hatte eine ziemlich kleine, aber hübsche Stimme, die jedoch zum Detonieren neigte. Sie nahm ihre alten Lieblingslieder von Brahms, Schubert und Schumann vor – aber sie dünkten sie jetzt alle unangebracht. Die gewöhnlicheren Lieder sagten ihr mehr zu. »Oh, kannst du nähn ein Kissen, und kannst du nähn ein Laken!« Plötzlich wurde das Lied ganz gefühlvoll für sie. Und sogar »Das Kohlenschiff« wurde ihr wirklich.

»Oh, wer gleicht meinem Heiner,
So forsch und munter ist keiner,
Von allen blauen Jungen,
Die auf dem Tyne fahren,
Hat niemand ihn bezwungen...«

Da trällerte sie lustig, ohne sich überhaupt klarzumachen, daß es Clifford gegenüber eine Grausamkeit war. »Das Kohlenschiff gleitet dahin...« Das Lied freute sie. Sie bewegte sich fröhlich singend am Flügel hin und her.

»Ich finde forsch so ein nettes Wort«, sagte sie, ohne sich umzuwenden.

»Connie!« rief er.

Sie drehte sich um. Und zu ihrer Überraschung gewahrte sie Tränen in seinen Augen.

»Was ist denn?« fragte sie erstaunt.

»Du hast kein sehr vergnügliches Leben mit mir«, sagte er. »Es wundert mich nicht, daß du dich so viel wie möglich von mir fernhältst.«

Es wurde ihr klar, daß sie, ohne es zu wissen, grausam gewesen war, und ihr Herz zog sich zusammen. Aber sie empfand auch die Eintönigkeit seines ichbezüglichen Gedankens. Er dachte an sein eigenes Unglück.

»Oh, aber es geht mir ausgezeichnet«, antwortete sie. »Mein Leben ist so, wie ich es mir wünsche.«

»Wirklich? Ich befürchtete so sehr, daß du dich langweilst – oben in deinem Zimmer.«

»O nein – ganz im Gegenteil«, erwiderte sie.

Er sah sie sonderbar an.

»Ich habe dir noch nicht gesagt, daß ich ein Kind bekomme«, fuhr sie fort, und die Worte erstickten ein wenig in ihrem Halse.

Es entstand Totenstille. Er blickte auf seine Hände nieder.

»Ich fragte mich schon, ob das wohl der Fall wäre«, sagte er dann leise.

Jetzt war sie an der Reihe, sich still zu verhalten.

»Wann erwartest du es?« forschte er mit angestrengter, ferner Stimme.

»Im Frühling. Im März, glaube ich.«

Sie saß auf dem Klaviersessel, zurückgezogen in ihr eigenes trächtiges Wesen. Er saß in seinem Rollstuhl mit gesenktem Haupt.

»Ich fragte mich schon, ob das wohl der Fall wäre«, wiederholte er in nachdenklichem Tone, aus dem sie nichts heraushören konnte.

»Freust du dich nicht?« sagte sie.

Er sah mit einem spöttischen Lächeln auf. »Als Stellvertreter, nehme ich an. Hoffentlich war der Mann wenigstens...« Seine Augen flackerten über ihr Gesicht.

Sie antwortete nicht.

»Er ist wohl nicht Duncan Forbes' Kind, wie?«

»Ich finde es schrecklich von dir, Fragen zu stellen«, versetzte sie, indem sie sich hinter ihre Mutterschaftswürde zurückzog. »Warum mußt du das?«

»Die eine Frage ist mir hinausgerutscht. Sie liegt so auf der Hand...« Und er lächelte satirisch.

»Nein, es ist nicht Duncans Kind«, sagte sie ruhig. »Wenn du noch mehr fragst, muß ich fortgehen.«

»Noch eine kleine Frage, Liebes! – Hat es wenigstens einen

Engländer zum Vater...?«

»Einen Engländer! Ja!«

Sie stand auf.

»Nein, geh nicht! Ich frage dich nichts mehr. Ich nehme es als gegeben hin. Pflücke du Rosenknospen, wie es dir gefällt... Und du? Du bist ziemlich froh darüber, wie?«

»Ziemlich.«

»Du siehst blühend aus. Curzon sagte neulich auch, wie wunderschön weiblich du blühst. – Sag mir eins, Con. Es ist keine eigentliche Frage. Hast du... hast du es meinetwegen getan? Ich weiß, das klingt egozentrisch. Aber wenn ich das Gefühl hätte, daß du es nur ein wenig um meinetwillen tun wolltest...«

»Ich hoffte, es würde dich glücklich machen«, fiel sie schnell ein. Das Blut färbte ihr Hals und Gesicht.

»Wie schön du bist!« sagte er. »Du bist eine jungfräuliche Mutter. Eine Madonna wie eine Rose anstatt wie eine Lilie. Bei Gott, ich hoffe, daß das Kind deiner wert sein wird. Ich werde meine Farben hervorholen und dich zu malen versuchen: die moderne Madonna! Und ich der Joseph! Ich verfalle noch dem Madonnenkult, der Marienanbetung! Was für eine wunderbare Frau du bist! Gib mir einen Augenblick deine Hand, ja?«

Sie ging zu ihm und reichte ihm die Hand. Er küßte ihre Hand und drückte sie ans Gesicht. Dann küßte er ihren Trauring. Und sie, indes sie da stand, dachte bei sich: ›Was für eine Szene! Was für eine Szene! Wie ich es hasse, eine wundervolle Frau genannt zu werden. Aber wahrscheinlich gehört es zur göttlichen Gerechtigkeit, daß ich es von Clifford hören muß.‹

Dann sagte er zu ihr: »Hoffentlich ist es ein Junge.«

»Ja, hoffentlich. Aber wir dürfen nicht enttäuscht sein, wenn es ein Mädchen ist.«

»Enttäuscht! Mein Liebling, du wundervolle Frau, wenn es ein Mädchen ist, kann ich es verehren, wie ich dich verehre.«

Bei diesen Worten bekam Constance eine Gänsehaut. »Du mußt mich nicht verehren«, entgegnete sie. »Dadurch gerate ich in eine falsche Lage. Laß uns wenigstens vernünftig sein. Ich bin sehr, sehr froh, wenn du dich freust. Aber laß uns keine große Sache daraus machen. Wir wollen ganz ruhig bleiben. Es ist so schön, ruhig zu sein und die Natur wie einen vollen Fluß in sich hereinfließen zu lassen.«

»Du hast recht. Du hast vollkommen recht!«

Nach dieser Szene ging Constance so bald wie möglich in ihr Zimmer hinauf. Jetzt hatte sie immer einen Entschuldigungsgrund, so selbstsüchtig zu sein, wie sie nur wollte. Und Clifford konnte nur ins zweite Stockwerk gelangen, wenn starke Männer ihn hinauftrugen. Er kam tatsächlich nie herauf.

Constance fühlte sich nach der kleinen Szene merkwürdig übel. Ein schlimmer Brechreiz überwältigte sie. Sie konnte Clifford und sein Verhalten nicht ertragen. Nein, sie konnte es nicht ertragen, daß er ihre Hand und den Trauring auf diese grausige, halbirre Weise küßte. Er war halbirr. Und von allen Krankheiten fand sie Irrsinn am entsetzlichsten und abstoßendsten. Er schien aus Bösem zu stammen: da die Seele böse war, wurde der Geist gestört. Er wurde gestört, um sich dem Bösen der Seele anzupassen. Zum erstenmal in ihrem Leben wünschte sie Clifford den Tod. Nie zuvor hatte sie diesen Wunsch verspürt. Und auch jetzt schrak sie vor sich selbst zurück. Und doch, aus der fernen Tiefe ihres Wesens fühlte sie einen stummen Wunsch aufsteigen. Es war jetzt der Wunsch, daß er sterben möchte.

Auch dies erschreckte sie. Aber an diesem Abend quälte sie eine traurige, graue Angst, die Angst der Frau vor Affen: die Welt schien grau und affenhaft. Und es war, als drohte ein Verhängnis, das sich langsam, langsam gleich der Flut näherte. Graues, langsames, widerliches Verhängnis – sie fühlte seine herannahende Feuchtigkeit wie Schimmel an den Wänden ihres Zimmers. Und sie konnte es nicht ertragen.

24

Sie hatte ihr Zimmer geliebt. Die Wände waren zartrosagrau; den Boden bedeckte eine Matte, die angenehm nach Binsen roch, und auf der einige dünne hellblaue und altrosa Perserteppiche lagen. Es standen hier ein Spinett und ein zierlicher Schreibtisch aus Palisanderholz, Chintzsessel mit Tulpenmuster, und hinter der

Couch hing ein Gobelin. Sie hatte einen hübschen kleinen Kamin aus gelblichem Marmor und ein helles Holzfeuer. Und da waren zwei große Vasen mit hellroten aufblühenden Chrysanthemen.

An diesem Abend war alles tot. Sie betrachtete ihre eigenen Bemühungen, einen schönen Raum zu schaffen, wie Puder auf dem Gesicht einer alten Frau. Weder das Feuer noch die Lampe konnte ihr die Übelkeit nehmen, auch sie nicht von der Angst befreien, als sie den Schimmel eines langsamen Verhängnisses sich auf den Chintzsesseln und an den Wänden festsetzen fühlte. Und sie selber, die da allein in einem weichen Sessel am Marmorkamin saß, war eine alte Frau, unermeßlich alt. Eine verborgene Schlüpfrigkeit kroch aus allem hervor, und mit ihr kam eine schreckliche kalte Furcht in ihrem Leibe. Wie war das möglich? Wurde das Kind in ihr zu einer Leiche? Der Gedanke erfüllte sie mit unsagbarer Angst. War sie körperlich schon ein Friedhof? Warum empfand sie dieses kalte, fürchterliche Grauen in ihrem Innern?

Es rührte von allem her: nicht nur von Cliffords halbem Wahnsinn, sondern auch von dem feuchten Park und dem Schwefelgeruch der Kohlengruben, von Tevershall hinter den Bäumen. Ein graues, schimmliges Entsetzen, das den Weltuntergang bedeutete.

Der Schimmel der Verderbtheit und der Unsittlichkeit. Eine eigentümliche Unsittlichkeit war in Clifford. Das Leben war ein Ding, das er zu einem grauen Trugbild machte. Nur weil es ihm, seinem eigenen ichbezüglichen Egoismus so paßte, war sie nun eine unbefleckte Mutter geworden, eine jungfräuliche Schwangere, die als Jungfrau gebären würde. Wie entsetzlich! Eine jungfräuliche Geburt war an sich eine Unzüchtigkeit, wenn sie doch die Wärme des Mannes in ihrem Innern fühlte. Das Kind war das Leben des Mannes in ihrem Innern. Wie beleidigend, ihr eine jungfräuliche Geburt vorzuwerfen!

Aber so war es! Clifford hatte von jeher den Geschlechtstrieb verabscheut, hatte alles verabscheut, was außerhalb seiner eigenen ichbezüglichen Beherrschung lag. Und sie selber war fast ebenso schlimm gewesen. Sie erkannte ihre Sünde mit ihm: wie sie gedacht hatten, er und sie, daß sie den Geschlechtstrieb für sich benützen und das Ich, das in jedem von ihnen war, vergrößern könnten. Jeder hatte den Sieg des Ichs erstrebt, sie für sich, er für sich. Und jetzt wurde er, zwar geschlagen, aber ausdauernd, gewohnheitsmäßig wahnsinnig, seine Ichbezüglichkeit wurde zur Geistesgestörtheit. Was sie selbst betraf, so war sie teils zu etwas anderem übergegangen, und teils leistete sie Widerstand.

Sie dachte wieder an Parkin. Auch er war in gewisser Weise von einem Dämon besessen, von etwas, das sie erschreckte, und von dem sie sich fernhalten mußte. Aber es war ein lebendiger Dämon, keine Unzüchtigkeit. Es war ein blasser tödlicher Zorn, der wie ein Gespenst in seiner Seele umging. Sie fühlte die Unvermeidlichkeit. Sie mußte warten, sie mußte warten. Sie fühlte den Zorn in seiner Seele hin und her, hin und her schreiten, gleich einem blassen, im Käfig eingesperrten Leoparden, der entschlossen war, hinauszugelangen und den Fängern ins Gesicht zu springen. Nun, es mußte wohl so sein! Sie mußte eben warten.

Aber wenn das andere, das Zarte, Rosige, das zwischen ihnen bestand, erstarb! Was, wenn es starb? Sie fühlte, daß es an diesem Abend den Tod erlitten hatte. Sie hatte es verraten, und es war gestorben.

Was? Was? Der Kontakt, der unendlich feine, lebendige Kontakt zwischen ihr und ihm. Die Beziehung. Duncan hatte recht: der neue Kontakt war es, der den Schlüssel zum Leben bildete. Sie wußte es jetzt, jetzt, da er plötzlich abgebrochen war, und sie kam sich vor wie ein totes, vom Lebenskörper abgeschnittenes Glied. Bisher war er so warm und sicher geströmt; nie hatte sie sich, indes sie mit dem Kinde ging, klargemacht, daß er bestand. Sie hatte gedacht, nur sie allein, ihre eigene prächtige Gesundheit habe alles zustande gebracht.

Und jetzt, an diesem Abend, wo die Welt grau und affenmäßig geworden und eine kalte Unsicherheit in ihrem Leibe nagte, erkannte sie ihren Irrtum. Es hatte etwas Heiliges bestanden, ein lebendiger, strömender, unberührbarer Kontakt zwischen ihr und dem Manne. Und an diesem Abend hatte sie mit ihrem dummen, anmaßenden Willen, hatte Clifford mit seinen affenartigen Lippen ihn zerrissen.

Oh, wie durfte sie es wagen, so damit zu spielen! Es war für sie das Leben. Nicht der Mann selber, seine Person, sondern der Kontakt, den sie mit ihm hatte. *Das* war für sie das Leben. Es war der einzige Lebenskontakt, den es für sie gab. Sie erkannte jetzt, daß sie ohne diesen Kontakt nur ebenfalls ein grauer Affe war, ein rosagrauer Affe wie Clifford und wie so viele Menschen.

Und ihr Herz empörte sich gegen die Affen. Sie müßten sterben. Sie lebten bloß, um alles affenmäßig gräßlich zu machen. Sie waren unnachgiebig wie der Verfall. Sie konnten keine Veränderung kennen – nur ein Zunehmen des Verfalles. Sie waren so und nicht anders.

Sie glitt auf die Knie nieder und vergrub den Kopf im Sessel und betete hilflos: »Bewahre mich davor! Oh, bewahre mich davor! Bewahre mich davor, alles gräßlich anzusehen! Laß es nicht zwischen ihn und mir einbrechen. Erhalte ihn mir, erhalte ihn mir, und erhalte mich ihm! Laß mich nichts verraten. Oh, laß mich es nicht verraten. Zeig mir, was ich tun soll! Was soll ich tun, was soll ich tun, daß ich nicht zur Verräterin werde? Ich will keinen Verrat üben. Oh, laß mich nicht zur Verräterin werden! Um des Kindes willen darf ich keine Verräterin sein. Ich muß es dem Leben gebären, nicht dem Tode im Leben! Ich möchte, daß es Leben hat. Oh, ich möchte, daß es lebt und Leben hat. Ich möchte, daß mein Kind dem Leben geboren wird! Das ist alles, was ich ihm wünsche...«

Ihre ganze Seele erhob sich in leidenschaftlichem Gebet, während sie da kniete, das Gesicht in den Kissen des Sessels vergraben. Und sie drückte die Kissen an die Brust, und allmählich ging sie in eine Stille, einen Frieden über; die Kälte und das Entsetzen verließen sie. Ihre Seele wurde wieder warm. Der Kontakt kehrte zurück; sie schien sanft, warm einzuschlafen.

In jähem Schrecken und Entsetzen fuhr sie zusammen. Draußen ertönte ein Geräusch. Ja, es wurde geklopft! War er heraufgekommen? Schrecken aller Schrecken, sie hatte begonnen, die Affenverfolgung.

Das Klopfen wiederholte sich. Sie bedurfte all ihrer Kraft und gesellschaftlichen Schulung, um sich zur Türe zu schleppen. Sie fühlte sich zu Stein werden, während sie aufmachte. Es war Mrs. Bolton.

»Sir Clifford bat mich, heraufzukommen und nachzusehen, ob Sie wohlbehalten im Bett sind, und ob ich Ihnen etwas bringen könnte«, sagte die Frau mit weicher, schmeichlerischer Stimme.

»Oh! Es ist ja noch nicht spät, oder doch?«

»Ungefähr ein Viertel vor elf.«

»Oh! Ich gehe gerade zu Bett.«

»Und möchten Sie nicht eine Tasse heiße Milch haben – oder etwas Fleischbrühe und ein belegtes Brötchen? Nehmen Sie jetzt etwas zu sich. Ich bring's Ihnen, wenn Sie im Bett sind. Sie müssen so viel wie möglich essen.«

»Warum?« fragte Constance.

»Sir Clifford sagte mir alles«, antwortete die Frau mit ungemein vertraulicher Weichheit und Geheimnistuerei. »Und das ist die schönste Neuigkeit, die ich seit wer weiß wie langer Zeit gehört habe. Nur müssen wir jetzt natürlich ebenso für die gnädige Frau sorgen wie für Sir Clifford. Ich werde ihm sagen, daß er jetzt erst an zweiter Stelle kommt. Aber er ist sehr gut, er wird sich über alle Maßen freuen.«

Constance stand in der Türe und vernahm all dies mit einer gewissen Benommenheit. Das blasse Gesicht der Frau war sanft und im geheimen frohlockend, und ihre Augen musterten Constances Gestalt mit besonderem Eifer.

»Oh!« sagte Constance. »Nein, ich möchte nichts, vielen Dank.«

»Ist Ihnen jetzt nicht schlecht? Sie würden sich besser fühlen, wenn Sie etwas zu sich nehmen. Und mögen Sie Porterbier? Ich bin eine große Anhängerin von dunklem Bier, falls man es mag.«

»Ja, ich habe es recht gern.«

»Schön!« Das war ein Ausruf des Entzückens. »Dann werde ich morgen zwei Dutzend Flaschen bestellen, und das ist immerhin etwas. Es kommt im März, sagte mir Sir Clifford?« Die letzten Worte sprach sie im Tone äußerster Geheimnistuerei und Erregung.

»Ja, ich denke.«

»Fünf Monate lang müssen wir also für Sie sorgen. Darf ich mir eine Frage erlauben: War die gnädige Frau schon beim Arzt?«

»Ja, ich war kürzlich bei Doktor Theale.«

»Bei Doktor Theale! Oh, das ist gut! Er ist auf jeden Fall zuverlässig. Und was hat er gesagt?«

»Er sagt, es sei alles in bester Ordnung – und er meinte, daß es anfangs März kommen würde.«

»Oh, wenn man denkt! Ich freu' mich so sehr!« Und Mrs. Bolton stieß ein sonderbares, aufgeregtes kleines Gekicher aus. Dann blickte sie Constance mit glänzenden Augen an, die voller Wissen waren, als kennte sie ihr Geheimnis und beglückwünschte sie dazu. »Und die gnädige Frau freut sich wohl auch?«

»Ja, ich bin froh!«

»Das glaube ich gern. Das glaube ich gern! Damit erfüllt sich das Leben der Frau. – Und der Glückliche ist Sir Clifford, meiner Treu!« Aus ihren Augen blitzte abermals der wissende Blick.

»Ja. Ich will jetzt in mein Schlafzimmer hinuntergehen. Schauen Sie bitte, daß das Feuer in Ordnung ist? Ich brauche nichts. Ich esse nicht gern vor dem Schlafengehen. Stören Sie mich also bitte nicht. Gute Nacht.«

»Gute Nacht, gnädige Frau. Ich werd' nach dem Feuer sehen und alles hier in Ordnung bringen...«

Constance begab sich in ihr Schlafzimmer im ersten Stock und verschloß die Türe. So! Es hatte angefangen. Das Gesichterschneiden der Affen hatte angefangen.

Nun wohl, sie mußte fortgehen. Törin, Törin, Törin, daß sie gedacht hatte, sie könnte hierbleiben und dem gespenstischen Clifford das Kind lassen. Das Kind! Das Kind! Als ob es bei der Sache nichts zu sagen hätte! Ihr lebendiges Kind, ihr und Parkins Kind! Törin, daß sie es Clifford hatte erzählen müssen! Törin, daß sie mit ihrem Leben und dem ganzen Leben des Kindes hatte spielen müssen. Ebensogut hätte sie versuchen können, die große Blutader zu zerreißen, die das Kind in ihrem Leibe nährte, so daß sie selber verblutete und das Kind zu Asche wurde. Wie konnte sie, allein um des Kindes willen, an dieses Totsein bei lebendigem Leibe denken, zu dem es auf Wragby verurteilt wäre!

Sie mußte fortgehen, in aller Ruhe, unter dem Vorwand, daß sie Hilda besuchen wollte. Und dann mußte sie Clifford mitteilen, daß sie nie mehr zurückkehren würde, und ihn um seine Einwilligung zur Scheidung bitten. Wenn er sich nicht von ihr scheiden ließ, dann mußte sie einen anderen Ausweg suchen, um das Kind vor ihm zu retten. Selbst wenn sie gezwungen war, ihren Namen zu ändern und irgendwohin weit fort zu ziehen, sie mußte es tun.

Es war seltsam, wie sehr sie, nun ihre Seele einmal erwacht war, Clifford haßte: die Abgestorbenheit und tote Festigkeit, die sich in ihm zu Unzüchtigkeit gewandelt hatten, die Moral, die so gespenstisch war. Nie ein Hauch frischen Lebens, nie, nie. Immer diese sanfte, faulige Duldsamkeit, eine Duldsamkeit, die darin bestand, auf alles ein falsches Licht zu werfen, aus allem, allem, sogar aus ihrem durchaus tatsächlichen Ehebruch ein Ereignis zu machen, das ihm selber schmeichelte. Stets schmeichelte er auf feine Weise seiner Eitelkeit: wie ein hochgezüchteter, listiger Affe, wie ein Junkernaffe! Ja, sie haßte ihn, und ihr Mitleid mit ihm war ein übel Ding, das ihrer eigenen listigen Selbstsucht entsprang. Mochte er sterben! Mochte die Flut ihn und seinesgleichen für immer wegschwemmen.

Inzwischen mußte sie leise, verstohlen gehen, wie man aus einer Affenbehausung schlüpfen würde. Und sie durfte Parkin nicht belästigen. Sie mußte ihm ein freundliches Wort schreiben, sobald sie fort war. Dann mußte sie auf ihn warten, bis er geschieden war und sie ihr Kind geboren hatte.

Sie mußte zu Hilda gehen. Und sie mußte den Anwalt ihres Vaters dazu bestimmen, daß er für sie handelte. Sie mußte für immer von Wragby loskommen. Sie mußte all den Schleim abwischen, der sich hier an sie geheftet hatte, den ganzen Schleim ihrer hohen Stellung, die sie nun verabscheute wie eine Krankheit. Mein Gott, wie wohltuend, keine gnädige Frau, sondern nur eine Mrs. Parkin zu sein! Sie würde sich wieder ehrlich fühlen. Als Lady Chatterley hatte sie sich immer, immer unehrlich gefühlt. Sie hatte sich stets irgendwie als Einschleicherin gefühlt, wenn man »gnädige Frau« zu ihr sagte, obwohl es ihrer Eitelkeit natürlich gefallen hatte.

Aber jetzt fort von der ganzen aussätzigen Beschmutzung: nur Mrs. Parkin sein, falls es möglich war, oder ihren Mädchennamen wieder annehmen und in einem gewöhnlichen Vorstadthaus wohnen! Welche Wonne! Draußen sein an der kalten Luft des Lebens, nicht erstickt in der Leblosigkeit von Wragby. Nein, sie brauchte nicht in eine Arbeiterwohnung zu ziehen! Aber in ein Bauernhaus oder in eine Vorstadtvilla mit neun oder zehn Zimmern – es war ihr gleich! Auf jeden Fall mit dem Leben in Berührung sein. Und wenn sie es konnte, vielleicht in *Kontakt* mit den Arbeitern, gut und schön. Es wäre unsinnig, vorgeben zu wollen, daß sie zu ihnen gehörte.

Sie atmete tief und ballte die Hände zu Fäusten. Ah, sie fühlte sich glücklich! Fortgehen, für immer fortgehen! Von all diesem hier fortgehen! Wie sie Wragby haßte, das große Totenhaus, das es war. Wie sie den Eigendünkel haßte, der in seine Mauern eingebaut war. Generationen der Überlegenheit und des Vorrechts. Jahrhunderte des Eigendünkels! Die Mauern an sich waren morsch, der Mörtel selber, der die Steine zusammenhielt, zerkrümelte zu tödlich trockenem Moder, vermodert von leerem, stumpfem Eigendünkel einer längst verdampften Überlegenheit. Sie wünschte, sie könnte das Haus niederbrennen, ehe sie es verließ. Welch ein Grab! Welch ein Grab! Und sie hatte es vorher nie erkannt. Trotz ihrem freien Leben und all ihren Erfahrungen in der Künstlerwelt hatte sie Wragby als das Beste, was sich ihr bieten konnte, angesehen.

Bis sie Parkin geliebt hatte. Ja, sie liebte ihn. Er war ein Mann, wenn nicht gar ein Edelmann. Jedenfalls brachte er einen Hauch frischer Luft und einen Hauch frischen Lebens mit sich. Der Liebhaber der gnädigen Frau, wie er sich spöttisch nannte. Wie böse er auf sie gewesen war, weil sie ihn in seiner Männlichkeit nicht wirklich ernst genommen hatte. Oh, die Zukunft lag immer noch vor ihnen.

Nachwort der Originalauflage

Als ich Lawrence kennenlernte, wollte er einen romantischen Roman schreiben, wie er sich ausdrückte, einen Abenteuerroman. Sein ganzes Leben lang wollte er »Lady Chatterleys Liebhaber« schreiben.

Nur ein Engländer oder ein Neu-Engländer konnte dieses Buch schreiben. Es ist das letzte Wort im Puritanismus. Auch bei anderen Völkern gibt es die Ehe, aber die Mittelmeervölker scheinen noch immer die alte Homerische Vorstellung von der treuen Penelope im trauten Heim zu haben – der Mann aber schweift ab zu Circen und Kalypsoen, um dann zu seiner Penelope zurückzukehren, wenn er genug umhergeschweift ist; sie ist stets für ihn da. Die Franzosen haben »l'amour«, die Amerikaner ihre leichten und schnellen Scheidungen, doch die Engländer haben als einzige dieses Brandmal der Ehe. Es ist nicht die Bindung durch gemeinsame Interessen oder durch Kameradschaft oder gar durch Kinder, sondern die von Gott gewollte Unlösbarkeit der Ehe. Englands Größe gründete sich weitgehend auf seine tiefe Auffassung von der Ehe, und das gehört zum Puritanismus.

Lawrence lebte zurückgezogen, als er »Lady Chatterley« schrieb. Das Buch ist in den toskanischen Bergen entstanden. Nicht weit von der Stelle, wo er unter einer großen Sonnenschirm-Pinie saß, war das Heiligtum von San Eusebio. Er hatte eine große Steinplatte in einer Höhle als Bett und eine kleinere Steinplatte als Tisch und in der Nähe eine hübsche kleine Quelle. Es war ein bezaubernder Fleck, zu dem sich Lawrence täglich, vor allem im Frühling, begab, um zu arbeiten. Er mußte eine kleine Strecke durch Olivenbäume zurücklegen, um zu seiner Sonnenschirm-Pinie zu gelangen. Thymian und Minze wuchsen am Weg, rote Anemonen, wilde Gladiolen und Teppiche von Veilchen und Myrtensträucher. Weiße, ruhige Ochsen pflügten.

Da saß er dann, fast bewegungslos bis auf das schnelle Schreiben. Er verhielt sich so still, daß die Eidechsen über ihn liefen und die Vögel dicht um ihn herumhüpften. Ein gelegentlich auftauchender Jagdhund erschrak beim Anblick dieser stummen Gestalt.

Die wenigen Bauern, die an diesem abgelegenen Orte Toskaniens rings um uns lebten, zollten Lawrence mehr unausgesprochene Verehrung, als er an allen andern Orten, wo wir gewesen waren, jemals empfangen hatte. Er verhielt sich zu ihnen nicht einmal sehr freundlich, sondern eher zurückhaltend. Aber instinktiv fühlten sie: Hier ist ein Besonderer. Sie machten sich über ihn nicht lustig, obwohl sie sonst leicht necken. Sie hätten alles für ihn getan.

Täglich las ich nach dem Mittagessen, was er am Vormittag geschrieben hatte, und ich war ganz überwältigt von seiner Fähigkeit, mit gleichem Verstehen einen Sir Clifford und einen Wildhüter zu schaffen. Ich konnte nicht kritisieren – alles hatte etwas Unvermeidliches.

Er schrieb den Roman dreimal; die dritte Fassung wurde veröffentlicht*. Ich liebe die erste Fassung am meisten. Lawrence sagte grimmig, nachdem er die »Erste Lady Chatterley« geschrieben hatte: »Es wird heißen, wie es bei Blake geheißen hat, es sei Mystizismus, aber diesmal werden sie damit keinen Erfolg haben: bei Blake ist es kein Mystizismus, und bei diesem Buch ebensowenig. Die Zartheit und Weichheit hatten nicht genug Kampfgeist und Durchschlagskraft in sich, sie waren ein bißchen still.« Jedenfalls geriet er in eine andere Stimmung und mußte den Roman nochmals vornehmen. Er wollte den Gegensatz zwischen dem Zynismus und Snobismus des modernen Geistes und der Haltung des Wildhüters schärfer gestalten. Um ein Streiflicht auf die lebendige spontane Zärtlichkeit im Manne und die andere geistige, feststehende Einstellung zur Liebe zu werfen. »Die erste Lady Chatterley« schrieb er, wie sie aus ihm, aus seinem eige-

* Die verbotene Fassung von »Lady Chatterley's Lover« erschien schließlich in Florenz.

nen unmittelbaren Wesen kam. Bei der dritten Fassung berücksichtigte er auch das Denken seiner Zeitgenossen.

Wenn ich mich nicht irre, sind die drei Fassungen von »Lady Chatterleys Liebhaber« in ungefähr drei Jahren, von 1925 bis 1928, in unregelmäßigen Zeitabständen entstanden. Er wollte mit allem Nachdruck betonen, was er darzustellen wünschte. Dieser Leitgedanke war, daß es keinen Platz mehr gibt für ungesunde Geheimnistuerei, wenn man etwas gerade und anständig und allen sichtbar darstellt. Er wollte mit der häßlichen Spannung schmutziger Geschichten aufräumen. Das Wort an sich kann nicht schlimm sein; es wird dazu erst durch das, was man hineinlegt. Er erreichte ungemein viel. Das Buch wirkte wie Dynamit. Die Leute, die sich nicht ändern konnten, verabscheuten es wie Gift, aber für viele war es ein gesunder Schrecken, der ihnen die Augen öffnete.

Es bedeutet eine ungeheure Genugtuung, daß die erste Fassung von »Lady Chatterleys Liebhaber« nun auf richtige, übliche Weise erscheinen soll. Offenbar wird das Buch endlich zu seinem Recht kommen. Die wenigen Blätter, die im Manuskript fehlen, fallen nicht ins Gewicht. Lawrence ließ sie unbeschrieben; er trug sich immer mit der Absicht, sie auszufüllen.

Es fällt mir schwer, über Lawrence zu schreiben. Es ist mir, als wüßten die Spatzen auf den Dächern alles über ihn. Es scheint so klar und einfach. Aber vielleicht wissen Spatzen mehr als vielfach zusammengesetzte Menschen. Vielleicht habe ich, die ich sein Leben Stunde um Stunde entfaltet sah, sein Wesen ganz und gar erfaßt. Aber es ist schwer, es in Worten auszudrücken. Die Worte kommen heraus wie junge Spargelspitzen, doch wenn man sie ansieht, machen sie keinen so überzeugenden Eindruck wie Büchsenspargel.

Ich will es versuchen. Ich glaube, die Quelle seines Wesens war Liebe zu seinen Mitmenschen, Liebe zu allem Lebendigen, und fast alle Geschöpfe waren für ihn lebendiger als in Wirklichkeit. Er schien ihnen sein eigenes Leben einzuhauchen. Man kann Lawrence nicht mit intellektuellen Redewendungen darstellen, weil er so viel mehr war als ein Mann mit Ideen, als ein Intellektueller. Aber er hatte im Großen und Kleinen eine ausgezeichnete menschliche Intelligenz. Er regte sich auf, wenn er sah, wie langweilig das Leben der meisten Menschen verlief und wie wenig sie daraus machten, und er versuchte mit aller Macht, ihre Augen zu öffnen, damit sie sich änderten. Er ließ nie nach, er verlor den Mut nicht wie die meisten Reformer. Immer wieder nahm er einen neuen Anlauf. Er war kein Tragiker; er wollte auch nie zugeben, daß die Menschheit tragisch sei, sie irrte nur seiner Meinung nach, aber nicht schlimm genug, daß nicht wahre Weisheit sie auf den richtigen Weg führen könnte. Es war nicht Mitleid, was er fühlte; niemals beleidigte er einen Menschen, indem er ihn bedauerte. Wir müssen lernen, unser Schicksal zu meistern. Es ist merkwürdig, daß er mit seinem unbedingten Unabhängigkeitsdrang nicht in mehr Ungelegenheiten geriet, als es tatsächlich der Fall war. Er wurde angegriffen und geschmäht. Das ärgerte ihn, aber er bedauerte sich nie selber. Es war ein Ansporn, weiterzumachen. Jahre nach seinem Tode sah ich in Buenos Aires, als ich dort durch die Straßen ging, viele seiner Bücher in einem Schaufenster. Ich erschrak. »Hier«, dachte ich, »wo er nie gewesen ist, kaufen die Leute seine Bücher.« Ein dünner, schmaler Mann hat solche Macht in der ganzen Welt. Er war sich der Bedeutung der Zeit, der Verantwortung gegenüber jeder Stunde und Minute stark bewußt. Die Spanne von der Wiege bis zum Grabe ist alles, was uns bleibt, um uns darzutun, um uns zu beweisen. Je älter wir werden, desto kürzer ist die uns gegebene Zeit. Die Tatsache: »Ich lebe« scheint jeden Tag wichtiger. Lawrence wußte das schon als ganz junger Mensch.

Er ließ mich an dem, was in ihm vorging, teilhaben. Sein Innenleben war so gewaltig, daß man daran teilnehmen mußte, ob man wollte oder nicht. Es war hart für mich, als mir klar wurde, daß bei vielen Menschen im Innern nichts vorgeht – überhaupt nichts.

Für Lawrence hatten alle Geschöpfe ihr eigenes geheimnisvolles Wesen. Nur die Menschen schienen das ihre oft verloren zu haben. Für ihn war eine Kuh keine Milchflasche vor der Haustür, sondern ein lebendiges Wundertier, ein Geschöpf, mit dem gerechnet werden muß, wie er zu seinem Kummer wußte.

Lawrence hegte das Verlangen, das ganze Weltall in seinen verschiedenen Manifestationen kennenzulernen.

Über jeden Erdteil wollte er ein Buch, einen Roman schreiben. Aber es gelang ihm nur, europäische, australische und amerikanische Romane zu schreiben.

Es drängte ihn, sowohl auf der Erde wie in der menschlichen Seele neue Stätten zu suchen. Alle Rassen, alle Gedanken, alles, was es gab, fesselte ihn. Er hatte ein erfülltes Leben, aber die Erfüllung war größtenteils in ihm. Es gibt so viel zu erleben, und die meisten von uns erleben so wenig. Eine kleine Anstellung, ein kleines Haus, eine kleine Frau hat George, und George wird älter, und eines Tages ist er tot, und das ist alles. Er hat das große, weite Schauspiel versäumt.

Für mich war Lawrences größtes Geschenk dieses Gefühl eines grenzenlosen Weltalls rings um uns – keine Schranken, keine kleine gesellschaftliche Welt, über die man sich beunruhigen mußte, kein Ehrgeiz, Erfolg zu erringen. Wir fanden uns erfolgreich, obwohl wir nur ganz wenig Geld besaßen – wir fühlten uns reich. Wenn ein Mensch ein Gemälde von Botticelli besitzt, und wenn ich größere Freude an der Betrachtung des Bildes habe als der Eigentümer, dann gehört das Bild mir mehr als ihm. Wir brauchen die Dinge nicht in unsere Tasche zu stecken, um sie uns zu eigen zu machen. Freude ist mehr Besitz als irdisches Gut.

In Lawrence waren die meisten englischen Tugenden verkörpert. Das klingt lächerlich, aber es ist wahr. Vollkommene Ehrlichkeit, in geistiger und in materieller Beziehung, ist ein Teil der englischen Größe (es ist undenkbar, daß man einen englischen Richter oder ein Parlamentsmitglied bestechen könnte), Freiheitsliebe, Stolz und vor allem Mut. Es bedurfte des Mutes, um das zu schreiben, was er der englischen Konvention zum Trotz schrieb. Er schrieb nicht, *pour épater le bourgeois,* sondern er schrieb einfach, was er fühlte.

Daß er vom gewöhnlichen Volk abstammte, bedeutete für mich eine belebende Spannung. Die Gesundheit der hart arbeitenden und hart lebenden Generationen, die hinter ihm standen, gab ihm seine Aufrichtigkeit, vor der nichts Schmutziges bestand.

Er war ein Engländer, aber niemals ein englischer Edelmann. Er hätte einer werden können, wie es bei so vielen englischen Schriftstellern der Fall ist, doch er wollte es nicht.

Wir lebten immer sehr schlicht; er war einfach ein Mann, der seinen eigenen Weg ging, und ich ging mit.

Selbst eine Kleinigkeit, die anmaßend wirken könnte, wie zum Beispiel ein Topasring mit dem Richthofenschen Wappen, den ich ihm anbot, selbst eine solche Kleinigkeit wollte er nicht annehmen. Er betrachtete ihn – er war hübsch, für eine Weile. »Nein«, sagte er, »das ist nichts für mich.«

Die Anekdote von Lincoln, den ein Senator beim Stiefelputzen antrifft, und der auf die Worte des Senators: »Aber Herr Präsident, ein Edelmann putzt doch nicht seine eigenen Stiefel«, zur Antwort gibt: »Wessen Stiefel putzt er denn?« – diese Anekdote hätte auch auf Lawrence zutreffen können.

Auch Lincoln wurden Schimpfnamen angehängt. »Affe« und »Pavian« wurde Lawrence beschimpft. Die Vogelscheuche, die man aus ihm machte! Aber Vögel hätten sich niemals vor ihm gefürchtet. Einige stellten ihn als ein trauriges, betrübtes Opfer dar. Er war nicht oft traurig, aber sehr oft wütend. Meistens war er sehr fröhlich und aufgezogen. Die Trübseligkeit liegt größtenteils bei den Kritikern.

Er hätte die Arbeit, die er während seiner kurzen, vierundvierzigjährigen Lebenszeit leistete, niemals bewältigen können, wenn er nicht ungemein tatkräftig gewesen wäre.

Aber die Öffentlichkeit erfaßte damals nicht, was er zu geben hatte.

Einige nannten ihn einen Kommunisten. Andere einen Faschisten. Keins von beidem trifft zu. Diese Begriffe waren zu eng für seinen rein menschlichen Ausblick.

Aber diese Neigungen waren zu seiner Zeit vorhanden, und er konnte nicht daran vorbeigehen.

Dann nannte man ihn einen sexuell Entgleisten. War er das?

»Denn die Menschen können andere nur loben hören, solange sie sich zu überreden vermögen, daß sie imstande sind, die aufgezählten Taten selber zu vollbringen. Wenn dieser Punkt überschritten ist, setzt der Neid ein und mit ihm die Ungläubigkeit.«

Lawrence wurde nie als Berufsschriftsteller bezeichnet – immer als Genie. Das ärgerte ihn. »Das ist mein Aushängeschild – ein Genie – und damit bin ich abgetan.«

Die Leute scheinen es schwer zu finden, ihn zu verstehen. Vielleicht rührt dies daher, daß wir so daran gewöhnt sind, unsere Eindrücke auf komplizierte und indirekte Weise zu empfangen, daß es uns verletzt, einen zu nackten und unmittelbaren Kontakt zu haben, wie es bei Lawrences Werken der Fall ist.

Einmal erhielt ich einen Brief, in dem ein Mann mir schrieb: »Du weißt, daß ich für dich gestorben wäre.« – »Diese Phrasen!« zürnte Lawrence. »Man kann für einen andern nicht sterben – jeder muß für sich selbst sterben und auch für sich selbst leben.«

Als mein Vater in Deutschland starb, befand ich mich in England, und ich weinte bitterlich. Lawrence sagte scharf zu mir: »Hast du erwartet, daß du deinen Vater dein ganzes Leben lang behalten würdest?« Das erschreckte mich so, daß ich aufhörte zu weinen.

Lawrences größter Fehler war, glaube ich, sein rascher Stimmungswechsel. Er konnte sehr leicht in Zorn geraten. Hinauf und hinunter ging sein Barometer in ungestümem Umschwung. Er behielt nichts für sich, sondern platzte mit allem heraus, und das erschwerte das Leben mit ihm.

Ich hatte meinen eigenen Kopf, aber er kam mir stets mit seinen Reaktionen in die Quere. Kein Wunder, daß wir kämpften. Seine Beharrlichkeit bei jeder Kleinigkeit war aufreizend. Jede Kleinigkeit wurde zu einem Problem, das nach seinem Willen gelöst werden sollte. Er war nie leichtsinnig. Er nahm alles schwer und hart.

Als ich ihn kennenlernte und er mich mit unbedingter Entschlossenheit heiraten wollte, schien das reine Tollheit, und das war es auch – ich war älter als er, war verheiratet, hatte drei Kinder und eine Stellung in der Welt. Und er war ein armer Niemand. Er entriß mich allem, und ich mußte seine Frau werden, und wenn der Himmel zusammenstürzte, was er beinahe tat. Der Preis, den ich zu bezahlen hatte, überstieg fast meine Kräfte. Die Kinder zu verlieren, die Kinder, denen ich mich geweiht hatte, das war ein Schmerz, der mich zerriß. Auch Lawrence stand

Qualen aus. Ich glaube, daß er oftmals dachte: Habe ich wirklich das Recht, diese Frau von ihren Kindern loszureißen? Auch mit meinem ersten Mann beschäftigte er sich sehr. Vielleicht erinnert man sich an das Gedicht »Meeting on the Mountains« (»Begegnung in den Bergen«), wo er einem Bauern mit braunen Augen begegnet?

Aber läßt sich andererseits beschreiben, wie es war, als wir uns fanden? Es mußte einfach sein. Was andere Menschen auf andere Weise suchen, das Einssein mit allem, was lebt und atmet, den Frieden allen Friedens, der wirklich über alles Verstehen hinausgeht, das war zwischen uns und ging nie vollständig verloren. Liebe kann etwas so Kleines mit wenig Bedeutung sein, und sie kann etwas ganz Großes sein.

Alles erhielt einen Sinn, sogar alltägliche Geschehnisse; das Leben mit ihm war wichtig, und es bekam etwas Großartiges.

Nach dem ersten Schrecken und Staunen über dieses Zusammenfinden, bei dem es war, als hätte uns eine große Welle hoch auf ihren Kamm emporgehoben, so da wir neue Horizonte gewahrten, dämmerte es mir: Vielleicht ist dies ein großer Mann, mit dem ich lebe. Ich wünschte, ich wüßte, worin Größe besteht; wenn sie sich ganz einfach erfassen ließe, wäre es keine Größe, weil es die Einzigartigkeit des Mannes ist, die ihn groß macht.

Wir waren nicht seelenvoll, nicht tristan- und isoldenhaft. Zur Tragödie blieb uns keine Zeit. Diese neue Welt der Freiheit und Liebe hielt uns fest. Seine Gedanken und Impulse kamen immer mehr und mehr aus der Tiefe. Ich war die ganze Zeit auf dem Sprunge. Das Erlebnis sonderte uns von anderen Menschen ab, die nicht auf die gleiche Weise wie wir erlebt hatten. Es schuf eine Schranke.

Wir stritten heftig. Aber es war nie ein niedriger, gemeiner Streit. Wir waren einander so nahegekommen; deshalb begegneten wir uns rückhaltlos, nackt und direkt.

Manchmal war dieses schreckliche Streiten arg. Wir hätten uns schonen und etwas gesunden Menschenverstand walten lassen können, aber das taten wir nicht. Wir nahmen alles so bitterernst. Bisweilen wollte ich etwas Spöttisches sagen, und er merkte es nicht. Dann wieder äußerte ich etwas, das harmlos gemeint war, und er geriet in Wut. Aber immer konnte ich mit ihm ganz ich selbst sein. Er hatte keine vorgefaßte, feststehende Ansicht über das Wesen der Frau. Ich war ich, und wenn ich ihn mitunter verblüffte, dann war es eben so.

Daß ich ihn bis zu seinem Ende begleiten durfte, macht mich für immer glücklich! Ich bin dankbar, daß ich ihn zu der Erde, die er liebte, zurückkehren sehen konnte. Er hatte mich zu seinem Weibe gemacht im vollen Sinne des Wortes und darüber hinaus; er hatte mir sein ureigenes Wesen zur Bewahrung gegeben. Ich vermag mir nicht vorzustellen, daß ich gestorben wäre und er ohne mich zurückgeblieben wäre.

Er starb ungebrochen; er verlor nie sein eigenes Lebenswunder. Er tat nie etwas, das er nicht tun wollte – nichts und niemand hätte ihn dazu bringen können. Er schrieb nie ein Wort, das er zu der Zeit, wo er es niederschrieb, nicht ernst meinte. Nie hat er irgendwelchen kleinen Mächten ein Zugeständnis gemacht; wenn jemals ein freier, stolzer Mann gelebt hat, so war es Lawrence.

Frieda Lawrence.